제주설화와 주변부 사람들의 생존양식

현길언

제주에서 출생하여 제주대학교와 한양대학교에서 25여 년간 교수 생활을 하다가 정년퇴임했다. 현재는 평화의문화연구소 소장으로 학술교양지 『본질과현상』의 발행인 겸 편집인으로 일하면서 소설 쓰기와 연구 활동을 계속하고 있다. 『현대문학』지를 통해서 소설을 쓰기 시작한 후에 『용마의 꿈』, 『나의 집을 떠나며』, 『유리벽』 등 여러 권의 소설집과 『한라산』, 『열정시대』, 『숲의 왕국』 등 많은 장편소설을 썼다. 특히 어른과 어린이, 청소년문학의 경계를 뛰어넘어 모두가 즐겁게 읽을 수 있는 새로운 소설 양식이 필요함을 절실하게 생각하여, 성장소설 3부작 『전쟁놀이』, 『그때 나는 열한 살이었다』, 『못자국』을 썼고, 연구서로 『한국현대소설론』, 『소설 쓰기 이론과 실제』, 『문학과 성경』 등 여러 책이 있다. 이러한 소설 쓰기와 연구 활동을 인정받아 현대문학상, 대한민국문학상, 김준성문학상, 백남학술상, 녹색문학상 등을 수상했다.

제주설화와 주변부 사람들의 생존양식

초판 1쇄 인쇄 | 2014년 12월 17일
초판 1쇄 발행 | 2014년 12월 24일

지은이 | 현길언
펴낸이 | 지현구
펴낸곳 | 태학사
등 록 | 제406-2006-00008호
주 소 | 경기도 파주시 광인사길 223
전 화 | 마케팅부 (031)955-7580~82 편집부 (031)955-7585~89
전 송 | (031)955-0910
전자우편 | thaehak4@chol.com
홈페이지 | www.thaehaksa.com

저작권자 (C) 현길언, 2014, *Printed in Korea*.
이 책은 저작권법에 의해 보호를 받는 저작물이므로 저자와 출판사의 허락 없이 내용의 일부를 인용하거나 발췌하는 것을 금합니다.

값은 뒤표지에 있습니다.
ISBN 978-89-5966-668-3 94810
ISBN 978-89-7626-500-5 (세트)

이 도서의 국립중앙도서관 출판시도서목록(CIP)은 서지정보유통지원시스템 홈페이지(http://seoji.nl.gp.kr)와 국가자료공동목록시스템(http://www.nl.go.kr/kolisnet)에서 이용하실 수 있습니다.(CIP제어번호: CIP2014037076)

태학총서 45

제주설화와
주변부 사람들의
생존양식

현길언

태학사

차례

1부

제주설화와 주변인의 삶

1. 제주의 역사와 제주사람들의 이야기

이 글은 주변부 지역인 제주의 설화를 통해서 제주사람들의 사유와 존재양식을 논의하는 데에 목적이 있다. 제주도는 사방을 둘러싼 바다와 그 중앙에 버티어 있는 한라산과 그 기슭의 오름들과 초원, 그리고 빈약한 농토로 이루어졌다. 제주사람들은 바다가 육지와 제주를 단절시켜 버렸다고 생각했다. 그래서 본토와 다른 특별한 문화를 이루어 놓았다. 그 과정에서 많은 이야기들을 만들어내었는데, 그 속에서 그들의 사유와 생존양식을 읽을 수 있다.

제주는 한반도 남서 해상에 멀리 떨어진 섬이다. 지리적으로 목포와의 거리는 141.6km, 부산과는 286.5km, 일본 대마도와 255.1km 떨어진 바다 한가운데 위치해 있다. 제주를 중심으로 반경 600km 안에 상해와 오키나와, 시모노세키, 산둥반도, 그리고 평양이 들어온다는 점에서 또 다른 지정학적 의미를 갖는다. 그래서 세계의 격변을 몰고 온 19세기 말엽부터 제주는 극동지역 중심부에 위치한 지리적 조건 때문에 중대한 사건의 무대가 되었다.

탐라국 이후 유구 등 남방 지역과의 관계는 물론 본토와의 관계, 삼별초를 징벌하기 위하여 여몽 연합군이 제주에 진주한 이후 원나라가 제주에 탐라총관부를 두어 일본 정벌의 군사 기지로 삼았던 점, 2차 대전 말기 일본군 군사 요충지가 되었고, 6·25 한국 전쟁 당시 육군 제1훈련소가 설치되었으며, 피난민들의 최후의 기착지가 된 점 등은 제주의 지리적 조건과 관계가 깊다. 뿐만 아니라, 고려, 조선 두 왕조의 통치권 안에서 제주는 변방 지역으로 취급되어 사회 문화적으로 주변적 특성을 면하기 어려웠다. 특히 19세기 말에 발생했던 민란(民亂)과 해방 직후의 제주4·3사건, 최근에 논란이 되고 있는 강정마을 해군기지 문제도 이러한 주변성과 무관하지 않다. 그런데 한반도와 멀리 떨어진 바다 가운데 있는 섬이면서도, 제주문화가 해양적 속성보다는 오히려 농경문화적 속성이 더 강하다는 점은 제주인의 형성 과정과 그들이 살아온 역사와 관계가 깊다.

19세기 말엽부터 20세기 격동기에 일어난 일련의 사태를 통해서 제주의 주변적 특성은 더욱 특징적으로 나타난다. 이제수란(李在守亂)에서 일제 강점기를 거쳐 4·3사건과 강정마을 민관복합미항 건설에 이르기까지 그 얽힌 이야기와 사건을 통해서 21세기에 이르러서도 한국사회에서 제주는 여전히 주변적 상황을 극복할 수 없다는 것을 확인할 수 있다. 이러한 상황에서 자연스럽게 만들어지는 것은 이야기였다. 문학적 상상력은 사실(fact)에 대한 변의이면서 동시에 그 발전이고, 비판이고, 대응이기도 하다. 한국의 근대사에서 쟁점이 되고 있는 제주4·3사건에 대한 진상도 증언, 즉 이야기에 많이 의존하고 있다는 사실도[1] 제주사람들의 이야기가 그들의 사유와 생존양식임을 반증하는 것이다.

제주도에는 설화도 많고 본풀이(서사무가)도 많고 민요도 많다. 죽지 못해 살았던 야속한 생활 속에서도 끊임없이 이러한 이야기와 노래를 만

---

1 '제주4·3사건진상규명과 희생자명예회복위원회'에서 진상을 규명하기 위한 기본 자료는 이 사태를 경험했던 사람들의 증언에 의존하고 있다. 그래서 그 증언을 채취하여 12권의 자료집을 발간하였고, 1권의 보고서를 간행하였다.

들며 향유할 수 있었다는 것은 실로 놀라운 일이다. 이 이야기와 민요에는 제주사람들의 생활과 역사가 담겨 있었다. 노동요가 많고 신화적 성격을 가진 무속 본풀이도 많다. 사람들은 철따라 마을 성황당에 가서 제주사람만큼이나 서글픈 삶을 살아온 당신(堂神)의 내력담을 들으면서 그 이야기를 자기 것으로 만들었다. 특히 인물설화, 그것도 실제 생존했던 사람들의 이야기가 많다. 그들은 비범한 인물들이었으나 자신을 세상에 드러내어 살지 못하고 보통 사람으로 살다가 생을 마쳤다. 때를 잘못 만난 불운한 사람들이었다. 그렇기에 사람들은 그 특이한 일생을 이야기하면서 안타까워했다. 비범한 사람들이 평범하게 살아야 했던 삶을 통해 제주사람들의 존재 양식을 생각하게 되었던 것이다.

신앙설화 중에는 풍수설화가 많다. 뛰어난 인물은 초월적 힘에 의해 세상에 태어나게 된다. 그 힘은 땅의 정기를 받는 것이다. 제주사람들은 그러한 인물을 기다렸다. 그래야 자신의 가족과 가문이, 그리고 제주도가 그 어려움에서 벗어날 수 있다고 믿었다. 그런데 중국에서 제주에 들어온 풍수사 고종달이 인물이 날 만한 땅 기운을 끊어버렸기 때문에, 제주는 인물이 날 수 없는 불모의 섬이 되었다. 그래서 다시 그 땅 기운을 찾아내어 묘를 써야 발복할 수 있었다. 제주사람들의 그러한 꿈은 많은 이야기를 만들어내었고, 그 이야기는 제주사람 모두가 주인공이 되어 자신의 이야기처럼 말하면서 듣게 되었다.

제주는 절해의 고도이다. 척박한 땅과 모진 바람, 비가 많은 기후와, 바다에 의지하여 살아갈 수밖에 없었던 사람들은 지척의 일도 헤아릴 수 없는 절박한 상황에서 견뎌왔다. 더구나 관리들의 착취와 왜구들의 침탈 등 안팎으로 당해야 했던 수난은 극심했다. 고려사에서는 태조 8년(923년 11월 1일)에 제주 토산물을 왕께 진상하는 기록이 나온다. 제주도에 대한 기록 중 태반은 토산물 공헌(貢獻)에 대한 내용이다. 이러한 기록을 통해

공헌으로 인해서 제주사람들이 당한 어려움을 짐작할 수 있다. 또 한라산에는 산림자원이 풍부해서 그 목재로 배를 만들고 큰 절을 짓는 데 사용되었다는 기록도 있다. 그 과정에서 제주사람들에게는 과중한 부역이 부과되었음을 알 수 있다.

삼별초가 제주에 진입하여 왕궁을 건축하고 고려군과 대항하기 위해 진지를 구축하는 과정에서 제주사람들은 엄청난 노역을 감당해야 했다. 여몽 연합군이 삼별초군을 토벌하기 위해 본도에 상륙하여 격전을 벌이면서 제주는 초토화되었다. 원종 14년(1273) 4월 28일 김방경, 혼도, 다구 등이 배 160척으로 수륙 군사 1만여 명을 이끌고 제주도에 들어와 삼별초군과 싸웠다는 기록이 있다. 그 싸움의 규모며 여몽 연합군이 승리했을 때 제주가 어떤 정황에 처했을까 상상으로도 충분히 짐작할 만하다.

그 이후 원나라의 세력이 제주에 진주하면서 갖은 횡포가 자행되었다. 일본을 정벌하기 위해 제주를 병참 기지화하여 제주사람들의 노역을 착취했다. 충렬왕 3년부터는 원나라의 죄인들을 이곳으로 유배시켰는데, 기록에 의하면 그해에 73명이 들어왔다. 제주도는 '죄인이 사는 곳'이 되었다는 뜻이다. 이후부터 제주는 정치적 망명자나 세상의 뜻을 버린 자 또는 정치적인 죄인들이 유배되어 사는 곳이 되었다.

탐라국이 붕괴된 12세기 초부터 조선조 말에 이르기까지 8세기 동안 제주의 행정을 책임졌던 목민관의 수는 약 500여 명에 이르는데, 그들은 거의가 수탈과 압제를 서슴지 않는 탐관오리들이었다. 더구나 그들의 주민 착취를 돕는 아전들의 행패는 더욱 심했다. 조선조 후기에는 이들의 친목 모임인 상찬계가 있어, 이 회원이 되지 않고는 섬 안에서 행세하지 못했다. 제주 속담에 "갈치가 갈치 꼬랑지 끊어먹는다", "목사가 갈리면 제주성 아전 집 문지방이 닳아진다"는 말이 있다. 신관 사또에게 줄을 대기 위해서 엽전부대를 끌고 아전 집 문지방이 닳을 정도로 드나든다는 것이다. 이렇게 제주는 행정 부재의 땅이었다. 그렇기에 민란이 자주 일어났는데, 이것은 제주사람들의 생존을 위한 마지막 발버둥이었다.

그래서 제주도에는 청백리 목민관에 대한 이야기가 심심찮게 전해 내려오고 있다. 어떤 목사는 재임 시 청백리로서 소임을 다하다가 임기를 마치고 육지로 전출가게 되었다. 올 때처럼 돌아갈 때에도 빈손으로 배에 올랐다. 배가 바다를 헤쳐 가는데 갑자기 풍랑이 거세져 위태로운 지경에 처하게 되었다. 목사는 하늘을 우러러 보며 자기가 저지른 죄가 없는지 생각한다. 그때 문득 오른손에 든 가죽 채찍이 생각났다. "아, 이거로구나." 그것은 부임할 때 갖고 갔던 것이 아니었다. 목사는 배를 돌려 제주로 돌아와서 그 가죽 채찍을 바닷가 바위에 걸어두고 떠났다. 그래서 그 바위를 궤편암(궤鞭岩)이라 한다. 이 궤편암 모티브는 제주에 부임해서 선정을 베풀었다는 청백리 관료들의 설화에서 자주 등장한다. 이것은 청백리를 원했던 제주사람들의 의식의 한 표현이라고 볼 수 있다.

공물(貢物)은 왕실과 중앙 각 관서에서 필요한 물품을 각 지방 관서에 배당하여 헌물하게 하였다. 그 용도에 따라 진상(進上), 공상(貢上), 상공(常貢) 등으로 나뉘었다. 그 품목 중에는 희한한 물품들이 많다. 당시 제주 특산품 중 말을 비롯하여 해산물로는 전복(마른 것 날것 등), 오징어, 미역, 심지어는 미역귀 무회(無灰)까지 있었으며, 임산물로는 각종 약제에 쓰이는 초근목피는 물론 백랍, 반하, 고련근 귤잎, 후박, 연실 등이 있었다. 귤의 경우에도 그 종류가 다양했다. 또한 노루가죽, 노루 혀, 사슴꼬리, 사슴 혀, 대모, 궤자피, 자개, 말 힘줄과 같은 희한한 물품들이 포함되어 있다. 이런 진상품들은 중앙 각 관서에서 제주목에 일정한 수량을 배당했다. 제주 백성들은 그 수량을 감당하기도 어려운데, 진상 과정에서 다양한 문제들이 발생하여 어려움이 더했다. 수륙 수천 리를 운반하면서 해적도 만나게 되었고, 그 과정에서 양이 줄거나 손궤, 변질, 부패할 경우에는 진상을 제대로 할 수가 없게 된다. 또한 진상 과정에서 중간 관리들의 횡포를 면하기 위해 부정이 뒤따라야 했다. 지방 관리들은 이를 빙자하여 배당받은 수량보다 더 많은 양을 백성들로부터 거둬들이곤 했다.

진상품을 감당할 수 없던 백성들은 자기 집 뜰에 있는 귤나무 뿌리에 독약을 묻어 나무를 일부러 죽게 만드는 일들까지 종종 있었다. 조상의 제사에 쓰일 과일을 마련하기 위해 집안 뜰에 심은 귤나무에서도 일정량의 귤을 진상품으로 바쳐야 한다. 그런데 그 수량이 많아서 감당할 수 없으니 차라리 나무를 고사시키는 것이 나았다. 이는 공헌에 따른 부당한 처사에 대한 저항의 방법이기도 했다. 또한 집안에서 마장의 목자가 나오면 집안은 망했다고 한다. 목자는 관리하는 목장에서 병들어 죽거나 잃어버린 마소의 수량을 배상해야 하기 때문이다. 가산을 다 팔아도 감당하지 못하면 식구들까지 팔아야 했다. 그래서 집안에서 목자가 나면 '집안 망할 놈'이라 해서 그 집안이나 일가에서 그를 죽여 버리는 극단적인 일까지 일어났다. 또한 제주사람들은 왜구의 침략으로 많은 피해를 당했고, 군역(軍役) 때문에 어려움도 컸기 때문에 면제를 받기 위해 갖가지 비리가 자행되었다. 제주, 성읍, 대정현에 성을 쌓았고, 섬 곳곳에 방호소와 많은 봉수대를 구축했다.

척박한 자연 환경에서 3년에 한 번씩은 자연 재해로 흉년이 닥쳤다. 이처럼 제주사람들은 관리들의 학정과 가렴주구, 왜구의 잦은 침략, 과다한 군역으로, "언제면 죽어 이 고생을 면할까" 탄식하며 살았다. 그러나 내외적으로 불리한 생활 여건에서도 그 상황을 극복하려고 노력하면서 살아왔다. 꿈을 갖고 부지런히 일했고, 생존의 몸부림으로 학정에 저항하기도 했다.

설화를 통해 제주사람들의 사유와 삶의 양식을 탐색하고 제주문화를 논의하려는 것은 내 사유와 글쓰기의 한 가닥이다. 이 논의는 이렇게 사적 동기에서 출발했지만, 궁극적으로 주변부 문화의 양식을 더듬어가는 하나의 과정이 될 것이다. 이 글을 쓰면서, 오래전에 선학들이 수집 정리해 놓은 설화들을 처음 대했을 때의 흥분 같은 것을 지금도 지니고 있다. 물론 어릴 때부터 단편적으로 들었던 이야기들이긴 했으나 그것들이 문자에 의해 정착되어 읽을거리로 접했을 때의 느낌은 달랐다. 제주사람들은 고난을 운명으로 수용하면서 살아야만 했었다는 일종의 고정관념이 무너지기도 했다. 이 땅에 살았던 사람들은 그 고통의 근원에 자리 잡고 있는 문제를 외면하지 않았으며, 그러한 상황에서 자기의 삶을 만들어 나갔다는 것을 알게 되었다. 지금도 쉽게 풀리지 않는 것은 제주사람들이 어떻게 그렇게 많은 이야기와 노래를 만들어낼 수 있었는가 하는 점이다. 이들의 삶 속에 이루어진 이야기와 노래는 단순히 향유하기 위한 대상이 아니라, 삶 그 자체였다. 신화적인 상상력으로 만들어진 본풀이도 자신의 언어이자 이웃의 언어였다. 이야기의 양식이 비현실적일수록 리얼리티가 강화되고 있다는 이 특별한 문학적 장치는 어떻게 가능했을까? 이러한 문제들이 소름끼치도록 강렬하게 다가왔다.

제주사람들은 막다른 삶의 정황에서 도망치려고도 했고, 그렇게 도망치다가 되돌아서서 억압 세력과 대결하려고도 했다. 그 무기가 이야기였고, 노래였다. 그래서 이 이야기와 노래에는 그들의 사유와 삶의 양식이 담겨 있는데, 그것에서 실로 진득한 인간의 체취를 느낄 수 있다. 그래서 다시 30년 전으로 돌아가 쓰지 않을 수 없었다.

이 글은 두 개의 큰 틀로 되었다. 1부에서는 제주사람들의 이야기를 통해서 제주인의 삶의 양식을 찾아가는 작업이다. 제주의 설화는 이야기를 넘어서 제주사람들의 사유의 역사이고 살아가는 방법과 태도와 그 결과이기에 총체적 삶의 양식으로 나타난다. 제주설화에는 특히 인물설화가 많다는 사실은 흥미롭다. 즉 이들의 삶은 바로 제주사람들의 삶 자체였다. 여기에서 "왜 제주사람들은 인물을 원하는가?" 하는 점이 문제가 된다. 풍수설화는 인물설화와 다른 양식이다. 왕의 땅에 왕이 날 수 없게 된 단맥설화는 왕을 기다리는 제주사람들의 염원이 형상화되었다. 많은 당신 본풀이를 통해서 제주인의 존재 양식도 찾을 수 있다. 그리고 왕이 되기는 틀렸으나, 그에 상응하는 영웅의 출현이 어떻게 좌절되는가를 통해서 제주의 장수의 일생, 즉 장수가 아닌 장사로서 평생을 살아가야 하는 좌절된 삶과, 그 좌절을 넘어서 새로운 저항을 모색하는 삶의 양식도 생각하게 될 것이다.

2부에서는 자아와 세계에 대한 제주사람들의 사유의 양식을 설화를 통해 탐구할 것이다. 우주 창세와 인간의 역사와 인간의 삶과 직결되는 물, 그리고 제주의 존재성을 말해주는 섬에 대한 인식을 통해서 제주설화의 특수성을 육지부설화와 비교하여 생각할 것이다. 이는 제주설화의 특성인 주변성을 정립하는 데 토대가 될 것이다. 결국 주변부설화를 통해서 제주사람들의 생존양식을 논의하기에 이를 것이다.

문학 작품의 연구를 통해서 인간의 진실을 이해하게 될 때에 문학 연구가 인문학적 의미를 확보하게 된다. 인간은 과학적 대상이 아니기 때문에 논리적인 학문을 통해서 그 문제에 다가가기는 어렵다. 더구나 주변지역의 역사와 사람들의 삶의 양식을 중심부적 사유로 이해하기는 한계가 있다. 주변부의 독특한 사유와 삶의 방법은 매우 다양하고 변화무쌍하며 주어진 상황에 따라 역동적으로 변화하기 때문이다. 그러한 점에서 주변부 지역의 역사와 인간의 삶의 문제를 논의하는 데 주변부적인 문학양식이 매우 중요한 단서를 제공해 줄 것이다.

설화는 언어대중의 자유로운 사유의 결과로 나타난 문학양식이다. 거기에는 논리도 전통도 이데올로기도 작용하지 않는다. 향유자의 자의에 의하여 활발하게 변화한다. 이런 면에서 설화는 기록문학보다 정직하며 자유롭다. 그런데 그것이 구전 과정을 통해서 비문학적 요소가 정제된다. 이러한 설화연구는 제주의 역사와 문화와 제주사람들의 삶의 존재성을 찾아가는 매우 의미 있는 작업이 될 것이다.

이 글은 선학들이 그동안 수집 정리한 설화 자료에 의지하여 썼다. 그 중에도 단맥설화와 무속본풀이가 중요한 자료가 되었다. 그동안 꾸준히 현장성을 중시하여 제주설화 자료를 수집 정리한 현용준 선생님을 비롯한 여러분들의 노고에 힘입게 되었음을 밝힌다.

나는 현재까지 소설을 쓰고 대학에서는 주로 소설을 강의하였으나, 내 학문은 제주설화연구에서 시작했다. 석사학위 논문은 돌아가신 최진원 선생님의 지도로 「박씨전과 민간설화와의 관계」를 썼고, 전국학술대회에서 처음 발표한 주제도 「고종달형설화에 나타난 제주인의 의식구조」였다. 이제 변변치 못하여 삶의 방편으로 붙들고 살아온 학문의 길을 정리하면서 다시 제주설화로 돌아가게 된 것은, 아마 처음과 나중의 만남을 세계관적 차원에서 긍정적으로 수용하고 있는 내 처지로서는 우연한 일이 아니다. 고맙고 감사한 일이다. 감회가 새롭다.

2. 쫓겨온 신들의 생존양식

(1) 당신(堂神)의 내력과 제주사람의 역사

제주의 각 마을 성황당에는 그곳에 좌정하고 있는 당신의 내력담(來歷談)이 전해 내려온다. 이 내력담은 마을 당신에 따라 질서정연한 플롯을 가진 경우도 있고, 아주 간략하게 그 내력을 개괄적으로 설명하는 경우도 있다. 이 당신 본풀이는 그 지역 주민에 의해 이야기되며 당신에 대한 제의의 도움 속에서 발전해 왔다. 그것은 부락민을 보호해주는 당신의 내력이면서 동시에 부락민 자신들의 이야기이기도 했다. 즉 당에 매인 심방(巫覡)을 통해 제의식의 제차(祭次)에서 당신의 근본을 심방이 구술하면, 듣는 마을 사람들도 그 내력이 자신의 내력과 비슷함을 깨닫고 이야기는 마을 사람들 사이에서 전해지게 된다. 그리하여 당신의 내력담은 마을 사람들 마음에 쌓여있는 한도 풀어낸다.

이미 조사된 자료에 의하면 제주도 내에는 당이 260여 개 있다고 한다.[2] 자연부락마다 1~2개씩 당이 있는 셈이다. 이러한 분포로 봐서 사람

---

[2] '현용준, 『濟州島巫俗資料事典』, 신구문화사, 1980'에 의하면 268개소, '진성기 편, 『南國의 巫歌』, 제주민속문화연구소, 1968'에는 251개로 조사되었다.

들은 마을 당과 밀접한 관계를 유지해 왔음을 짐작할 수 있다. 사람들은 성황당이 부락의 모든 액을 막아 주는 수호신이 상주하는 곳으로 생각해 왔다. 그래서 사람들은 정기적으로 그 당신에게 제사를 드리면서 당을 성스러운 곳으로 인식했다. 제의 과정 중에 당에 매인 심방이 당신의 내력을 구송하는데 이것이 본풀이다. 그런데 이 본풀이는 종교적인 엄숙성만을 지니고 있는 것이 아니라, 현실적으로도 마을 사람들의 일상사와 밀착되어 있다. 그러므로 제의에서 구술되는 당신의 내력은 부락 사람들의 생활과 마음이 그대로 투영되어 있다.

당신 본풀이는 당신 제의에서 무당에 의해서만 구술되는 것이 아니라, 마을 사람들도 참여하여 더욱 풍부해지는 유동문학의 성격을 띤다. 심방이 당신의 일생담을 구송하면 그 내용이 마을 사람들의 처지와 비슷하여 사람들은 그것을 자기 이야기로 받아들이기 때문에 제의가 끝나서도 계속 이야기한다. 이렇게 당신의 내력담이 사람들 사이에서 향유되어 성장해 가면서 마을 사람들의 의식과 생활이 녹아들게 된다. 그러므로 제주도 당신 본풀이에는 신앙 양식은 물론이요, 사회 상황과 관련된 사실들과 마을 사람들의 삶의 단면들이 반영되고 있다.[3]

당신 본풀이는 형식적으로는 신화양식이지만, 자아와 세계가 서로 보완적이거나 동질적인 관계를 유지하는 신화적 질서에서 이뤄지지 않고, 자아와 세계와의 갈등과 투쟁에서 자아가 패배하는 설화 구조로 구성되어 있다. 그래서 초월적인 신성성보다는 인간의 일상성에 바탕을 둔 인물설화와 같은 속성을 지니고 있다. 당신들은 초월적인 신이 아니라 마을 사람들과 함께 동거하면서 그들의 길흉화복을 주재해 주고 그 값으로 마을 사람들에게 봉양을 받고 살아간다. 그러므로 신들의 내력담 역시 그

---

3 현용준, 「巫俗神話 본풀이 形成」, 『국어국문학』 26, 국어국문학회, 1963, 125면.

마을 사람들의 삶의 형편과 생각들이 포함되어 있다. 즉 각 마을 사람들과 함께 살아온 마을 당신의 이야기는 그곳에 터 잡고 살아가는 마을의 이야기이다. 각 마을의 성황당신의 내력담을 모두 모으면 제주사람들의 삶이 형상화된 제주사람들의 이야기가 된다.

제주사람들이 부락 당신에 대해 날을 정하여 제의식을 행하는 것은 그 당신에 대해 존경하는 마음을 갖고 있기 때문이다. 부락 당신은 마을 사람들에게 어떤 '결속(Solidarity)과 지속(Permanence)을 가질 수 있는 성스러운 존재(Sacred)가 되어서'[4] 그 당신이 존재하는 구역에 있는 구체적인 사물-나무, 바위, 굴 등에 대해서도 같은 관념을 갖게 된다. 그래서 마을 사람들은 특별히 기구할 일이 없더라도 정해진 날에 모여 제의를 베풀고, 거기에서 그 당신의 본풀이를 듣고 서로 말하면서 참여자들끼리 친밀한 관계가 이뤄진다. 그렇게 듣고 말하는 본풀이는 신의 내력담이 아니라 자신들의 기구하고 슬픈 이야기가 되면서 당신과 자신이 심리적으로 동일성을 갖게 된다.[5] 철따라 날을 정해서 당신을 찾는 사람들은 심방과 만나면 그 불행했던 당신과 만나는 것처럼 생각하게 되고, 다시 자신들의 내면과 만나게 되면서 이야기는 더욱 다양화해진다. 그래서 본풀이는 주술성과 예술성을 지니게 된다.

주술성은 제의적 관습상 변화를 거부하지만, 예술성은 향유자의 정황에 따라 계속 변화하게 된다. 그 변화는 향유자 개인의 처지와 그가 살고 있는 시대와 상황의 반영이다. 더구나 듣는 이의 호응을 얻기 위해 그들의 처지와 이야기 욕구를 충족해줄 수 있도록 변조하기도 한다. 결국 마

---

4 A. R. Radcliffe. Brown, ed., Structure and Function in Primitve Society, (London; cohen & west, 1965), pp.124-125.

5 C. G. Jung, ed., Man and Symbols (New Yok; Dell publishing co), pp.6-7, 'approching the unconscious'에서 '사람이 타인이나 동물과 무의식적인 동일성을 갖는다'고 했는데, 당신과 마을 사람들과의 관계도 이와 같다고 볼 수 있다.

을 당신의 본풀이는 그 마을의 역사와 그 마을에 살고 있는 사람들의 처지와 함께 성장 발전하면서 살아있는 이야기로 존재하게 된다. 그러면서도 그 예술성 속에는 불변의 요소가 있는데, 그것은 시간과 공간을 초월하는 인간의 공통 사유에 바탕을 둔 '보편적 이미지(Collective images)'이다.[6] 본풀이에는 이처럼 인간의 원초적 사유와 향유자의 현실의식이 공존하고 있다.

특히 제주도의 당신 본풀이에는 보편적 이미지와 함께 사회성과 역사성이 구체적으로 드러나 있다. 그것은 본풀이를 이루는 모티브와 내용에서 확인할 수 있다. 첫째, 당신이 한 마을에 좌정하게 된 경위와 마을 주민들이 마을을 이루어 정착해 가는 과정이 나타나 있다.[7] 각 마을들의 설촌 경위를 보면 대개 집안 중심으로 형성되어 있는데, 이들이 낯선 땅에 터 잡고 살아가기 위해 어떤 대상을 정신적인 지주로 설정할 필요성이 있고, 그것이 마을당일 수도 있다. 성산, 표선 일대 당신 본풀이에는 당신이 마을에 좌정하면 그 마을의 대표적인 성씨들을 모아 자신이 이 마을에 와서 자리 잡게 된 것을 알리고 마을 사람들로부터 봉제(奉祭)할 것을 당부하는 경우가 많다. 이것은 당신이 마을에 좌정할 때부터 이 마을이 형성되었음을 뜻하는 것이다. 둘째, 구체적인 역사 사실이나 제도, 풍습, 관습들이 본풀이에 나타나 있다. 김통정 이야기(성산 본향당, 안덕면 덕수리 광정당), 목사 순력에 따른 사건(서귀 칠성당 본풀이, 안덕면 화순리 곤물당)을 살펴보면 사람들과의 갈등, 불교사상, 자연과 인문 현상들의 기원을 설명하는 내용, 일반인의 생활 규범, 생활 관습을 설명하는 내용들이 많다. 이런 점을 감안할 때 당신 본풀이는 신의 이야기이기 전에 인간들의 이야기로서 전승되어 왔음을 알 수 있다.

---

6 C. G. Jung, ed., op. cit., *archetype in dream symbolism*, p.57.
7 현용준, 앞의 책, 124면.

최초의 본풀이는 당신에게 어떤 내용을 기원하는 단순한 형태로 이루어졌다.

"신도본향 어진 한집, 용녀들어 용녀 부인님(1) oo마을 oo가 몇 살 oo축원 올립니다.(2)"

이것은 제주시 용담동 고스락당 본초(本草)이다. 이 당은 용담동의 본향당으로 신의 이름은 '용왕국 대부인', 또는 '용녀국 대부인'이라 하는데, 이 신에 대한 설화적인 본풀이는 없다고 한다.[8] 원사의 가장 원초적인 형식으로 이를 분석하면 '~에게(1) ~을 기원합니다(2)'로 되는데 (1)은 신의 호칭이고 (2)는 기원하는 내용이다. 여기서 더 발전된 것이 서귀포에 있는 돈짓당 본풀이다. 이 본풀이에서는 기원하는 대상신도 많아지고 기원의 내용도 길어진다. 그러나 역시 그 구조는 대상신의 호칭과 기원하는 내용의 결합으로 이루어졌다.

이런 본풀이가 좀 더 발전하면 신의 계보, 좌정한 신의 이름, 신의 기능, 기원의 내용 등이 포함된 구조로 되는데, 위의 것보다 신의 계보가 더 첨가된다. 이러한 변모가 구체적인 플롯을 가진 신의 내력담으로 발전하게 되는데, 이것은 재미있는 이야기를 취하면서 제의에 관여하는 모든 사람들의 흥미를 끌고 예술적 감흥을 더하여 심미적 쾌락에 이르게 한다.

이러한 발전 과정에서 필연적으로 사람들의 의식이 반영되면서 본풀이는 성장된다. 여기에 당신 본풀이의 리얼리티가 있다. 그것은 비록 사실성은 가지고 있지 않다 할지라도, 향유자들의 경험의 한 양식이고 현실적인 표현 욕구를 나타낸 것이므로 일정한 현실성을 갖게 된다. 이러한

---

8 현용준, 앞의 책, 125면.

본풀이는 능숙한 구연 기능을 가진 심방들의 구송에 의해 신들을 즐겁게 할 뿐만 아니라, 제의에 참여하고 있는 사람들까지 즐겁게 만들며, 신과 인간들을 같은 정서에 이르게 하여 특별한 감흥을 경험하게 하는 문학성을 갖게 만든다.

그러면 이렇게 대상 신과 제의에 참여하는 사람들을 같은 정서에 이르게 하는 요소는 무엇인가? 그것은 본풀이가 당신과 사람들 사이에서 정서적 교통을 도모하도록 다리를 놓아주기 때문이다. 불운한 자기(신)의 일생이 중개자(무격)들을 통해 다른 사람들에게 전해지므로(폭로되어지므로) 자신의 억압 감정에서 해방되면서 당신은 정신적 보상을 받을 수 있다. 뿐만 아니라, 그 이야기를 듣는 사람들 형편도 당신의 처지와 비슷하기 때문에 비슷한 정서에 처하게 된다. 당신의 제의식에 참여한 사람들은 심방들의 구송(口誦)을 들으면서 불운한 신의 처지를 동정하게 되고 동시에 자기 처지를 생각하게 되며, 그런 과정에서 신과 자신이 같은 처지에 있음을 알게 되면서 동일한 정서에 이르게 된다. 이렇게 당신은 같은 처지에 있는 마을 사람들을 만나 동일한 운명 공동체로 인식하고 그들을 동정하고 도와주려는 마음을 갖게 된다. 이 동정의 심도가 깊을수록 신은 더 기쁘다. 그러므로 중개자(심방)들은 동정의 심도가 더 깊도록 이야기를 엮어 나간다. 그 방법은 무엇인가? 신의 내력담을 인간들의 내력담이 되도록 만드는 일이다.

심방은 당신 제의 자리에서 당신의 일생에 담겨진 주술과 원망을 직접 듣는 사람들의 공감을 끌어내기 위해서, 즉 참석자들을 즐겁게 하기 위해서 신에 대한 기구의 내용을 단순한 형태에서부터 복잡한 형태로 만들어 간다. 이 과정에서 당신 본풀이가 마을 사람들의 마음을 담을 수 있게 된다. 그러므로 본풀이는 당신의 내력담이면서 마을 사람들의 내력담이고, 마을의 역사와 상통하게 된다. 또한 한 마을, 한 동네의 모든 일을 주재하는 신이 그 마을의 역사를 간직하고 있는 유일한 인격자라고 할 때, 필연적으로 그 신의 본풀이는 곧 마을 사람들의 의식과 역사를 상징적으로 압축해 놓게 된다.

이러한 각 마을의 당신들은 섬 전체에 걸쳐 그 신격들이 계보화되거나 혹은 정서(整序)화 되어 있는데[9] 이것은 제주도 전체를 하나의 공동운명체의 단위로 인식하였기 때문이다. 그러므로 각 마을 당신들의 내력담은 제주사람들의 역사가 된다.

(2) 당신들의 본풀이[10]

〈자료 1〉 궤눼깃당(구좌읍 김녕히 신당)[11]

중앙에 좌정한 당신은 소천국 고부니 마을에서 출생하였고, 강남 천자국 하얀모래밭에서 인간으로 탄생해서 생활하신 벡주또 마누라는 천기를 살펴보니 천상 배필 될 사람이 조선국 제주도 송당리에서 탄생하여 사는 듯하였다. 이에 백주가 제주로 들어와서 송당 마을을 찾아가 소천국을 만나서 서로 결혼하니 하늘이 맺어준 배필이 되었다.

아들을 오형제를 낳았고, 여섯째 아들은 복중에 있는데, 백주 아내가 말씀하기를,

"소천국님아 아기를 이렇게 많이 낳아서 어떻게 살아갈 수 있습니까? 이것을 어떻게 이 많은 자식들을 다 키웁니까? 그러니 농사를 지으십시오."

부인 말을 듣고서 소천국은 오봉이굴왓(지명) 돌아보니, 볍씨를 아홉

---

9 현용준, 「堂神話의 構成과 背景民俗信仰」, 『제주대학보』 6호, 1964, 34-39면.
10 이 이야기들은 '현용준, 『濟州島巫俗資料事典』, 신구문화사, 1980'에 수록된 것을 필자가 현대어로 고쳤음.
11 원 출전은 앞의 책, 636-647면.

섬지기 피씨도 아홉 섬지기가 되니, 소에 쟁기를 지워서 그 밭으로 가서 밭을 갈기 시작했다.

아내 백주가 점심을 차렸는데, 국 아홉 동이, 밥 아홉 동이, 이구십팔 열여덟 동이를 준비하고 남편이 밭가는 데를 가지고 가시니,

"점심이랑 소 길마로 덮어두고 내려가시오."

남편의 말에 부인 백주는 점심을 두고 집으로 돌아왔고, 소천국은 밭을 갈았다.

그때였다.

"밭가는 어른신네여!"

태산절 중이 넘어가다가는,

"잡수시던 점심이나 있으면 한 술 주십서. 시장을 면해야 길을 가겠습니다."

이렇게 사정을 하는지라. 소천국이 생각하기를,

"먹는다고 다 먹을까." 하고는,

"그러하면 소 길마를 둘러보시오."

중이 그 말대로 소 길마를 들어보니, 국 아홉 동이, 밥 아홉 동이가 있으니까, 태산절 중이 다 들러먹고 도망가 버렸다.

소천국은 밭을 갈다가 배가 고프니 점심이나 먹자고 해서 가 보니, 점심이 한 술도 없었다. 그 중이 모두 먹어버렸던 것이다. 소천국은 배가 고프니 할 수 없이 밭 갈던 소를 때려 죽여 잡아서 찔래나무 적꼬치로 구어 먹었는데도 요기가 되지 않아서, 주위를 둘러보니, 까만 암소가 있으니, 그놈까지 잡아먹으니 그제야 요기를 면했다.

소머리도 두 개요, 소가죽도 두 개요, 그런데 소천국은 배때기로 밭을 갈고 있더니, 아내 백주가 와서 보고는,

"아, 거, 소천국님아 어떻게 해서 배때기로 밭을 갑니까?"

"그런 것이 아니고 태산절 중이 넘어가다가 그만 국 아홉 동이, 밥 아

홉 동이 이구십팔 열여덟 동이를 다 들러먹고 달아나버리니, 할 수 없어서 밭을 갈던 소를 잡아먹고 남의 소까지 두 머리를 잡아먹어 요기를 면했노라."

사정을 설명했다. 백주 마누라가 말하되,

"당신 소 먹은 것은 떳떳한 일이나 남의 소를 잡아먹었으니 소 도둑놈이 아니요? 오늘부터 살림을 갈리자."

백주님은 바람 우로 올라가고 소천국은 바람 아래로 내려가서, 백주는 당오름에 좌정하고 소천국은 알송당 고부니마을에 좌정하였다.

소천국이 배운 것은 총질 사냥질이니 좋은 총에 화약통을 둘러매고 산천으로 올라가서 노루 사슴 산돼지 많이 잡아 해낭골굴왓에 사는 정동칼집 딸을 첩으로 삼아서 사냥해서 얻은 짐승 고기를 삶아먹고 살았다.

이혼한 백주가 아기를 낳아서 세 살이 되니 백주는 아기 아버지를 찾아주려고 해낭골굴왓이란 곳으로 들어가 보니, 농막 안에서 연기가 나서 가보니 소천국이 있었더라.

백주가 아기를 내려놓으니, 그 아기가 아버지 삼각수염을 심어 당기면서 아버지 가슴을 마구 두드리는구나.

"이 자식 밴 때에도 내가 온몸이 부서지는 것같이 고생을 해서 살림도 제대로 하지 못했는데, 세상에 나와도 이렇게 나쁜 행동을 하니, 죽이려 해도 차마 죽일 수는 없고……."

한탄하는 말을 들은 소천국도 화가 치밀어서,

"이 자식을 먼 바다로 띄워버려야 하겠구나."

생각하였다.

소천국은 무쇠상자에 세 살 난 아들을 담아 자물쇠를 채우고 동해 바다로 띄워버렸다.

동해 바다에서 떠돌던 무쇠상자는 용왕국에 들어가 산호 큰 가지에 걸어졌다.

그날부터 용왕국에서 이상한 징조가 나타났다. 밤에는 촛불이 나타나고 낮에는 글 읽는 들리는 것이다.

용왕국 대왕이 묻되,

"큰딸아기 나가 보라. 무슨 소리가 나는가?"

큰딸이 나갔다 와서는,

"아무것도 없습니다." 대답했다.

"둘째딸아기 나가 보라. 무슨 소리가 나는데?"

역시 둘째딸도 나갔다 와서는

"아무것도 없습니다."고 아뢰였다.

"작은딸아기 나고 보라. 무슨 소리가 나느냐?"

작은딸아기가 나가서 살펴보고는,

"산호수 가지에 무쇠상자가 걸렸습니다."

아뢰는 것이었다.

용왕이

"큰딸아기가 나가서 그 무쇠상자를 내려와라."

큰딸이 나가서 내리지 못하고 돌아왔다.

"둘째딸이 나가서 내리워라."

둘째딸도 내리지 못했다.

"막내딸아, 나가서 내려와라."

막내딸은 꽃당혜 신은 발로 세 번씩 돌아가면서 차니 저절로 무쇠상자가 열렸다.

그 안에는 옥 같은 도령님이 책을 한 상 가득이 받고 앉아 있었다. 그를 데리고 왕 앞에 왔다.

왕이 물었다.

"어느 나라에 사느냐?"

"조선 남방국 제주도 삽니다."

"어찌하니 왔느냐?"

"강남 천자국에 국난이 일어났다고 해서 그 난을 막으러 가다가 풍파를 만나 요왕국에 들어 왔습니다."

요왕국 왕이 천하명장인 줄 알았다. 그래서,

"큰딸 방으로 드시오."

그러나 대답을 하지 않았다.

"둘째딸 방으로 드시오."

대답을 하지 않았다.

그리고는 결국 막내딸 방으로 들어가서, 결국 둘은 부부가 되었다. 사위를 대접하려고 음식상을 잘 차려 대접했으나 거들떠보지도 않았다. 막내딸이 물었다.

"조선국 장수님아 뭣을 잡수시겠습니까?"

"내 나라는 비록 작지마는 돼지도 한 마리를 전부 먹고 소도 한 마리를 전부 먹는다."

막내딸은 그 사실은 용왕국 대왕에게 그대로 전했다. 용왕국 대왕이 말씀하되,

"내 재산으로 사위 하나 제대로 대접 못하겠느냐?"

그래서 날마다 돼지를 잡고 소를 잡아 사위를 대접하니, 며칠 만에 동편 창고가 비고, 서쪽 창고가 비어간다. 용왕국 대왕이 생각하니 사위 하나 두었다가는 이 나라가 망하게 되었다. 그래서 막내딸에게 말했다.

"여자는 출가외인이니, 네 남편을 따라 이 나라에서 어서 나가라."

그래서 딸과 사위를 무쇠상자에 들어가게 해놓고서 바깥으로 열쇠로 채워 띄워버렸다.

이들 부부가 들어있는 무쇠상자는 강남천자국 백모래밭에 걸어져 이상한 조화를 부렸다. 밤에는 촛불로 나타나고 낮에는 글 읽는 소리가 하늘을 찌를 듯이 들렸다. 천자국 안에 이상한 조화가 자꾸 나타나자,

천자님이 신하들에게 물었다.

"어찌 궁궐에 풍문조화가 자꾸 나타나느냐? 하인들에게 명하여 바닷가를 돌아보아라."

왕의 명에 따라 신하들이 바닷가를 둘러보고는 돌아와 왕에게 보고했다.

"돌아보니 무쇠상자가 올라와 있습니다. 이것이 풍문조화를 만들고 있습니다."

그 말을 들은 천자는,

"황봉사를 불러라."

명하였다.

황봉사에게 점을 치도록 하니 무쇠문을 열려고 하면 천자님이 예복을 입고 예를 갖춰야 무쇠문이 열려진다고 아뢰였다. 할 수 없이 천자님이 봉사 말대로 하자 무쇠문이 열려졌다.

그 안에 옥 같은 아가씨와 도령님이 앉아있거늘,

"어느 나라에 사십니까?"

물었다.

"조선 남방국 제주도 삽니다."

"어찌하여 오셨습니까?"

마침 그때 북적이 강성하여 천자국을 치자고 하는 중이었다.

"소장은 남북적을 물리쳐서 변괴를 막으려 왔습니다."

말하니,

천자가 그들은 궁궐 안으로 초청하고 무쇠 투구와 갑옷을 주고 활과 창을 갖추어 적을 물리치려 보내었다.

처음에 들어가서 적장을 죽이고, 두 번째 들어가서 머리가 셋 달린 장수를 죽이니, 다시는 대항할 적 장수가 없어 난을 막았다. 천자가 크게 기뻐하여,

"이런 장수는 천하에 없다. 우리나라 땅을 얼마 드릴 테니 세금을 받아먹으며 사시죠."

청을 했다.

"그것도 싫소이다,"

왕은 다시,

"천금상에 만호후를 봉하라."

라고 명을 내렸다.

"그것도 싫소이다."

"그러면 소원을 말하시오."

"소장은 본국으로 가겠습니다."

그래서 왕은 좋은 제목으로 전선 한 척을 짓고 식량을 가득 싣고 백만 군사를 대동하여 조선국으로 보내었다.

경상도 전라도를 거쳐 여러 섬을 지나서 제주도로 들어온다.

제주 바다에 배가 당도하니 마침 썰물 때라 제주 동편 소섬(牛島) 진질깍으로 배를 대였다가 마음에 안 들어 종달리 갯가에 닿았다가 거기도 마음에 안 들어서 멀리오름 징겡이오름 웃다랑쉬 알다랑쉬 비자림으로 올라오자, 천하가 운동하고 지하가 요동하며 소리가 하늘을 솟으니 아버지 소천국과 어머니 백주님이 한님에게 물었다.

"어찌 이렇게 큰 소리가 요동을 치듯 크게 납니까?"

한님이 아뢰되,

"세 살 적에 죽여버리려 무쇠상자에 가둬놓고 바다에 띄워버린 그 아들이 아버지 나라를 치려고 들어왔습니다."

그 말에 화를 버럭 내었다.

"이거 고약하구나. 그동안에 무쇠상자가 다 녹아 없어질 텐데, 그 아들이 살아오다니 천부당만부당하다."

하고 꾸짖었다.

그때 큰 소리가 나면서 죽었다고 생각했던 아들이 들어오니, 아버지도 무서워서 알 송당(松堂) 고부니마루로 가서 죽어서 좌정하고, 어머님은 공작머리를 한 채 겁이 나서 도망치다가 당오름에서 죽어 좌정해서, 정월 열사흘 날 대제일을 받아먹게 되었다.

아버지 살았을 때에 사냥질을 잘하고 사냥한 고기를 좋아했으니, 각 마을 각 리마다 연락을 해서 뛰어난 포수들을 다 불러 모아서 사냥질을 하도록 해서 잡은 짐승 고기로 제를 드렸다. 아들은 따라왔던 백만 군사들에게,

"본국으로 돌아가라."고 영을 내렸다.

그들은

"한라영산이나 구경 가자."

하고 여러 곳을 둘러보니 여기가 명장 장수가 날 듯한 땅이라, 바람 위로 찾아가자.

바람 위가 어데인가? 김녕리가 바로 거기로다. 정지물가에 좌정하자 하니, 마침 옷 벗은 여자가 목욕을 하고 있으니, 여기는 더러와 못 쓰겠다 하고, 앉아서 좌우를 살펴보다가 아래 궤눼기가 좌정할 만하였다.

좌정할 터를 정해 두고 돌아보니 여러 풍광과 기운이 마음에 들어 좌정하게 되었다.

• 제주시 건입동, 남무, 이달춘 구송

<자료 2> 토산(兎山)요드렛당

이 당의 신은 나주(羅州) 영산(榮山) 금성산(錦城山)에서 솟아났다.

옛날 나주 고을에 목사가 부임해오면 석 달 열흘 백 일을 채우지 못하여 파직이 되었다. 그때 조정에서는 양 목사 나서서 그곳으로 부임하겠다고 말했다.

"나를 목사로 보내주면 석 달 열흘 백 일 채우겠노라."

이렇게 청했다. 조정에서는 그의 말대로 그를 목사로 임명하였다.

목사는 많은 관숙과 육방 하인 거느리고 요란스럽게 나주로 내려갔다. 금성산 앞을 지나게 되었다. 통인(通引)이 앞을 막아서며 말했다.

"성주님아, 성주님아, 말에서 내려 걸으십시오. 이 산은 영기가 강하고 토지관이 있습니다."

하고 간곡하게 말했다.

"야 이놈아. 이 마을에 토지관이 하나이지 둘이 될 수 있겠느냐?"

목사는 통인의 말을 듣지 않고 말을 탄 채로 나갔다. 얼마 아니 가서 말의 발이 절어서 갈 수 없게 되었다.

"이것이 영겁이냐?"

"예, 그렇습니다."

목사는 단기(單騎)에 단구종(單軀從)을 거느리고 소리를 지르면서 산으로 올라가고 보니, 청기와 팔칸집에 월궁의 선녀 같은 아기씨가 반달 같은 용얼레빗으로 쉰댓 자 머리를 슬슬 빗고 있으니,

"어느 것이 귀신이냐?"

"저것이 귀신입니다."

"귀신이 사람이 될 리 있겠느냐? 네가 몸으로 환생하여 보라."

그 순간 아기씨는 윗 아가리는 하늘에 가 붙고 아래 아가리는 땅에 가붙은 큰 뱀이 되었다.

"더럽고 추하다. 이 마을에 총질 잘하는 포수 없느냐?"

"있습니다."

"개를 잘 부리는 자도 있느냐?"

"있습니다."

포수를 불러다가 사방에서 불을 지르니 뱀은 앉을 곳도 없어지고 살아날 길도 없어졌다. 뱀이 금바둑돌로, 옥바둑돌로, 은바둑돌이 되었다.

그렇게 변한 뱀은 포대기에 싸여 서울 종로 네거리에 떨어졌다.

마침 제주 강씨와 오씨가 미역을 진상하러 왔다가 이 금바둑돌 옥바둑돌 은바둑돌을 주었다.

처음에는 소중하게 여겼는데, 막상 배를 타려고 하니 별로 마음이 안내켜서 내던져버리려고 했다.

그런데 배를 띄우려 하니 바람이 불어서 배를 띄울 수가 없었다. 점을 쳤다.

"강씨 형방, 그 보자기를 풀어 보세요. 난 데 없는 보물이 있을 겁니다. 선왕(船王)에 굿을 하면 바람이 잔잔해질 겁니다."

점쟁이 말대로 보자기를 풀어보니 난 데 없는 바둑돌들이 있는지라, 점쟁이 말대로 굿을 하자 바다가 잔잔해졌다. 그들은 무사히 제주 열누니(성산읍 온평리 지경)로 들어왔다.

포구에 배를 대자 바둑돌이 꽃 같은 여자로 변하여 그 마을 당신인 맹호부인에게 가서 인사를 드렸다.

"이 마을에 토지관이 하나이지 둘이 될 수 없다. 땅도 내 땅이요, 물도 내 물이니, 자손도 다 내 자손이 되었으니 어서 나가거라."

맹호부인은 그를 이 마을에 좌정하지 못하게 했다.

"예, 그러면 어데를 가면 임자 없는 마을이 있겠습니까?"

"해 돋는 방위로 저 토산을 가보라."

"예."

아가씨는 그 마을을 떠나 곰배물(지명)로, 삼달리(지명)로, 하천리로 나아갔다.

이때에 하천리 개로육서또(하천리의 堂神)가 탈상봉 중허리에 앉아 바둑 장기 떡떡 두고 있는데, 월궁 선녀 같은 아기씨가 넘어간다.

"남자의 마음에 그냥 둘 수 없다. 어서 달려가 보자."

그는 산지골로 내달아 왕꼴로 하여 서 토산으로 들어가서 은결 같은 아가씨의 팔목을 덥석 잡았다.

"얼굴은 양반인데 행실은 괘씸하다. 더러운 놈이 잡았던 손목을 그냥 둘 수 없다."

장도칼을 끄집어내어 삭삭 깎아버리고, 남수화주(藍水禾紬) 전대로 칭칭 감아놓고 토산 메뚜기마루로 가보니, 그만하면 자리 잡고 살 만도 했다. 그러하고는 용왕국에 인사차 들렸다.

용왕국에 들어가니 용왕이 말을 하였다.

"어찌하여 네게서 피 냄새가 나느냐?"

"예, 하천이 개로육서또가 언약도 없이 은빛 나는 제 손목을 잡기에 제가 은장도로 그 잡혔던 손목을 깎아내었습니다."

"괘씸하다. 개로육서또 말을 들었더라면 앉아서도 먹고 서도 먹을 처지가 되었을 것인데, 개로육서또 말을 아니 들었으니 괘씸하다."

오히려 욕을 하는 것이었다.

아기씨는 서운하였다. 토산으로 돌아가면서 개로육서똘 한 번 불러보았으나 소식이 없고, 두 번 불러 보았으나 아무 대답이 없었다. 토산 알당으로 불빛이 나면 하천 마을 고첫당으론 불빛이 뒤따라 나면서 서로 언약을 하였다.

아기씨는 토산 메뚜기마루에 좌정하여 몇 년이 지났다. 어느 날 아기씨는 큰 대바구니에 빨랫감을 가득 담고 하녀를 데리고 올리소(沼)로 빨래를 하러 나갔더니, 느진덕정하님(하녀)이 말하되,

"상전님아, 저거 보십시오. 검은여로 도둑이 들어오고 있습니다."

그러나 아기씨는 대단한 일로 생각하지 않았다. 때 마침 왜구의 배가 돌풍을 만나 산산조각이 나서 배에 탔던 놈들이 뭍으로 올라오는 것이었다. 조금 있더니 이놈들이 바로 소 근처까지 당도했다.

"상전님아, 저기 보십서, 도둑이 가까이 달려옵니다. 어서 피하십시오."

물이 잘잘 흐르는 빨랫감을 얼른 거두어 지고서 달아났다.

"상전님아, 치마끈이 풀어졌습니다."

"치마끈이 풀어지고 허리끈이 풀어지고, 자내 몸이나 감추어 보게. 볼기가 나온다고 밑이 나오며, 밑이 나온들 볼기가 나오겠느냐. 어서 달아나자."

다시 내달으니 묵은각단밭(띠밭)에 이르렀다.

"상전님아 머리 위로 꿩이 날아갑니다."

"꿩이 날든 치(雉)가 날든 어서어서 도망가자."

묵은각단 새각단밭에 들어가니 뒤로 놈들이 가까이 쫓아와 붙잡힐 지경에 이르렀다. 아가씨는 황급한 김에 꿩이 숨었던 자리에 머리라도 박고 보자고 머리를 굽혔다. 놈들이 어느 새 뒤로 달려들어 은결 같은 팔목을 부여잡고, 연적 같은 젖통을 부여잡는 것이었다.

몸을 더럽힌 아기씨와 느진덕정하님은 이 세상을 버리고 말았다. 예문은 그 동산에 쌍묘를 만들어 고이 매장되었다.

얼마 없어서 아기씨 혼령이 가시리 마을 강씨 집안 외딸아기에게 의탁되었다. 강씨 아기 외동딸아기는 보리방아를 찧다가 갑자기 머리를 풀어 헤치고 정신을 잃어 일가 친족을 몰라보는 것이었다.

집에서는 겁을 먹고 점을 치러 갔다.

"신이 의탁하였으니 큰굿이나 하라"

는 것이었다. 집안에서는 점쟁이 말대로 큰굿을 하였다.

택일을 하고 큰굿을 시작하여 초감제가 넘어들어 가니, 정신을 잃고 아무것도 못하던 아기가 벌떡 일어나더니,

"아버님아, 어머님아, 어느 누구 살리려는 굿입니까?"

"너를 살리려는 굿이다."

"신인 무당아 누구를 살리려는 굿이냐?"

"아기씨 상전 살리려는 굿입니다."

"나를 살리려는 굿이라면 연갑(硯匣)을 열고 보면 아버님 첫 서울 간 때에 명주가 있으니 마흔 대 자 끊어놓아 이내 간장 풀려 주십서. 서른 대 자 끊어놓아 이네 간장 풀어줍서. 수물 대 자 끊어놓아 이네 간장 풀려줍서. 마친(맺혀진) 간장 풀려줍서."

아기씨 말대로 연갑을 열고 보니 명주 틈에 작은 뱀이 빳짝 말라 죽어 있으니,

"이는 어찌해야 좋으리요. 백지 한 장 주십시오."

큰 백지 한 장을 내여놓으니, 그 얼굴에 그 표정에 뱀 대가리를 그려놓고 굿을 하며 만판놀이를 하였다.

"이만 하면 병이 아니 낫겠습니까. 우리 꽁무니 마을에 청 있으니 군졸 나졸 대접허여 주옵서."

"어찌하면 좋으리요."

밭갈소를 끌어내어 그 소를 잡아 제를 드리고 닭을 잡아 제 드리면 신병이 낫지 않겠습니다."

"어찌하면 좋겠느냐?"

"큰 굿 한 뒷맞입니다. 배는 지으면 연산맞입네다. 집은 짓으면 성주맞이입니다. 배를 짓어 뒤맞이를 해주십서."

"어서 그렇게 하라."

좋은 도끼를 둘러매고 굴미굴산 올라가서 여러 나무를 베어다가 고깃 배를 지어 놓고, 숲속으로 올라가서 버섯을 따서 진상하려 간다. 중산촌 으로 내려가면 댕유지며 소유자며 감귤에 좋은 감에, 세손 벌린 모양인 고사리여, 두 손 납작 콩나물에, 고소한 미나리 채를 만들어 제를 지낸다. 바다로 내려가면 동쪽 바다에서 큰 전복을 서쪽 바다에서는 작은 전복을 갖가지 해초들을 뜯어다가 진상을 차리고 배를 붙여가니, 명주로 지은 옷 이 실바늘이 사르르 풀어가면서 아기씨 병이 낫게 되었다.

한집님은 청명 삼월이 되면 구멍마다 솟아나고 구시월 상강일이 되면 구멍마다 쉬여들던 어진 한집은 동순력 서순력을 돌고 있으면 무지한 인 간들이 달려들어 죽이고 하면 그것을 본 어린아이들은 도리어 병에 걸린 다. 그래서 큰 굿에 열두 섬석 받고, 작은 굿에는 여섯 섬석, 앉은 굿에는 석 섬을 당신이 된 아기씨가 받습니다.

자손 가정에 열두 흉험 주어가면서 제를 받아오던 영겁급이 좋은 한집 님. 불쌍한 자손들 그저 굿은 허물 증징상이랑 다 걷게 허여 주십서 하는 이 굿입네다.

　　　　　　　　　　　　　　　•표선면 성읍리, 남무, 한원평 구송

이제 아래 제시한 본풀이를 중심으로 제주 각 마을 당신들의 일생을 살피고 그 의미를 인물설화의 입장에서 생각하려고 한다.[12]

---

12 玄容駿, 『濟州島巫俗資料事典』(新丘文化社, 1980)에 수록된 자료이다. 자료의 표기 를 현 표기법 의해 고쳤다. 앞으로 이 책의 본풀이를 인용할 경우에는 〈번호〉로 대신할 것이다.

〈마을당 이름〉	〈마을〉	〈출전〉
〈1〉 궁당(천자또마누라본)	(제주시 용담동)	(591-596),
〈2〉 궤눼깃당	(김녕리 신당)	(636-647)
〈3〉 중문본향당	(중문, 회수)	(753-758)
〈4〉 월정 본향당	(구좌읍 월정리)	(749-655)
〈5〉 신풍. 하천 본향당	(성산읍 신풍이)	(693-698)
〈6〉 토산본향당	(표선, 토산리)	(706-712)
〈7〉 요드렛당	(표선. 토산리)	(712-721)
〈8〉 호근 본향당	(서귀시 호근동)	(744-746)
〈9〉 각시당	(제주시 삼도동)	(596-597)
〈10〉 오도싱 본향당	(제주시 오등동)	(601)
〈11〉 눈미 불돗당	(조천면 와산리)	(618-620)
〈12〉 당팟 하르방당	(조천면 북촌리)	(615)
〈13〉 세화본향당	(구좌읍 세화리)	(662-670)
〈14〉 세화본향당(금상님본)	(세화리)	(670-676)
〈15〉 삼달본향당	(성산읍 삼달리)	(689-693)

(3) 당신들의 생애

위의 당신 본풀이는 제주도 각 마을에서 전해지는 마을 당신의 내력담 중 대표적인 것이다. 이 당신들의 일생의 특징은 평생을 불운하게 살다가 마을에 들어와 당신으로 자리 잡지 않을 수밖에 없었다는 것이다. 우선 그 당신들은 출생 직후부터 버림받았다. 그러한 고난은 영웅신화처럼 이후에 영광을 얻기 위한 과정에서 당하는 고난이 아니다. 끝내 그들은 버림받은 처지로 방황하다가 결국 구명도식(求命徒食)하기 위해 한 마을을 택하여 머물게 되는 나약한 신이었다. 그들은 마을 부락민들에게 제사를 받는 대신 마을의 안위를 책임지겠다고 약속하면서 마을 사람들과 공생 관계를 유지하게 된다.

(가) 추방과 정배

이들은 대부분 버림받은 신들이다. 부모와의 갈등으로 어릴 때부터 버림을 받았든지, 부모 말을 거역해서 옥황에서 세상으로 정배 왔든지, 역적이 되어 몸을 보신하려고 피난 온 신들이다.

〈2〉 이혼한 백주가 아기를 낳아서 세 살이 되니 백주는 아기 아버지를 찾아주려고 해낭골굴왓들이란 곳으로 들어가 보니, 농막 안에서 연기가 나서 가보니 소천국이 있었더라.

백주가 아기를 내려놓으니, 그 아기가 아버지 삼각수염을 심어 당기면서 아버지 가슴을 마구 두드리는구나.

"이 자식 밴 때에도 내가 온몸이 부서지는 것같이 고생을 해서 살림도 제대로 하지 못했는데, 세상에 나와도 이렇게 나쁜 행동을 하니, 죽이려 해도 차마 죽일 수는 없고……"

한탄하는 말을 들은 소천국도 화가 치밀어서,

"이 자식을 먼 바다로 띄워버려야 하겠구나" 생각하였다.

소천국은 무쇠상자에 세 살 난 아들을 담아 자물쇠를 채우고 동해 바다로 띄워버렸다.

〈4〉 (…) 글공부 활공부하다 말을 안 들어 아버지 눈에 어긋나고 어머니 눈에도 거슬려서 삼부처를 귀양 보내기로 하여서 (…)

〈5〉 (…) 막내아들 개로육서또가 무쇠 쇠밧줄을 떼어내어 황소에게 끼우고, 황소 쇠밧줄을 떼어서 무소에게 끼우고, 아버지 젖가슴을 두두리고 하니, 무쇠상자에 담아서 탄탄한 통쇠로 채워 동쪽 용왕국에 귀양정배를 보내었다.

〈2〉 구좌읍 김녕리 궤네깃당의 경우, 강남천자국 백모래밭에서 솟아난 벡주또 여인이 천생 배필을 찾아 제주에 들어와 사냥꾼인 소천국을 만나 부부가 된다. 그 사이에 난 유복자가 이미 이혼한 부친 소천국에 대한 태도가 불손하여 무쇠상자에 담아 바다에 띄워 버린다. 〈1〉 본풀이에도[13] 이와 같은 기아 모티브가 있다. 〈4〉에서는 글 공부, 활 공부를 하지 않아서 귀양 오며, 〈5〉와 〈9〉 본풀이에서는 부모 말을 거역하기 때문에 부모에게서 버림받는다. 이외에도 두 번째 부인이 죄를 만들어 추방당하며〈6〉, 심술궂어 불효한 죄로 작은 바구니에 담아 서천 밭으로 던져 버리자 외톨이로 살아가게 된다〈8〉. 부모의 마음에 들지 않아서 아들을 죽이려고 사해 용왕으로 띄워 버린다〈3〉.

제주 당신들은 이와 같이 어렸을 때부터 부모에게 버림을 받게 되는데, 그 원인은 '부자간의 관계 파탄'이다. 효를 바탕으로 한 전통적인 부자간의 관계를 주인공 신들이 거역했기 때문이다. 〈1〉〈2〉〈3〉〈8〉은 부모에 대한 불경스러운 태도가 버림을 받는 주요 원인이 된다. 〈5〉〈6〉〈9〉 본풀이에서는 부모 뜻을 거역했기 때문에 버림을 받는다. 그런데 이러한 불경스러움이나 거역은 다른 원인에 의한 행동이나 태도가 아니고, 전적으로 추방당한 신들의 자유의지에 의한 것이었다. 수염을 뽑거나 가슴을 두드리거나〈1〉, 어머니 젖꼭지를 뜯은 죄, 아버지 수염을 잡아당긴 죄〈8〉 등

---

13 앞 페이지에 제시한 자료의 번호이다. 〈1〉 본풀이는 '〈1〉 궁당(천자또마누라본) 본풀이'를 말한다.

이다. 수염을 잡아당겼거나 뜯었다는 것은 아버지의 권위와 그 권위를 상징하는 위엄에 대한 도전이요, 가슴팍을 치고 젖꼭지를 뜯는 행위는 어머니의 사랑을 받아들이기를 거부하는 태도이다. 즉 부모에 대한 이러한 태도를 통하여 부모와 자식 간의 윤리 관계를 거부하게 되며, 이는 사회의 기본 가치에 대한 반항이다. 결국 그들은 자신이 처한 윤리적 상황에 반기를 들었기 때문에 추방당하게 된다. 그것은 그들의 자율적 의지에 의해서였다. 이러한 반역의 실상을 구체적으로 보여주는 것은 〈4〉〈5〉 본풀이다. 일상적인 생활의 범주(글 공부, 활 공부)에서 벗어나거나, 비정상적인 행위(황쇠 녹대를 무쇠에 메는 일) 등은 일상성에 대한 반역이라고 할 수 있다. 이렇게 본풀이의 주인공들은 사회의 고정 가치나 일상성에 반기를 들어 사회에서 적응할 수 없었기 때문에 추방당하게 된다. 이것은 누구의 탓이 아니라, 그들 스스로가 자초한 것이다.

이러한 기아(棄兒) 모티브와 추방 모티브는 세계 여러 지역의 영웅설화에서 흔히 발견된다. 특히 아기를 궤에 담아 물에 버려지는 '표류함' 모티브는 세계 여러 지역설화에서 나타난다. 제주 삼성시조의 부인들, 바리공주 이야기, 이스라엘 모세, 가락국기의 기록이나[14] 탈해왕의 기록[15]에서도 주인공이 갑(匣), 궤(櫃), 금합(金合)에 넣어 버려진다. 주몽도 기아이다.[16] 그러나 이들은 기아의 상태에서 벗어나 행운의 인물이 된다. 이런 기아는 영웅신화의 한 모티브로서 새로운 도약을 준비하는 통과 제의적 의미를 지닌다. 이들에게 주어진 기아의 상황은 일생의 어느 한 시기에서 부딪히는 시련을 뜻한다. 그리고 새로운 만남을 준비하는 시간이 된다. 어린아이로서 돌상자에 담겨 버려져 세상과 격리되는 사건은 이 세상이나 현실

---

14 『三國遺事』 卷1.
15 앞의 책, 卷1. 第4.
16 李奎報, 『東明王』에서는 유화가 왼쪽 겨드랑이에서 낳은 알을 금와(金蛙)가 불길하다고 버린다.

과는 다른 미지의 세계로 진입하기 위한 준비이다. 그리고 이렇게 버려진 상태에서 누군가의 도움으로 그 격리 상태에서 구원되어 통합될 수 있는 가능성을 마련해놓고 있다. 영웅신화에서는 결국 그 버려진 생명을 구원해줄 사람을 만나 시련은 극복되고 새로운 세계에 진입하게 된다.

그러나 제주도 당신 본풀이에서 추방과 기아는 철저하게 버려진 상태로 끝난다. 결국 그들은 불행한 처지에서 벗어나지 못한다. 시련의 단계가 아니라 영원히 이 세상에서 추방된다. 그들은 그 버려진 상황에서 타인을 만나지만 그들의 도움으로 새로운 세계에 들어가지 못하고 다시 추방당하고 방황하게 된다.

하늘나라에서 제주로 정배 온 신들도 있다. 이들은 하늘나라 옥황상제의 뜻을 거역했기 때문에 인간 세상으로 쫓겨온 것인데, 그 세상에서 가장 살기 어려운 제주로 온 셈이다.

〈9〉 (…) 부모 명령 거역하시와 궁녀 시녀에게 물밥을 주어서, 궁녀 시녀가 굶어죽게 되었으니, 상제(上帝)가 명령하여 딸을 인간 세상으로 나가라 하시니,

〈10〉 (…) 구월 초 여드렛날 인간을 구경하러 내려와 보니, 그중 색이 고은 방울을 한 방울 두 방울을 씹어, 옥황으로 아버지 나라에 올라갔더니, 아버지께서 "너는 인간 백성 먹는 녹을 먹어시니 이 하늘나라에 둘 수 없다. 어서 나가라 하시니……."(…)

〈13〉 (…) 금상님은 서울 동적강을 내리뛰어서, 전선(戰船) 한 척이 있거늘 당신 혼자 배에서 내려 혼자 양돛대 산호나무 양식을 가득 실어서 백만 군사를 거느려 피난처로 나간다. 열두 바다를 건너서 제주 바다에 들어올

때 (…)

〈15〉 (…) 아바님 살아나고 말씀하시되, "너는 역적에 밀려 여기에서 살
수 없을 것이니 어서 피난하라." 그래서 피난을 오는데 제주를 향하여 오라
(…)

〈13〉〈15〉본풀이에서는 서울에서 왕을 거역하여 역적이 되어 제주도로
피난 온다. 〈11〉본풀이에서도 옥황상제의 막내딸은 부모 눈 밖에 나서
인간으로 귀양 왔다. 이렇게 인간 세상으로 귀양 온 신들이 제주도에 좌
정하였다는 것은, 제주도를 천상(옥황)과 대칭되는 유배지로 인식했기 때
문이다.

그들은 옥황상제의 명을 거역하거나 또는 그곳의 질서를 파탄함으로
써 지상(제주)으로 정배되거나, 역적이 되어 절해의 섬으로 피난 온다. 중
심부 질서에 적응하지 못했기 때문에 일탈할 수밖에 없었다. 일반 신화에
나타난 격리는 그 세력과 영원히 이탈하는 분리가 아니라, 그 일탈을 계
기로 삼아 새로운 세계로 진입하는 통합의 과정이 된다. 그러한 상황에서
주인공은 오히려 적극적으로 새로운 세계에 참여하게 된다. 그것은 과정
으로서의 시련이 되기 때문에 삶의 한 기폭제로서 생동력을 더해준다. 죽
음은 절망이 아니라 또 다른 회생을 약속한다는 상징체계이다. 그것은 그
신화를 향유했던 사람들이 세상의 질서를 긍정적으로 인식할 수 있는 처
지가 되었기 때문이다. 그러나 제주의 신들은 영원히 절해의 섬에 격리되
어 정배생활을 해야 할 상황에 처해 있었다. 새로운 세계를 구축하기 위
한 시련의 정배가 아니고, 영원히 중심부 세계로부터 추방당한 낙오된 신
이 되어 버린다.

부모의 명을 거역하고 인간세계로 추방된 딸은 방황하다가 각시당신

이 되어 불도(佛徒)로부터 봉제를 받는 한집이 되거나〈9〉, 인간세계에 탐심을 가진 죄로 추방당한 천지왕의 아들은 제주시 오등리 지경에 좌정, 만민자손들이 바치는 제물을 받아먹고 살며 그 대신 그 마을 사람들의 안위를 도와준다〈10〉. 그들은 천상으로 돌아가거나 새로운 세계를 만드는 일에 참여하는 권능을 가진 신이 아니라, 단지 목숨을 이어가기 위해서 마을 사람들의 제사나 기다리며 겨우겨우 살아간다. 즉 그들은 한 마을에 좌정하기는 하였으나, 전능한 신의 자리에서 몰락한 신으로 겨우 자기 생명을 보존하며 살아간다.

천상계(天上界)에서 인간세상으로 정배 온 신의 내력담에 비해, 역적의 처지로 귀양 또는 피난 온 신의 이야기는 플롯이 구체적이고 캐릭터도 훨씬 더 현실적이다. 〈13〉의 금상님은 출생부터 비상한 인물이었다. 하늘을 아버지로 땅을 어머니로 하여 출생한 그는 하늘과 땅의 화합의 결과이므로 인간계를 다스릴 만한 능력을 갖고 태어났다. 구 척 장신이요, 봉의 눈, 삼각수염, 출중하게 뛰어난 외모, 갑옷을 입고 언월도 비수검에 무쇠로 만든 신을 신은 그는 천하를 다스릴 훌륭한 장군감이었다. 그러나 왕은 그를 그냥 두지 않는다. 그는 힘과 능력으로는 왕을 제압할 수 있었으나, 그것이 땅의 질서에 어긋났기에 순순히 잡혀 여러 역경을 극복하고 결국 제주도로 피난 오게 된다. 나라를 차지할 만한 힘과 능력이 있었으나 그 모든 것을 포기한 채 자신의 신변의 안전을 위해 피난처로 찾아든 것이다. 그것은 현실의 제도와 이데올로기와 싸워 새로운 나라를 건설하는데 실패함을 뜻한다. 때를 만나지 못해 역사의 불운한 인물이 된 '날개 달린 아기장수'와 같은 인물 신이라고 할 수 있다.

그는 피난 와서 하늘이 배필로 정해진 백주와 결합하는 데도 '장군이 먹는 음식' 때문에 처음부터 문제적 인물이 된다. 장군의 모습을 그대로 갖고서는 척박한 제주 땅에서 살아갈 수 없었다. 제주는 그를 받아줄 상황이 아니었다. 그래서 백주의 제의에 의해 '장군이 먹던 음식을 거절'하기로 약속하고 그녀와 결합한다. "팥죽 쑤어, 목가시라(목욕하라). 수지로 목욕하라. 자청취로 목욕하라. 청감쥐로 염짐하라(양치질하라)." 이렇게 하여 백주와 부부가 된다.

여기에서 목욕은 과거 가졌던 장군의 기운을 깨끗이 청산하여 제주사람으로 살아가기 위해서 필요했다. 이것은 장군을 거부하는 의식이요, 평범한 일상인으로 살아가는 하나의 절차이다. 피난처에서 타고난 대로 살아갈 수 없어 처지가 절박하게 되었다. 그러나 그는 끝내 제주사람으로 변모할 수 없는 불행한 신이 된다. "한 달 두 달 석 달 열흘 백일이 넘어 가니 피골이 상접허여 죽을 지경에 당하여 가니 백주님이 민망허여 '날 같은 소녀 하나로 천하 명장이 주려 죽게 되었으니 이런 답답함이 어디 있으랴'" 하고는 천자에게 말하여 그의 구명책을 강구한다. 장군으로서도 장군이 아닌 평범한 일상인으로서도 이 땅에서 살아갈 수 없는 불운한 처지가 된 것이다.

〈15〉본풀이도, 역적으로 몰려 제주도로 쫓겨 온 신의 내력이다. 황정승이 병이 들어 백약이 무효하다 하여 황우혈을 받아먹으면 병이 낫게 되었으나, 그가 역적이므로 나라에서 피쟁이 도쟁이를 모두 잡아가 버린다. 할 수 없이 작은 아들이 소를 잡아 황우혈을 받아 아버지 황정승께 드리니 병이 치유된다. 그러나 그는 역적을 살린 죄로 또 다른 역적이 되어 제주도로 쫓겨난다. 자식이 부모의 병을 치유하기 위한 행위는 윤리적으로 정당하다. 그러나 그러한 정당성이 수용될 수 없는 현실은 그를 고통스럽게 만든다. 큰아들도 둘째아들도 아버지 병 치유를 위해 온갖 일을 다 하지 않은 것은 그 사회의 경직성 때문이다. 그래서 효심이 많은 작은 아들이 몸소 백정(피쟁이)이 되어 소를 잡고 아버지를 구했으나, 그의 효심은 "양반 자녀가 스스로 피쟁이가 되었다"기에 죄인이 되어 양반 세계에서 추방당하게 된다.

제주도로 피난을 왔다는 사실은, 제주도가 당시에는 사회가 수용할 수 없는 인물들을 받아들여 새로운 사회 질서를 생성할 수 있는 땅임을 시사하는 것이다. 이러한 사실은 제주에 쫓겨 온 사람들의 사회 역사적 성향을 설명하면서, 동시에 제주에 살고 있는 사람들의 의식을 상징적으로 대변해준다. 그것은 당시 사회를 지탱하고 있는 경직된 도덕률에 대한 제주사람들의 의식을 표출하는 것이며, 또한 중심부 사회제도와 역사에 대한 제주사람들과의 관계를 설명한 것이다. 그러한 의식의 요체는 저항이지만, 그것은 기존의 사회 역사에 대한 주변적 의식이다. 추방한 세력과 추방당한 세력 간의 관계를 설명하면서, 현실 지배이데올로기에 대한 저항을 통해서, 뜻을 펴지 못한 특별한 인물을 통해서 주변지역의 새로운 이데올로기를 만들어가고 있는 것이다. 제주사람들은 이러한 불행한 인물들과 신들의 일생담을 통해 불모의 역사와 폐쇄된 사회에서 살아왔고 살고 있는 사람들을 생각하면서 자신을 증폭시킨다. 제주사람들은 불운한 인물과 신적 존재에 대한 동정과 연민을 갖는다. 이렇게 되면서 당신과 향유자들은 서로 동일성(Identity)을 갖게 된다. 여기서 본풀이는 문학적 의미를 얻게 된다.

결국 제주 당신 본풀이의 발단은 주인공들이 부모의 뜻을 거역하거나 절대적인 힘에 의해 정배 당하면서 시작된다. 이들 본풀이 모티브를 분석할 때, 27편 중 죄 아닌 죄로 돌이나 무쇠 상자에 담겨 추방되거나 다른 이유로 유배되는 경우가 20편이 된다. 이러한 주인공의 처지는 영웅신화의 일반적 구조에서 나타나는 통과제의적인 면과는 다르다. 누구에 의해 구조될 수 있는 개연성이 전혀 없는 '영원히 버림받는 불운한 신'으로 쫓겨 가거나 몰락하게 된다. 이렇게 시작되는 당신의 일생은 당신 본풀이의 특징이다.

당신 본풀이에서 '제주'는 공간적인 상징성을 지니고 있다. 〈9〉〈10〉〈11〉 본풀이에서 제주는 옥황인 하늘나라와 대립되는 공간인 지상과 동일한 의미를 갖는다. 이것은 서울(나라)과 상대되는 절해고도 제주와도 호응된다. 위와 같은 관계는 아기가 버림을 받는 공간과 의미가 통한다. 부모는 자식을 그들이 처음에 살았던 공간과 전혀 다른 곳으로 추방한다. 용왕국으로 설명하는 이 땅은 원래 그들이 살았던 바다와는 절연된 공간이다. 이같이 극심한 '시련의 공간'은 다시 수용할 수 없는 영원히 격리되고 버림받은 땅이 된다. 버림받은 땅에 내버려진 신의 운명은 끝없이 방황하다가 안주할 곳을 찾지 못한 채, 욕망의 갈증을 채우지 못한 허기로 고통당하면서 세상을 원망하는 신으로 변모하여, 결국 흉험(凶險)을 무기로 사람들이 거부하는 위험한 존재가 된다. 이러한 상황에서 살아남기 위해서는 사람들과 타협하여 제사를 받음으로 제주사람들과 함께 살아가는 특별한 인간적인 신이 된다.

(나) 구명도식(救命圖食)하는 신

출생부터 부모들에게 추방당한 신들은 끝없는 방황을 계속한다. 그 기간은 새로운 삶의 계기를 마련하기 위해 필요한 '일시적 액'[17]이 아니다. 주인공들에게 그 기간은 고통스러운 삶의 전조(前兆)로 죽음과 삶이 갈리는 절박한 상황이었다.

일반신화에서는 이와 같이 추방당한 신들은 위기에서 구출되어 세상으로부터 수용당하게 되는 전환의 계기가 된다. 탈해의 경우, 용성국에서 태어나자마자 버려져 바다에서 떠돌다가 드디어 가락국을 경유하여 신라

---

17 김열규, 『한국의 신화』, 일조각, 1977, 59면.

에 당도한다. 그 후 한 노파에게 발견되어 구원을 받게 된다. 주몽은 금와(金蛙)가 불길하다고 알을 버렸으나, 모든 말들이 그것을 밟지 않고 짐승들도 알을 잘 보호하여 다시 살아난다. 강가에 버려진 모세는 애급왕 바로의 딸에게 발견되어 구제를 받고 궁중에서 자라게 된다. 당신 본풀이에서도 버려진 아이들이 용왕국 막내 공주에게 발견되어 구제를 받고 용왕국의 사위가 되지만 다시 추방당한다.

〈1〉(…) "내 재간을 가지고 사위 하나 못 먹이랴. 하얀 소도 천 마리, 닭도 천 마리 석 달 열흘 먹이니, 동쪽 궤도 비고 서쪽 궤도 비어간다. 용왕국이 말을 하되, 이거 아니 되겠구나. 너 때문에 얻은 사람이니 네가 데려서 나가거라."

〈2〉(…) 막내딸이 칠첩반상기(飯床器)를 차려 들어가 드리니 눈을 거들 떠 바라보지 아니한다. 작은 딸이 말하되 "조선국 장수님아 뭣을 잡스시겠습니까?" "내 나라는 소국이라도 돼지도 한 마리를 먹고 소도 한 마리 전부를 먹는다." 그 말을 듣고 아버님께 여쭈니 용왕국대왕이 말씀하시되, "내 재산을 가지고 사위 손님 하나 대접하지 못하겠느냐?" 날마다 돼지를 잡고 소를 잡아 가니 동창(東廠) 서창(西廠)이 다 비어 간다. 요왕국이 생각하니 사위 손을 두었다가는 용왕국이 망할 듯하다. "여자는 출가외인이니, 네 남편 따라서 가거라."

이 외에 〈2〉〈3〉〈5〉〈6〉본풀이에서도 구원을 받아 타인에게 수용되었다가 다시 추방당하는 과정은 비슷하다. 막내딸에 의해 구조되어 다시 새로운 상황에 편입되려는데, 대식가인 사위를 두었다가는 용왕국이 망할 형편이어서 사위와 딸을 함께 내쫓아 버린다. 〈12〉본풀이에서는 플롯이 없고 그냥 '사위손이 너무 불량하니 귀양정배나 마련하자'로 되어 있다.

기아 추방의 상태에서 다시 재편입하였다가 쫓김을 당하는 이유는 무엇인가? 그것은 주인공이 새로운 상황에 처하였으나 그가 본래부터 가졌던 '대식하는 욕망'을 포기하지 않았기 때문이다. 가장 원초적인 먹는 욕망은 생명 유지를 위해 필수적이지만, 문제는 남보다 많이 먹는다는 그 예외성에 있다. 남보다 많이 먹어 한 나라가 망하게 된다는 사실은 욕망의 극대화를 나타낸 것이며, 그것을 버리지 않으면 다른 세계에서도 수용될 수 없게 된다. 그러나 새로 수용당한 그 사회에 적응하기 위해서 주인공은 본래의 욕망을 버릴 수 없었다. 여기에서 주인공은 어느 사회에서도 수용될 수 없는 특이한 존재가 된다.

〈2〉본풀이에서, 버림을 받은 주인공 아기가 용왕국에 당도하여 작은 딸과 결합하여 음식상을 차려 들고 가나 거들떠보지도 않는다. 그 이유를 묻자, "내 나라는 소국이라도 돼지도 한 마리, 소도 한 마리를 먹는다"고 대답한다. 소국인으로 많이 먹는다는 사실은 소국인인 자신의 존재성이 그가 처한 세계에 적응할 수 없음을 의미하며, 그러한 상황에서 스스로 적응하려는 노력도 하지 않는다. 그것은 세계에 대한 저항의 의지를 굽히지 않음을 의미한다. 그러한 그의 의지는 용왕국에서도 받아들여지지 않아 다시 추방당한다. 그는 결국 제주도로 돌아와 돈제(豚祭)를 받으면서 구명도식한다. 이 돈제의 의미는 섬사람들이 갖는 욕망을 대식가인 신에 대한 제의를 통해 극복하려는 심리적 보상행위이다. "가난한 백성이 어찌 소를 잡아 위할 수가 있겠읍니까. 가가호호의 돼지를 잡아 위로하겠습니다." 이와 같이 돼지를 잡고 정성을 다하여 위로하는 가운데 못다 이룬 욕망을 제의로 해소하려는 것이다.

그러한 대식가인 신들은 결국 '얻어먹는 신'으로 전락한다. 위함을 받을 신들이 위해 주는 자들이 없을 때, 비극적 정황에 처하게 된다. 대식하려는 욕망은 좌정하기 전에는 이뤄지지 않는다. 좌정은 신의 활동이 정지된 상태로 신적 권위와 능력이 소멸됨을 의미한다. 당신이 된 그는 아무 일도 하지 못하고 겨우 마을 사람들을 위험으로부터 막아주면서 그 대신 제사를 받아 배고픔을 면하려고 한다. 이렇게 제주 당신들은 신의 권위와 능력을 상실한 채 굶어죽지 않을 정도로 봉양을 받아 구명하는 신이 되었다.

〈12〉 (…) 당구들 노바름한집 뒤로 당팟 할아버지 할머니가 왔습니다. 그래서 그물로 고기잡이를 잘 하도록 도와주어서 그뭄날과 열나흘 버리마제장제 고사를 지내는데 돼지 잡아 제사를 지내니 얻어먹어라.

이와 같이 풍어를 도와서 얻어먹는 신 외에도, 외조부인 천자를 찾아 제주에 들어와 벼루물(硯水)이나 떠놓으면서 얻어먹으려는 신〈13〉, 대식가이기 때문에 용왕국에서 추방당하여 다시 제주에 돌아왔으나 너무 많이 먹기 때문에 한라 백관이 불쌍히 여겨서 제민공연(諸民供宴) 받게 하여 좌정한 신. 이들처럼 제주에 들어온 신들에게는 배고픔을 면하는 일이 시급했다. 그래서 "은도 싫습니다. 금도 싫습니다. 땅 한 필, 물 조금 나눠주면 구명도식 하겠습니다"라고 간청한다. 이들에게 절박한 것은 목숨을 연명하는 일이다. 그래도 이들은 다행스러운 신들이다. 누구도 거들떠보지 않아서 결국 굶어 죽는 신들도 있기 때문이다.

제주도 당신들은 결국 배고픔에서 벗어나질 못한다. 배고픔은 생존에 대한 위협이다. 신이 배고프다는 사실은 역설이고, 더구나 신이 배가 고파서 살아가기 힘들다는 것은 있을 수 없는 역설적 사실이다. 역설이 현실로 나타나는 땅이 제주이다. 신들은 어디를 가서도 살아갈 수 없어서 결국 다시 추방당하는 처지가 된다. 그래서 절박한 상황에 놓이게 되자 마지막으로 그들이 지니고 있는 권능으로 인간들에게 몹쓸 흉험(凶險)을 나타내어, 인간들과 타협을 시도하여 생존을 도모하려한다.

〈2〉 (…) 서른여덟 가운데 골 스물여덟 아랫골 열두 풍문 조화를 불러주니 고려 때 심방은 상통천문(上通天文)하고 하달지리(下達地理)하야 (…)

〈13〉 (…) 백주님이 일곱중치에 풍문조화를 불러줘서 천자님이 상(床)을 받게 합니다.

〈14〉 (…) 백주가 밤에 홀연히 달려들어 암닭 울려 목을 그치게 하고 큰 딸애기 흉험으로 목이 막혀 죽게 되어 심방 불러 점을 치니 (…)

좌정한 후에도 그 신을 알아주지 않자, 자기의 능력을 부락 사람들에게 알려 제사를 받게 된다. 이렇게 신들의 능력으로서의 흉험은 겨우 자신의 생명을 유지하는 최후의 수단이 된다. 이 외에도 〈3〉에서 부모에게 조화를 부려 배고파 다시 왔음을 알리고, 좌정할 곳을 찾지 못한 채 두 주일을 방황하여도 누구 하나 거들떠보지 않자 흉험을 내려 행원리 마을에 온통 흉년이 들도록 한다. 그러자 좌정할 곳이 마련되고 마을 사람들에게 제사도 받게 된다. 〈4〉의 경우는 신이 온 마을에게 질병을 퍼뜨려 마을 사람들에게 자신의 존재를 알리고, 마을 사람들의 봉제(奉祭)를 받게 된다. 온평, 신산 본향당의 경우 개인에게 풍운조화를 주어 신의 능력과 그 진노함을 세상 사람들에게 알려 제를 받는다. 이렇게 해야 그들 당신은 배고픔에서 벗어나 생존을 유지하여 살아갈 수 있다. 영험이 좋은 신일수록 배고픔에서 해방될 수 있다. 〈7〉에서 '자손 가정에 열두 숭엄 주어가며 제사를 받아오던 영급 좋은 신'의 모습이 드러난다. 이러한 흉험은 자기 생존을 유지하기 위한 수단이면서 신과 사람과의 차별성을 말해주는 것이다. 이러한 배고픈 신이 백성들에게 흉험으로 진노를 보이는 것은 당신까지도 살아가기가 어려운 땅의 상황을 설명하는 것이다.

또한 신들은 흉험 외에 마을 사람들과 '공생의 약속'을 통해 제사를 받기도 한다. 〈11〉에서는 사람들에게 제사를 받으면 그 값으로 자식을 낳게 해주고 자손들을 많이 두게 해주겠다고 약속하고, 음력 7일, 17일, 27일에 제사를 받는다. 또한 제사를 받고 그 마을 사람들의 질병, 옴, 종기, 이질, 복통, 아기아픔을 걷어주기로 한 신〈6〉도 있다.

추방되어 방황하면서 배고파하며 살아가는 당신들에게 가장 절실한 문제는 배고프지 않고 살아가도록 돌봐주는 마을을 찾아 좌정하는 일이다. 이것은 인간의 보편적이고 원초적인 안주의 욕망과 다르지 않다. 아직도 삶의 터를 제대로 정하지 못하고 살아가는 사람들에게 터 잡고 살아갈 공간을 얻는다는 것은 매우 의미있는 사건이다. 육지에서 여러 사정으로 쫓겨나 제주에 들어와 정착할 마을을 찾아다녔던 제주사람들의 모습과 이 당신들의 처지는 매우 유사하다. 이렇게 각 마을에 좌정한 당신들의 모습은 그 마을을 이룩한 제주사람들의 모습을 상징화한 것이다.

당신들이 마을에 좌정한 내력을 살펴보면 제주 당신의 모습이 더 분명해진다. 우선 이들은 이미 좌정한 신이 없는 곳을 찾아서 터를 잡는다. 그것은 신이든 일반 사람들이든 간에 주거를 정하는 첫째 조건이 된다. 당신이 없으므로 마을 사람들로부터 제사를 받을 수 있고, 다른 신과 다투지 않아도 되기 때문이다.

〈7〉(…) 열누니(현재 온평마을) 수전개로 배(船)를 부려, 맹호부인(온평리 본향당신)에 명암(名啣) 한 장 드렸더니 "이 마을에 토지 신이 하나이지 둘이 될 수 없다. 땅도 내 땅이요, 물도 내 물이여. 자손 가정 내 자손이 되었으니 어서 나가거라." "예, 어디에 가면 임자 없는 마을이 있겠습니까?"
"해 돋는 방향으로 저 토산(마을 이름)으로 가봐라." (…)

　여기에서 좌정할 곳 때문에 분쟁하는 당신의 처지와, 당신이 없는 마을을 찾아가서 좌정하는 과정이 나타나 있다. 신들은 일정한 장소에 좌정하는 일은 숙명적인 사실로 인식된다. 천기지기(天氣地氣)를 봐서(교래리 마을), 지혈이 떨어진 곳(하천, 세화, 표선 마을), 세상의 변란을 막은 대가로 좌정하여 제사받기를 요구한 당신들도 있다.

　교래리 본향당의 경우에도 "돔배오름(岳)에 좌정하여 천기를 짚어보니 교래리 마을에 땅을 차지한 신이 없어 그 마을 굴 존위(尊位) 경민장(警民長)을 불러다……" 마을 사람들의 내력을 묻고 그곳을 차지하여 땅을 맡은 신이 된다. 노늘당의 경우도 같다. 동복 마을 본향당의 경우는 "부락이 없을 때, 동복에 와서 굴묵밭에 살면서 마을을 설촌하고……"처럼 부락의 형성과 함께 신이 좌정함을 보여 주고 있다. 신이 마을에 좌정하지 않았다는 것은 부락이 이뤄지지 않았다는 뜻이다. 주재할 신이 없는 부락은 공동제의가 형성되지 않았으므로 진정한 의미의 부락은 아니라는 것이다.

　다음 본풀이를 보면 배고픈 당신의 모습이 뚜렷하게 나타나 있다. 오 좌수 첩이 되었던 이씨 처녀는, 오 좌수가 죽은 후에 그 아들로부터 푸대접을 받으면서도 집 앞에 초막을 짓고 정절을 지키며 살다가 죽어 오씨 집안에 흉험을 주고 얻어먹으며 살아간다(호근리 마을 여드랫당). 〈8〉에서 대정 형방이 한라산 신의 막내딸을 구제하여 데리고 다니다가 하마석(下馬石) 위에 던져 버리자, 그녀는 결국 감옥을 관장하는 신이 되어 정성을 받으며 살아간다.

　이러한 당신들은 배고픔을 면하기 위해 마을을 찾아 좌정다. 어디서도 받아주지 않는 처지에 어느 한 곳에 머물게 된다. 이렇게 떠돌이 신이 마을을 선택하여 좌정하는 것은 제주사람들이 정착지를 찾아다니다가 한 지역에 정착하여 마을을 이루게 되는 형편과 통한다. 그런데 이렇게 마을에 좌정한 신들에게 구명도식이 뜻대로 이뤄지지 않거나 생존에 위협을 받게 될 때 원망의 신으로 변하는 경우가 있다. 이 원망의 신의 대표적인 예가 사신(蛇身)이다.

(4) 원망의 신과 사람들의 한

원망의 신들은 흉험을 통해 자기 존재를 나타냄으로 구제를 받게 된다. 이들 원망의 신들은 처지가 매우 어렵기 때문에 이를 극복하려는 노력도 강렬하다. 이러한 신으로 대표적인 것은 사신(蛇身)이다. 표선면 토산리 지경에 좌정한 요드렛당 계의 본풀이〈7〉에 나타난 성산, 표선, 남원 지역에 분포되어 있는 당신들이 그러하다. 이들의 일생을 잘 보여주는 것으로 대표적인 것이 "요드렛당 본풀이"이다. 이 당신인 뱀신은 이 지역의 일부 부녀자들 사이에 신앙의 대상이 되어 지금까지 민속으로 잔존해 있다. 이제 원망의 신인 뱀신의 모습을 살피고, 뱀 신앙의 실상과 그 의미를 생각해 보려고 한다. 이 뱀신의 삶의 양식은 제주 당신 본풀이와 제주사람들과의 관계를 설명해주는 좋은 예가 될 것이다.

토산당 본풀이〈7〉은 목사와 뱀의 갈등으로 시작된다. 나주 금성산(錦城山)에서 솟아난 이 신은 흉험이 너무 강해서 목사들이 부임하면 백일을 다 채우기 전에 죽게 된다. 일반 서민의 입장에서 볼 때, 뱀의 흉험이 지방 권력을 행사하는 목사에게 미쳤다는 것은 배고픈 신들이 구명도식하기 위한 흉험과는 비할 바가 아니다. 그러나 용기 있는 양 목사에 의해 뱀과의 싸움도 끝이 난다. 양 목사가 뱀을 공격하자 뱀은 바둑돌로 변신하여 제주로 들어온다. 역시 본토에서 살아갈 수 없는 신이 제주로 들어온다는 사실은 제주도 사람들의 존재양식을 설명하고 있다.

이러한 '제주입도(濟州入島)' 모티브는, 옥황에서 죄짓고 추방되거나 정배당하는 경우와 같다. 신들도 절대 권력과 대결하면 패배할 수밖에 없었고, 결국 마지막 피난처인 제주까지 쫓겨 오게 된다. 그러나 제주에 들어와서도 시련과 도전은 계속된다. 하천 리 마을에 이르렀을 때, 이곳 당신인 개로육서또라는 남자 신이 토산 마을까지 쫓아오면서 그녀를 희롱한다. 그녀는 더러운 놈이 붙잡았던 팔목을 깎아버린다. 그러나 그러한 그녀의 순결도 세상에서 용납되지 않는다. 토산 메뚜기마루에 좌정했는데, 용왕국으로부터 개로육서또의 말을 듣지 않았다고 꾸중을 듣는다. 그리고 하녀를 데리고 냇가로 빨래를 나갔다가 도적들에게 정조까지 유린당하여 결국 원망의 신이 된다. 이 원망의 신의 처지는 일반 당신처럼 구명도식이 어려운 상황 정도에 그치는 것이 아니다. 쫓겨났고, 희롱을 당했고, 결국은 정조까지 유린당했으니, 여자로서는 천추의 한을 품게 된다. 그러한 원망의 신은 그 한스러움을 풀기 위해 사람들과 가정에 더 큰 흉험을 주면서 자신의 존재를 세상에 알려서 결국 사람들로부터 진상을 받는다.

〈7〉본풀이 외에도 흉험이 특히 심한 당신들이 있다. 예촌 허 좌수가 말을 탄 채 당 앞을 지나다가 흉험이 붙자 당신인 뱀을 죽여 버린다. 뱀이 청비둘기로 변신하여 원망의 신이 되어 허 좌수의 자손들을 모두 죽여 버리고 그 재산도 모두 잃어버리게 만든다(예촌본향당). 그런데 이렇게 망한 허 좌수도 원망의 신이 되어서 그 당신과 같이 사람들로부터 위함을 받게 되었다. 이것은 허 좌수의 원망의 신이 인간들에게 복수하는 것을 두려워하기 때문이지만, 실제로는 두 원신(怨神), 즉 원망한 신과 원망 받은 신이 동거함을 통해 뱀신과 인간들이 서로 공생 공존함을 보여준다.

대사(大祀) 퇴치가 관리에 의해 이뤄진 예는 김녕뱀굴설화이다. 이 설화에서 뱀신을 퇴치한 판관의 죽음은, 뱀신으로 대신 되는 향유자의 의지와 판관인 통치 세력 간의 갈등을 의미한다. 뱀에 대한 제의는 일반 민중들의 자기 구제의 한 방법이었다. 그러한 의식을 통해 뱀신과 같은 처지에 이를 수 있다. 그것은 풍요일 수도 있고, 인간 본능일 수도 있다. 서련 판관의 입장에서는 대사에 대한 제의가 하나의 민폐라는 현실적 문제로 인식한다. 목민관은 백성들을 구제한다는 그 명분을 통해 자기 권력의 강화를 시도하였다.

일반 본풀이와 뱀신 본풀이의 차이는 당신들의 원한이 보다 강하다는데 있다. 대개의 신들이 구명도식을 위하여 흉험을 퍼뜨리지만, 토산 요드렛당신 본풀이에서 흉험은 자기 원한을 극복하려는 정신적인 보상의 기제가 된다. 육체만의 보전이 아니라 정신적 보상에 더 큰 의미가 있었다. 그러기에 원망의 신들은 일종의 '몰락한 문화적 영웅(culture-heroes)'[18] 이라고 할 수 있다. 이런 면에서 토산 지역의 뱀 신앙은 새롭게 인식되어야 할 것이다.

원망의 신들이 당신이 되어 마을에 좌정하고 부락민들에게 제사를 받아 신원(伸寃)되고 그 값으로 마을 사람들에게 평안을 주는 예는 많다.[19] 요드렛당은 당제 외에도 하나의 민속신앙으로 사신 숭배 행사가 행해지고 있다. 원한이 많은 영일수록 무속사회에서는 신앙이 대상이 되었다. 이것은 그 사회를 이루는 사람들의 정신적 상황을 설명해 준다. 어두운 시대일수록 원망스럽게 살다가 세상을 떠난 원혼들이 많다. 삶의 고통스러울수록 무속에 대한 신앙이 변화하기 마련이다. 제주의 뱀 숭배 민속신앙은 이런 입장에서 고찰할 필요가 있다. 이것이 제주 당신 본풀이의 성

---

18 A. R. Rad Cliffe-Brown, op. cit., *The Sociological theory of totemism*, p.126.
19 동해안 주문진 성날, 해랑당 설화와 충남 청양군 운곡면 노루목당 등이다.

격이면서, 또한 한이 많은 당신들을 숭배하고 의지하며 살아야 했던 제주 사람들의 정신적 상황도 설명하고 있다.

당신들은 자신의 구명도식을 위해 인간들에게 흉험을 나타내고, 인간들은 그것이 두려워 그 신에게 제사를 드림으로 사람들은 신들과 친해져서 공생관계를 유지하게 된다. 그러므로 원망의 신에 대한 제의는 일종의 '액땜'이라 할 수 있다. 제의로 '액'에서 벗어날 수 있다는 것은, 자기의 원통함을 제의를 통해 원망의 신에게 투사함으로 화를 피해 가려는 제의자의 적극적인 행위인 것이다. 죽은 자의 원한을 다스리기 위해 제사를 올리는 산 자는 실제적으로 자기 자신의 원한을 다스리는 것이다. 그러므로 모든 죽은 영혼을 위한 제인 사령제(死靈祭)는 일차적으로 죽은 자를 위한 것이면서, 이차적으로는 살아있는 자의 무의식으로 떨어져나간 자율적 심복합(autonomous complex)을 소화하여 처리하는 치료의식이기도 하다.[20] 곧 원망스러운 혼령의 한은 살아있는 사람의 한이다. 그러므로 제주 당신 본풀이들의 주인공의 한은 바로 제주사람들의 한이라고 생각할 수 있다.

이렇게 생을 행복하게 살지 못하고 원망하며 마음에 쌓아둔 축적된 잔재감정(Gefuhlsrest)[21]이 집단 무의식화되어 당본풀이로 표현되었던 것이다. 제주사람들은 제의를 통한 사신 숭배로 원망의 신들의 욕망을 충족시켜 주었고, 원망의 영혼들과 만나며 자기를 인식할 수 있는 경지에 이름으로, 대상과의 결합(Conjunction)을 체험하는 자기완성의 경지에 도달할 수 있게 된다.[22] 그러므로 제주도에 있는 뱀신 숭배의 민속은 신앙이 아니라 원령(怨靈)을 달래는 행위이며, 궁극적으로는 자기 구제의 한 방법이

---

20 이부영, 「寃鬼現象의 分析心理學的 理解」, 『한국사상의 원천』, 박영사, 1976, 314면.
21 이부영, 「怨靈의 恨의 心理」, 『傳統藝術과 民衆藝術』, 민음사, 1980, 107면.
22 앞의 책, 같은 면.

될 수 있다. 뱀신의 극렬한 흉험(절망적 사건)을 통해 사람들은 뱀신의 존재를 깨닫고, 그들 무의식 속에 자리 잡은 자기들의 공통된 원한을 되살리게 된다. 뱀은 집념이요 정욕을 상징한다. 원신들의 좌절된 욕망이 뱀으로 변신을 가능하게 한다. 뱀은 정신적 에너지의 형상(Carl G. Jung)이라고 한 점도 이와 통한다. 사신숭배는 인간의 무한한 욕망에의 기원이다. 그것은 버림받으며 불행하게 살아왔던 제주사람들의 무의식의 소산이다.

이런 의미에서 김녕사굴설화는 민중의 의지로 대신 되는 당신과 현실적 권력 의지와의 갈등 투쟁을 보여준 것이며, 서련 판관의 죽음은 민속신앙을 통한 향유자의 의지가 권력 의지를 거부한 것이라 생각할 수 있다. 또한 판관은 애초부터 뱀을 퇴치한 것이 아니라 흉험이 극심한 당신을 퇴치해 보니까 그게 뱀이었다고 볼 수도 있다. 이는 토산 요드렛당 본풀이와 예촌 본향당 본풀이와 같은 원신인 사신(蛇身)을 숭상하는 무속신앙이, 절대 권력의 상징인 판관과의 갈등 투쟁에서 승리했다는 점에서, 제주사람들의 끈질긴 저항정신을 형상화했다고 이해할 수 있다.

(5) 제주사람들의 존재 양식

당신은 한 부락의 정신적 지주이며, 당신 본풀이는 신의 근본을 풀어내는 서사이면서 동시에 그 신과 함께 살아온 부락 사람들의 내력담이기도 하다. 그러므로 당신에게 제사할 때에 심방이 읊조리는 당신의 내력담을 들으면서 제주사람들은 당신의 처지를 생각하고 또 모질게 살아온 자신의 처지도 되돌아보면서 동일한 경험을 공유하게 된다.

제주도 당신 본풀이는 추방된 신이 세상에 대한 원망과 허기에 눌려 살아온 내력이 중심이 되고 있다. 이러한 원망과 고난의 시간을 살아온 신들은 부락 사람들에게 제사를 받아 구명도식하고 그 대가로 부락을 보호해 주면서 공생 관계를 유지하게 된다. 이러한 당신의 한스런 일생은 제주사람들의 삶의 역사와 같기 때문에, 제주사람들은 당신의 일생담에 자신을 의탁해 서사화하게 되었다고 생각할 수 있다. 그러므로 제주사람들은 당신의 본풀이를 매개로 하여 자기를 인식하고 자신의 비극적 상황을 극복하는 체험을 갖게 된다.

제주도 당신 본풀이의 서사 구조는, 고난과 극복이라는 신화적 질서에 놓여 있지 않고, 고난과 극복의 좌절, 방황, 몰락이라는 점층적 비극 구조로 되어 있기 때문에 신화보다는 오히려 인간의 이야기에 가깝다. 고난에서 벗어나 새로운 자기 구원의 길을 찾고 그것을 발판으로 새로운 세계에 편입되는 것이 아니라, 다시 추방되어 방황하고 더 큰 고난을 당하다가 제주 섬 한 마을에 정착하여 겨우 제사를 받으면서 삶을 유지하게 되는 몰락한 신이 된다. 그렇기에 배고픔을 극복하기 위해 당신들은 신의 위신을 내세워 살지 않고 나름의 삶을 찾는다. 여기에 실로 인간적인 신의 모습이 있고 신화로서의 본풀이의 리얼리티가 있다.

이러한 허기와 좌절의 당신들에 투영된 제주사람들의 의식은 한스런 삶이고 그것을 극복하려는 저항적 측면도 있다. 그것은 삶의 진지성과 통한다. 이 저항과 한스러움에서 탈출하는 방법은 본풀이에서는 힘없는 신으로 좌정하여 마을 사람들과 공생하는 인간적인 신으로 살아가는 것이다. 그런데 사람들은 그러한 불운한 신을 신앙함으로 신의 이야기가 더 현실성을 띠면서 자신의 이야기로 구체화된다. 당신 본풀이는 신의 이야기가 아니라, 몰락한 신에서 인간으로 변신하는 특별한 인간의 이야기로 변화하게 된다. 그래서 본풀이는 인물설화를 낳게 했다.

3. 왕이 없는 땅에 사는 사람들

(1) 단맥(斷脈)설화와 제주사람

　제주도는 왕이 없는 섬이다. 왕이 없기 때문에 왕이 통치하는 나라의 지배를 받으며 살아가야 했다. 제주사람들은 이러한 처지를 안타깝게 생각해서 왕이 없는 땅이 된 내력을 이야기했다. 제주에서 세계를 지배할 왕이 태어날 것을 두려워한 중국 왕이 풍수사 고종달을 제주에 보내어 인물이 날 만한 지맥을 끊어버렸기 때문이라는 것이다. 제주사람들은 물이 귀한 척박한 땅에서 강한 나라의 지배를 받으면서 고통스럽게 살아온 역사를 고종달의 단맥으로 돌린다. 섬이라는 지리적 조건과 물산이 풍부하지 못하여 척박한 땅과 열악한 자연 환경은 제주사람들에게 결정적으로 주어진 삶의 조건이었다. 그런데 사람들은 이 결정론적 상황에 대해서 다시 생각한다. 운명적인 삶의 여건에 순응하지 않고, 그 원인을 생각하면서 새로운 삶을 모색했다. 이러한 제주사람들의 사유를 고종달설화가 설명해 준다.[23]

---

　23 일반적으로 구술되는 설화에는 고종달이 지맥을 끊은 것으로 되어 있으나 고종달은 실제로 존재했던 역사적인 인물 호종단(胡宗旦)과 같다. 그래서 어떤 구술자는 호종단으로

이 고종달형 설화는 '제주는 원래 왕이 날 만한 땅인데 이 사실을 안 중국왕(또는 고려왕)이 풍수사 호종단을 보내어 제주 전역을 돌아다니면서 인물이 날 만한 지맥(地脈)을 끊어버렸기 때문에, 제주에는 생수도 귀하게 되었고 왕도 나지 않게 되었다'는 단맥모티브설화를 말한다. 이런 유형의 설화는 제주도 전역에 분포되어 전해지고 있다. 제주에 샘이 귀하다는 자연적 조건을 설명하면서 외세에 억눌려 살아온 제주사람들의 역사와 삶의 모습을 상징적으로 서사화한 것이다.

고종달형설화는 제주사람들의 풍수에 대한 의식의 양면을 잘 설명해 주고 있다. 단맥으로 인해 왕이 없는 땅에 살아야 하는 사람들은 다시 풍수를 통해서 그 결정론적인 상황을 극복할 수 있다고 믿어왔다. 그래서 풍수에 대한 관심은 하나의 신앙이요 종교와 다름이 없었다. 그 결과로 조상의 묏자리에 개인과 집안의 길흉화복을 맡기는 독특한 장례문화를 낳게 하였다. 이러한 현상은 피상적으로는 운명론적인 것 같으면서도 다른 한편에서는 결정론적인 운명을 타개해 나가려는 진지성으로 이해할 수 있다. 즉 상황을 받아들이면서 새로운 삶을 끊임없이 탐색하여 도전하려는 삶의 치열성을 찾아볼 수 있다. 이제 이러한 제주사람들의 사유와 삶의 모습을 고종달형설화를 비롯해서 단맥모티브 중심으로 이루어진 설화 자료에 의지하여 논의하려고 한다. 우선 유형별로 분류하고 해석하여 향유자들의 의식과 제주사람들의 삶의 양식을 생각하려 한다.

말하기도 한다. 이 글에서는 단맥자는 호종단으로, 설화는 '고종달형설화'로 통일한다.

(2) 단맥설화[24]

(가) 고종달의 단맥 풍수설화

〈1〉 호종단이 입도하여 수맥을 끊다

호종단은 중국 사람이다. 오늘날 사람들은 그런 이야기를 믿지 아니하겠지만, 그 옛날에는 풍수지리를 상당히 믿었어요.

그때가 원나라 말기인데, 우리나라는 언제나 약소국가여서. 역사적으로 보면 중국에 조공을 바치고, 뭐 제후에 불과하지. 천자라는 말을 못 들었으니까, 왕이라고 했으니까, 항상 그저 대국에 예속한 거나 다름이 없었어.

원나라 말기가 되어서 대국(원)은 기세가 쇠약해지고 우리나라는, 즉 고려 말이니까 그 중국에서 호종단(胡宗旦)이란 사람을 우리나라로 파견시킨 거라. 거 파견 왜 시켰느냐, 조선에 가서 일일이 풍수지리를 조사해서, 그 가운데 중국을 이길 만한, 제압할 만한 인물이 날 만하면 너의 기술로 다 제압하라. 이래서 호종단이 우리나라를 들어왔는데, 처음 와서 보니, 오기 전에도 물론 지리상으로 본 것이지만, 호종단이 생각하고 연구한 풍수지리로는 조선은 배 형체(形體)인데 제주도는 닻가지 형체라. 그러면 배라고 한 것은 바다를 가려고 하면 닻부터 먼저 거두어야 된다. 즉 제주도로부터 먼저 가서 탐혈을 하자. 이렇게 생각해서 제주도 먼저 온 것이야.

---

24 이 글에서 인용한 설화는 이미 채록하여 정리한 원전 자료에서 제주방언 표기를 현대 표기법대로 바꾸었다.

〈2〉 경주 김댁(宅) 입도설화

제주도에 와서 여러 곳을 답사하는 중, 그때에 경주 김씨, 김댁에서는 고려 말기에 조정이 어지러울 뿐 아니라 여러 가지 사정으로 제주도에 내려왔는데, 그 자손이 남원면(읍) 의귀리 지경에 자그마한 초막을 짓고 살았는데, 육지에서 들어와서는 그야말로 빈곤하게 살았어. 마침 부친이 세상을 떠나서 장사지낼 장지를 마련하지 못하여 묘 자리를 찾아다니는데, 그 호종단이를 만났어. 호종단은 제주에 비밀리에 와서 제주도 지리를 탐혈하던 차였어. 그런데 만난 사람 행색이 상주(喪主)였거든.

"자네 상주가 아니냐?"

"예, 상줍니다."

"자네가 나를 도와서 나를 안내하고, 내 심부름을 하면 묏자리를 하나 봐줄 테이니까 그렇게 할 텐가?"

"예, 그렇게 하겠습니다. 그러니 묏자리를 잘 봐주십시요."

그래서 호종단은 상주에게 '반디기왓'이란 델 정해줬어. 그래서 거기에 묘를 썼지.

그런데 어떻게 그 묏자리를 정했냐 하면, 호종단이 자기가 짚고 다니던 막대기 끝에 쇠못을 박았어. 그것을 갖고 다니면서 명당을 찾는 거야. 보통 때에 그 쇠못을 단 지팡이를 짚고 다니면서 여기저기 찔러보는데, 하루는 호종단이 한 곳에 지팡이 쇠못을 꾹 찔러보고는 김댁 상주에게,

"여기에 찌른 쇠못을 빼지 말고 자네가 발로 꾹 누르고 있어. 내가 돌아올 때까지."

이렇게 신신당부하고 호종단은 어디론가 사라져 버렸어. 상주는 그 말대로 그 땅에 박혀진 쇠못을 발로 꽉 누르고 있었어. 그런데 자꾸 발바닥이 간지러워서 견디기 어려웠어. 발을 약간 들면 뭔가 아래로부터 슬쩍 솟아오르려 하고, 그래서 발로 꾹 누르고 있었는데, 이상하게 자꾸 발을

들어 그 쇠못을 빼고 싶은 거라. 절대로 빼지 말라고 신신당부했는데도, 상주는 자꾸 그것을 빼보고 싶은 거라. 그래도 '빼지 말라'고 했으니 참고 있는 거라. 한참이나 그렇게 누르고 있다가 자꾸 발바닥이 간지러워서 견디기 어려워서 슬며시 발을 들러보았는데, 뭔가 휙하고 솟아오른 것을 느꼈어. 그래서 그만 발을 옮겨버렸어. 그때 땅속에서 피가 솟아나는 거야. 그것을 보고는 '아 이거 안 되겠다' 하여 또 발로 꽉 누르고 있었지.

호종단이가 돌아와서

"네가 발을 들어라."

상주가 발을 들었어. 호종단은 그동안에 있었던 일을 다 알게 되었다. 상주도 거짓말을 할 수 없었지.

"아, 거 호기심에 선생님이 하도 그렇게 말씀을 하니까 어디 보자고 허여서 좀 들어봤습니다."

"예, 천 석은 잃어 버렸다."

만석꾼을 할 수 있었는데, 이제는 구천 석밖에 못 얻겠구나. 다 하늘의 뜻이다. 호종단은 그렇게 생각했다. 그리고 다시 입을 열었다.

"어디 가서든지 비루오른 망아지 하나만 구해 오라. 사와서 그것을 잘 기르면 부자가 될 거야. 여기가 마혈(馬穴)이니까, 말로 부자가 될 것이다."

이렇게 말했다. 상주는 호종단이 정해준 곳에 아버지를 모셨다. 그리고 호종단의 말대로 말을 길러 집안이 발복하였고, 조선조시대 말을 많이 길러 조정에 바쳐서 감목관의 벼슬을 받기도 했다.

호종단은 생각해 보니까, 제주 형편에 쓰고도 남을 만한 물이 터져가지고 그 물로 제주 땅이 다 논밭이 될 것 같으면 아주 풍족한 섬이 될 것 같거든. 그래서 생각하기를 이것부터 우선 처리해야 하겠다. 우선 물혈(水脈)을 끊어야 하겠다고 생각했거든.

〈3〉 단맥에 실패한 호종단

홍로 지장샘이[25] 수맥을 끊으려고 하는데, 지장샘이 그 물귀신, 수신이 그걸 미리 알아차리고 도망했지. 도망가서 어딜 갔는가 하니 그 동주원[26] 이라고 제주시 들어가는 화북 비석거리, 거기에 샘이 있어. 거기까지 왔는데, 호종단이 물을 떠가지고(수맥을 끊어가면서) 자꾸 쫓아오는 것 같으니까, 어떤 사람이 밭을 가는데, 쇠질매(길마)를 벗겨서 떡 놓고 그 위에 점심채반지(점심을 담은 대 채롱)를 놓고 여름이니까 밥이 쉴까 해서, 볕을 맞으면 먹질 못할까 해서 써 갔던 우장을 그 위에 떡 덮어두고, 그렇게 해놓고 밭을 가는데, 여기까지 호종단이 왔어. 그는 그 문서에는,

'꼬부랑 나무 아래 행기물'이라고 되어 있는데, 그 물도 끊어야 하겠다. 그런 문서가 있단 말이여. 있으니 아, 그곳이 어디인지, 사방에 둘러봐도, '꼬부랑 나무 아래 행기물'이란 곳을 찾을 수 없거든. 그래서 거기 밭가는 노인에게,

"거 미안하지만 이 부근에 꼬부랑 나무 아래 행기물이라는 물이 어디 있소"

하고 물었어. 노인은,

"그런 물이란 없어. 내가 몇 대 동안 여기 살고, 내가 이제 70이 다 되어가지만 그런 물은 듣지 못 했소."

그 말을 들은 호종단을,

"에이, 이 문서, 헌 문서로고."

갖고 있던 문서를 그냥 찢어 버렸지. 그래서 홍로 그 지장샘은 지금도 여전히 샘이지.

그래서 서귀포 서쪽에는 생수가 나는 데가 많지만, 동쪽 지경으로는 생수가 나는 데가 없어. 이 시흥리에도 그때 물혈을 끊었던 흔적이 있어.

---

25 현재 서귀포시 지경의 마을 이름 홍리(洪里)이다.
26 제주시 화북동 지경에 있는 지명이다.

지금도 가서 보면 샘의 흔적이 있어.

〈조사자: "역사에 보면 호종단이 고려에 귀화한 사람으로 되어 있습니다."〉

"맞아. 대륙(중국)으로 돌아가도 별볼 게 없거든. 그 후에 돌아가지 못하니까 고려에 귀화한 거야. 일을 맡아 가지고 온 일이 제주에서 실패해 가지고 돌아가지 못하니까. 들어가면 죄를 받을 거니까 고려에 귀화한 거야.

• 1981. 1. 26. 성산면 시흥리, 양기빈, 남, 72세

(나) 나라에서 단맥한 이야기들

〈1〉 강정 김씨 자손

산을 열리[27] 오공혈에 썼는데. 아기를 낳아보니까 성(쌍둥이)을 낳았어. 사뭇 가난하여서 구덕 하나에 발막아 아이를 눕혀놓았는데, 보모도 없으니 어머니가 옛날 식수가 멀어서, 물을 길려고 가버리면 애기들이 자꾸 바꾸어 누워 있어. 걷지 못하는 아이들인데 자꾸 그렇게 되거든. 이놈들이 어머니가 물을 길러 가버리면, 사람이 없는 줄 알면 둘이 일어나 공중으로 뛰면서 놀다가 인기척이 나면 발막아 누워버려서. 발을 바꾸어 누어버리는 거주. 어머니가 보면 볼수록 이상한 거야. 아 이거 걷지도 못하는 것들이 이상도 하다. 한번은 이것들의 거동을 보려구 문 앞에 숨어 있었거든. 가만히 있다가 창구멍으로 이렇게 보니, 이게 아이가 일어나더니, 날았다가 올랐다가 하는 거라. 하, 이거 큰 일 났구나. 그날 저녁은 남편에게 이 사실을 다 말했거든. 그 아버지가 겁을 내어서,

"이거 큰일 났다. 나라에 역적이 될 것이니, 우린 다 죽게 될 것이니, 이건 아마 산형 때문일 것이니 이 산을 이장을 해야겠다고……."

---

27 서귀포시 중문동 지역의 지명.

천리(移葬)를 해보니 황새가 있는데, 뒷발은 일어서고 앞발을 꿀려어서 있는 거야. 이장을 해버리니까, 그 아이들이 다 죽어 버렸지. 지금 화순 목장인디. 그 자리에 어디 저 북군 사람이 와서 장사를 지냈다고 그러던걸.

〈조사자: 그만 뒀으면 장수가 나게 될 걸 예?〉

장수가 되구 말구.

• 1980. 12. 22. 중문면 하원리, 고씨 영감, 남, 85세

(2) 명당 한수[28]

〈조사자: 명당에 대한 이야기가 없는가요? 묏자리가 아주 좋다든가…….〉

여기서야 한라산에 다 명산이 있지 아니합니까. 한라산에.

〈조사자: 묏자리?〉

산터?

여기도 지금 갈아서 길이 확장되어서 없어져 버렸지마는 아주 좋은 묏자리가 있었고.

그것은 암매장으로 평장으로 썼는데 말입니다. 그 앞에는 큰 한수라고 있었습니다.

〈조사자: 큰 한수?〉

큰 한수, 한수라고, 큰 한수가 있었습니다. 용수도 있고 그런데, 이젠 거기는 어떻게 되었는고 하니. 거기에 산을 썼는데, 그 풍수사가,

"삼 년 까지는 가만히 문 안에 있어라."

그런데, 거기 묘를 쓴 후에는 막 그 역발산 기개세 할 것 같단 말입니다. 자기 마음에.

---

28 현용준, 김영돈(편), 『韓國口碑文學大系』 9-1, 한국정신문화연구원, 1981, 117-119면.

"내 이런 힘 가지고 뭐 중앙에 가도, 서울 가도 걱정이 없겠다."

〈조사자: 그거 어느 집안인가요? 성씨가?〉

성씨는 모르겠습니다. 서울 올라가서 힘이 솟으니까 경복궁 대들보를 자주 들어서 신을 박아두고 나와 버려. 힘이 장사 아닙니까.

경복궁 대들보라고 하면 여간 보도 크지마는 집도 무거울 것인데, 그것을 들어서 신을 받쳐두고 나오고 하니, 이젠 '안됐다'고 해서 '이젠 역적을 잡자'고.

사방에 방을 써 붙여서, 이렇게 하면서, 이제는 가궁을 만들어서 불을 붙여서,

"이 불 끄는 사람이 있으면 천금에 만 호봉을 봉해 준다." 이렇게 하니, 이놈이 한강의 나룻배로 물 떠가서 불을 꺼버렸단 말입니다. 아, 그래서…….

이제, 주안상을 베풀어 가지고 이젠 천 금상에 만 호봉 봉허여 준다고 허여서 술을 막 독주로 퍼 먹여 놓고 쇠사슬로 결박하니 제가 암만 장사라도 꼼짝 못했단 말입니다.

"너 조상 묘를 어디 썼는지 아느냐?"

"압니다."

"가보자."

와서 보니, 거기에 산을 썼으니, 이제는 그것을 파헤쳐 보니, 황소가 뒷다리로 일어서고 앞발은 꿇려 있어서.

〈조사자: 예〉

삼 년만 있어서 앞다리까지, 앞발까지 일어서버렸으면, 거기 용수라 한 못이 있는데 말입니다. 한수 가는데, 거기 그놈이 뛰여 들어 버렸으면, 이 사람이 성공을 할 것인데, 그만 파혈시켜 버렸으니…….

〈조사자: 그게 어디 이 김녕 마을?〉

김녕에, 거 이젠 막 새길이 나서 없어져 버렸습니다.

〈조사자: 평장으로?〉

평장으로 하였는데, 거기에 백정놈 집 지어서 살았습니다. 거기에 터 지키기 위해, 백정놈을. 지금은 거 길을 확장하는 통에 다 갈아 던져 버렸는데, 거기 좋기는 좋습니다. 조수가 들어오는 줄도 모르고, 하면 그 한 수가 물을 가득 찼다가 흘러나가는 줄 모르게 물이 써서 밀리면 거기에 또 생수가 나는데, 그 생수를 사람이 먹던 물도 이제는 벌레만 고여있단 말입니다.

• 1970. 4. 1. 구좌면 서김녕리, 안용인, 남, 74세

〈3〉 문국성과 소 목사[29]

애월면 납읍리에 문국성이라는 이가 있었다. 용모가 장군의 형세요, 풍채가 으리으리하고 힘이 장사였다.

문국성은 서울에 올라가 장안을 주름잡아 거리낄 데가 없었다. 임금님이 문국성의 행세를 보고는 은근히 걱정하였었다. 이놈이 용모는 장군형인데 너무 협잡스럽게 행세하는 것을 보니, 국기를 해칠 우려가 있다고 생각한 것이다.

그래서 당시 국지리로 있는 소 목사를 제주 목사로 보내기로 했다. 지리에 능한 소 목사가 문국성의 선묘를 탐색하고 미리 조치를 강구하려 함이다.

소 목사는 제주 목사로 부임해 왔다. 임금의 명을 잊지 않고 문국성의 선묘의 소재를 탐지해냈다.

어느 해 소 목사는 순력하면서 일부러 납읍리에 들렀다. 그래서 문국

---

29 현용준, 『濟州島傳說』, 서문문고, 1976, 257-258면.

성의 부친을 불러들이고 그 선묘를 보겠다고 했다.

"내 서울에 있을 제 문국성과 친분이 두터운데, 그런 훌륭한 인물이 났으니 선묘가 참 좋은 곳이라 생각되오. 한번 구경시켜 줄 수 없겠소?"

지리에 능한 사또가 구경을 청하니 이런 영광이 어디 있으랴하고, 곧 납읍 오름에 있는 선묘를 안내했다.

소 목사는 주위를 휘 둘러보고는 퍽 아쉬워하는 눈치를 보였다.

"허허. 아쉽다. 이 묘는 호형에 썼는데 그만 호랑의 눈섶에 가 묻었구만. 눈앞에 묻었더라면 영웅 열사가 날 것인데 조금 아쉽게 되었군."

문국성의 부친은 이 때문에 아들이 서울에 가도 아직 벼슬을 못하는가 생각하였다.

"사또님, 그러면 어떻게 하면 좋겠습니까?"

"이 눈섶에 묘를 요만큼 눈앞의 위치로 내려 묻으시오."

문 국성의 부친은 백배 사례하며 곧 묘 자리를 소 목사가 이른 대로 내려 묻었다.

실은 호랑이와 눈앞 위치에 묘가 써져 있는 것이었다. 그런데 소 목사의 계략을 모르고 정자리를 떠서 묻어 버린 것이다.

이로 인해서 문국성은 영웅이 되지 못하고 그 집안도 망해 버렸다 한다.

• 1975. 3. 4. 대정읍 안성리, 강문호, 남

(다) 풍수로 흥한 이야기

〈1〉 중문 고부(高阜) 이댁(李宅) 이야기[30]

중문리 고부 이댁에는 꼭 그 풍수사가 말한 대로 되었다고. 그것은 고

---

30 본인이 직접 채록하였다. 김영돈, 현용준, 현길언,『濟州說話集成 (1)』, 제주대학교 탐라문화연구소, 1985, 875면.

부 이댁 조상이 아주 어렵게 살아서, 아버지가 아들 하나만 낳아두고 일찍 돌아가 버리고 하니, 홀어머니가 열두 살 난 아들 보고,

"부자로 살면서 인가친척도 많은 분네들을 어디 육지로 가서 풍수사를 청해다가 묏자리를 봐서 산을 쓴다고 한다마는 우리는 친척도 없고 넌 아직 어리고 해서 아버지를 안장할 땅도 정하질 못했으니 어떻게 할 것이냐."

고 하니까 아들이,

"그러면 풍수사가 있습니까."

하니

"육지는 가면 많다 하더라마는 우리 형편에 육지까지 갈순 없고 요 불과 얼마 멀지 않은 마을 도원리 강 훈장도 풍수지리를 잘한다 하더라만, 네가 강 훈장을 청해오라."

말을 듣고 청해왔는데,

강 훈장이 마당으로 들어오더니, 강 훈장이 변소칸에 먼저 가더라 이거여. 그렇게 하니까, 먼 길을 걸어오니까 변소엘 가는구나 하고 있는데, 가서 좀 있더니 얼른 나와서, 이제 또 마구간으로 가는 것이어. 마구간에는 소가 없으니까 오래비가,

"누님, 정 소가 없어서 섭섭하게 될 테니까 제가 암소 한 마리를 사드릴 테니 그것으로 잘 길러 병작을 허십시다." 하니 그리 하라고…… . 그 동생에게 가서 병작소로 사온 암소 한 마리가 있었는데, 풍수사가 마구간을 보고는 와, 나오니, 어머니가 수고했습니다, 하면서 방 안으로 들어갔는데, 외방에서 왔으니 밥을 해 드려야겠다고 하여 부엌에 가서, 쌀을 씻고, 아들 보고,

"너는 이제 불 지피라."

이렇게 해두고 쌀을 씻는데 강 훈장이 아들을 불러요.

"아들이랑 이리 오라."

"이젠 부르니까 어서 가보라."

어머니 말에 열 살 난 아들이 손님 말을 들으려 가니까, 어머니가 그대로 무관심할 수 없어서, 귀를 기울여서, 손님과 아들의 말을 엿들으니,

"예, 제 소가 없습니다. 어머니가 소가 없어서 소 한 마리 병작하려고 외삼촌네 소 한 마리 갖다 기릅니다. 그래서 소 잡지 못하겠습니다."

그 어머니가 그 툇마루에 서 있으면서, 발을 이렇게 동동 굴르고 있는데, 아들은 무슨 소리인고 하여 자세히 들어보니 어머니가 발을 동동 굴리고 있거든.

"소 잡겠다고 하라."

어머니가 말하는 것이었다. 이러니 아들은 어머니 말을 무조건 듣고는,

"예, 소를 잡겠습니다."

강 훈장에게 말했다.

이렇게 해서는 밖으로 나가 부엌으로 가서 어머니 보고,

"어머니 소를 잡겠다고 해놓고 우리 어디 소가 있어서 잡겠습니까."

"야, 불 지피고 있거라."

어머니는 말을 해놓고 빨리 나가서 오라비네 집에 가서는,

"이리저리해서 손님을 청해 왔는데 마구에 있는 소를 잡으라고 하니, 동생 이거 어떻게 해야 겠는가? 그 소 나에게 주어."

하니, 그 오라비도 뜻이 있는 사람이라,

"어서 잡으십시오."

오라비가 직접 와서 백정을 데려다가 그 소를 잡아서, 소 한 머리 모두 먹도록 이놈이 정지관이라는 사람은 아무데도 안 가고 가만히 집에서 먹기만 하다가, 소 한 마리 거지반 먹고는, 저 창천 마을 위 거린오름[31]이란

31 안덕면 지경 마을 이름.

데가 있습니다. 거린오름 앞에 가서 돌아보면 제일[32]을 떡 짚으면서,

"소를 백 마리 할 건데, 내가 한 마리를 먹어 버렸으니까 소 아흔아홉 마리 할 것이고, 대정 지방에 영웅이라고 할 것이고, 제주도에서도 영웅이라는 인물 하나는 날 것이다."

그렇게 해서 산을 썼는데, 그 열두 살 난 놈이 당대에 소 아흔아홉 마리를 키웠고, 그중 손자 대에 가서 이 훈장이라고 한 이가 났는데, 참 영웅이었주.

• 1981. 1. 26. 성산면 시흥리, 양기빈, 남, 72세

(3) 제주사람들의 운명

(가) 설화의 개요

위 설화와 같은 이야기들은 약간씩 변형되어 제주 전역에 분포되어 있다. 특히 고종달형설화는 제주 어디에서나 들을 수 있다. 이 설화는 5개의 내용 단락으로 나눌 수 있는데 그 개요를 정리하면 다음과 같다.

① 호종단 단맥의 배경
② 경주 김씨 선조가 호종단에게서 명당 터를 얻었다.
③ 호종단이 제주 물길을 끊었다.
④ 홍로 지상샘물길은 끊지 못했다.
⑤ 단맥 이후의 제주도의 변모와 호종단의 실패 후의 처사

---

32 지리를 보는 기구.

이 설화는, 호종단의 단맥으로 제주의 역사가 불모성을 띄게 되었다는 사실과, 한 가문은 오히려 그로 인하여 흥하게 되었다는, 풍수로 인한 흥망의 내력을 함께 보여주고 있다. 이와 같이 제주도의 풍수단맥설화들은 풍수로 인한 흥망의 내력을 한 인물, 또는 한 가문을 통해 이야기한다. 이렇게 풍수로 인해 불모의 땅이 된 제주사람들은 풍수로 인해서만 회복될 수 있다는 신앙을 갖게 되었다. 고종달형설화를 통해서 이 문제를 생각해 보려고 한다.

호종단의 단맥 원인은, 제주에서 큰 인물(왕)이 날 것을 중국 왕이 염려했기 때문이다. 왕후지지(王侯之地)에 대한 중국사람(고려)들의 관심은 '제주'라는 한 지역에 특별한 의미를 부여하고 있다. '중국 대 제주' '고려 대 제주'의 관계로, 설화 향유자들은 제주의 불모성을 왕이 날 땅이기 때문이라고 생각하였다.

제주시에서 서남쪽 해안리 지경, 한라산 제2 횡단도로 가에 '아흔아홉 골'이라는 골짜기로 이루어진 지경이 있다. 크고 작은 골짜기가 마치 밭고랑처럼 뻗어내려 이루어진 야릇한 봉우리들인데, 그 골짜기 수가 99개라서 사람들은 '아흔아홉골'이라 불렀다. 이 골짜기는 원래 100개였고, 그 안에는 맹수들도 많이 살았다. 그런데 골짜기 하나가 없어지면서 맹수들도 사라지고 인물들도 나지 않게 되었다는 설화가 전해 내려오고 있다.

옛날 중국에서 어떤 중이 제주에 들어와 사람들을 모아 놓고, 너희들을 괴롭히는 맹수들을 내가 다 없애 줄 터이니 너희들은 나를 따라 '대국 동물 대왕 입도'라고 큰 소리로 외치라고 했다. 사람들은 맹수를 없애준다는 바람에 중이 하자는 대로 하자, 맹수들이 백골로 모여 들었다. 스님은 불경을 한참 외고 나서, "너희들은 살기 좋은 곳으로 가라. 이제 너희들이 나온 골짜기는 없어질 것이니, 만일 너희들이 또 오면 너희 종족이 멸하리라" 하고 맹수들을 향해 소리치자 모든 맹수들이 숨어버리자 중은 그 골짜기를 없애버렸다. 그 후부터 제주에는 호랑이, 곰 등 맹수들이 살지 않게 되었고, 왕도 뛰어난 인물도 나지 않는 불모의 땅이 되어 버렸다.[33]

한 골이 모자라 맹수가 나지 않게 되었다는 이야기는 성산 일출봉 분지 주위에 있는 여러 봉우리에 얽힌 이야기로도 전해온다. 안덕면 화순리 산방산 아래 바닷가에 있는 용머리 언덕에도 호종단의 단맥설화가 있다.

천하를 얻어 만리장성을 쌓은 진시황은 이웃나라에서 제왕 감이 날 것을 걱정하다가 제주가 왕후지지가 됨을 알고 호종단을 파견하였다. 호종단은 제주에 들어와 왕후지지를 찾아 온 섬을 돌아다니다가 산방산에 이르러 결국 찾아내었다. 그는 용의 형체인 용머리의 허리 부분을 끊어 버렸다. 그러자 피가 흘러내리고 산방산은 신음 소리를 내며 울었다. 이리하여 제주에는 왕이 나지 않게 되었다.[34]

제주는 장군기가 서린 땅으로 중국 왕에게 알려졌다. 중국 왕은 왕비가 죽자 제주에서 천하일색의 미녀를 데려다가 후궁으로 삼았다. 후궁은 커다란 알 다섯을 낳았고, 그 알에서 아이 500이 튀어나왔다. 그들은 매일 장군놀이를 하는 바람에 진시황은 걱정이 되었다. 이에 점술가에게 물으니 제주에 장군혈의 정기가 있어서 그러하니 그것을 없애야 한다고 했다. 왕은 곧 호종단을 제주에 파견하여 단맥하기 시작했다.

이 설화도 모두 제주는 왕이 날 땅이었는데, 중국 왕이 그 지맥을 끊어 버림으로 왕이 날 수 없게 되었다는 내용은 같은데, 약간씩 설화 모티브가 변형되거나 첨가되었다. 즉 제주가 왕이 날 땅이었음을 중국 왕이 알게 되는 과정이 다를 뿐이다. 이 설화는 각 지역의 지리적 상황에 따라 적절하게 변주되었다.

왕기가 서린 땅의 정기를 끊으려 입도한 호종단은 제주도 동부 지역부

---

33 '현용준, 『濟州島傳說』, 서문당, 1996, 17-18면' 아흔아홉골 설화 요약.
34 앞의 책, 47-49면 요약.

터 단맥하면서 표선면 토산리 거슨샘이 노단샘까지 왔다. 이 때, 이 샘을 지키던 수신인 뱀은 밭 갈던 농부의 소 길마 밑에 숨어서 살아났다. 그래서 오늘도 이 마을에는 샘이 흐르고 있다. 이와 같은 단맥의 실패담은, 서귀포시 서홍리에도 있다. 그 내용은 서로 비슷하다. 수신이 밭가는 소의 길마 밑에 숨어 위기를 모면하는데, 이러한 모티브를 샘이 있는 지역으로 설명하기 위해 수신 모티브와 소 길마 모티브를 접합시켜 놓았다.

이렇게 제주도에 들어와서 곳곳에서 단맥하던 호종단이 현재 한경면 앞바다 차귀도(遮歸島)에 이르렀을 때, 한라산 수호신이 매로 변하여 날아와 갑자기 폭풍을 일으켜 호종단이 탄 배를 침몰시키고 말았다. 차귀도 부근은 제주에서도 바람이 가장 거센 지역이다. 이렇게 고종달형설화는 제주 여러 지역에서 전해오는 과정에서 지역 특성에 따라, 모티브가 약간씩 변형되었으나 본 설화의 기본양식은 동일하다. 정리하면 다음과 같다.

① 중국 왕은 제주가 왕이 날 땅임을 안다(왕이 날 땅).
② 왕이 나지 못하도록 풍수사 호종단을 제주에 파견한다(풍수사 파견).
③ 호종단은 제주에 들어와 여러 지역에서 단맥을 단행한다(단맥).
④ 그 결과 제주에는 샘이 드물게 되었다(지리적인 불모성).
⑤ 제주는 왕이 날 땅인데 왕이 날 수 없게 되었다(제주의 형편).

이러한 설화는 제주가 지리적으로 샘이 없다는 사실과 역사적으로 중앙정부에 부속된 주변지역으로서 억압을 받으면서 살아왔다는 불모의 역사성을 동시에 설명하고 있다. 제주의 자연적 불모성은 '물이 귀하게 되었다'는 지리적 사실을 설명하기 위한 것이지만, 그러한 자연 현상을 정치적 관계로 설명하고 있다는 데 고종달형설화의 의미가 있다.

제주 지역의 단맥이 중국 왕의 명령으로 호종단에 의해 이뤄졌다는 설화에서 중국 왕이 고려왕으로 바뀐 경우도 있다. 나라에서 제주에 큰 장수 또는 인물이 날 것을 염려하여 사람을 보내어 그 인물이 날 만한 지맥을 단맥한 결과 인물이 나지 않게 되었다는 내용이다. 예속의 역사를 살아온 제주사람들은 뛰어난 인물에 의해 그 상황에서 벗어나려 했다. 그러나 이제는 인물도 기대할 수 없게 되자 그 절망감을 이야기를 통해서 극복하려 했던 것이다. 즉 불모의 역사를 숙명적으로 안고 살아가야 할 처지였으나, 그러한 운명에 승복할 수 없어서 장수와 뛰어난 인물의 출현을 기다리며 살아왔다. 그런데 그때마다 조정에서는 그러한 인물이 날 조짐이 나타날 때마다 이를 억압함으로 제주사람들은 다시 좌절을 당해야 했다. 명당 한수와 문국성과 강정 김씨 집안에 얽힌 설화가 그러한 사실을 설명하고 있다.

이러한 설화들은 조상의 묏자리가 명당이면 훌륭한 인물이 태어난다는 풍수사상에 근거하고 있다. 그런데 그 명당의 기운이 강한 외부 세력에 의해 파괴됨으로써 출중한 인물들은 몰락한다. 명당 터 한수에 부친의 묘를 써서 얻은 아들은 벼슬을 하려고 서울로 올라가서 힘을 과시하면서 행세하다가 붙잡힌다. 비범한 인물임을 안 조정에서는 그의 선묘를 찾아내어 파혈시켜 버린다. 묘를 파 보니 황소가 뒷다리는 일어나려 하고 앞발은 꿇려 있었다. 풍수사 말대로 3년만 기다렸다면 출중한 인물이 되었을 것이다. 약간의 시간이 모자라서 인물의 완성이 좌절된다. 문국성의 일생도 그렇다. 서울에 올라가 행세하다가 결국 소 목사에 의해 선묘의 명당자리가 파혈되어 그와 집안이 몰락하고 만다. 성산면 오조리에 있는 부씨 도선묘 경우도 비슷하다. 성산면 오조리 식산봉에 큰 바위가 있는데, 부씨 도선묘에서 보면 그것이 곧 눈에 띈다. 이것이 장군석이었다. 이 기운으로 부씨 집안에는 장군이 나기 마련이었다. 이 사실을 안 관가에서는 여러 번 조사한 후 이 바위를 부셔버렸다. 그러자 바위에서는 피가 흘러내렸다고 한다. 만일 이 바위를 그대로 두었다면 장군이 났을 것인데, 그 후 겨우 몇 대에 한 사람씩 장사만 나게 되었다.

지맥에 얽힌 인물 이야기는 많다. 성산면 온평리 사람들은 힘이 세기로 유명하였다. 이웃 마을 사람들이 이들을 당해낼 수 없어서 그 연유를 캐기 시작하다가 결국 마을 왼쪽에 있는 언덕에 청룡기가 있음을 알았다. 그래서 그곳을 몰래 파헤쳐 버린 결과 이후부터 사람들이 힘이 점점 쇠잔하여 갔다는 것이다. 대정현(縣)에는 문과 벼슬을 한 사람들이 꽤 많이 났지만 모두 일찍 죽었는데 그것도 산세 때문이라고 한다.

단맥이 몰락의 원인이 될 수 있듯이 이와 반대로 명당을 찾으면 발복할 수 있다. 이 생각은 조상의 묘를 명당자리에 쓰려는 강한 집념을 갖게 되었다. 그러기 위해서 모든 힘을 다 쓰고 가진 것을 다 투자한다. 그것만이 불모의 역사에서 벗어날 수 있는 유일한 길이기 때문이다.

남의 병작소를 기르는 가난한 과부 처지였지만, 남편의 명당자리를 얻기 위해 그 병작소를 잡아 대접하면서 풍수사(地官)를 집에 머물게 하여 명당자리를 얻게 된다. 대접을 받은 후에 풍수사는 묘자리를 얻어 주면서 소 99마리를 키울 수 있는 부자가 될 것을 예언한다. 그 말과 같이 그 집은 당대에 발복하고 자자손손이 크게 번성하게 되었다.

변댁(邊宅) 제주 입도 선묘의 이야기도 전형적인 풍수 모티브에 의지하고 있다. 입도한 변씨는 지금의 제주시 노형동 지경에 정착하여 땅을 개간하면서 살다가 세상을 떠났다. 그러나 집안이 가난해서 예를 갖추어 장사지낼 처지가 못 되었다. 상주는 시체를 보릿대로 둘러싸서 묶고 지게에 짊어져 집을 나갔다. '함박이굴'이란 골에 이르렀을 때, 지게 끈이 툭 끊어지자 그냥 그 자리에 장사지내었다. 그 후 지관이 그 근처를 지나다가 그 묘를 보고 금개판으로 했으면 발복할 묘라고 했다. 사실 그 묘는 금빛 나는 보릿대로 싸 묶어 장사 지낸 것이니 금개판으로 한 것이나 마찬가지

였다. 과연 그 자손들은 크게 발복했다.[35]

명당자리를 얻기 위해서 사람들은 모든 것을 다 걸었다. 친척이나 형제지간의 관계도 무너진다. 중문 고씨 댁에서는 상주가 그의 외삼촌이 몰래 마련해 둔 묏자리가 명당터임을 알고 거기에 억지로 묘를 썼지만, 외삼촌이 끝내 방해해서 그 명당터에 제대로 장사를 지내지 못하게 되었다. 광중터를 파다보니 큰 반석이 나왔다. 외삼촌은 이미 알면서도 그 반석을 파내고 장사지내라고 한다. 그 말대로 반석을 파내자 청 비둘기가 날아갔다. 결국 고씨 댁은 번성하지 못했다.

풍수가 사람들의 흥망을 결정지어 주는 절대적인 요인이라고 믿는 신앙은 운명론적이다. 그렇다고 제주사람들이 이 운명론적인 사고의 틀 안에 안주한 것은 아니다. 그들은 이 외면할 수 없는 결정론적 상황을 극복하려고 애를 쓴다. 주어진 운명에 순응하면서도 그것을 극복하여 새로운 삶을 모색하려는 의욕을 찾을 수 있다. 하지만 그런 의욕이 강하면 강할수록 외부적인 저항도 많이 받게 된다. 이 점은 제주 풍수설화의 구조를 통해 확인할 수 있다.

(나) 풍수설화의 특징

풍수설화는 한국 전역에서 다양한 모습으로 전해 내려오고 있다. 신앙의 대상으로 여기는 명당, 단맥, 도읍지 예언, 서울풍수설, 명풍수 등의 이야기들로 전해져 왔다.[36] 이러한 설화가 전역에 퍼져있는 것은 풍수가 우리 생활을 강하게 지배해 왔기 때문이다. 그런데 이 설화 중에서 풍수와 인간의 관계를 절실하게 제시하고 있는 것이 단맥설화이다. 이 설화에

---

35 현용준, 앞의 책, 265-267면 요약.
36 장덕순, 『韓國說話文學研究』, 서울대출판부, 1971, 20-30면.

는 개인, 집단, 한 국가의 흥망이 점철되어 있어, 인간 세계의 갈등과 화합의 양상이 예리하게 드러나 있다. 설화는 단맥하는 주체자와 단맥을 당하는 객체의 관계에 따라 다음과 같이 세 유형으로 나눌 수 있다.

① 제1유형

지금 상원(上元)이라는 동네에는 고려시대에는 커다란 마을이 있었다. 마을 가운데 제일가는 부잣집이 있었는데, 손님이 그칠 새가 없이 많이 드나들었다. 새로 들어온 며느리가 손님이 많아 대접하기 어려워서, 하루는 탁발 다니는 중에게 손님이 덜 오게 하는 방법을 물었다. 중은 어렵지 않게 영해(寧海)로 들어가는 언덕 목을 끊으면 된다고 했다. 이에 새며느리는 틈나는 대로 언덕 목을 파니, 얼마 지나지 않아 손님은 줄면서 집안도 차차 기울더니 결국 망하게 되었다.[37]   (경북 영덕군 목골재)

② 제2유형

한급(韓汲)이 강릉 부사로 있으면서 학정을 심하게 하자 그곳 사람 김윤신이 그에게 욕을 주었다. 그는 강릉에 인물들이 많아 멋대로 할 수 없음을 알고 인물이 나지 않게 하기 위해 경포대를 현재 자리로 옮기면서 강릉 박씨 증손의 묘를 방해하여 박씨 일가를 망하게 했다 한다. 또한 김씨 집안에 문필 재사가 많음을 시기하여 인부들을 동원하여 모유봉을 석 자나 낮추었다고 한다.[38]

---

37 성균관대 국어국문학과, 『동해안학술조사보고서』, 성균관대학교 국어국문학과, 1971, 29-30면.
38 문화공보부, 『한국민속종합보고서』(강원편), 문화공보부, 1977, 229면.

③ 제3유형

당나라 태조가 하루는 세수하는데, 대야물 속에 큰 거북이 보이므로 놀라서 술사를 불러 그 연유를 물었다. 술사는, "동방에 큰 거북이 있어 중국의 재물이 동쪽 땅(조선)으로 옮겨질 것이니, 그 거북의 머리를 베어야 합니다" 하고 진언했다. 이에 당나라 태조는 우리나라에 사신을 보내어 방방곡곡으로 찾아다니다가 이곳 수정봉에서 그 거북을 발견하고 목을 자르니 피가 흘렀다고 한다. 그래도 안심이 되지 않아 그 거북 위에 10층탑을 세워 그 정기를 눌렀다고 한다.[39]   (속리산 구석(龜石))

이들 설화에서 단맥하는 자(객체)와 당하는 자(주체)와의 관계에서 보면 ①은 그 주체가 개인, 또는 한 가문(家門)이고, ②는 지방 또는 지역이고 ③에서는 한 국가가 된다. 주체가 개인, 지방, 국가로 확대되면서 그와 상대되는 단맥자, 즉 객체들도 중, 관리, 다른 나라 왕이 보낸 술사로 각각 신분이 상승하면서 달라진다.

①은 학승(虐僧) 모티브를 통하여 권선징악의 도덕성을 풍수사상과 결합하여 이뤄진 설화이다. 이런 유형의 설화는 한국의 여러 지역에서 찾아볼 수 있다. 황산사라는 절이 흥성하여 세력이 커지면서 행패가 심했는데, 어느 날 지인(智人)이 산의 목 부분을 높이기 위해 절의 명기(明氣)를 막자 망하게 되었다는 이야기도 있고,[40] 시주를 청하러 온 중을 박대하자, 중이 그 집 선묘의 방향을 약간 왼쪽으로 돌리게 하여 집안을 망하게 했다는 이야기도 있다.[41] 이와 같은 학승 모티브의 단맥설화는 경북 안동지방 쑥골의 삼학비설화를 비롯해 동해안 지방에 많이 전해온다.

---

39 앞의 책(충청북도 편), 202면.
40 성균관대학교 국어국문학회, 『제2차 안동문화권 학술조사보고서』, 성균관대학교 국어국문학과, 1971, 138면.
41 앞의 책, 128면.

경북 영덕 지방의 달산 가질동설화는, 대궐 같은 집을 짓고 살아가는 부잣집에 어떤 중이 시주를 받으러 왔는데, 이를 귀찮게 여긴 며느리가 중을 학대하자 중이 계책을 꾸며 그 집안 조상의 묘를 단맥하여 집안이 망하게 되었다는 이야기이다.[42] 이러한 설화에서 명당터를 얻어 부자가 된 이야기와 단맥로 인해 몰락하도록 하는 세력은 중이다. 중이 단맥을 해버려서 한 집안이 망하게 되기도 하고, 명당터를 알려줘서 흥하기도 한다. 그런데 여기에서 단맥은 중의 자유의사에 의한 것이 아니며, 주체자의 행위에 의거한 인과응보이다. 그 집 며느리가 손님들이 많이 오는 것이 귀찮아 중에게 모든 것을 다 줄 터이니 손님들을 그만 오게 해달라고 했다든지(용두목설화), '네가 뭘 안다고 그러느냐' 하면서 중을 몹시 때려 학대하였든지(덧고개설화), 절 세력이 커지면서 작폐가 심했다든지(황산사 성모기설화), 몽둥이질을 해서 구걸 온 중을 내쫓았든지(삼학비쑥골) 등등 주체가 중을 학대한 결과로 나타난 일종의 징벌이다. 단맥으로 인해 몰락하게 되는 것은 중에게 원인이 있는 것이 아니라, 중을 학대한 그 주체의 행위에 있다. 즉 이런 설화들은 선악의 도덕적 관념이 풍수사상을 배경으로 형상화된 경우라고 볼 수 있다. 그러므로 명당은 도덕적 행위에 근거한 가치로서 고정된 양식이 아니다. 명당이 단맥되어 폐허의 땅이 되는 직접적인 원인이 '중을 학대했다'는 부도덕적 행위에 있다고 할 때, 그것은 비고정적 관념이면서 현실적인 도덕률과 밀접한 관계를 갖는다. 그러므로 제1유형의 설화는 개인적인 차원에 머문다.

①의 설화들은 부자가 가난한 자(중)를 대하는 행위에 근거한 도덕률과 깊은 관계를 맺고 있는 반면에, ②는 권세 있는 집안과 한급 부사와의 권력 대립이 원인이 되어 단맥함으로써 단맥하는 객체의 일방적인 행위

---

42 앞의 책, 123면.

로 보인다.

야서하전형(野鼠下田型)인 오록리(梧麓里) 앞내에 다리를 놓자, 고양이가 건너와 쥐를 잡아먹는 형세가 되어 마을이 망하게 되었다는 고양이와 들쥐 설화[43], 충주에 왕기가 있어 이를 누르려고 나라에서 탑을 세웠는데, 이를 풍수보비탑(風水補裨塔)이라 한다는 충주 중앙탑의 내력, 계명산에 지네가 많아서 주민들에게 큰 피해를 주므로 그것을 퇴치하려고 산 이름을 계족산이라 하자, 지네는 없어졌으나 큰 인물이나 부자들이 나지 않게 되어(닭은 땅을 파헤치므로 정기가 파헤쳐져서) 다시 풍수사들의 말에 따라 계명산으로 바꾸었다는 설화 등은, 한 지역의 지리적 특성이나 어떤 증거물이 될 만한 지형에 단맥 모티브가 결합되어 이루어진 것이다.

이러한 설화들도 주체와 객체의 대립 갈등에서 시작되지만, ①과 같이 복잡한 구조를 가지지 않고, 그 단맥의 계기와 행위를 설명하는 식으로 끝나 순전히 객체 중심으로 이뤄진다. ①에서는 중이 권유하자 주체자가 동의한다. 욕심 때문이다. 식객들을 없앨 방도를 물으니 중은, "황새 바위 위에 있는 촛대 바위를 깨뜨리고 산길을 끊어 놓으면 된다"고 가르쳐 주었다. 김씨네는 곧 그대로 하였더니…… 중이 두들겨 맞고는, "저를 두들겨 주되 묘의 방향을 왼쪽으로 돌리고 고개를 낮추면 이 집안은 자손만대에 영화가 있으리라" 하고 가버렸다. 이 말을 들은 주인은 중을 두들겨 주었으나 영화를 얻고 싶은 욕심에서 고개를 낮추고 묘의 방향을 왼쪽으로 돌렸다. 주지가 어떻게 하면 절이 오래 성할 수 있느냐 물으니, "다리네 목부분인 산의 성모기(산고개)를 높이면 되니 큰 돌로 그곳을 막으라"고 하여, 그대로 하였다. 이와 같이 단맥은 주체자와 객체자의 화합에서 이뤄졌다. 몰락의 원인은 중을 학대하고도 더 번창하고 싶은 욕망 때문이

---

43 앞의 책, 113면.

었다. 그러므로 주체자와 객체자의 관계는 외면으로는 화합이지만 내면으로는 대결 관계가 된다. 중은 자기를 학대한 이들을 몰락시키기 위해 거짓말을 했고, 주체자들은 그 거짓을 그대로 믿었다. 이러한 대립관계로 설화들은 더 긴박감을 갖게 된다. 도덕과 부도덕, 욕망과 좌절, 학대와 복수. 이런 대립은 인간들의 일상사에서 흔히 존재하는 것이므로 단맥설화는 단지 풍수사상의 표현이라는 종교적 면만이 아니라 현실의 세태를 반영했다는 사실성을 갖게 된다.

②에서는 단맥이 주체와 객체의 갈등 때문이 아니라, 객체의 일방적인 의도에서 이루어진다. 왕기를 막으려, 마을의 안녕을 위해, 지역에 인물이 태어남을 막으려, 객체가 일방적으로 단맥한다. 그러므로 여기에는 흥망성쇠의 극적인 상황 변화가 없다.

③은 ②의 발전적인 형태이다. 단지 객체의 존재가 다를 뿐이다. 또한 ③의 대부분은 그 배경이 특수한 역사 사실, 즉 임진왜란, 일제강점기 등과 관련을 맺었다는 점이다.

금릉군 봉산면 덕천동과 태화동의 경계를 이루는 낙(낫)고개에 얽힌 이여송 설화, 봉화군 범전면 풍정거리 노림동 산마루턱에 있는 큰바위에 얽힌 설화, 인제군 용대리 양지골 창바위 고개에 일제가 들어와 혈을 잘라 도로를 냄으로써 장수가 나지 못하게 되었다는 설화 등이 여기에 해당한다. 이러한 설화는 그 구조가 ②와 비슷하면서 단맥자인 객체가 이여송, 일제, 당나라 왕처럼 역사적인 인물이거나 그 시대와 관련되었다는 점에서 다르다. 그 단맥의 동기가 이 땅에 인물이 날 것을 우려한 나라와 나라 간의 문제라는 점을 고려하고, 그 시대적 배경이 굴욕적인 역사적 상황인 임진왜란 또는 일제기라는 점을 감안할 때, 이런 설화의 밑바탕에 흐르는 향유자들의 의식은 국가나 민족적인 측면에서 고려되어야 할 것이다.

인물이 날 것을 우려해 객체가 단맥했다는 사실은, 주체의 입장에서 보면 인물들이 나지 않음을 합리화한 것이며, 그것은 국란을 타개할 만한 인물이나 장수를 기다려야 하는 어려운 상황에서 나오는 향유자들의 갈 망을 형상화한 것이다. 그들은 설화를 만들면서 주어진 상황에 대하여 정 신적 극복을 시도한 것이다.

송악에서 철원으로 도성을 옮긴 궁예가 철원군 북면 홍원리에 처음 궁 궐을 세웠을 때의 일이라고 한다. 도참설(圖讖說)을 믿어 국호를 마진(摩 震)이라 고친 그는 도읍지인 남산을 어느 산으로 하느냐는 문제가 논의될 때 지관들의 의견과 엇갈렸다고 한다. 금학산을 남산으로 정하면 국운이 300년은 유지되며 고암산을 남산으로 정하면 국운이 30년으로 끝난다는 것이다. 그래도 고암산을 남산으로 정하자 금학산이 3년간 울었다고 하 며 3년간 초목도 나지 않았다 한다. 궁예는 오래 왕위를 지키지 못했다. 이 궁예의 도읍설화는 풍수를 빌어 그의 정치적 불행을 설명하려는 것이 다. 하나의 현상을 설화 형태로 빌어 나타냄으로 불행을 정신적으로 보상 받으려는 의도가 나타나 있다. 이런 면에서 임진록에 나타난 이여송의 단 맥설화는 더욱 흥미롭다.

(…) 인하여 잔치를 파하고 이 여송이 이 여백을 중군으로 삼아 군사를 거느리고 중국으로 돌아가게 하고, 무사 백여 명을 거느리고 각읍으로 다니 며 명산대천 혈맥을 다 자르고, "조선 같은 편소지국에 영웅호걸이 많은 편 이로다." 하더라. (…)

특출한 인물이 나와 어려운 시기를 극복해 주기를 바라는 백성들의 의 식은 '이여송 단맥' 사건을 통해 또 다시 좌절에 직면하게 된다. 그러나 이 나라에는 훌륭한 인물이 많고 또한 많이 나타날 수 있는 땅이라는 자존의식이 그 좌절을 어느 정도 보상받게 만든다.

②설화들은 한 지역의 문제에 머문다. 그런데 ③설화들은 국가와 국가 간의 문제로서 국가가 처한 현실적 상황을 풍수로 돌리면서 상황을 극복하려 한다. 호종단에 의한 제주 단맥을 내용으로 한 설화들도 이러한 유형에 속한다.

제주 단맥설화의 특징은 ②와 ③ 유형 설화가 주류를 이루고 있다는 점이다. 그중에서도 ③ 유형은 제주도 전역에 분포되어 있어, 고종달형설화를 근간으로 약간씩 변형되면서 제주도의 지리적 불모성을 설명해 주고 있다. 본토의 ③ 유형 설화는 임진왜란, 이여송, 일제시대 등과 같이 역사적인 배경을 갖고 생성된 데에 반하여, 제주의 그것은 제주도 전역의 지리적 특성을 설명하는 지명설화이면서 '인물이 나지 않게 되었다'는 인물설화이기도 하다. 물론 이러한 점은 풍수 자체가 인물과 관계를 갖기 때문이기도 하지만, 고종달형설화는 그러한 제주의 불모성을 설명하는 데 그치지 않고, 후세의 인물설화들과의 관계를 일정하게 유지하고 있다. 이 점에서 고종달형설화는 제주 인물설화의 전제가 되고 있다.

고종달형설화는 '제주가 왕이 날 땅이므로 중국왕이 풍수사 고종달을 제주에 보내어 제주 곳곳을 단맥하였기 때문에, 제주에는 생수도 나지 않게 되었고 큰 인물도 나지 않게 되었다'는 내용을 근간으로 하여 파생된 여러 설화들이 도내 여러 곳에 산재해 있다. 이 설화는 '제주도에 샘이 드물다'는 지리적 조건을 설명하면서 샘과 인물을 연관시켜, 숙명적으로 인물이 날 수 없는 땅, 불모의 역사 속에 항상 외부 세력에 눌려 살아야 할 땅임을 설명하고 있다. 이렇게 설화는 역사적 의미를 지니고 있다. 자연의 불모성, 행정의 부재, 왜구의 침탈과 지방 관리의 수탈 등 제주사람들이 처한 사회역사적 상황을 설명하면서, '왕이 날 수 있었던 땅'이었다는 사실을 강조함으로 현실의 비극적 상황을 정화 극복하려 했다. 이렇게 현실의 어려움을 숙명적인 것으로 수용하는 제주사람들의 의식과 삶의 방법을 형상화하고 있다. 이렇게 설화가 단지 구비문학의 차원에 머무는 것이 아니라, 제주문화 형성에 기능적 역할까지 담당해 왔음을 알 수 있다.

이 설화의 갈등 구조는 거대한 힘을 가진 큰 나라 왕과 왕이 날 만한 땅인 제주와의 관계 설정에서부터 시작된다. '아흔아홉골설화'의 경우 중국에서 들어온 중이 주민들을 회유하여 맹수들을 몰살시킨 의도는 맹수로 대신하는 인물들의 출현을 미리 막으려는 것이며, 안덕면 용머리설화에서 진시황이 풍수사를 보낸 것이나, 중국 왕이 죽자 제주 여자를 후궁으로 삼아 장군이 될 아이 500을 낳았다는 것들은 모두 제주를 왕 또는 장수가 날 수 있는 땅이었음을 설명하는 것이다. 왕이 날 땅은 축복받을 땅이지만 그것은 기존 왕의 권위에 위협적일 수 있으므로 현실로는 용납될 수 없다. 여기에 현실 상황의 극렬함이 있고 새로운 인물을 수용할 수 없는 폐쇄된 사회 현실이 존재한다.

중국 왕을 진시황이라는 실제 왕으로 지칭하는 예는 제주와 대립되는 세력의 거대함을 의미하는 것이고, 원나라 왕이라고 하면서 원나라와 고려와의 국제 관계를 내세운 것도 역사적 실제 상황을 제시함으로 설화의 리얼리티를 강조하려는 의도이다. 기울어가는 원나라의 경우, 고려와의 관계 개선을 위해 고려의 단맥을 단행할 수 있을 것이고, 그렇게 하기 위해서 제주에서부터 단맥을 시작했다는 것은 합리성을 갖는다.

동국여지승람(東國輿地勝覽) 산천(山川)항에서는 '두천'이란 샘에 대해 다음과 같이 설명하고 있다. 서쪽 병문천에서 50보 정도 가면 그 샘이 있는데, 모양이 말과 같으므로 이러한 이름을 붙였다. 세상에 전하는 바로는 이 물을 마시면 능히 100보를 날아갈 수 있다고 하는데, 호종단이 와서 그 영기를 끊어버려 없어졌다 한다. 가물면 물이 맑고 비가 내리려 하면 금기가 뜬다고 전한다. 이런 이야기는 『탐라지(耽羅誌)』와 김석익(金錫翼)

의 『탐라기년(耽羅紀年)』에도 다음과 같이 자세하게 기록되어 있다.

예종 년간(1111~1115)에 호종단이 와서 산수의 기를 단맥해 버렸다. 종단
은 송나라 복주 사람인데 고려에 와서 벼슬을 하면서 압승지술(壓勝之術)로
왕의 사랑을 받았다. 주승(州乘)에 호종단이 이곳의 지기를 단맥하고 돌아가
다가 한라산 호국신이 매로 화하여 돛대 위를 날아가 삽시간에 돌풍을 일으
켜 종단이 탄 배를 전복시켜 버렸다. 조정에서 그 영이함을 포상하여 식읍
을 사하고 광양왕으로 봉하여 해마다 향폐를 내려 제사하고 본조(本朝)에 와
서는 본읍(本邑)으로 제사하게 하였다. 이원진이 이르되 호종단이 고려에서
벼슬하여 관이 기거사인(起居舍人)에 이르러 사망하였는즉 압지하러 왔다가
물에 빠져 죽었다는 이야기는 믿기 어렵다.[44]

호종단의 단맥설은 김상헌의 『남사록(南槎錄)』에도 기록되어 있다. 그
에 대한 역사적 기록을 종합하면, 원래 송나라 복주 사람으로 태학에 들
어와 상사생이 되고, 후에 절강성에 갔다가 다시 상선을 타고 고려에 들
어와 예종의 사랑과 후대를 받아 좌우위녹사가 되는 등 벼슬을 하다가
인종 때 기거사인이 되었다. 이제현의 『역옹패설(櫟翁稗說)』에서는 임완
(林完), 김부식(金富軾) 형제, 이지저(李之氐), 호종단 등 명신과 현사들이
조정에서 토론을 벌이고 학문을 논하며 중국 조정과 같은 풍모가 있었다
고 기록되어 있다.

이런 기록을 볼 때 그가 중국 왕이 파견한 술사라든지, 고려왕이 파견
한 술사라는 사람들의 논쟁에는 그 나름대로의 근거가 있다. 그런데 호종
단을 고종달이라고 속칭하는 이유는 '종단'과 '종달'의 음의 유사함과 성

---

44 『耽羅文獻集』, 제주도교육위원회, 1976, 352-353면.

산면 종달리 단맥설화 때문이다. 호종단이 성산포구로 들어와 처음 종달리에 내려 그곳 이름을 묻고 '종달리'라고 하자, 자기 이름과 흡사하다고 해서 제일 먼저 물혈을 끊어버렸다는 것이다. 이런 설화에 대해서도 어떤 구술자들은 고종달이 아니고 호종달이라고 극구 주장한다.

또한 호종단은 중국에서 보낸 술사가 아니라 고려에 귀화한 인물로서 제주에 보낸 것은 고려 조정이라고도 한다.

* 고종달이란 사람은 중국 사람인데, 그는 풍수사라. 조선에 와서는 어느 왕 때인가, 왕의 사랑을 많이 받아서 무슨 벼슬까지 하였는데, 제주에 들어가서 땅의 맥을 막 끊어버리라고 하자 (…)

• 1980. 1. 21, 서귀포시 상효동, 양원교, 남, 72세

또는 호종단은 원나라에서 보낸 풍수사로서 제주 전역의 단맥에 실패하자 책임 추궁이 두려워 고려에 귀화했다고도 한다(시흥리, 양기빈). 이와 같이 호종단에 대한 설화 향유자들의 논쟁은 '중국과 제주'라는 것에서 더 현실성을 갖게 되면서, 그 관계가 '중앙 조정과 제주'로 바꾸어졌기 때문이다. 이러한 향유자의 의식은 결국 '명당한수' 설화에 나타난다.

호종단이 중국 왕이 보냈건 고려왕이 보냈건 그들은 제주와 대립적인 관계에 있는 거대한 힘을 상징하고 있다. 중국 왕이 보냈다는 것은 '제주 대 중국'으로, 제주에 한 국가 단위로 의미를 부여하고 '왕이 날 땅'이라는 사실을 강조하는 것이다. 또한 조정에서 보냈다고 할 경우에도, 제주를 두려워했다는 점에서 조정과의 상대적인 관계를 강조하고 있으며, 여기에서 제주 지역이 선택된 땅이라는 의미를 찾을 수 있다. 중국이든 조정이든 그것은 제주를 불모의 땅으로 만들었던 거대한 외세를 의미한다. 외부의 압제 속에서도 좌절하지 않고 살아나갈 수 있었던 것은, 제주가 왕이 날

땅인데, 단맥되었기 때문에 지금은 불모의 땅이 되었다. 그렇지만, 언젠가는 회생할 수도 있다는 미래에 대한 바람이 있다. 이러한 비전을 갖게 된 것은 자존의식 때문이다. 향유자들의 의식이 본토의 ③ 유형 설화와는 크게 다르게 투영되어 있다. 어디까지나 영원한 소외자들이 자기 역사를 붙들고 살아가는 삶의 한 양식을 보여 주는 것이다. 즉 제주의 고종달형설화는 제주사람들의 의식과 제주문화 형성의 바탕을 설명하고 있다.

호종단이 제주에 들어와서 단맥하는 과정에서 아무런 저항을 받지 않았다는 점도 주요한 사실이다. 본토의 설화들도 단맥의 사실을 진술하는 데 그쳐 단맥 과정에서 대립과 갈등이 없었지만, 정연한 플롯을 갖고 있는 고종달형설화와는 다르다. 그런데 제주에서 고종달의 단맥 과정에서 사람들의 태도는 상당히 소극적이었다. 중국에서 들어온 중이 '맹수들을 모이게 하라'는 회유에 사람들은 아무런 불만이 없이 그대로 응했다. 단맥을 실패한 경우에도, 밭가는 노인들이 수신들을 구해주어야겠다는, 단맥을 방해하려는 적극적인 행위가 아니라, 막연히 측은해서 구해줬을 뿐이다. 호종단이 단맥을 마치고 귀국할 때 한라산 수호신이 폭풍으로 변해 그가 탄 배를 전복시켰다는 차귀도설화에서 어느 정도 사람들의 저항을 읽을 수 있으나, 이것도 사실은 호종단의 단맥을 기정사실화한 데 역점을 두고 있으며, 복수를 통한 카타르시스의 의미밖에 없다. 즉 제주의 단맥이 대국의 술사에 의해 이뤄졌음을 강조하는 데 그치고 있다.

고종달형설화가 뚜렷한 플롯을 갖고 있다는 점은, 많은 도민들이 이 설화를 즐겁게 향유했다는 증거가 된다. 단맥설화 중 가장 플롯이 정연한 것은 제1유형이다. 제2, 3유형의 설화들은 어떤 현상(사물)에 대한 내력을 설명하는 수준에 그친다. 그런데 같은 3유형인데도 고종달형설화는 비교적 플롯이 뚜렷하다.

① 제주는 왕이 날 땅이었다.

② 중국 왕이 근심했다.

③ 단맥하기 위해 풍수사를 보냈다.

④ 제주에 들어와 인물이 날 지역을 단맥했다.

⑤ 그 결과 제주에서는 생수도 인물(왕)도 나지 않게 되었다.

①~⑤의 이야기는 각각 인과관계 속에 짜여 있어 플롯이 정연하다. 본토의 제3유형은 "임진왜란 때 이여송이 이곳을 지나다 우뚝 솟은 바위를 보고 조선에 명장이 날 것을 염려하여 바위를 깨뜨려 버렸다"는 식으로 단순히 깨뜨려진 바위의 내력을 설명하는 데 그치고 있다. 이러한 단순성은 그 설화가 이뤄진 이후, 변화를 거치지 않고 원형 그대로 구전되어 왔기 때문이다. 즉 향유자들은 그 설화를 변형하면서 이야기를 엮어나가는데는 관심이 없었던 것이다. 이것은 설화에 대해서 향유자들의 진지성의 문제이다. 그 향유자들은 바위의 내력을 설명하는 하나의 정보로서 단순하게 받아들였을 뿐이다. 이러한 설화에 비해서 고종달형설화가 정연한 플롯을 갖게 된 것은, 구전되는 동안 향유자들이 그 설화에 대해서 진지한 관심을 갖고 말하고 들으면서 다듬어지고 다시 엮어지는 과정을 거쳤기 때문이다. 그것은 향유자들이 그 설화를 사랑했다는 증거이다. 이 점은 설화의 변형을 통해서도 확인할 수 있다.

하나의 설화가 향유되는 과정에서 여러 개의 화소가 첨가 또는 탈락되면서 향유자들의 현실적인 여건과 취향과 의식에 맞게 변형된다. 고종달형설화에서는 특히 그러한 점이 두드러진다. 호종단의 단맥 과정이 주류를 이루는 이 설화는 각 지방의 지형이나 지질 조건에 부합되도록 변형되었다. 첫째, 호종단이 제주가 왕이 날 땅이므로 단맥했다는 플롯은 제주도 전역에서 동일하다. 단지 그곳 형편에 따라서, 구좌면 종달리의 경우는 이름의 유사성에서, 안덕면 화순리 경우는 용과 같은 형체의 지형에서, 아흔아홉골설화도 골짜기의 수에서 각각 그 지역 나름으로 변형되었다. 또한 한경면 차귀도설화는 그 명칭의 뜻과 관계가 깊다. 또한 제주도 동부 지역 종달리로부터 서부 지역인 화순 한경면 차귀도 북부 지역인 제주시 지역까지 고종달형설화는 두루 퍼져 있다. 이것은 이 설화를 모든 사람들이 즐겨 향유했다는 증거이다. 둘째, 단맥에 실패한 경우에도 같은 모티브가 각 지방에 따라 꼭 같이 설화로 굳어졌다. "고부랑 나무 아래 행기물"이란 지리서는 소 길마 밑에 놓인 물그릇을 의미하는데, 서귀포시 호근동 행기물설화에서도, 제주시 화북 지경의 단맥 실패설화에서도 꼭 같은 모티브가 나타난다. 이 설화를 구술했던 시흥리 양웅은 서귀포 서홍리 물귀신이 호종단에게 쫓겨 제주시 화북 지경까지 갔다고 하는 반면에, 서귀포시 상효리 양웅은 행기물이 서홍동에 있고, 그곳에서 고종달이 단맥에 실패했다고 한다. 표선면 토산리 거슨샘이 ▯단샘이 설화에서도 '고부랑 나무 아래 행기물' 모티브가 나타나는데, 그곳에서는 수신이 뱀으로 변했다고 한다. 이는 토산리 지역의 사신당과 관련을 갖기 때문이다.

제주도가 왕이 날 땅이기 때문에 호종단이 단맥했다는 모티브는 모든 제주사람들이 긍정적으로 받아들이고 있다. 이는 제주사람들의 의식이 이러한 설화와 닿아있음을 뜻한다. 또한 지역의 특수성에 따라 여러 가지로 변형되었던 것은, 전제되는 의식이 어떤 상황에 부딪혔을 때 끊임없이 가동되고 있음을 뜻한다. 그러므로 이 설화는 제주도와 '유기체적인 기관'이 되면서[45] 제주문화 생성에 어떤 의미를 부여한다고 할 수 있다.

설화는 향유자들의 의식 속에 살아있는 것이다. 그것은 제주 역사의 결정성을 긍정하는 자세이면서 새로운 삶을 향한 진지한 태도를 보여주

---

45 김열규, 『神話.傳說』, 한국일보사, 1975, 156면.

는 것이다. 단맥은 했지만 그 전에 왕이 날 수 있는 땅이었다는 사실은 왕과 같은 인물들을 기다리는 마음을 나타낸 것이다. 여기에 고종달형설화는 단순한 풍수설화로서의 의미를 넘어 구체적인 인물설화로 발전하게 되는 계기가 된다. 이 인물설화들은 제주사람들의 숙명적인 삶을 극복하려는 의지를 보여 준다.

(다) 불모성의 심화

제주사람들은 설화의 역사성을 어느 정도 인정했기 때문에 제주의 역사와 그 불모성의 원인을 호종단의 단맥에 있다고 이야기한다. 그러면서도 언젠가는 그 불모에서 헤어날 수 있다고 생각하는데, 그 이유는 불모의 원인이 정치적 억압에 있다고 생각하는 것과 무관하지 않다. 또한 제주의 불모성 저변에는 변두리 지역의 문화적 특수성인 주변성과도 관계가 깊기 때문에 중심부 세력에 대한 저항의식이 깔려 있다.

고종달이 아니라 호종단이라고 강조하는 구술자의 의도나, 호종단은 중국 왕이 보낸 풍수사가 아니고 조선 왕이 보낸 인물이라고 주장하는 저변에는, 중앙에 대한 소외의식과 반항의식과 함께 섬 지역의 특수성에 대한 열등감이 은연중에 깔려 있다. 이러한 복합적인 자의식을 극복하려는 저변에는 큰 인물을 기다리는 염원이 있다. 그 큰 인물은 정치적인 의미를 갖기 때문에 이런 유형의 설화는 정치적일 수 있다.

그런데 큰 인물들은 풍수에 의해서 가능하다고 생각했다. 그래서 풍수신앙은 제주사람들의 의식을 강하게 지배하게 되었다. 이것을 역으로 생각한다면 뛰어난 인물들의 비범성을 강조하기 위해서 풍수라는 자연의 힘, 즉 초월적인 힘에 의해 선택되었음을 강조하고 있는 것이다. 단맥에 의해 몰락하게 된 제주사람들은 다시 풍수에 의해 비범한 인물을 기다렸다. 이러한 도민의 의식에서 자기 생활을 사랑하면서 새로운 길을 찾기 위해 치열하게 살았던 생활의 면모를 찾을 수 있다. 그러나 큰 인물이 나타났지만 나라에서 이를 경계하여 그 조상의 묏자리를 단맥해버림으로써 비범한 인물도 몰락하고 만다. 여기에 제주 역사의 불모성은 심화된다. 그래서 제주의 불모성은 전적으로 폭력적 정치 현실에 의한 것임을 입증해 준다.

풍수설화에서 비범한 인물들은 조상의 명당 묏자리 기운으로 태어났다. "강정 김씨 자손"은 오공혈에 선묘를 썼고, "명당한수"에서는 풍수사가 지정해준 곳에 선묘를 썼다. 문국성은 호랑이 눈앞의 지세에 선묘를 썼다. 부씨 입도 선묘는 장군의 기를 받도록 쓴 것이다. 이러한 명당자리에 조상을 모시자 뛰어난 인물들이 나왔다. 그런데 그런 인물들은 모두가 국왕이 두려워할 존재들이었다. 즉 사회가 수용할 수 없는 인물들이었다.

강정 김씨 자손인 두 쌍둥이는 당시 사회에서 적대시하는 겨드랑이에 날개 달린 아이들이었다. 어머니가 밖에 나갔다 돌아와 보면 누웠던 자리가 서로 바뀌곤 했다. 그들은 낳자마자 날개가 달려 방안에서 날면서 놀았다. 날개 달린 아기장수였다. 이런 비범한 인물을 수용할 수 없는 것이 당시의 사회였다. 그래서 그 아기의 부모는 걱정에 빠진다. 장차 역적이 될 자식을 두었으니 부모도 응당 징벌을 받아야 했다. 역적이 나면 삼족을 멸하는 당시 사회상황에서, 그들은 어떻든 거부당할 인물들이었다.

명당 한수설화에서 주인공은 "내 이런 힘을 가지고 기술을 가지면 중앙에 가서라도 걱정이 없겠다" 하여 서울로 간다. 힘과 힘으로 대결하려는 소박한 생각이었지만, 그의 행동은 세상 사람들에게 기이하게 받아들여진다. 경복궁 대들보를 들고 그 밑에 신을 놓아둘 정도로 힘을 가진 그를 조정에서는 '역적이 될 인물'로 지목한다. 그는 힘이 장사일 뿐만 아니라 비상한 수단을 가진 자였다. 그를 우려한 나라에서 일부러 가짜 궁궐을 만들어 불을 질렀는데, 그는 한강 나룻배로 물을 떠다가 끌 정도의 비상한 머리를 가졌다. 문국성도 같은 유형의 인물이다. 용모와 풍채가 뛰어날 뿐만 아니라, 힘도 장사였다. 그래서 그는 서울에 올라가 장안을 주름잡고 다녔다. 한갓 섬놈이 서울에 와서 자신의 분수를 지키지 못하고 행세하자, 나라에서는 틀림없이 '역적이 될 인물'로 경계한다. 이러한 인물들의 공통점은 비범한 인물들이었기 때문에 사회로부터 거부당한다는 사실이다. 그것도 부분적인 거부가 아니라 전체적인 거부, 즉 '역적이 될 인물'로 사회가 인식하게 된다.

국가에서 그러한 비범한 인물을 거부하는 방법도 역시 단맥이었다. 풍수에 의해 배출된 인물이었으므로 단맥을 통해 거부하는 것이다. 강정 김씨 집안에서는 부모가 직접 선묘를 이장한다. 명당 한수에서는 국가에서 보낸 풍수사에 의해 선묘를 단맥하거나 이장한다.

① 그날 저녁은 남편에게 사실이 여차여차하다고 예왁(이야기)을 하였거든. 그 아방(아버지)된 이가 겁을 내영, "이거 큰일 났다고, 나라에 범죄를 할 것이니 우린 다 죽게 될 것이니 이건 아마 산형 때문일 것이니, 이 산을 천리(이장)를 해야겠다고……."

② "너 산이라도, 아바지 묘라도 어디 씬 디(쓴 데) 있느냐?"
"있습니다."
"가보자"고
오란 보니(와서 보니), 거기에 산을 써시니, 이제는 걸(그것을) 파열시킨(파헤쳐서) 보니…….

③ 문국성의 부친은 백배 사례하며 곧 묏자리를 소 목사가 이른 대로 내

려 묻었다.

실은 호랑이의 눈앞 위치에 묘가 써져 있는 것이었다. 그런데 소 목사의 계략을 모르고 정자리를 떠서 내려 묻어버린 것이다.

이와 같은 경우에 그들을 거부하는 세력은 누구인가? 모두 나라에서 보낸 사람들이다. 즉 절대 권력의 폭력적 행위에 의해 제주의 비상한 인물들은 몰락한다. ①에서 비록 그들 부모가 이장(移葬)하지만 그것은 자의가 아니다. 평민의 가정에서 장수가 나서는 안 된다는 지배이데올로기 때문에 부모가 나서서 묏자리를 이장해야 했기 때문에 ②③과 같다. 오히려 ①은 ②③에 비해 그 비극의 농도가 짙다. 여기에서 제주라는 주변 지역과 중심부 국가 권력과의 극한적인 대립이 나타난다. 그러면 파혈의 결과는 어떻게 나타나는가?

① 천리를 해보니 황새가 있는데 뒷발은 일어서고 앞발은 꿀리어 있어서 천리를 해버리니까 그 아이들이 다 죽어버렸지.

② 파혈시켜서 보니 황소가 되어서 뒷다리는 일어서고 앞다리는 꿇어앉아 있어서… 삼 년만 더 있었으면 앞다리까지 일어서 버렸으면…

①과 ②에서 때를 잘못 만난 불운한 인물의 모습을 상징화하고 있다. 황새나 황소로 상징되는 이 비범한 인물이 세상에 나오기 직전에 거대한 힘에 의해 몰락하게 된다. '뒷다리는 일어서고 앞다리는 꿀리어 있는' 상태는 일어서기 직전이다. 조금만 시간이 주어졌다면 일어서서 큰 인물이 되었을 것이다. 이렇게 짧은 시간 유예도 받지 못한 그들의 운명은 더욱 아쉽기에 독자에게 비장감을 더해준다. '짧은 시간의 유예'를 얻지 못하는 모티브는, 아흔아홉골이 한 골이 부족해 100골이 못 된 것과 같은 미

완성의 모티브이다. 이러한 설화는 비범한 인물의 출현 직전에 몰락하면서 더 비극적으로 인식된다.

미완성 모티브는 본토의 아기장수형설화에서 아기장수의 두 번째 죽음을 뜻하는 것으로, 거부의 상황이 예리하게 형상화된 것이다. 부모에게 죽임을 당하면서 아기장수는 유언으로 콩 다섯 섬과 팥 다섯 섬을 같이 묻어 달라고 했다. 얼마 후에 관군이 와서 아기장수를 찾자 그 어머니는 무덤을 가르쳐 주고 말았다. 군사들이 무덤을 파보니 콩은 말이 되고 팥은 군사가 되어 아기장수가 막 일어나려고 하고 있었다. 그러나 그만 관군에게 들키자 다시 죽고 만다.

①에서 쌍둥이 아기장수는 죽어버린다. ②에서 '삼 년만 있었다면 앞다리까지, 앞발까지 일어서 버렸으면…… 큰 인물이 되었을 텐데' 약간의 시간을 얻지 못하여 이들은 몰락하고 만다. ③에서 소 목사의 계략에 의해 명당자리에 쓴 묘를 이장하게 되고, 문국성은 영웅이 되기는커녕 그 집안과 함께 몰락하고 만다. 부씨 입도 선묘의 경우에도 장군 기운을 타고 난 부씨 집안의 자손들이었는데 관가에서 이 사실을 알자 그 장군석을 잘라 버렸기 때문에 장수는 나지 않고 이따금 장사만 나게 되었다.

제주도의 단맥설화에서 단맥을 자행하는 객체가 절대 권력을 상징하는 나라(왕)라는 점은 주목할 만하다. 물론 온평리 청룡기에 대한 설화도 있지만 대부분 나라(왕)에 의해 단맥되어 인물이 몰락한다. 제주에서 장군이 태어나 왕권에 도전할 것이라는 '나라'의 염려는, 제주가 왕이 태어날 땅이라는 중국 왕의 걱정과 통한다. 왕이나 장수가 날 땅이었지만, 중앙 절대 권력의 횡포 때문에 끝내 그러한 인물들을 얻지 못하고 영원히 불모의 역사에서 벗어나질 못한다.

제주가 호종단의 단맥으로 인해 숙명적으로 불모의 역사를 걸어왔음에도 불구하고 몰락할 수밖에 없는 장수의 출현을 기대하는 이유는 무엇인가. 그것은 제주사람들이 삶의 치열성으로 운명을 거부하는(사실은 현실적 상황을 거부하는) 부정정신 때문이다. 어떻게 하더라도 이 벗어버릴 수 없는 숙명적인 고난에서 이 땅에 사는 사람들을 해방시키려는 의지는 비범한 인물들을 기다리게 되었다. 그러나 그들은 모두 중심부 권력 앞에 좌절하고 만다. 이들의 좌절은 모두가 중심부 권력의 폭력에 책임이 있다. 이를 합리적으로 상징화하기 위해 단맥에 의한 몰락으로 이야기한 것이다. 이러한 인물들의 비극은 곧 제주사람들의 비극이다. 능력을 가졌으면서도 그것을 펴지 못하고 살았던 사람들은, 이러한 설화를 통해 자신의 불운을 하늘과 사회에 돌리고 스스로를 위로받았다.

비범한 인물들의 몰락을 제주사람들은 주위에서 흔히 보아왔다. ②③에서 이들이 모두 서울로 올라가 힘으로 행세를 하다가 '나라의 걱정'의 대상이 되어 단맥으로 몰락하고 만다. 현실에서는 제주사람으로서 벼슬을 얻으려 서울 나들이를 하다가 좌절하거나 몰락한 경우를 흔하게 보아왔다. 문무에 띄어난 인물이 한양으로 올라가서 벼슬자리를 얻으려 했으나 뜻과 같이 될 수 없었던 시대였고, 돈이 있어 벼슬을 사서 얻으려 했으나 결국 가산만 탕진한 예가 흔했다. 장수나 왕을 기다리는 제주사람들의 소망은 현실적으로는 벼슬에 대한 관심일 수 있다.

이렇게 비범한 인물들이 몰락한 사실담에 풍수(단맥) 모티브를 접합시킬 때 몰락할 인물의 불운함과 사회의 경직성, 그리고 정치적 폭력이 더욱 생생하게 형상화되기 때문에 억압된 정서에서 해방될 수 있으며, 불운한 인물들에 대한 향유자의 감정이 보상될 수 있다. 여기에 단맥설화들의 또 다른 의미인 저항의식을 확인할 수 있다.

(라) 좌절의 극복

제주사람들이 이처럼 경직된 사회 상황과 부딪치며 어떻게 살아가는 방법을 찾았을까. 첫째는 명당을 찾아 조상의 묘를 씀으로 발복하는 경우이고, 둘째는 초월적인 능력을 가진 인물들이라도 현실과 타협하며 살아가는 길이 있다. 셋째는 적극적으로 현실과 대결 투쟁하여 상황을 극복하는 길이 있다. 둘째, 셋째의 경우는 다음 장에서 논의할 것이고, 우선 첫째 경우에 대해서만 여기에서 생각하려 한다.

경주 김씨 입도 선조의 설화와 중문 고부 이댁설화는 명당 터로 찾아 선조를 장사지내 발복한 이야기이다. 남원읍 의귀리 경주 김씨는, 설화에서처럼 여러 대에 걸쳐 헌마공신이 되어 감목관 벼슬을 했다. 이들 선묘가 반디기왓 지경에 있는 것도 사실이다. 이러한 한 가문의 발복을 전적으로 명당터 묏자리 때문이라고 생각하는 사고는 신앙에 비길 만하다. 이신앙으로 모든 것을 다 바쳐서라도 명당터를 구하려 한다. 중문 고부 이댁 조상설화가 그러한 예이다.

가난하게 살던 이댁(李宅) 과부는 집안을 흥하게 하기 위해서 남편의 묏자리에 관심을 갖고 있었다. 한 집안의 발복은 전적으로 묏자리에 의지할 수밖에 없다고 믿었기 때문이다. 돈이나 있는 집안이면 지관을 모셔다가 집안에 살게 하면서 구산하던 당시 실정을 잘 보여주고 있다. 설령 재산이 없다 하더라도 묏자리에 관심을 갖고 있는 집안이라면 얼마든지 그렇게 하지 않을 수 없었다. 그 일은 한 집안의 운명을 결정하는 큰일이기 때문이다.

설화에서는 가난한 과부가 남편의 묏자리를 위해서 지관을 청해 들인다. 병작으로 기르는 남의 소를 잡으라 하니 두말없이 잡는다. 소가 문제되지 않는 것이다. 그보다 더 큰 재물이나 인물로 보상받을 수 있다는 확신 때문이다. 소를 선선히 잡겠다는 과부나, 그 소를 두말없이 내놓는 과부 동생의 처사는 당시 사람들의 풍수에 대한 일반적인 신앙 양태를 보여주고 있다. 소 한 마리를 다 먹도록 그 가난한 과부 집에 눌러앉아 지낸 지관은 풍수신앙의 교주와 같은 존재다. 인간의 길흉화복을 주재하는 신에 버금가는 존재이다. 그래서 그는 묏자리를 얻은 그들에게 당대에 소 99마리를 키울 수 있을 정도의 재물을 얻게 하고, 나중에 제주 삼읍에서 인물이라는 이 좌수도 이 집안에서 태어나게 한다.

경주 김씨 발복설화와 함께 이 설화에서 공통된 점은 완전한 발복이 아니라는 점이다. 즉 발복의 한계성을 지닌다. 호종단이 시키는 대로 쇠못이 박힌 막대기를 땅에 박고 발로 눌러 있지 않았으므로 만석꾼이 될 수 있었는데 천 석군을 잃어버려 구천 석 밖에 못하게 되었고, 소 백 마리를 기를 처지인데 한 마리를 먹어 버리니까 99마리만 기르게 된다는 점에서 두 설화 모두 어떤 제한성을 갖고 있다.

명당터를 얻는 일이 곧 발복의 지름길인 것은 변댁(邊宅) 입도 선묘의 설화에도 나타나 있다. 그것은 신의 계시와 같은 일이다. 가난해 보릿짚에 싸서 지게로 지고 가다가 지게 끈이 끊어져 내려놓은 곳이 명당이 되어서 그 자손들이 발복한다. 이런 이야기를 도내 곳곳에서 찾아볼 수 있다. 가난과 부유함은 곧 죽은 자의 묏자리에서 결정된다는 관념이 형상화된 이야기들이다.

그러므로 명당을 얻는 일엔 수단과 방법을 가리지 않는다. 그건 모든 것에 우선한다. 온 힘을 다하며, 인륜 도덕도 없다. 중문 고씨 댁의 구산 이야기가 이를 잘 말해 주고 있다. 외삼촌이 몰래 마련해 둔 묏자리를 도둑질하듯 차지하려는 조카와, 그런 조카를 다시 파멸시켜 버리는 외심촌의 갈등 대립은 구산(求山)하기 위한 노력의 치열함과 그것에서 빚어지는 세태의 한 전형을 보여주고 있다. 단맥으로 불행한 일생을 살아야 했던 사람들이 자손들이나마 그 불행에서 벗어나도록 하기 위해 명당을 찾는 일은 집안으로서는 가장 중요한 일이다. 그러나 실제로는 명당을 찾아 흥한 경우보다는 망한 예가 더 많다. 그러면서도 구산에 관심을 버리지 않는 것은 그만큼 폐쇄된 상황 속에 살고 있었기 때문이며, 그러한 숙명적인 생활에서 벗어나고픈 욕망이 컸기 때문이다. 이러한 여러 사람들의 삶의 양식 중에 장수들의 이야기를 살펴보기로 하겠다.

4. 장수들의 일생

(1) 제주사람들의 염원과 장수의 출현

고종달형설화가 시사해 주는 바와 같이 제주사람들이 불모의 역사 속에 살아야 한다는 것은 결정적인 운명이었다. 여기에서 탈출하는 길은 풍수에 의지할 수밖에 없었다. 그러나 사람들이 그것만을 바라며 살아온 것은 아니다. 인물이 날 수 없는 땅이었지만 그래도 위대한 인물을 기다리며 살아왔다. 그러한 인물이 나타나 이 세상을 개혁해 주기를 바랐던 것이다. 그러한 소망을 이루기 위해 명당을 찾아 선조의 묘를 써야 했다. 그 결과 장수가 출현했다. 겨드랑이에 날개 달린 이 아기장수는 제주사람들이 손꼽아 기다리던 인물이었다. 그러나 그 인물을 사회가 받아 줄 수 없었다. 그것은 비범한 인물을 용납하지 않는 닫힌사회 폭력 때문이었다. 역적이 될 인물은 어렸을 때에 죽여야 한다는 왕권수호이데올로기로 무장된 사회는 이 반사회적인 아기장수를 거부해야 한다. 그런데 그 거부는 자신들의 꿈을 부정하는 일이었기에 고통스러울 수밖에 없었고, 스스로 허위를 범하는 일이기도 했다. 고종달의 단맥 이후 오랜 세월 동안 기다렸던 이 위대한 인물들을 폭력적인 이데올로기 때문에 거부한다는 것은 있을 수 없는 일이었다. 따라서 현실적으로 아기장수도 거부하지 않고 자신의 꿈도 버리지 않을 방법을 모색하게 된다. 이러한 제주사람들의 처신은 그들의 삶의 양식과 일정하게 통한다고 볼 수 있다.

(2) 장수설화

(가) 거부당한 아기장수(제1유형)

① 배락구룡설화[46]

옛날 제주시 도두동 다호부락에 한 부부가 살고 있었다. 부부는 자식이 없어 걱정을 하다가 어느 해 아들을 낳았다. 아들은 잘 자라서 열일곱 살이 되었다.

어느 날 부모는 성안까지 심부름을 시킬 일이 있어 아들을 보내었다. 꽤 시간이 걸리려니 하고 있었는데 아들은 금방 돌아왔다. 확인을 해보니 성안까지 다녀온 것이 틀림없었다.

"그렇게 빨리 다녀올 수가 있을까. 날아서나 갔다 왔다면 몰라도."

부모의 의심은 풀리지 않았다.

하루는 비가 줄줄 내리는 날이었다. 부모는 다시 아들을 성안까지 심부름을 보냈다. 어떻게 다녀오는가를 살펴보자고 해서였다. 이날도 아들은 금방 성안까지 다녀 돌아왔다. 부모는 아들이 눈치 채지 않게 곧 신발을 살펴보았다. 비가 오는 날이니 짚신 창에 흙이 더덕더덕 붙었을 것이기 때문이다. 그런데 이상하게도 짚신 창에는 흙이 한 점도 붙어 있지 않았다. 날아서 갔다 온 것이 분명했다. 부모는 걱정이 태산 같았다.

---

46 현용준, 『濟州島傳說』, 서문문고, 1976, 39-41면.

부모는 아들을 꾀어 술을 먹였다. 멋도 모르고 술을 먹은 아들은 취해 쓰러졌다. 아들의 정신이 몽롱해진 틈을 타서 부모는 아들의 겨드랑이를 들추어 보았다. 과연 큰 새 날개만 한 날개가 달려 있었다.

부모는 겁이 덜컥 났다. 만일 관가에서 알게 되면 역적이 났다하여 삼족을 멸할 것이 분명하다. 부모는 집안을 위해 날개를 끊기로 결심했다.

칼을 갈아 날개를 잘랐다. 그 순간 번개가 치고 우뢰가 울고 천지가 진동하는 듯하더니 벼락이 딱 떨어졌다. 그 집은 온데간데없고 그 자리엔 못이 하나 패어졌다. 그래서 이 못을 '배락구룽'이라 부르게 되었다(구룽은 음료수로 쓰는 못을 일컫는 방언이다).

• 1960. 7. 20. 제주시 도두동, 문장부, 남

② 강정 김씨 자손

(나) 나라에서 단맥한 이야기들(68쪽) 참조.

(나) 날개 잃은 장수 이야기(제2유형)

① 홍업선[47]

홍업선은 약 3백 년 전, 신엄리에서 태어났다. 어릴 적부터 풍모가 예사 사람과 다르고 또한 힘이 셌다.

집안은 농사를 지었지만 살림이 넉넉하지 못하므로, 아버지는 항상 짚신을 삼고 이 아들에게 팔아 오라고 하여 살림에 보태었다. 아들 업선은 꼬박꼬박 성안에 가서 짚신을 잘 팔고 왔다.

그런데, 아버지는 얼마 안 되어 아들의 행동에 이상함을 느끼게 되었

---

47 앞의 책, 136-138면.

다. 처음에는 몰랐는데 차차 유심히 보니, 너무 빨리 성안을 다녀오는 것이었다. 하루는 일부러 새 짚신을 신기고 성안에 가서 짚신을 팔아 오라고 했다. 그리고는 아들이 돌아오는 시간을 유심히 가늠해 보았다.

'이만 시간이면 성안에 도착할 때가 되었겠지.'

이렇게 생각하다 보니, 아들은 어느새 짚신을 다 팔고 돌아왔다. 아버지는 이상하다고 생각하며, 일부러 모른 체하고는 아들 몰래 시고 갔던 짚신을 보았다. 새 짚신에는 흙이 한 점도 묻어 있지 않았다. 아버지는 더욱 이상히 생각했다.

그날부터 아버지는 어머니에게 술을 빚어 놓게 했다. 술을 아홉 번을 고아 내어 굉장히 독하게 만들었다. 어느 날, 아버지는 아들 업선을 불러 별미의 술이니 먹어 보라고 했다. 어린 아이지만, 아버지가 시키는 것을 거역할 수 없으므로 술을 몇 모금 마셨다. 얼마 못가서 술기가 돌아 아들은 취해 잠이 들었다. 아버지는 가만히 아들의 옷을 벗기고 몸을 살펴보았다. 이게 웬일인가? 아들의 겨드랑이에는 좋은 명주가 휘휘 감겨져 있었고, 명주를 푸니 큰 새의 날개만 한 날개가 나와 있는 것이다.

아버지는 겁이 났다. 만일 이것을 관아에서 알면 역적으로 몰릴 것이요, 삼족이 멸할 게 분명하다. 아버지는 얼른 가위를 가져다 날개를 잘라 버렸다.

아들은 몹시 고단해 하면서 일어났다. 몸단장을 하려다가 날개가 없어진 것을 알고 눈물을 흘리며 탄식하는 것이었다. 그러나 부모가 한 일이라 감히 원망의 소리를 하지 못했다.

그 후 업선은 전보다 기운이 없고 발랄하지 못했다. 그러나 보통 사람에 비하면 힘이 장사여서 누구도 그 힘을 당하는 자가 없었다.

홍업선의 묘는 현재 제주시 외도리 위쪽 사만이라는 곳에 있고, 매년 묘제를 지낸다. 현재 그의 9대손들이 살아 있다.

• 1959. 8월. 제주시 용담 1동, 홍순흠, 남

② **양태수**[48]

〈조사자가 겨드랑이에 날개 달린 아기장수에 대한 이야기를 들은 적이 없느냐고 묻자,〉

양태수라는 한 사람이 날개가 달렸다고 했어. 그이가 겨드랑이에 날개가 돋았는데, 그땐 누구든지 그런 힘세고 기술이 많으면 장차 역적을 범한다고, 역적을 범하면 삼족을 멸한다고(…) 삼족은 본가, 외가, 처가 이렇게 세 집안이 다 멸하게 되는 것인데, 지금은 폐지되었다고 하지만 연좌제 같은 거였어. 그래서 겨드랑이에 날개가 돋았다고 하면, 이후에는 커가면서 그러한 화를 당할 것인가 하여서, 그 부친이 막 술을 취하게 먹게 하여서, 도마 위에 그 자식의 날개를 놓고 끌로 쪼개어 버리거나 끊어 버리거나 하였는데(…)

〈조사자: 죽었는가요?〉

응, 죽지는 않았지만 술에서 깨어나 보니까, 날개가 끊어져 버렸거든. 그땐 한탄을 하였다고 해. 그렇게 하여도 죽지는 않고 힘이 장사였어.

그래 힘이 장사인데, 그때 장사로는 양태수하고 홍문주하고 고몽치하고 그 세 사람이었는데, 그때에는 바다에서 배를 타고 다녔는데, 양태수가 선장이고 고몽치가 사공이고, 홍문주가 거 뭔인디? 그 세 놈만 큰 배를 타서 다녔지. 아마 장사를 무역을 한 모양이라.

그때 바다에서 해적이라고 큰 배에 사람을 많이 싣고 재물들을 많이 싣고 다니는 배를 보면 약탈하였쥬. 이 세 사름이 배를 타서 다니다가 한번은 큰 해적선을 만났는데, 그러난 해적은 모두 무기들을 갖추어 있으니까, 그런데 이놈이 해적선들이,

"너희 배에 무엇이 있느냐. 그거 다 우리 배에 옮겨 실어라. 그렇지 않

---

48 본인이 1981.1.21에 조사한 자료. 처음 진술자의 구술을 채록하고, 현대 표기법에 맞게 문장을 고쳤음. 『韓國口碑文學大系』 9-3, 419면.

으면 너희 생명이 위태하다" 하니 양태수라는 한 선장이,

"예, 그저 이것저것 많이 있습니다. 바치라고 한 대로 모두 바치겠습니다."

말허니,

"그러면 가까이 와서 우리 배에 실어라."

하니,

큰 배로 건너 타서 가까이 가니까, 해적놈들은 그 배에 있는 물건들을 자기네 배에 실러주려고 하는가 해서, 그런데 양태수가 배 한편 끝을 잡아서 휙 들어버리니까, 그만 다 몰살하고 그 배에 재물들도 다 바다 물에 빠져버렸으니,

"가라앉지 않는 물건이랑 우리 배에 건져서 실으라."

그렇게 힘이 세었다고 합니다. 날개를 끊어버려도……

• 1981. 1. 21. 서귀읍 상효리, 양원교, 남, 72세

(다) 장군의 이야기(제3유형)

① 이재수

불과 80여 년 전인데, 제주도에 성교난에 이재수라고 그 사람도 몰랐는데, 결국은 보니까 겨드랑이에 날개가 돋았더라, 그런 소문이 있어.

중문면(당시에는 남제주군 중문면) 하원 위쪽 서낭당마루라는 데가 있는데, 거기에 옛날부터 묏자리로 장군대좌형(將軍對坐形)이 있다고 하였어. 이재수네 조상을 거기에 모셨다고 해. 그때는 상하 구별이 심한 때였거든. 그런데 이재수란 사람도 원래는 근본이 장군이 될 근본이 아니었지. 천민이니까. 이재수가 대정 고을 관노였는데, 지금 같으면 하급 관리였어. 신축년 성교 난리가 나자 이재수가 그 난을 거의 주도하다시피 하였단 말이야. 그 사람이 그렇게 날쌔더라 합디다. 아주 날쌔더라고……. 대정고을을

말하자면 보성인가 인성인가 거기에서 한림을 갔다 오는데 한 시간이면 가고오고 하더라. 이건 그때에 실지 실험한 사람들이 한 말이지.

그렇게 날쌔어서 그 난리 중에서도 사람이 많으니까 그랬는지 모르지만, 수백 명 수천 명 그 각 마을 사람들이 모여들었는데, 그가 모여든 사람들 어깨 위로 어깨를 밟는 둥 마는 둥 하면서 갔다왔다하여서, 그 용기를 부렸다고 허쥬. 결국은 그 사람 사후에 죽은 다음에 옷을 벗기고 호상 옷을 입히러 하는데, 보니까 겨드랑이에 날개가 돋아있더라 그런 말이쥬.

• 1981. 1. 26. 산면성 시흥리, 양기빈, 남, 72세

② 김통정[49]

고려 때의 일이다. 한 과부가 살고 있었는데 날이 갈수록 허리가 점점 커갔다. 동네 사람들은 그것을 눈치 채고, 남편도 없는 사람이 저럴 수 있느냐고 수군거렸다. 과부는 사실을 털어 놓지 않으면 안 되겠다고 생각했다. 그래서

"매일 저녁 문을 꼭꼭 잠그고 자노라면 어디로 들어오는지 어떤 남자가 들어와서 같이 잠을 자고 간다."는 말을 하였다. 동네 사람들은 다음에 그 남자가 찾아왔을 때 실로 그 몸을 묶어 두면 알 도리가 있을 것이라고 가르쳐 주었다.

과부는 실을 미리 준비해 두었다. 이튿날 저녁에도 그 남자는 여전히 찾아들어서 잠을 잤다. 과부는 나가는 남자의 허리에 몰래 실을 묶어 놓았다.

날이 새어 보니 실은 창문 구멍을 통하여 밖으로 나가서 노둣돌 밑으로 들어가 있는 것이었다. 이로써 이 지렁이가 밤에 와서 잠자리를 같이

---

49 앞의 책, 107-112면.

하고 있다는 사실을 알 수 있었다. 과부는 지렁이를 보니 우선 징그러운 생각부터 들었다. 오늘밤도 이 징그러운 지렁이가 다시 찾아오면 어찌하나 생각하고 지렁이를 죽여 버렸다.

그로부터 허리가 점점 커져서 과부는 옥동자를 하나 낳았다. 아이는 온몸에 비늘이 돋쳐 있었고, 겨드랑이에는 자그마한 날개가 돋아나고 있었다. 과부는 이런 사실을 일체 숨기고 고이 아기를 길렀다. 동네 사람들은 이 아이를 지렁이와 정을 통하여 낳았다하여 '지렁이 진'자 성을 붙이고 '진통정'이라 불렀다(혹은 지렁이의 '질'음을 따서 '질통정'이라 불렀다고도 한다). 이 아이가 바로 김통정인데, 성이 김씨로 된 것은 김씨 가문에서 '진'과 '김'이 비슷하다 해서 자기네 김씨로 바꿔놓았기 때문이다. 김통정은 자라면서 활을 잘 쏘고 하늘을 날며 도술을 부렸다. 그래서 삼별초의 우두머리가 되었다.

김통정은 삼별초가 궁지에 몰려가자, 진도를 거쳐 제주도로 들어왔는데, 먼저 군항이로 상륙하였다. 군이 입항했다 해서 '군항이'란 이름이 붙은 것이다. 김통정은 군항이에서 군사상 적지를 찾아 산 쪽으로 올라가다가, 항바들이를 발견하고 여기에 토성을 쌓았다. 흙으로 내외성을 두르고 안에 궁궐을 지어 스스로 '해상왕국'이라 한 것이다.

김통정 장군은 백성들에게 세금을 받되 돈이나 쌀을 받지 아니하고, 반드시 재 닷 되와 빗자루 한 자루씩을 받아 들였다. 그래서 이 재와 빗자루를 비축해 두었다가 토성 위를 뱅 돌아가며 재를 뿌렸다. 김통정은 외적이 수평선 쪽으로 보이기 시작하면, 말 꼬리에 빗자루를 달아매어 채찍을 놓고 성 위를 돌았다. 그러면 안개가 보얗게 피어올라, 적은 방향을 잡지 못하고 그대로 돌아가곤 했었다.

어느 해 김방경 장군이 거느리는 고려군이 김통정을 잡으러 왔다. 말 꼬리에 빗자루를 달아매어 연락을 올려 보았으나 김방경 장군도 도술이

능해 놓으니 전세는 위태로웠다. 김통정 장군은 사태가 위급해지자 황급히 사람들을 성 안으로 들여 놓고 성의 철문을 잠갔다. 이때 너무 급히 서두는 바람에 아기 업게 한 사람을 그만 들여 놓지 못하였다. 이것이 실수였다.

김방경 장군은 토성에까지 진격해 와서 입성을 기도하였다. 그러나 토성이 너무 높고 철문이 잠겨 있어 들어갈 도리가 없었다. 어쩔 수 없이 성 주위를 뱅뱅 돌고만 있었다. 이때 아기 업게가 장군이 하는 꼴이 하도 우스워 보여서 물었다.

"어떠허연(어째서) 장군님은 성을 뱅뱅 돌암수까(도십니까)?"

"성안으로 들어갈 수가 없어 궁리하는 중이다."

"원 장군님도… 저 쇠문 아래 불미(풀무)를 걸어놓앙 두 일뢰(이래) 열나흘만 부꺼봅서(불어보십시오). 어떵 되느니(어떻게 될지)?"

아기 업게 말에 무릎을 치고 김방경 장군은 곧 풀무를 걸어놓아 불기 시작했다. 열나흘이 되어 가니 철문이 벌겋게 달아올라 녹아 무너졌다. 이래서 "아기 업게 말도 들으라"는 속담이 생겨난 것이다.

성문을 무너뜨리고 김방경 장군의 군사가 몰려들자, 김통정 장군은 깔고 앉은 쇠방석을 바다 위로 내던졌다. 쇠방석은 물마루(수평선) 위에 가 떴다. 김통정 장군은 곧 날개를 벌려 쇠방석 위로 날아가 앉았다.

김방경 장군은 어쩔 도리가 없었다. 다시 어가 업게에게 묘책을 의논했다. 아기 업게는 장수 하나는 새로 변하고 또 한 장수는 모기(또는 파리)로 변하면 잡을 수 있으리라 했다. 김방경 장군과 군사들은 곧 새와 모기로 변해서 쇠방석 위의 김통정 장군을 따라갔다. 김통정 장군은 난데없이 새와 모기가 날아오는 것을 보고 심상치 않은 생각이 들었다. 곧 쇠방석을 떠서 고성리 마을 서편에 있는 갈그미라는 내로 날아왔다. 새와 모기로 변한 김방경 장군 군사들은 다시 뒤를 쫓아왔다. 새는 김통정 장군의 투구 위에 와 앉고, 모기는 얼굴 주위를 돌며 앵앵거렸다. 김통정 장군은 갑자기 비통한 마음이 들었다.

"이 새는 나를 살리려는 새냐? 죽이려는 새냐?"

이렇게 중얼거리며 고개를 들어 새를 보려 했다. 머리가 뒤쪽으로 젖혀지자 목의 비늘이 거슬리어 틈새가 생긴 것이다. 이 순간 모기와 새로 변했던 장수가 칼을 빼어 김통정 장군의 목을 비늘 틈새로 내리쳤다. 떨어지는 모가지에 얼른 재를 뿌려 놓았다. 비늘이 온몸에 꽉 깔려 칼로 찔러도 들어가지 않던 김통정 장군의 모가지가 끝내는 떨어지고, 재를 뿌려 놓으니 두 번 다시 모가지가 붙지 못한 것이다.

이때 김통정 장군은 죽어 가면서 "내 백성일랑 물이나 먹고 살아라." 하며 홰(신)을 신은 발로 바위를 꽝 찍었다! 바위에 홰 자국이 움푹 패고 거기에서 금방 샘물이 솟아 흘렀다. 이 샘물이 지금도 있는데 '홰부리' 또는 '홰자국 물'이라 한다. 이 샘물을 고성리 마을 사람들은 지금도 음료수로 이용한다.

김통정 장군을 죽인 김방경 장군은 곧 토성 안으로 달려들어 김통정 장군의 처를 잡아냈다. 토성 안(지금의 붉은 오름 뒤쪽)에는 약 3정보(正步)쯤 되는 평지가 있는데, 여기는 당시 물을 괴게 해서 김통정 장군이 뱃놀이하던 곳이었다. 이 물 위에 길마를 놓고 김통정 장군의 처를 끄집어다 그 위에 올려 앉혔다. 뱃속에 임신한 자식이 있는가를 물에 비쳐 알아보고 완전히 멸종시키기 위해서였다. 길마 위에 걸터앉혀 보니 물에는 뱃속의 아이 그림자가 어렸다. 죽여야 하는 것이다. 곧 밑으로 불을 붙여 태워 죽이니, 매 새끼 아홉 마리가 죽어 떨어졌다 한다. 날개가 돋친 김통정 장군의 자식이니 매 새끼로 임신한 것이다.

이렇게 하여 김통정 장군이 처를 죽이니, 그 피가 일대에 흘러 내려 흙이 붉게 물들었다. 그래서 '붉은 오름'이란 이름이 생겼고 지금도 여기 흙은 붉다.

김통정 장군은 토성을 뛰어 나갈 때 아기 업게의 말 때문에 죽게 된 것을 알았다. 그래서 성 밖을 뛰어 나가며 안오름에 있는 아기 업게를 발견하고는 발길로 한 대 차고 날아갔다. 아기 업게는 그 자리에서 피를 토하며 죽었다. 그 피가 번져 지금도 안오름의 흙은 붉다고 한다.

• 1975. 8. 14. 애월면 고성리, 강태언, 남, 64세

(3) 아기장수들의 비극

아기장수형설화는 전국적으로 널리 퍼져 있는 설화 중 대표적인 것인데, 너무 비극적이어서 주목할 만하다. 비극적인 결말은 설화의 본성이지만 그것이 비범한 인물의 비극적인 생애이므로 설화적 경이가 강렬하다. 이러한 비극은 폐쇄된 사회에서 몰락하는 비범한 인물의 비극적 일생을 상징적으로 보여주기 때문이다.

그런데 제주 지역에서 전승되는 이런 유형의 설화는, 우선 그러한 비극성이 상당히 극복되었다는 것이 본토와 다른 점이다. 인물을 기다리며 살아왔던 제주사람들이 만들어 놓은 이 비범한 인물들의 일생에서, 제주 사람들의 삶의 방식을 생각할 수 있다. 평민의 집안에서는 장수의 출현을 터부시하는 것이 사회의 고정관념이었다. 이것을 절실히 표출하고 있는 것이 아기장수형설화이다. 장수는 고정관념으로 거부되지만 장수를 바라는 향유자의 의지는 설화적 경이를 통하여 보상된다. 여기에 사람들의 의식과 사회 상황과의 상충됨이 드러난다.

그런데 제주 지역에 분포되어 있는 설화에서 이러한 상충현상은 둔화되면서 현실적 상황에 적응하여 살아가려는 특이한 장수의 모습을 만나게 된다. 또한 지명설화로 고착된 본토의 아기장수형설화에 비해, 제주설

화는 한 인물의 생애의 한 부분을 이루는 삽화로서의 인물설화란 점도 특이하다. 이러한 변이 현상은 제주사람들이 특출한 인물을 기다리며 살 아왔다는 사실과 관계가 깊다. 곧 제주사람들의 의식이 이러한 설화의 변 이를 가능하게 했다고 생각한다.

이제 제주의 아기장수형설화를 본토와 대비하면서 그 구조상의 차이 를 밝혀내고, 이를 통하여 전파 과정에서 향유자들의 의식이 설화의 변이 에 어떻게 기능했으며, 그것은 제주사람들의 생활과 어떤 관련을 갖게 되 었는가를 살펴보려 한다. 그리고 장수들의 생애를 통해서 제주사람들의 삶의 방법을 생각할 수 있을 것이다.

(가) 거부당한 아기장수

"옛날 어느 곳에 가난한 집안에서 아이를 낳았는데①, 며칠이 안 되어 그 아이에게 날개가 달린 것을 알게 되었다②. 집안에서는 그 아기가 역 적이 될 것을 두려워하여③ 죽여 버리자④ 용마가 나와서 울다가 죽었는 데, 그 자리에 용소 또는 말무덤 등이 생겼다⑤."

이러한 이야기는 전국 각처에 많이 분포되어 있어 우리나라의 대표적 인 설화이다. 이 설화는 각 지방마다 약간씩 변이되어 있는데, 특히 제주 의 경우는 변이상황이 특별하다.

이러한 설화는 ①인물의 제시(발단), ②경이적인 사실의 발견(전개), ③ 상황에 대한 갈등(위기), ④갈등의 극복(해결), ⑤갈등의 해소(증거물 제시) 로 그 플롯의 구조가 탄탄하다. 경우에 따라 앞에 증거물이 제시되는 경우 도 있다. 서울 '용마봉설화'는 그러한 플롯 구조를 탄탄하게 지니고 있다.

옛날에 저기 서울 워커힐 아차산 최고 봉우리가 용마봉입니다(증거물 제시). (…) 여기 산 밑에 살던 어른이 한번은 아이를 나서 보니까 사내아이인데(인물의 제시), 인제 첫 국밥을 해서 먹여놓고 잠깐 나갔다가 오니까, 아이가 갓난애가 온데간데없더란 말입니다. 아이가 어디 갔을까 참 이상하다 하고 어머니가 혼자 두런두런 하고 방을 둘러보니까는, 방안 선반에 어린애가 올라가서 무슨 수로 올라갔는지 올라가서 놀고 있더란 말입니다. 참 이상하지요. 보니까는 겨드랑에 날개가 달렸더래요(경이적인 사실의 발견). 그래서 남편을 불러서

"애가 날아서 선반에 올라갔으니 이거 어쩐다지요?"

그러니 남편이랑 하는 소리가,

"이 애가 우리 집이 망할 징조요. 역적이 나면 죽을 것이니."(상황에 대한 갈등)

부부는 의논한 끝에 죽이자고 결판을 보고 그 어린 것을 볏섬이라나 맷돌로다가 찍어 눌러서 죽였다는 겁니다(갈등의 극복). 이렇게 부모가 아기를 죽이고 나니, 아, 용마봉에서 용마가 나와서 날아갔다는 그런 이야기가 있다고 그럽니다. 애석한 일이지요(갈등의 해소).

이런 유형의 설화의 정형을 6단락(출생, 죽음, 재기, 2차 죽음, 용마, 증거 제시), 20화소로 정리한 바 있지만, 재기나 2차 죽음은 원형태에서 변이된 파생태로서, 아기장수의 죽음과 다시 살아나다가 두 번 죽는 과정을 통해서 주인공이 자수하기를 거부하는 상황의 극렬성을 첨예화한 것이다. 그러므로 원형태는 "아기장수가 태어났는데, 부모나 주변사람들에 의해 죽음을 당하자, 용마가 나와서 울다가 죽었다(하늘로 올라가 버렸다)"는 내용이었다. 이러한 설화는 많은 화소로 이뤄졌으므로 화소 간의 결합을 통해 많은 파생태를 구성하게 되었는데, 그것이 제주설화에서는 상당히 다른 변이를 보여주고 있다.

이런 설화는 제주도의 여러 지역에서 전해 내려오고 있다. 그런데 제주의 아기장수형설화는, 아기장수가 완전히 거부되는 경우, 아기장수의 날개만이 거부되거나, 아기장수를 수용하는 세 유형으로 변이되어 매우 특이하다.

첫째의 경우, 아기장수가 전적으로 거부되는 경우는 본토와 같이 낳자마자 죽임을 당하거나 또는 그 조상의 묘를 단맥함으로 몰락하는 서사이다. 둘째 경우는, 부모에 의해 아기장수의 날개만 제거되지만 그 인물은 죽지 않고 그대로 살아 장수가 아닌 장사로서 세상을 살아나간다. 셋째 유형은 부모들이 아기장수의 비밀을 숨겨 버린다. 그들은 장수로서 행세하지 않거나 아니면 반역의 장수가 되어 난을 주도하기도 한다. 그러나 장수로서는 성공하지 못하고 몰락한다. 제주사람들에게는 수용될 수 있었으나 역사가 이들을 거부하였기 때문이다.

이제 전국적으로 널리 퍼져 있는 아기장수형설화의 일반적인 구조를 파악한 후에 그것이 제주설화에서는 어떻게 변이되었는가를 살펴보려고 한다. 본토설화 자료로는 이미 채록 발표된 설화 중 다음과 같이 20편을 대상으로 했다. 다음은 자료의 출처와 설화 명칭이다. 이처럼 많은 본토설화를 대상으로 한 것은 아기장수형설화의 일반적인 구조를 객관성 있게 파악하려고 했기 때문이다.

유증선편, 『영남의 전설』	① 낳다 죽은 아기장수
	② 용산
	③ 말구리 마을
	④ 신주못
	⑤ 장군바위
『향토문화연구』(원광대)	⑥ 둥구리

『민속종합보고서』(강원)   ⑦ 말우물 삼성제

최래옥, 『전북민담』   ⑧ 장님 아기장사 죽음

『강원도지』(강원도)   ⑨ 용마암   ⑩ 용바위

『단양군지』(단양군)   ⑪ 용수구미

『강진군지』(강진군)   ⑫ 눈물 흘린 장군바위

『동해안 학술보고서』(성균관 대학교)   ⑬ 장수바위

『안동 문화권 학술보고서』(성균관 대학교)   ⑭ 단지 개골

『향토 전설』(강원도)   ⑮ 백우사 장수

                         ⑯ 마정

                         ⑰ 말무덤

                         ⑱ 용마소

                         ⑲ 장수터

『민속 종합보고서』(경기도)   ⑳ 용마 변덕춘

(나) 아기장수형설화의 일반적 구조[50]

아기장수형설화의 일반적인 구조는 주인공의 탄생에서 죽음에 이르는 과정으로 파악할 수 있다. 그러한 일생담에서 모티브의 기능이 중요한 의미를 갖는다. 모든 서사는 주인공 인물과 사회와의 관계에서 빚어지는 체험의 총체인 까닭에 설화의 주체는 인물이다.

본토설화에서 아기장수(인물)가 태어난 시기는 막연하게 제시되어 있다. 옛날 또는 몇백 년 전(②③⑦⑧⑨⑩⑪⑮⑱⑲), 선대에(⑭), 한 500년쯤(⑳), 선조 때(⑤), 이태조 건국 시(⑥), 세조 2년(④), 인조 16년(①) 등이

---

50 설화의 제시는 ( )안의 번호로 대신한다.

다. 설령 구체적인 시기에 대한 언급이 있다 할지라도 그것은 특정 시간대를 뜻하는 것이기보다는 그러한 시대 상황과 비슷한 때로 이해할 수 있다. 그것은 고려의 멸망과 조선 건국의 역성혁명, 세조의 왕위 찬탈, 병자호란 이후의 어지러운 정국 등의 시대 상황을 배경으로 하는 것처럼, 정치적 상황이 매우 복잡하고 어수선한 때를 의미한다. 설화는 특정 시기에 형성되지 않고 오랜 기간 동안에 많은 향유자들에 의하여 전해지면서 정형을 이룬다. 각 설화에 나타난 특정 시대는 폐쇄된 시대 상황에서 이루어졌음을 의미한다. 그리고 아기장수가 태어난 공간은 모든 설화에 공통되게 특정한 지명과 관계가 있다. 즉 이 유형설화의 대부분은 지명설화임을 말해준다. 장수의 부모는 막연히 제시된다. 한 부부(②), 산골 촌사람(③), 한 부인(⑤⑬), 어질고 착한 농부(⑮), 한 중년 부인(⑲), 늙은 부부(④), 또 집안을 제시하는 경우도 있다. 김씨 집(③), 유씨 부부(⑧), 엄씨(⑨), 권세 있는 도씨 문중(⑩), 장씨 문중(⑪), 송씨(⑫), 구체적으로 인명을 밝히기도 한다. 갑수 내외(①), 김국남(⑯), 이춘생(⑰). 이 경우 김국남 설화를 제외하고는 별다른 의미가 없는 인물들이다. 이러한 사실에서 평범한 서민의 집안에서, 사회가 수용할 수없는 비범한 인물이 이 유형설화의 주인공으로 등장하고 있음을 알 수 있다.

평범한 서민의 집안에서 그들은 귀하게 태어났다. 늦도록 자식이 없어 기구하여 얻었고(④⑤⑮⑰⑱⑲), 용꿈을 꾸고(⑫), 지리산 정기를 받고(⑥) 태어나는 등 출생부터 '비범함'을 보여준다. 이는 평범한 집안에서 태어난 특별한 인물들임을 강조하는 것인데, 애초부터 이들은 갈등적 요인을 지니고 있음을 뜻한다. 그래서 이들에게는 비극이 미리 예정되어 있었다. 이것은 특정한 시대에 이들 아기장수가 태어났기 때문이 아니라, 우리의 역사적 상황에서 어떤 시대에도 그러한 인물이 태어날 개연성을 가지고 있다는 의미도 된다. 그래서 그들은 사회가 수용해 주지 않으므로 결국 몰락하는 불행한 장수가 될 수밖에 없다.

이렇게 평범한 집안에서 태어난 아기가 장수가 될 인물이라는 비범성은 어떻게 알려지는가. 낳자마자 겨드랑이에 날개가 달렸다는 사실을 부모가 알게 된다. 부모들은 갓난아기가 낳자마자 방안을 돌아다니고 밖으로 뛰어가고(①), 시렁 위에 올라가 놀고(②⑦⑨⑪⑲), 선반 위에서 놀고(③⑲⑳), 훌훌 날아다니며(⑧⑯), 천장에 붙고(⑰), 전쟁놀이나 진지놀이를 하거나 남달리 총명하여(④⑤⑫⑬⑭⑮) 부모들은 비범한 아기라는 것을 알게 된다. 그리고 구체적인 증거를 발견함(날개가 돋았다)으로 더욱 신비한 인물이 된다. 날개는 지상에 살고 있는 인간이 땅에서부터 하늘로 올라가는 능력을 상징한다. 더구나 이들 아기들이 전쟁놀이나 진지놀이를 하는 것은 그들이 장차 장군이 될 인물이란 것을 보여주는 것이다. 평민의 신분으로 장군이 된다는 것은 사회가 변화되지 않고는 가능하지 않다. 그 변화된 사회에서 활동할 수 있는 장군이다. 여기에 부모들의 갈등이 생긴다. 날개가 달렸다, 장군이 된다, 비범하게 총명하다는 사실 등은 평민 신분에 맞지 않는 조건이다.

특별한 아기임을 알게 된 부모들은 어떻게 이 문제를 해결해 나가는가? 부모들은 제 자식이 사회가 받아줄 수 없는 인물임을 안다. 이것은 청천벽력과 같은 충격적인 사실이다. 비범한 자식을 얻었다는 놀람이 아니라, 자식이 나라의 역적이 될 인물이라는 두려움이다. 자식이 역적이 되면 삼족을 멸하게 된다는 데서, 그리고 그러한 자식은 부모가 거부해야 한다는 또 다른 도덕률이 뒤엉키면서 부모들은 절망적인 상황에 빠지게 된다. 이래서 부모는 우선 비범한 자식을 거부하게 된다. 집안의 안위를 위해서, 또한 평민의 집안에서는 위대한 인물이 태어나서는 안 된다는 사회적 도덕률이 부모로 하여금 서슴지 않고 자식을 거부하도록 한다.

아기장수는 대부분 부모에 의해 죽임을 당한다. 이것은 부모가 사회의 중심이데올로기를 대행하고 있기 때문이다. 그들은 살아오는 동안 이러한 가치에 대한 학습을 철저하게 받아왔다. 아기를 죽이지 않았을 때, 결국 역적의 말로가 어떻게 된다는 것을 학습 받아 왔기 때문에, 주저할 수가 없었다. 아기장수와 가장 가까운 혈연관계에 있는 부모가 그 일을 맡는다는 사실은, 아기장수를 사회가 수용할 수 없다는 사실을 가장 극명하게 말해주는 것이다. 부모의 입장에서는 개인보다 국가가 우선한다는 왕권 통치 가치관에 익숙해 있었다. 한편 죽이는 사람이 동네 사람인 경우(①⑤)는 아기장수의 출현이 한 가문의 문제에 그치는 것이 아니라, 한 지역의 문제로 인식하고 있으며, 관군이 아기를 죽이는 경우에는 (④⑥⑫⑬) 비범한 어린 아기의 문제가 국가적인 문제가 됨을 말해준다.

이러한 가치관에 의하여 아기는 이 세상에서 존재할 수 없게 된다. 평민의 집안에서 똑똑한 인물이 나면 틀림없이 반역자가 될 것이라는 지배계층의 통념이 모든 백성들이 받아들이는 것은 삼족이 멸하게 된다는 공포감 때문이다. 이러한 가혹한 형벌이 역적이 나서는 안 된다는 왕과 백성의 윤리의식을 공고하게 만들었다. 부모의 입장에서도, 평민의 집안에서 장수의 출현은 금기시하게 되었으며, 결국 동네나 관가에 알려 그 아기를 제거하여 버린다. 이런 행위는 가문, 지역, 국가를 동일시하는 왕정시대의 보편적 가치이다.

아기장수에 대한 부모나 동네, 관군의 거부가 극렬한 모습은 그 죽이는 방법과 과정을 통해서 잘 나타나 있다. 큰 돌로 아기를 눌러 죽이거나(①⑧⑩⑬⑭), 먹판, 볏섬, 콩가마, 팥으로 눌러 죽이거나(②⑮⑰⑱), 다듬잇돌, 큰돌, 맷돌짝, 방춧돌 등으로 죽이고(③⑲⑳), 털을 불로 지지거나(⑦), 살점을 떼어 내거나(⑯), 날개나 비늘을 제거하여 죽였다(⑨⑪). 그리고 관가에 잡혀가 죽는 경우도 있다(⑫). 큰돌, 떡판, 볏섬, 다듬잇돌 등으로 죽이는 것은 아기장수를 완전하게 죽이려는 의도를 강하게 나타낸 것이고, 털, 살점, 날개 등을 제거하여 죽이는 경우는 날개가 아기장수의 비범성을 상징하기 때문이다. 아기장수는 날개를 가졌기에 초월적인 능력을 갖게 되는 것이므로 그것들을 제거하는 것은 아이를 죽이는 일과 같다.

아기장수를 죽이는 맷돌은 갓난아기에게는 거대한 힘이 된다. 한 번에 죽이지 못하면 되풀이해 죽이는 과정을 통해 아기장수에 대한 거부의 잔인함과 기존 가치관의 경직함을 말해준다. 서울에서 잡으러 오자 지리산 깊숙하게 들어가 버렸는데도 다시 어머니를 통해 은거지를 찾아 죽인다든지(⑥), 다듬잇돌로 눌렀으나 죽지 않자 큰 돌을 연달아 던져 죽인다든지(③), 떡치는 암반이나 맷돌이 치워지자, 아이 스스로 겨드랑이 밑 비늘을 떼게 해서 죽게 한다든지(⑪), 떡치는 암반으로 눌러도 죽지 않자 결국 겨드랑이의 날개를 제거해서 죽게 한다든지(⑱), 이처럼 죽이는 방법이나 그 과정이 치밀하고 잔혹한 양상은 아기장수에 대한 사회의 거부가 대단했다는 사실과 동시에 아기장수의 힘이 강력했음을 의미한다.

아기장수의 죽음으로 부모는 갈등에서 벗어날 수 있었으나 그것으로 끝나지 않는다. 아무리 폭력적인 사회 윤리라 할지라도 자식을 죽인 부모는 고통스러웠다. 그것은 인간의 본성이다. 죽은 아기장수에 한한 것이 아니고, 죄 없는 비범한 생명을 죽이는 일과 그렇게 할 수밖에 없었던 사회의 폭력적 실상을 깨닫게 된다. 여기에서 다시 갈등이 일어난다. 앞의 갈등이 사회 상황에서 자기를 구원하려는 현실적인 것이었다면, 후자는 모순된 부모의 애정과 인간의 양심에서 나온 보다 본능적인 문제였다. 여기에서 헤어나는 길은 무엇인가? 그것은 아기장수가 죄 없이 부당하게 죽었으며, 그는 정말 이 세상을 구원할 장수가 될 인물이라는 사실을 모든 사람들의 가슴에 심어놓는 일이었다. 그것은 설화적 경이를 통해 설화 향유자들에게 전해진다.

아기장수가 죽자 천둥 번개가 치고 용마가 출현한다. 천마(⑬), 백마(⑯) 등이 출현한다. 노승이 애석하게 여기고 장군바위가 눈물을 흘린다(⑫). 장군 발자국이 패어진다(⑤). 용마나 백마, 천마의 출현은 아기장수의 죽음으로 좌절된 백성의 꿈을 설화적 경이를 통해 승화시켜 사람들의 가슴에 영원히 남기려는 것이다. 또한 비범한 인물을 죽이는 일에 동참한 자신들의 뼈아픈 자책을 환기하려는 것이다.

아기장수의 분신들은 영원히 땅위에 남아서 그 부당하게 죽은 인물의 비극적 정황을 증언해 주기를 바란다. 아기장수가 죽자 용마와 같은 경이로운 존재가 나타나서 장수의 죽음을 슬퍼하다가 하늘에 오르거나 죽는데 그 자리에는 말무덤이 생기고(①⑰), 용소가 생기고(④⑪⑱), 바위가 생기고 (⑤⑨⑩⑫⑬), 아기장수의 이름을 딴 지명이 나타난다. 이러한 증거물을 통해 설화 향유자들은 비극의 아픔을 정신적으로 극복하는 체험을 하게 되고, 설화는 영원히 살아 있게 된다.

아기장수설화의 일반적인 구조는 평범한 집안에 태어났기 때문에 사회가 수용할 수 없는 비범한 인물이 되어 불운하게 생을 마쳤다는 일생담 형식으로 되어있다. 경직된 사회 상황에 의해 거부되는 이 장수의 비극은 폐쇄된 사회에서 사람들의 꿈이 어떻게 훼손되는가를 설명하고 있다. 그리고 장수는 죽었으나 그의 모습은 영원히 간직하고픈, 억압 속에 살아온 사람들의 꿈이 이 설화를 통해서 전해지게 되었다.

이러한 아기장수설화의 구조는 제주의 경우에는 판이하게 변모되었다. 이것은 제주사람들이 현실과 대응하면서 살아왔던 특징적인 삶의 양식과 관계가 깊다.

(4) 제주 장사들의 일생

제주도에서 수집된 아기장수형설화 중에 대표적인 것은 다음과 같다.

① 배락 구룽
② 강정 김씨 자손
③ 드릿장군
④ 홍업선
⑤ 장수 양태수
⑥ 평대 부대각
⑦ 한연한배임재
⑧ 날개 돋친 밀양 박씨
⑨ 오찰방
⑩ 이재수
⑪ 김통정

(가) 거부당한 아기장수

제주에 전해오는 아기장수설화 중에도 본토와 같이 일찍 장수의 꿈이 좌절된 경우도 있다(①②). 이야기는 모두 본토설화와 같이 평범한 집안에서 비범한 아이가 태어난다. ①에서는 자식이 없어 걱정하다가 낳은 귀한 자식인데, 그 아이에게서 날개가 발견된 것은 오랜 후 17, 18세 된 때이다. ②에서는 구덕에 눕혀놓은 쌍둥이들이 자리바꿈을 하는 데서 날개 달린 사실이 알려졌다. ①과 ②의 차이는 ①의 경우 날개달린 사실이 오랜 후에 알려졌다. 17, 18세가 되도록 아이는 자신이 날개가 달렸다는 사실을 숨기고 살아왔다. 이것은 부모(사회)가 아이를 가혹하게 처리하는 것(날개를 잘라버리거나 죽여버리는 일)을 유예했다는 의미이다. 낳자마자 부모들이 외출하면 아기구덕에서 나와 방안에서 날아다니면서 자신의 본 모습을 알린 것에 비하면, ①에서는 부모들이 자식의 문제에 대해 신중하게 대응했다. 즉 그 아기장수를 얼마동안 부모(사회)가 수용했던 것이다.

그런데 일단 아들에게서 날개가 달렸다는 사실이 밝혀졌을 때 부모들의 태도는 강경했다. 그건 본토의 설화와 다르지 않았다. 이들 부모도 사회의 고정 관념에서 예외일 수 없었다. 그런데 아이들을 거부하는 방법에는 차이가 있다. ①은 술을 취하게 먹여 날개를 확인하고 칼로 잘라 버린다. ②의 경우는 그 비범한 아이의 출생의 근원을 말살해 버린다. 그것은 장군기를 가진 선조의 묘를 파혈하는 일이었다. 이 파혈 모티브는 매우 이색적이면서 격렬한 것이다. 그 묘를 그냥 두면 언제고 다시 그런 인물이 날 것이기 때문이다. 제주사람들은 오로지 명당을 찾아 선조를 장사지냄으로 발복할 수 있다고 믿었는데 모처럼 얻은 그 묏자리를 장군기를 가졌다는 이유로 파혈한다는 것은 쉬운 일이 아니다. 부모의 입장에서는 자식을 죽이는 일보다 더 어려웠다. 그것은 집안의 흥망성쇠와 관계가 있기 때문이다. 그러나 어쩔 수 없었다.

이렇게 아기장수를 부모들이 거부함으로써 결국 두 아기는 모두 죽게 된다. 그 결과 ①에서는 번개가 치자 집은 온데간데없어지고 그 자리에 못만 남았다. ②의 경우에는 황새가 뒷발을 일으키고 앞발은 꿀린 채 있었는데 결국 아이는 죽고 만다. ①의 경우 본토설화에 비해 아이만 죽는 것이 아니라 그 부모들까지 모두 몰락했다는 결말은 매우 이색적이다. 본토설화에서도 흔하지 않은 결말이다. 그 아이를 거부한 부모까지 일반 사람들이 용납하지 않았다는 것이다. 여기에 부모와 도민들 사이의 갈등이 있다. 사회의 고정관념에 따라 아기장수를 거부한 현실적인 부모와, 장수를 기다리며 살고 있는 사람들 간의 갈등이다. 즉 평민의 집안에서 태어난 아기장수를 거부해야 한다는 고정관념을 제주의 모든 사람들은 받아들이지 않았음을 시사해준다. 이것은 왕정통치의 보편적 가치에 대하여 제주사람들이 내면적으로 저항하고 있었음을 의미한다.

③ '드릿장군'에서는 이러한 제주사람들의 의식이 적극적으로 형상화되었다. '드리'라는 한라산 동편 기슭 평원에 한 장군이 살았다. 태어날 때부터 날개가 돋더니 그 날개가 점점 커졌다. 동네에서는 장군이 났다고 춤을 추며 환호했다. 이 사실을 안 나라(조정)에서는 장군을 제거하려 사람을 파견해 독한 술을 먹이고 취하게 하여 죽여 버렸다. 그리고 지관을 제주에 파견하여 장군기를 가진 그의 선조의 묏자리를 모두 파혈해 버렸다. 이후 제주에는 큰 인물(정승)이 나지 못했다. 이 설화는 고종달형 단맥 모티브와 아기장수 날개 모티브가 접합되어 이루어져있는데, 장수를 기다리는 제주사람들의 의식과 그렇게 기다리던 장수가 나왔을 때에 죽여야 했다는 현실적 상황과의 갈등을 더하게 하면서 비극성을 극대화하고 있다.

②에서 장수가 되기 직전에 몰락하는 경우는 본토설화에서 흔히 찾아볼 수 있다. 그 경우 아기장수들은 두 번 죽는 생명의 끈질김을 보여 준다. 부모에게 죽임을 당하면서 아기장수는 유언으로 콩과 팥섬을 함께 묻어 달라고 한다. 얼마 후 관군이 와서 아기장수를 내놓으라고 하자, 이미 죽었다고 하니, 그 무덤이라도 알려 달라고 했다. 그 어머니가 알려준 무덤으로 가서 파헤쳤더니, 콩은 말이 되고 팥은 군사가 되어 아기장수는 막 일어서려 하고 있었다. 이들은 모두 관군에 의해 죽임을 당하고 만다. 즉 한 번 죽음에서 끝나지 않고 희생되었으나, 더 큰 힘(관군)에 의하여 성공 직전에 몰락한다. ②에서 주인공은 두 번 죽지는 않았으나, 파혈 당해 몰락한다는 모티브는 두 번 죽은 설화와 같다.

본토와 같이 장수를 전면 거부하는 ①②에서는 풍수에 의해 장수가 태어난다는 도민들의 의식이 잘 드러나 있다. 그리고 아기장수를 거부해야 된다는 현실적인 부모의 입장을 다시 거부하는 도민들의 의식은 필연적으로 아기장수를 수용하게 된다. 여기에서 제주의 아기장수형설화는 본토설화에 비해 변이가 불가피하게 된다. 그 실상을 다음 여러 설화에서 확인할 수 있다.

(나) 날개 잃은 장수

부모들은 자식이 날개 달린 비범한 인물임을 알고는 날개만을 제거해 버린다. 그래서 장수는 날개를 잃어버렸어도 힘이 센 장사로 일생 동안 일상인으로 살아간다. 이러한 설화는 ④~⑧인데, 이들 설화는 거의가 비슷한 구조이면서 실제로 우리 주변에 살았던 인물들의 이야기처럼 생각된다. 이제 이 인물들의 일생을 본토설화와 같이 '①출생, ②경이적인 사실의 발견, ③상황에 대한 갈등, ④갈등의 극복, ⑤갈등의 해소' 등의 구조로 분석해 보면, 장수에 대한 설화 향유자들의 특징적인 의식을 이해할 수 있다.

이들 장수들은 모두 평범한 평민의 집안에서 태어났다. 그런데 이들의 출생담에는 경이적인 화소가 있다. 용꿈을 꾸고 임신하자 소를 한 마리 잡아 모두 먹고 쌍둥이 아이를 낳았다(⑥), 40이 넘도록 아기가 없어 여기 저기 정성을 들인 결과 포태하여 낳았다(⑧), 선묘의 정기로 낳았다(⑦)는 등 출생에 얽힌 특별한 모티브를 통해서 주인공의 비범함을 제시하고 있다. 또한 본토설화가 허구의 인물들임에 비해 제주의 장사들은 실제 존재했던 인물들이므로 이들의 비범성에 대해 출생부터 합리성을 부여해야 했다. 그러므로 본토의 아기장수형설화는 막연한 시대의 막연한 인물들의 이야기가 지명설화로 정착되었음에 반해, 제주의 장수설화들은 특정한 시대 특정한 인물에 대한 인물설화로 정착하게 되었다. 이러한 변이는 본토의 아기장수형설화의 원형이 제주까지 전파되는 과정에서 비범한 인물을 기다리는 사람들의 의식에 의해 그 아기장수 모티브가 힘센 장사들에 접합되면서 신비성이 더욱 강하게 표출되도록 이야기를 만들어 낸 것이라고 볼 수 있다.

부모는 자식의 겨드랑이에 날개가 달렸다는 사실을 알았을 때 충격은 컸다. 그런데 앞서 말한 배락구릉설화(①)와 같이 그 발견된 시점은 자식이 얼마큼 장성한 후였다. 성장해서(④), 10여 살 때에(⑥⑤)에, 술을 먹여 날개를 제거한 경우처럼 자식이 장성한 후였다. 이들은 태어나서 얼마 동안은 평범한 아이로 자랐다. 본토와 같이 콩으로 진지를 치거나(경북 영덕), 밤마다 칼싸움을 하거나(백우산 장수), 큰 칼 찬 아이가 어머니라 부르며 오는(월성군 호명리) 등 나면서부터 금기시되는 놀라운 행동을 하지 않았다. 성내(城內)에 심부름을 시켰더니 빨리 다녀온다든지(④), 삼승할망이 아기 목욕을 시키다가 날개 돋은 사실을 발견한다든지(⑧), 구덕에 눕혀 놓은 아이가 천정에 날아다니고(⑦), 두 쌍둥이는 열 살이 넘어서야 알려진다.

⑤에서는 그런 내용이 잊힌 채 그냥 날개가 돋았다는 사실만 강조하고 있다. ⑧에서도 아기가 장성한 후에야 부모가 알게 되었다. 이처럼 날개 돋은 장수를 거부함에 있어 시간적인 유예를 둔 것은 출생하자마자 곧 죽는 경우보다는 사회가 아기장수를 거부하는 정도가 완화되었기 때문이다.

부모들은 역시 자식이 비범한 인물임을 알고 갈등을 느낀다. 자식이 세상에서 금기시되는 날개를 가진 비범한 인물이란 사실에 우선 그 날개를 제거할 것부터 생각한다. 본토의 설화에서는 날개를 가진 '아기'를 전부 거부하였다. 제주의 경우는 '날개'만을 거부했다. 그래서 날개를 없애려 했다. 본토설화는 아이를 죽이는 데 의도가 있었지만 제주에서는 '장수가 될 수 있는 요소'인 날개만 제거하려 했다. 술을 먹여 취하게 한 후 칼로(⑥), 가위로(④), 인두로(⑧), 끌로(⑤), 불에 달군 숟가락으로(⑦) 날개를 제거해 버린다. 큰 돌로 눌러 죽인다든지, 떡판, 볏섬, 콩 팥으로 눌러 죽인다든지, 다듬잇돌, 맷돌, 방춧돌로 눌러 죽이는 것에 비하면, 칼, 가위, 인두, 끌, 숟가락 등을 사용한 것은 날개만을 제거하려는 데 그 의도가 있음을 충분히 알 수 있다. 이러한 부모들의 태도 이면을 살펴보면 사회적인 고정관념과 비범한 아들에 대한 애정 사이에 갈등이 컸음을 이해할 수 있다. 마땅히 '날개 돋은 아이'를 죽여 버려야 하는 것이 사회의 일반적인 통념이었지만, 차마 그럴 수 없는 부모의 마음은 인간의 순수한 본성이면서 제주사람들의 의식과 통한다.

장수로 태어난 인물들은 날개가 제거된 후 어떻게 되었을까? 아이는 죽지 않았다. 애석하기는 하지만 날개를 잘라버린 채 그대로 장성해서 장사가 된다. 오래 살지 못해 요절한 경우도 있으나(⑧), 모두들 장수는 못 되어도 장사로서 세상을 살아간다. '죽지 않는다'는 이 사실은, 바로 부모네(제주사람)들이 거부한 것은 장수가 아니라 '날개'였다는 사실을 말해 준다. 날개는 인간이 땅을 떠나 하늘로 오르려는 욕망을 상징한다. 하늘로 날아오르려는 그 비상의 욕망은 자기 존재성에서 탈출하려는 갈망이다. 그러나 이를 받아들일 수 있는 사회가 아니었으므로, 날개를 제거해 땅 위에 발을 붙이고 살도록 하는 것이 부모들의 뜻이다. 그러기에 부모는 비범한 아들이 남들처럼 평범하게 살아가도록 날개만을 제거했던 것이다.

* (…) 아버지는 얼른 숟가락을 불에 달구어 지져 버렸다. 날개를 그대로 두면 장수가 될 것이 뻔한 일임을 아버지도 알았지만 만일의 경우 집안이

망할 것을 두려워하여 아까워하면서도 지져버린 것이다.(⑦)

* (…) 아버지는 장도칼을 가져다가 눈물을 머금고 작은 아들의 날개를 딱 찍었다.(⑥)

* (…) 삼승할망은 순간 놀랐으나, 말이 번지면 위험한 일이므로 모른 척 하고 가버렸다.(⑧)

부모와 조산무(巫)인 삼승할머니까지도 '날개'만을 거부한 것이지 날개를 가진 아들 전부를 거부한 것이 아니다. 또한 날개를 제거하는 과정에서도 부모의 갈등이 드러나 있다. 날개를 가졌다는 것은 자기의 처지에서 더 높이 날아가려는 욕망을 가졌다는 것을 의미한다. 평범한 사람으로 살아가려는 게 아니라, 장수의 꿈을 안고 살아가려는 아들의 욕망을 날개 제거를 통해 포기하도록 하였다. 그것은 현실을 바로 인식할 수 있었기 때문이다. 역적으로 죽게 될 것이 확실하기 때문에 그 욕망을 버리고 장사로서 살아가기를 원한 것이다. 그것은 아기장수를 거부하는 사회의 고정관념에 대한 저항이면서 동시에 현실에 자기를 맞춰 적응하면서 살아가려는 삶의 방법을 찾는 일이기도 하다. 본토설화에서는 날개 달린 장수를 거부한 데 비해 제주설화는 '날개가 달려 장수가 된다'는 사실만을 거부한 것이다.

이러한 장수의 꿈의 좌절은 부모나 주위 사람들에게는 아쉬운 일이다. 본토설화처럼 비극적인 죽음은 아니더라도, 때를 잘못 만나 뜻을 펴지 못해 평범하게 살아가야 할 장수 아닌 장사에 대한 연민은 제주사람 자신들에 대한 연민이며 또한 불만이기도 하다. 그러므로 본토설화의 경우 설화적 경이를 통해 비극적인 감정을 보상하고 지명설화의 증거물을 통해서 오래도록 땅 위 사람들의 기억에 남기려 하는데 반해, 제주의 경우는 대부분 인물설화로서 실제 인물의 묘나 사람들이 전하는 이야기 자체가 증거물이 되고 있다는 점에서 보다 문학적이다.

실제 인물에 얽힌 사실담임을 강조하기 위해 구좌면 평대리(⑥), 제주시 외도동(④), 제주시 외도 1동(⑧)에 설화의 주인공들의 묘가 있다고 전한다. 그러한 무덤을 통해 장사들의 이야기는 많은 사람들에게 사실처럼 절실하게 전해지고 있다. 본토의 아기장수형설화에서 설화의 전설적 경이가 향유자들에게 고착되었듯이, 이들 날개만 제거되어 장수가 못된 제주의 불운한 장사들의 모습도 사람들에게 경이와 아쉬움을 갖게 만든다. 본토의 증거물들이 상징적임에 비해 제주의 그것은 구체적이고 현실적이다.

* (…) 그래도 사람들은 지금도 힘센 사람을 보면 '부대각 자손'이라고 한다.(⑥)

* (…) 지금 그 무덤은 외도 1동에 있는데, 그 자손들이 벌초하러 갈 때마다, 이 조상의 일을 이야기하며 아쉬워한다.(⑧)

* (…) 홍업선의 묘는 현재 제주시 외도리 위쪽 샤만이라는 곳에 있는데 매년 묘제를 지낸다.(④)

비록 증거물로 남아 있는 것은 아니라 하더라도, 이런 결말처럼 그들에의 이야기는 오래도록 많은 사람들에게 전해지게 된다. "지금도 힘센 사람을 보면 부대각 자손이라고 한다"는 구술자의 직접 환기가, '장사는 곧 부대각'이라는 관념을 일반 사람들에게 심어 주었고, "벌초하러 갈 때마다 이 조상의 일을 이야기하며 아쉬워한다" "매년 묘제를 지낸다"와 같이 향유자들의 관심과 의식에 증거물로 남아 많은 사람들의 관심에 뿌리 박히면서 장수가 못된 채 살다 죽은 이들에 대한 갈등이 이야기를 통해 해소된다.

제주의 아기장수형설화의 특징은, 날개를 제거해도 죽지 않고 보통 사람으로 살았다는 데 있다. 이것은 본토의 아기장수형설화가 용마의 출현을 통해 현실적인 죽음을 사람들의 가슴에 오래도록 새기게 하는데 반해, 제주의 장수설화는 장수는 죽더라도(날개는 제거되더라도) 사람(일상적인 사람)은 살아 있게 했다는 데에 차이가 있다. 특히 날개가 제거되어도 힘은 여전히 남아 장사로서 살아가며(④⑥⑧), 많은 일을 했다는 경우도 있다(⑤). 다시 말하면 하늘 위로 오르려는 장수를 땅 위에 발을 붙이고 큰일을 하는 장사이면서 일상인으로 살아가도록 한 것이다.

* (…) 그 후 업선은 전보다 기운이 없고 발랄하지는 못했다. 그러나, 보통 사람에 비하면 힘이 장사여서 누구도 그 힘을 당하는 자가 없었다(④).

* (…) 이 아들은(작은 아들) 어떻게 힘이 세었던지 그 힘을 당할 자가 세상에 없었다. 이 작은 아들이 부대각이다. 사람들은 지금도 힘센 사람을 보면 '부대각 자손'이라고 한다(⑥).

* (…) 그 후 아이는 다소 기운이 떨어지고 얌전했지만, 성장하여 감에 따라 힘이 장사요 머리가 남달리 총명하였다. 그래서 동네에서는 장차 나라를 바로잡을 일꾼이 될 것이라고 칭찬하였다(⑧).

이렇듯 여전히 힘센 아들이 어떻게 세상을 살아갔는지 구체적으로 이야기하지 않고 있지만 단지 그들은 날개를 잃어버린 후에도 힘센 사람으로 많은 사람의 입에 오르내린 것만은 사실이다. 그런데 이런 인물들에게 '해적 제압' 모티브가 접합되면서 장사로서의 구체적인 삶을 보여준 설화가 ⑤와 ⑦이다.

양태수 장사는 다른 두 사람과 함께 육지를 오가면서 장사를 하였는데, 그 당시 해상에 번창한 해적들을 만나 그들을 힘으로 제압하였다. 해적을 만나자 순순히 그들의 요구를 들어주는 척하다가 해적 배의 한 귀퉁이를 들어 엎질러 버렸다는 이야기가 전한다. 한연한배임재도 힘으로써 해적들을 제압해, 그 후부터 해적을 만났을 때 '한연한배임재'라 하면 해적들이 도망갔다고 한다. 그는 육지 사람들에게도 힘을 과시해 역적이 될 사람이라고 관가에 잡혀가는 일도 있었다.

이들은 장사로서 그 나름으로 세상을 살았다.(④⑥⑧) 이런 설화는 실제 인물의 이야기라는 데 흥미가 있다. 여기에서 설화의 형성 과정을 유추할 수 있다. 힘센 인물에 아기장수 모티브가 접합되어 특별한 인물로 격상된다. 그래서 그들이 현실에 적응해 살아가도록 만든 것이다. 이렇게 전제할 때, 일상적인 장사에 아기장수 모티브를 결합시킨 저의에는 제주 사람들이 장수를 기다리는 간절한 염원이 있었다. 그러나 그러한 염원도 다시 현실적 제약 때문에 이루어질 수 없게 된다. 그것은 장수를 기다리는 제주사람들의 염원이 현실의 제약으로 포기해야 한다는 좌절의식의 한 반영이다. 문제는 장수가 장사로 되었으면서도 현실에 적응하며 장사의 뜻을 펴 살아가는 삶의 진지성에 있다.

그런데 여기 다시 다른 한 유형의 아기장수형설화가 있다. 그것은 날개를 숨겨놓고 제거하지 않는 경우이다. 이들은 결국 장수가 된다. 그러나 그들 역시 장수로서 살아가지만 시대를 잘못 만나 불운하게 일생을 마친다.

(다) 불운한 장수들

　겨드랑이에 날개가 달린 아기장수인데도 죽임을 당하지 않고 정말 장군이 되지만 사회가 수용할 수 없는 불운한 시대의 장수로 일생을 마친다. 앞에서 장수를 기다리며 살았던 사람들의 염원이 겨드랑이에 날개 돋은 아기장수를 낳게 했고, 이를 다시 거부해야 한다는 현실적인 갈등을 극복하는 삶의 한 방법으로 날개만을 거부하는 경우를 확인했다. 이 제3 유형의 설화에서는 아예 사회가 금기시하는 날개까지도 설화 향유자들이 받아들인다. 여기에서 날개 달린 아기장수형설화의 변이 유형의 특이함을 찾을 수 있다. 이렇게 제주의 아기장수설화는 본토와 같이 아기장수 전부를 거부하거나(①), 날개만을 거부하고 인물을 수용하거나(②), 아기장수 자체를 수용하는 경우(③), 이렇게 세 유형으로 각각 변모한 것은 특이한 양상이다. 이것은 아기장수에 대한 제주사람들의 인식이 다양했음을 의미한다. 그것은 곧 어떠한 상황을 극복해 나가는 삶의 양식이 다양함을 의미한다. 이것은 제주사람들의 삶의 치열성 때문이다.

　김통정 장군은 고려 원종 초에 고려가 원나라와 화친하게 되자 이들 세력에 저항하기 위해 진도를 거쳐 제주에 들어와 마지막까지 항쟁했던 삼별초군의 우두머리 장수였다. 그의 어머니가 지렁이와 통정하여 그를 낳았는데 날개 돋은 아기를 낳았다. 어머니가 그 사실을 숨겨 나중에는 결국 나라에 반역하는 장수가 되었다는 것이다. 이재수는 1901년에 제주에서 일어난 신축 성교난의 민군 우두머리였다. 천주교 제주 포교 당시 불란서 선교사의 세력을 업고 일부 가톨릭 신자들의 행패와 부정에 항거하여 일어난 반가톨릭 봉기였으나, 이재수 역시 반역의 장수가 되어 참수를 당하고 만다. 오찰방은 비록 반역의 장수는 아니었지만, 출중한 능력에 비해서는 사회적으로 출세하지 못하고 찰방 벼슬에 머물게 되자 자기의 불운에 대한 보복을 감행한다. 그런 면에서는 그도 일종의 반역의 장수에 불과하다.

이렇게 제주사람들은 비범한 인물들을 반역의 장수로 만들었다. 사실 이런 설화는 반역의 장수들에게 아기장수 모티브를 접합시켜 만들었지만, 그 형성 과정에서 도민들의 의식을 읽을 수 있다. 더구나 부모들이 날개를 숨기고 키운 이들은 모두 도술을 부릴 줄 아는 신비스런 인물이 되었다는 점이 중요하다. 그것은 단지 세 인물이 정치 사회적으로 반역하는 인물이었을 뿐만 아니라, 초월적인 인물이자 날개 달린 장수로서 제 몫을 했다는 사실이다. 그러나 그들 역시 반 반국가적인 인물로 몰락한다. 여기에 제주사람들이 지닌 사회의식의 한계가 있음을 김통정과 이재수설화를 통해 확인할 수 있다.

김통정에 대해 역사적인 기록은 다음과 같다.

원종(元宗) 12년(1271) 5월 15일 김방경(金方慶), 흔도(忻都), 다구(茶丘) 등이 삼군을 거느리고 진도를 쳐 대파하고 왕으로 삼고 있는 승화후(承化候) 온(溫)을 베니 적장 김통정이 나머지 무리를 거느리고 탐라로 들어왔다.

원종 13년(1272) 3월 1일에 금훈(琴薰)으로 제주 역적 초유사(招諭使)를 삼았다. 훈이 추자도를 지날 때 적의 무리가 훈의 종자를 죽이고 그 배를 빼앗으니 전연 항복할 뜻이 없음을 보였다.

원종 13년(1272) 8월 1일 시위친군(侍衛親軍) 천호(千戶) 왕잠(王岑)을 보내어 다구와 같이 탐라를 칠 계책을 의논할 때 다구가 말하되, 김통정 일당이 많이 서울 안에 있사오니, 그들을 불러 설득하고 그때에 듣지 않으면 쳐도 늦지 않을 것이라 하니, 그렇게 하도록 하였다. 이때 다구는 김통정의 조카인 낭장(郞將) 김찬(金贊)과 이소(李邵)와 오인절(吳仁節)의 친족 환문백(桓文伯) 등을 제주로 보내어 설득하였으나 김통정은 듣지 않고 오히려 김찬만을 남겨두고 나머지는 다 죽여 버렸다.

원종 14년(1273) 4월 28일 김방경이 흔도와 다구 등과 더불어 전라도의 배 160여 척, 수육군 일만여 명으로 탐라를 치니 적의 무리가 크게 무너져 김원윤(金元允) 등 6명을 베고 투항한 자 1,300여 명을 배에 싣고 나머지 탐라 원주민들은 그대로 안심하여 거주하도록 하였으며 장군 송보연(宋甫演) 등으로 하여금 지키게 하였다.

원종 14년(1273) 윤 6월 1일에 탐라에 머물러 지키던 송보연이 김통정의 시체를 발견하였고 또 삼별초(三別抄)에 가담한 장수 김혁정(金革正), 이기(李奇) 등 70명을 잡아서 다구에게 보내어 모두 죽였다.[51]

고려사에서 김통정에 대한 기록은 삼별초 군이 진도에 퇴거했다가 여몽 연합군에 패하여 제주도로 들어올 때 비로소 나타난다. 제주도를 마지막 항쟁지로 삼아 성을 구축하고 병사를 정비했으며 남해안을 비롯한 내륙지방까지 침투해 여몽 군사들과 관군을 습격하는 등 강한 군사적인 세력을 떨쳤다. 그러나 이러한 기록이 얼마나 객관성을 유지할 수 있는지는 의문이다.

다만, 여기에서 김통정이 장수로서 고려 정부에 반역하였다는 점은 분명하다. 물론 삼별초에 대한 역사적인 평가는 많은 논란이 있을 수 있다. 오늘날 삼별초의 항쟁에 대해서 새롭게 인식하여 그 유적을 정화하고 성역화하기에 이르렀다. 그런데 이것은 최근의 일이고 그 전까지 삼별초, 또는 김통정 장군에 대한 인식은 정부에 반역한 장수로 이해되어 왔고, 그러한 인식이 그에 대한 설화를 낳게 만들었다. 설화만이 아니라 당신 본풀이에서도 이야기로 전해진다. 성산 본향단 본풀이에서는 "김통정 김

---

51 高麗史, 元宗條.

장수 만리토성 둘러놓고 동으로 일천 명 서으로 일천 명 싸우레드러와(싸우려 들어와) 가니, 한 착(한 쪽) 손에 장두칼을 줴여 동으로도 천 명, 서으로도 천명 쓰러눅져(쓰러뜨려) 성산(城山) 차지한 한짐(堂神의 별명)"[52]이라고 전해진다. 김통정이 여몽 연합군과 싸워 승리해서 결국엔 당신이 되었다는 내력이 간략히 전해지고 있다.

그런데 안덕면 덕수리 본향당인 광정당신 본풀이에서는 광정당 당신과 김통정과의 갈등이 나타나 있다는 점에서 특별하다.

* (…) 항파두리(애월읍 고성리) 김통정이가 들어와 토성을 싸고 호호마다 재 닷되 비 한 잘리썩(자루썩) 세금을 받아, 토성 우의제를 질고 말꼴리(말꼬리)에 비를 달아매여 채를 주어 달리니 시상(세상)이 와왁허여가난(왁자지껄하게 혼란스러워서) 과양당 서낭당 광정당 싁성제(삼형제)가 김통정을 심으레(잡으려) 간다.

김통정이가 무쒜방석을 바당데레(바다로) 덱겨(던져) 날아가 깔아 앉이니(깔고 앉으니) 사신요왕은 새의 몸이 되어 방석을 심어당기니(잡아당기니) 이젠 김통정은 매가 되어 날아난다. 광양당 큰성님(형님)이 조롬(뒤)에 날아난다. 좇아 날아가 김통정이가 목을 들른(처든) 틈에 비늘 틈으로 찔렁 죽입데다 (…)[53]

이렇게 본풀이에 나타난 김통정의 갈등은 두 가지 측면에서 생각할 수 있다. 하나는 고려에 대해 반역한 장수로서의 인식이 일반 민중들에게까지 미쳤다는 것이고, 다른 하나는 삼별초군이 제주에 들어와 성을 구축하고 군비를 정비하는 과정에서 도민들과의 갈등과 대립이 극심했다는 것

---

52 현용준, 『제주도무속자료사전』, 각, 2007, 686면.
53 앞의 책, 774면.

이다. 중요한 것은 김통정이란 역사적 인물이 도민들의 의식 속에서 투영되어 설화화되었다는 사실이다. 이제 이 문제를 역사적 기록, 무가, 설화를 통해 살펴보려 한다.

김통정설화의 핵심은 김통정을 신비스러운 인물로 형상화된 점이다. 그것은 출생, 성장, 활동, 죽음이라는 생애의 과정을 통해 나타났다. 우선 그는 한 여인과 지렁이의 통정에서 잉태된다. 매일 밤 들어와 동침하던 남자는 나중에 보니 지렁이였다. 이렇게 지렁이와 통정하여 비범한 인물이 잉태되는 동물교합 모티브는 설화에서 흔히 찾아 볼 수 있다.

그렇게 낳은 아이는 온몸에 비늘이 돋았고 겨드랑이에는 날개가 있었다. 그의 어머니는 비늘과 날개가 돋아있는 아기의 비밀을 일체 숨기고 기른다. 마땅히 죽여 버려야 할 아기장수인데 날개를 숨기고 길렀다는 사실은, 비범한 인물 아기장수를 수용했기 때문이다. 또한 김통정 장군에 대한 이러한 신성성은 그 개인에게서 그치는 것이 아니라 그 자손에게까지 계속된다. 김방경이 입성하고 김통정의 부인을 잡아다 임신했는가를 물 위에 비쳐본다. 임신을 한 사실을 안 김방경이 역장의 자손을 멸종시키고자 부인을 불에 태워 죽이니 매 새끼 아홉 마리가 죽어 떨어졌다고 한다. 또 김통정의 아이를 가진 아기업게도 날개 달린 아이를 임신하고 있었다. 이러한 모티브는 역장(逆將)은 역장을 낳게 한다는 사회 기존윤리 관념의 결과이면서, 또한 김통정에 대한 인식이 단지 역장에서 그치지 않고 신비스러운 인물로 생각하고 있었다는 증거이다.

둘째는 도민과의 갈등 양상이다. 그들이 제주도에 들어왔을 때 제주를 방어하던 관군과의 대립이 불가피했다. 고려사(26권)에 보면 원종 11년(1270) 11월 이미 진도에 포진했던 삼별초 군사가 제주에 들어가자, 제주 만호 고을마가 군사 2천여 명을 거느리고 진을 구축하여 대비했고, 그 전에 장군 고여림 등이 이들과 싸우다 전사했다는 기록이 있다.

이와 같은 기록을 통해 볼 때 이미 제주가 고려의 행정 산하에 있던 터라 정부의 반군인 삼별초군이 제주에 입성하려고 할 때에 군사적인 충돌은 불가피했을 것이다. 그런데 이러한 군사적인 관계보다는 일반 도민과의 관계도 문제가 많았다는 점이다. 우선 광정당신 본풀이에서 보면, 김통정이 성을 구축하는 과정에서 재와 빗자루를 도민들에게서 세금으로 거둬들였다고 했다. 또 토성을 쌓고 그 위에 재를 뿌려 말꼬리에 빗자루를 달아 매 다니 세상이 어수선했다고, 당시 상황을 설명하고 있다. 이것은 삼별초 제주 입도 후의 혼란상을 설명하는 것이다.

삼별초의 입도, 관군과의 싸움, 토성 구축 및 군비 강화, 이에 따른 일반 백성들이 감당해야 할 어려움 등을 고려해 보면, 역사적 명분을 생각하기 전에 우선 주민들에게 엄청난 고통이 되었다는 사실을 인정하지 않을 수 없다. 김통정 장군이 백성을 시켜 토성을 쌓을 때는 극심한 흉년이었다. 역군들이 배가 고파 인분을 먹을 지경이었다. 쪼그려 앉아 똥을 눈 후 돌아앉아 그것을 먹으려면 이미 다른 역군들이 주워 먹어 버렸다고 한다.[54] 이러한 설화는 당시 주민들의 형편이 매우 어려웠다는 것을 설명해 주면서 또한 주민들과의 갈등이 극심했음을 말해준다. 삼별초의 입도는 도민의 입장에서는 외세의 침입이었다. 그들의 무력에 눌렸으나 사람들 의식에는 그들을 적대적으로 대할 수밖에 없었다. 김통정이 여몽연합군과의 싸움에서 패한 것은 힘의 열세 때문이 아니라, 설화에 따르면 광정당신과 아기업게 때문이라고 한다.

광정당신 본풀이에는 광양당, 서낭당, 광정당신들이 세상을 어지럽게 하는 김통정을 잡으러 간다. 전세가 불리하자 김통정이 무쇠방석을 바다에 던져 날아가 앉고, 사신용왕도 새가 되어 그 방석을 집어당기니, 김통

---

54 앞의 책, 114면.

정은 매가 되어 달아났다. 이에 광양당신이 그 뒤를 쫓아가 김통정의 목 비늘 틈을 찔러 죽인다.

설화에는 아기업게와의 갈등 대립도 나타나 있다. 김통정은 전세가 불리하자 모든 백성을 성안으로 들여놓고 철문을 잠갔다. 이때 너무 급히 서두는 바람에 아기업게를 들여놓지 못해 성 밖에 두고 문을 닫아 버렸던 것이다. 이는 김통정과 아기업게의 관계가 격리되어 서로 대립적인 관계에 있음을 뜻한다. 아기업게와 김통정의 관계는 설화에 따라 다르게 나타나기도 한다. 김방경 장군이 아기업게의 도움으로 승전하자 그 공을 갚으려고 그녀를 찾았다. 아기업게가 김통정 장군의 아기를 임신하고 있음을 알게 되었고, 그녀를 죽여 배를 갈라보니 비늘과 날개가 달린 아이들이 한창 파닥파닥 뛰고 있었다고 한다.[55] 김통정 장군의 아기를 임신하고 있는 여자를 성안으로 들어오지 못하게 한 것 또한 일정한 갈등이 있었음을 의미한다. 따라서 아기업게가 김통정을 공격적 태도로 대하게 만든다. 그 결과 비록 김통정의 아이를 가진 처지였으나 김방경을 돕게 된다.

아기업게는 닫힌 성문을 열 수 있는 방법을 말해주었다. 철문에 풀무를 걸어놓아 두 이레 열나흘을 불어대니 문이 녹아 열렸다. 성문이 무너지고 김방경의 군사가 몰려들자, 김통정은 쇠방석을 바다 위로 던지고 그곳으로 날아가 앉았다. 다시 아기업게는 군사를 새와 모기로 변신시켜 날아가 잡도록 하는 묘책을 제시한다. 결국 김통정이 머리 위로 나는 새와 모기를 바라보는 순간, 김방경 장군은 김통정의 비늘 틈새로 칼을 내리쳐 목을 벤다. 이러한 동물 변신 모티브와 김통정을 죽이는 모티브는 광정당신 본풀이와 같다. 그렇다면 아기업게와 광정당신은 같은 세력의 인물로서 김통정과는 적대적인 관계에 있게 되는데, 이들이 모두 여성이란 점이

---

55 앞의 책, 113면.

특이하다.

김통정이 몰락하는 과정도 특별하다. 신이한 인물인 장수는 역시 사회에 수용되지 못한 채 거부되기 마련이다. 김통정 개인의 몰락에 그치지 않고, 그 자식들-아직 세상에 태어나지 않은 배속에 든 아기들-까지도 태어나기 전에 죽임을 당한다. 이는 역적의 자식은 역적이 될 수밖에 없으니 아기도 낳기 전에 죽여 버려야 된다는 극렬함을 보여 주면서 장수의 비극을 첨예화하고 있다.

김통정설화는 제주도민의 현실의식을 솔직하게 보여주고 있다. 그것은 역사적 명분이나 기존 관념에 동조하지 않고, 사람들의 체험과 현실에 대한 의식을 솔직히 형상화시켰다. 첫째는 주민들과의 갈등 양상이 절실하게 표현되었다. 그것은 격렬한 국가 변란이 국가의 역사적인 차원이 아니라, 제주도에 살고 있는 사람 개개인에게 직접 어떻게 작용했는가를 밝혀 주고 있는 것이다. 제주사람들이 삼별초의 반대 입장에 섰다는 정치적 의미와는 달리, 생존을 위협하는 상황과 외세(제주라는 입장)에 대한 솔직한 반응이 나타나 있다. 이 점은 삼별초 세력이 물러가고 그 자리에 몽고 세력이 들어옴으로, 그들의 학정에 대한 갈등과 대립 양상을 설화한 경우에서도 이해할 수 있다. 그런 점에서 제주사람들의 의식과 행동양식은 생존과 밀착되어 있다는 것을 확인할 수 있다.

둘째, 반역의 장수인 김통정에게 아기장수 모티브를 접합한 것은 날개 달린 아기장수는 필연적으로 반국가적 인물이 될 수밖에 없다는 고정관념을 긍정적으로 수용하고 있음을 말한다. 그런데 현실에서 사람들의 피부에 닿는 상황을 그대로 반영한 것이라 할 때, 기존 관념에 대한 긍정이라고만 생각할 수 없다. 설화는 그만큼 현실의 직접적인 표현이라는 특수성을 지니고 있다.

이재수(李在守)는 최근세 사람으로 실제 인물인데, 그가 설화의 인물로 등장한다는 것은 특별한 일이다. 그는 1901년 천주교도를 중심으로 한 세력과 제주민 사이에 일어난 소위 신축난(辛丑亂)에서 민군의 주장(主將)이었다. 원래 이 사건의 주동인물은 강우백(姜遇伯), 오대현(吳大鉉)이었고, 이재수는 오대현의 부하였는데, 나중에 민군의 장두가 되었다.

이재수에 대한 기록을 문헌과 구전을 통해 정리해 보면 다음과 같다.

* (…) 성 안으로 온 성교를 대적하는 난민들이 돌입하매, 구 신부는 교우를 영솔하여 민중을 명월진(明月鎭)과 대정읍까지 물리쳐 해산시키고, 선봉 오대현을 한림 이형이(李亨伊) 집에서 이요셉(李伯)이 엄중히 설유하여 방송하고 입성하였다. 오대현은 분을 이기지 못해 이번에는 민중을 대대적으로 선동하여 1901년(辛丑) 4월 11일(양력 5월 28일)에 부하 이재수와 더불어 대중을 영솔하고 성을 몰락코자 하니 마침내 전화(戰火)가 일어났다.[56]

마침 제주에 귀양 와 있던 김윤식(金允植)은 당시 상황을 상세하게 기록하고 있는데, 그중 이재수에 관한 것을 소개한다.[57]

* (…) 민심이 놀라 흔들릴 것을 두려워하여, 민병의 두목이 이를 승낙하나, 한참 후에 서진이 먼저 성내로 들어가 총을 쏘면서 관덕정 앞에 진을 쳤다. 그 대장은 대정군 관노였던 이재수였는데, 그는 전립을 쓰고 전복을 입고 안경을 쓰고 칼을 차서 말 타고 의기양양하게 들어오는데, 좌우에는 포수 집사가 늘어서 옹위하였다. (1901년 음력 4월 11일)

* (…) 서진의 두목인 이재수는 대정 군수 채구석의 방자로서 관노로 되어

---

56 유홍렬, 『韓國天主敎會史』, 가톨릭출판사, 1962, 946-947면.
57 김윤식, 『續陰晴史』, 국사편찬위원회, 1960.

이번 일을 일으키고 또 오대현의 부하이다. 대정 군민이 모였을 때에 모두 두목이 되기를 싫어하니, 군민들이 재수를 밀어 두목으로 삼다. 그의 나이는 21세이며 지각이 없고 어리석었으나, 사람 죽이기를 좋아하며, 교인을 잡을 때마다 물어봄도 없이 많이 죽이니, 사납고 방탕한 자들이 모두 그를 따랐다. 오대현은 그를 여러 번 꾸짖었으나 어쩔 도리가 없었다. (음력 4월 12일)

* (…) 일본사람 아라가와가 평소 교인들과 사이가 나빴는데, 난이 일어나자 이재수에게 총, 칼 등 무기를 주고 도왔는데 이날 그들이 와서 신부를 죽이도록 권유하다가 갔다.

* (…) 서진의 이재수는 공작깃을 꽂은 전립을 쓰고 갑사 전복에 안경을 쓰고 채찍을 들고 날랜 말을 타고 앞뒤 호위병들을 거느리고 성 밖으로 나갔다. 모든 사람들이 이재수의 인물됨을 보고 영웅호걸이라 하였으며 한라산 정기를 타고난 보통 사람이 아니라고 일컬었다. 많은 사람들이 성문 밖까지 나와 이재수를 전송하였는데, 그들은 "장군의 덕으로 교인들을 모두 죽였으니 이제부터 온 도민이 편안히 살게 되었으니 그 은혜 하늘과 같다"하니 재수는 말 위에 앉아 의기양양하였다. 그는 금의환향하는 마음으로 고향을 향하였다. (음력 4월 13일)

* (…) 정부 군대들이 동서로 나누어 민병들을 모아들였고, 낮쯤에 서진 민병들이 들어왔는데 그중 포수들은 총을 맨 채 성내로 들어왔다. 두목 이재수와 포수 70여 명만 관청 문 앞에 들어오게 하여 총을 거둔 후 문밖으로 내보내고 이재수만 남겼다. (음력 4월 25일)

* (…) 불란서 공사의 거듭 요청에 따라 10월 8일부터 재판이 시작되었다.

그 결과 9일에 두목 오대현, 강우백, 이재수에게 사형 판결이 내렸다. 그날 밤에 감옥에서 이들의 사형이 집행되었다.[58]

1932년 일본에서 간행된 『이재수 실기』[59]란 소책자에는 그의 출생에서 부터 기술되어 있다. 이는 어떤 객관적 자료에 의해 쓰인 전기가 아니라, 이재수의 누이인 이순옥 여인의 증언에 의해 쓰인 것이다. 이 실기에 따르면 이재수는 이시준과 송씨 부인 사이에서 고종 14년 정축년에 현재 대정읍 인성리에서 났다고 했다. 실기는 그의 출생에 얽힌 이야기를 다음과 같이 말하고 있다.

* (…) 이상스러운 붉은 빗은 리시준의 집을 여지업시 포함하였다. 송씨 부인 침실에는 향긔가 몽롱하야 일개 옥동자가 산출하얏다. 리시준은 얼골에 희색을 띄고 잠간 아해를 느려다보았다. 비록 어린 아해나 골격이 준수할 뿐 안이라 벽안중동이 안광은 사람으로 하야금 정신을 놀내게 하였다.

출생에 관한 이런 기록은 물론 이재수의 친지에 의해 과장스럽게 미화될 수도 있다. 또한 나서 얼마 안 되어 부부는 어린 이재수 등에서 점 일곱 개를 발견하게 된다. 그리고 중국 한나라 유방이 77개의 점을, 공자가 88개의 특이한 점을 가진 일을 상기하면서 이재수의 비범함을 말한다. 그는 자라면서 키는 작았으나 수호지에서 볼 수 있는 바와 같이 하루에 800리를 갈 수 있는 초인적인 걸음걸이와, 불의를 보면 물불을 가리지 않고 덤벼드는 용기를 가졌다고 하였다.[60]

---

58 유홍렬, 위의 책, 99면.
59 조부인, 『李在守實記』(中島文化史, 昭和 7年 日本, 大板).
60 앞 책, 10면.

그가 성교난 때 제주 성에 입성하여 천주교도들을 처치하고 있을 당시 밤에 한 노인이 현몽하여, "지금 그대 몸에 불측한 화가 미칠 것이므로 조심하여 신변을 경계하라"는 계시를 받고는 순시 중 그를 살해하려고 은신해 있던 한 아이를 찾아내어 몸을 보전한다.[61] 이러한 기록들은 이재수란 인물을 비범한 인물로 만들어가는 과정에서 나타나게 되는 징조인데, 이 실기가 나온 후 오늘까지도 사람들 사이에서 구전되고 있다.

설화 자료에 나타난 바와 같이 그는 장군대좌형의 정기를 받아 태어났으니 신분으로는 장군이 될 처지가 아닌데도, 날랜 재주와 의기로 신축년 난리 때 민중의 선봉을 서서 장군이 되었고, 죽은 후에 보니 겨드랑이에 날개가 돋았다고 한다. 그 외에 많은 사람들이 성교난 경위에 대해 구술한 가운데 다음 몇 사람의 이야기를 통해 이재수가 설화의 인물이 된 이유를 알 수 있을 것이다. 설화들은 다음과 같다.[62]

- 성산면 시흥리 양옹 〈1〉
- 서귀읍 토평리 정옹 〈2〉
- 서귀읍 상효리 양옹 〈3〉
- 중문면 하원리 고옹 〈4〉

〈2〉오대현이란 사람이 서쪽으로 먼저 시작하여 가다가(대정에서 시작하여 서쪽으로 가면서 성교군과 싸웠다는 것) 교인들에게 붙잡히게 되었다. 장수가 없으면 백성(민군)이 해산하게 되니까 이재수가 나서서 연설을 하였는데(모병을 독려하는 연설), "대현이가 잡혀갔다고 백성들이 해산할 것이 없습니다. 다 우리 원수니까 제가 나서가지고 그놈 원수들을 갚을 테니까

---

61 앞 책, 41-42면.
62 본인이 직접 채록했는데, 여기에 제시한 것은 구술한 것을 현대어 표기에 맞게 고쳤음.

저의 뒤를 따라오십시오." 백성들이 해산하지 아니해서 그의 뒤를 쫓아가는데, 그곳이 어딘가, 서쪽으로 돌아가면 그때 일본놈들이 와 있었는데, 황천이라고 하는 일본 놈이 있다가, 그놈도 의기가 있는 놈이라, 칼을 갖다 바치면서(이재수에게), "장군이 민간의 폐를 막기 위하여 이런 큰일을 일으켰으니 소인이 있는 것이 단지 이것이니, 이것을 갖다 쓰십서." 그렇게 말하면서 칼을 주었어. 칼을 빼고 보니까 참말 용천금이여. 그렇게 하니까 그것을 황천금이라고 했어. 참 고맙다고 하면서, (민군을 이끌고) 어느 부락을 지나가는데, 지나갈 때에 동백나무가 우거져 있어서 길에 (동백나무가) 가득 찼는데, 칼을 싹 빼고서 공중에 싹 훑으니 동백나무 잎들이 달달달 비오듯 떨어지니, "여러 백성님네 이걸 보십시오. 우리가 꼭 승리할겁니다. 성교놈들의 머리빡이 이 나무 잎사귀 떨어지듯 떨어지도록 해야 말겠습니다." 그랬다고 했어. 대장의 의기가 있었던 모양이라.

이러한 이야기에서 이재수가 민란의 주도를 맡게 된 과정과, 당시 일본인들이 개입하여 봉기한 도민들에게 무기를 공급해 준 사실들을 짐작할 수 있다. 기록에도 일본인 아라가와가 성교도들과 제주도민 사이를 이간시키려고 민군에게 무기들을 공급해 주었으며, 제주성을 점령한 후에도 민군들에게 신부를 죽이도록 종용하면서 계속 도와줄 것을 약속하기도 했다. 이러한 사실을 '황천금을 주었다'는 하나의 사건을 통하여 제시하면서 당시에 이재수와 같은 민군 지도층이 성교군들에 가졌던 증오의 감정을 나타내 주고 있다.

성교난에 대한 구술자들의 이야기는 되도록 사실적인 데에 중점을 두고 있다. 위 구술에서도 오대현이 잡힌 일, 그 때문에 이재수가 민군들을 주도하게 된 과정은 사실과 부합된다. 그러나 그 세목은 구술자에 따라 약간씩 다르다. 오대현이 한림에서 교민들에게 붙잡히게 되자, 이런 소식을 들은 대정군수 채구석이 관노인 이재수에게 그 사실을 자세히 알아보고 오도록 명령을 내렸다. 이에 이재수는 가서 알아보지도 않고 직접 산간부락으로 들어가 대밭이 있는 마을을 찾아다니며 죽창을 만들자고 마을 사람들을 선동했다. 모든 백성들을 동원하여 성교군들과 싸우자는 명령을 받았다고 하면서 4~5천명을 모아 자신이 앞장을 서서 제주성을 향해 진격했다〈1〉. 이재수는 오대현의 말을 끄는 자였다. 서쪽으로 진군해서 현재 한경면 두모 지경에 이르러 잠을 자게 되었는데, 성교군들의 습격이 두려워 오대현이 잠을 못 자고 무서워 떠는지라, 이재수가 "칼을 주면 제가 하겠습니다." 하니, 오대현이 모든 것을 인계해 줬다. 이재수는 백성들의 앞장을 서서 한림에 이르렀는데, 어떤 빈 물동이를 진 여자가 앞길을 가로 질러가자, 괘씸한 생각에 칼을 빼어 여자를 치고 그 피 묻은 칼을 신에 싹 씻었다. 이에 모든 사람들이 벌벌 떨면서 그를 따르고 도망하는 자가 없었다〈4〉. 이렇게 말하기도 한다.

이런 구술에서 이재수가 민군들을 선동하고 규합한 내력을 통해서 민군의 성격의 일면을 알 수 있다. 『속음청사』의 기록에도 이재수는 지각이 없고 어리석으나 사람 죽이기를 좋아하여, 교민을 잡을 때마다 물어봄도 없이 많이 죽이니 사납고 방탕한 자들이 모두 그를 따랐다, 오대현 등이 거듭 함부로 죽임을 꾸짖었으나 말릴 수가 없었다고 한다. 이 기록은 제주성에 이재수 무리가 입성한 뒤의 일이라 설령 사람을 무참하게 죽이는 일이 한 사람의 성품 때문만은 아니지만, 무법천지가 되어 총칼 가진 자가 법이 되었던 당시 성안의 사정을 말해 준다. 그런데 이재수가 앞장서 제주성을 함락시킨 후의 행적에 대해서는 상당히 과장되어 사람들에게 전해졌다. 제주성이 열려서 민군이 입성한 후 성안 사람들이 열렬히 환영함은 물론 교민들이 무참히 죽임을 당했던 사실을 구술자는 신이 나서 얘기하기도 했다. 포박한 놈들을 빙하니 한 곳에 둘러놓고 이곳저곳에서 기생들과 백성들이 술잔과 고기를 받들어 드리니 이재수는 그 술을 들면서 백성들에게 죄인을 발로 밟아 죽이라고 명령한다. 그러나 백성들이 차마 그렇게 하지 못하자 그가 직접 황천검을 빼 이 죄인들의 가슴에 쿡쿡 찔렀다가 빼내고는 그 피가 벌겋게 묻은 칼을 죄인들의 옷에 쓱쓱 닦은 후 그 칼로 고기를 싹 베어내어 술을 마시곤 했다〈2〉. 교인들을 죽이는 모습은 다른 구술자의 이야기도 비슷하다. 〈1〉에서는 이재수가 직접 성교군들을 한 줄로 쭉 세워놓고 장검으로 찔러 죽이고는 그 피 묻은 칼을 갑실신(가죽을 말아 삼은 신)에 닦고는 고기를 베어내어 술을 마셨다고 말한다.

위와 같이 이재수의 잔혹한 성품이 구술자들을 통해 이야기될 수 있었던 것은, 그러한 구술의 사실성보다는 그 당시의 비참한 현장을 되도록 생생하게 전달하려는 구술자들의 의도 때문이다.

당시 성을 수비하는 입장이었던 교인들도 변화하는 전세에 따라 당황해 하는 모습을 나타낸 다음과 같은 이야기는, 당시 정황을 정직하게 파악했다고 볼 수 있다. 황사평이란 들판에 모인 민병들 중엔 포수가 많았는데, 그중 한 사람이 제주성을 향해 총을 한 번 빵 쏘니까, 마침 성 위에 올라서 민군의 동정을 살피던 구마실 신부의 모자(차양이 큰 모자)에 맞아 휙 벗겨졌다. 그러자 겁먹은 신부는 민군들의 정세를 알고 저들이 나를 죽이려면 못 죽일 리 없겠는데 나를 겁주려는 것이라 하였다〈2〉. 〈1〉에서는 그 포수가 바로 성산면 시흥리 출신 고도채비(별명)란 인물이라고 한다.

이러한 내용은 허황된 이야기임에 틀림없다. 제주성 안과 4킬로 거리의 황사평에서 당시 조총의 수준으로는 어림도 없는 일이었으나 민군들의 기세와 이에 당황한 교민들의 정황을 제3자의 입장에서 웃음을 자아내게 전달하는 것이다. 여기에 사실을 받아들이는 일반 향유자들의 예지가 있으며, 단순히 받아들였다기보다는 그것을 어떤 의식을 통해 여과시켜 이야기하고 있음을 알 수 있다. 기록에도 이재수가 입성하기 전에 성안에서 성문을 열기를 간청한 일 가운데, 여자들 천여 명이 집을 뛰쳐나와 흰 수건을 달아맨 막대기를 들고 모여 외치며 성위로 올라가 대포들을 성 밖으로 내던지며 교인들을 잡으라고 외쳤다고 하며, 또한 제주성내 서쪽 문을 여는 데도 관기들이 앞장섰다고 한다. 이러한 사실은 〈2〉에서 이재수가 기생들에게 술대접을 받으면서 교인들을 살육했다는 이야기와 상통한다. 또한 교인들을 숨겨 두었다 하여 목사를 잡아들이라는 명령까지 내리게 된 형편이고 보면, 그 당시 성안의 사정을 이해할 수 있다.

결국 사태는 중앙에서 파견된 정부군의 입성으로 전환되었다. 민군의 주동을 샀던 이재수, 오대현, 강우백 등은 서울로 압송되어 재판을 받고 사형을 당한다. 1901년 10월 8일이다. 사람들은 그의 죽음에 대하여 이렇게 덧붙인다. "제주서 나와도 참 나중에 죽긴 죽었지마는 대장이었다. 그때 그 서울서 잡아다가 일을 잘 했어도 명령 없이 죽였주."〈2〉 "강우백이나 이재수나 나라에서 하긴 잘 했는데 나라에서 명령 없이 하였다고 죽음을 당했주."〈4〉 "(…) 그렇게 날쎄여서 그 난리 가운데도 사람이 많았으니까 그렇게 했는지 모르지만 그 수백 명 수천 명 그 각처 사람들이 모여든 가운데 그 어깨 위로 어깨를 밟는 둥 마는 둥 갔다왔다하면서 그 용기를 부렸다고 했어. 결국은 그 사람은 죽은 다음에 옷을 벗겨 보니까 겨드랑이에 날개가 돋아 있더라 그런 말이야."〈1〉

이와 같은 구술자들의 진술을 통해서 확인해 볼 때, 설화 향유자들은 이재수의 죽음에 대한 나름대로 생각을 말했다. 그것은 때를 못 만난 인물에 대한 안타까움과 그들의 행위에 대한 정당성이다. 대장감에 틀림이 없다는 민중의 믿음과 의지와, 국가의 법률이라는 관계에서 벌어지는 갈등도 의식하고 있다. 그런데 보다 더 중요한 것은 〈1〉에서 그렇게 놀랄 만한 일을 주도한 인물이 겨드랑이에 날개가 돋아 있었다는 사실이다. 이것은 겨드랑이에 날개가 돋았기에 그런 일을 할 수 있었다는 이야기가 되며, 그래서 반역의 장수가 될 수밖에 없었다는, 운명을 극복하지 못하는 인식의 한계도 엿보인다.

(5) 역사와 설화

제주설화 중에 실제 인물에 대한 설화가 많은 것은 설화가 역사적 사실에 바탕을 두고 있기 때문이다. 특히 장사들의 일생과 관련된 설화들은 대부분 실제 인물들의 이야기라는 특징이 있다. 설화 향유자들은 함께 살았던 특이한 인물들에 대한 경이로움을 더 미화하여 오랫동안 사람들의 가슴에 하나의 표적(증거물)으로 남아 있게 하기 위해 아기장수 모티브를 접합시켰기 때문이다.

그러나 이런 경우 본토의 지명설화처럼 아기장수의 비극이 절실하지 못하다. 더구나 제주의 경우에는 오히려 실제 인물에 부여된 비현실적인 요건이 설화의 맛도 감퇴시키고, 한 인물의 생애를 수긍하기 어렵게 만들수도 있다. 본토의 경우 설화이므로 날개가 달릴 수도 있고, 부모들이 죽일 수도 있고, 용마가 나와서 울다가 죽을 수도 있다. 이러한 비현실적 사실에 대해 향유자들은 마음을 쓰지 않을 것이다. 오히려 설화(옛 이야기)이므로 그대로 받아들인다. 그런데 제주의 경우 실재한 인물, 누구의 몇 대조 할아버지, 지금 그의 묘가 버젓이 있는 그 인물에게 날개가 달렸다고 하는 사실을 받아들이기에는 무리가 따른다.

그런데 그러한 무리한 허구 속에서도 사람들은 그것을 진실로 믿었기 때문에 그 이야기는 사라지지 않고 전해지게 되었다. 고려시대 김통정의 이야기에서부터 최근 이재수의 생애에 이르기까지, 날개 달린 장수 모티브는 시간을 초월해 제주사람들의 가슴에 살아 있는 것이다. 그것은 합리적인 사고에서 볼 때 반역사적일 수도 있지만, 사람들의 심중에 엄연히 자리 잡고 끊임없이 이어져 내려왔다는 데 의미가 있다. 그렇기에 반역사적이면서 역사적이다. 사실의 진위 이전에 향유자의 솔직한 마음의 반영이라는 데서, 그것은 제주사람들의 삶과 정신의 역사적 기록이며 제주사람들의 삶의 기록이다. 그러므로 실제적인 사건의 기록보다 더 역사적이며 사실적이다.

사람들은 엄정한 입장에서 역사를 기술한다. 그것은 엄숙하며 솔직하며 불편부당하다. 역사가가 쓴 역사는 시대에 따라 변할 수가 있다. 김통정은 역적이 되었다가 외세로부터 민족정신을 지킨 충신으로 인식되어 그가 쌓았던 항파두리 토성이 성역화되었다. 이재수는 국법으로 죄를 받아 사형을 당했다. 당시 사정을 자세히 기록한 김윤식의 일기는 역사가들에 의해 이재수난 연구에 많이 인용된다. 유홍렬의 『한국천주교사』에서 제주 천주교 수난에 대한 부분은 거의 이 기록에 의존하고 있다. 그러나 어떻게 김윤식의 일기가 그 사건의 진상을 숨김없이 기록했다고 볼 수 있을까. 김홍집 내각의 외무대신이었다가 아관파천 이후 친로파에 밀려 종신형을 받고 제주도로 귀양 온 김윤식이 제주성안에 앉아서 쓴 그 기록의 진실성은 한계가 있다. 천주교의 입장에선 이재수는 난민의 두목이 되고 『이재수실기』 집필자는 의사라고 했다.

그런데 설화는 사람들이 인식한 진실의 표현이다. 김통정이 신비스런 인물임을 강조하면서도 그가 제주도에 들어와 백성들과의 사이에 빚어진 알력과 갈등을 숨기지 않았다. 이제 삼별초의 역사적 의의가 새로이 평가되고, 그들의 항쟁이 민족적인 의미를 지닌다 하더라도 당시의 정황에 따른 사람들의 의식을 무시할 수 없다. 그래서 설화는 기록의 역사보다 오히려 진실하다.

이재수에 대해서도 그렇다. 그의 성격적인 과격성을 숨김없이 나타낸다. 그것은 그 개인의 문제이면서 당시 사태의 정황을 설명하는 단서가 될 수 있다. 민군을 주도한 일에 대해 되도록 합리성을 찾아 설명하려고 한다. 오대현과 강우백 같은 선비 출신자들의 유연한 자세도 숨기지 않았다. 그러면서도 환상적인 이야기가 아니라 사람들의 진실을 나타내기 위해 방법을 찾는다. 그것은 설화 향유자들의 이야기가 지닌 진실성이다.

대정현의 일개 하급 관리가 민군을 모병하여 어떻게 지휘할 수 있었을까? 반란의 시초에는 대정 군수인 채구석의 비호 아래 오대현, 강우백이 앞장서서 민군을 지휘했고, 당시 천주교도들에게 수난을 당한 계층은 지방의 지배 세력이었음을 고려할 때, 아무리 도민의 봉기와 같은 사태였어도 일개 지방 관서의 관노가 어떻게 선봉에 나설 수 있었을까?

여기엔 실제적으로 제주사람들의 의식 속에 흐르는 저항정신이 작용했다. 플롯에서는 그것이 언급되지 않았다. 그 합리성을 찾기 위해 향유자 나름으로 선묘의 정기로 날개가 돋았다든가, 오대현의 퇴진과 이재수의 불가피한 등장 등으로 이야기를 엮어나갔다.

설화의 역사성을 고려할 때, 그것은 숱한 향유자들의 논의에 의해 변모되면서 성장해 나간다. 그 논의는 향유자들이 살고 있는 역사적 현실과 관계를 갖는다. 그렇기에 한 사실의 설화화는 끊임없이 성장한다. 한 인물의 경우에도, 그것은 개인의 문제에 머물지 않고 각 향유자들의 의식이 굴절되면서 모든 향유자의 공통의 관심이 설화의 인물을 만들어낸다. 그러므로 비록 역사적 사건이 아닌 개별적인 인물의 이야기에서도 역사와 사회에 대한 사람들의 의식이 솔직하게 투영되기 마련이다.

제주의 아기장수형설화의 특징은, 날개를 제거해도 아기장수는 죽지 않고 살았다는 데 있다. 이는 본토설화에서 아기장수의 비극적 죽음을 용마의 출현을 통해 카타르시스를 주는 데 비해 보다 현실적이고 인간적이다. 그것은 날개 달린 아기를 죽이는 것이 아니라, 그 비상의 욕망인 '날개'만 제거하고 일상인으로 돌아와 살도록 만들었기 때문이다. 날개를 제거하지도 않고 숨겨두는 경우에는 반역의 장수가 되어 그가 살았던 현실과 대결하지만, 결국은 불행하게 뜻을 펴지 못하여 몰락하고 만다. 그러나 문제는 그들의 몰락에 있는 것이 아니라, 그러한 반역의 장수를 낳게 한 제주사람들의 의식에 있다.

제주의 아기장수형설화의 세 유형 중 제2,3유형의 설화는 본토와는 다른 특이성을 갖고 있으며, 이것은 제1유형(본토유형)의 변이 과정에서 이루어진 것이다. 날개를 제거한 후에 아기장수가 즉시 죽는 경우(제1유형)에 비해, 제2유형은 아기장수를 장수가 아닌 장사로 수용하려는 사람들의 의지가 담겨 있다. 그런데 이 경우 날개 제거 후에도 여전히 장수(장사)의 모습으로 활동하는 설화(한연한배임재, 양태수설화)에서는 날개를 은닉하여 장수가 된 제3유형과 비슷하다. 비록 반역하는 장수까지는 아니더라도 현실 상황을 극복하려는 의지는 제3유형과 같다고 생각할 수 있다.

제2유형의 일부 설화와 제3유형의 설화에서 구조의 특이성을 찾을 수 있다. 이들 설화는 전·후반부로 나눌 수 있는데, 전반부는 날개 돋은 아기장수의 이야기이고, 후반부는 날개가 제거, 또는 은닉된 후의 장사나 장수로서 세상을 살아가는 이야기이다. 혹 날개를 제거한 경우라 하더라도 거기에는 여전히 '날개의 힘'에 의해 행동하는 비범성이 있다. 해적선을 무찌를 수 있는 그 힘은 장수의 힘이다. 비록 김통정 장군처럼 도술적인 행동은 아니더라도 날개의 비범성이 작용했다. 이 사실은 비록 표면적으로는 날개를 제거했으나, 내면적으로는 날개를 수용하는 사람들의 의식이 반영되었음을 말해준다. 폐쇄된 현실을 극복하려는 삶의 치열성이 이러한 설화의 변이를 가능하게 했다. 이러한 의식이 좀 더 적극적으로 나타난 설화는 날개를 숨겨둔 제3유형이다. 그것은 사회에 대한 전면적인 도전이고 새로운 삶을 구축하려는 혁명적 노력이다. 그러나 그들은 결국 반역의 장수가 되거나 몰락하고 만다. 그렇지만 영원히 몰락한 것이 아니라 향유자의 가슴 속에 남아 있는 관심을 통해 재생이 가능하다.

　제주의 제3유형 설화와 본토의 2차 죽음의 변이형과 대비해 볼 때, 제주 아기장수형설화의 변모가 뚜렷이 밝혀진다. 육지부에서 아기장수형설화의 변이형으로서 1차 죽음을 극복하여 2차 회생을 시도하나 더 강한 힘(관군)에 의해 회생 직전에 몰락하는 이야기가 있다. 이와 같이 두 번이나 죽음을 당해야 했던 것은 아기장수의 끈질긴 생명력을 상징한 것이며, 아울러 아기장수에 대한 극렬한 거부를 보여준 것이다.

　제주설화에서는 본토설화의 2차 죽음처럼 거부가 극렬함에 비해 '날개의 제거' 이후에도 여전히 장사로서 현실을 극복하고 살아간다는 변이는 현실에 대한 제주사람들의 저항의식과 삶의 진지성과 통한다. 더구나 그런 설화들이 실제 인물들의 이야기라는 점에서 더욱 실감 나게 향유자들에게 다가온다. 어떻게 그들은 현실을 극복하면서 살아왔는가. 그것은 적응일 수도 있고(제2유형) 저항일 수도 있다(제3유형). 그러나 그 모든 것은 제주사람들이 살아가는 방법이다.

5. 장사들의 저항과 좌절

(1) 장사의 두 모습

제주도에는 장수도 많았지만 힘센 장사들도 많았다. 또한 그들에 대한 이야기들도 많이 전해 내려온다. 이런 이야기에서 그들이 세상을 살아가는 모습을 찾을 수 있고, 제주사람들의 마음도 읽을 수 있다. 세상이 어지러울수록 그들의 이야기는 사람들에게 즐거움을 주었고 때로는 비장감을 갖게 한다. 사람들이 장수의 출현을 원했기 때문이다.

제주도의 장사설화는 크게 두 유형으로 나눌 수 있다. 하나는 종의 신분인 장사들이고, 다른 하나는 평범한 집안에서 태어난 장사들이다. 앞의 경우에 그들은 종이었기 때문에 자신의 의지와 능력을 펴지 못하고 살다가 비참하게 몰락하고 만다. 그런데 후자의 경우는 주어진 형편에 맞게 자신의 뜻을 펴고 살았다. 이런 두 유형의 장사들의 일생을 통해 제주사람들이 세상을 살아가면서 겪었던 꿈과 좌절의 실상을 만날 수 있다.

우선 종의 신분인 장사들은 모두가 대식가들이었다. 먹는 만큼 일도 초인처럼 해내었다. 그러나 너무 많이 먹었기 때문에 주인집에서 살지 못하고 쫓겨나 결국 도둑질이나 하면서 살다가 굶어 죽거나 관가에 잡혀서 죽는다. 반면 일반 장사들은 그래도 뜻을 펴서 작은 벼슬에 오르거나 또는 육지와 장사를 하면서 해적들을 무찌르고 그들을 제압하는 등, 일상인으로 자기 세계를 구축하면서 살아간다. 그렇게 제주사람들이 지니고 있는 섬사람의 열등의식을 극복하기도 했다.

대식가인 종들은 배고파서 결국 좌절한다. 엄청난 힘을 갖고 있으나 그것을 변변히 실현하지도 못한 채 항상 배고픔에서 벗어나지 못하다가 굶어 죽는다. 이런 이야기에서 당신 본풀이의 배고픈 신들의 모습과 비슷하다. 또한 일반 장사설화에서는 본토 사람들에 대한 대결의식을 느끼게 한다. 그 내면에 감춰진 것은 섬사람들의 열등감이다. 이것을 극복하기 위해 그들은 무한한 힘의 소유자로 등장한다.

(2) 장사설화

(가) 배고픈 장사들의 이야기

〈1〉 막산이[63]

막산이라는 종이 있었는데, 이놈이 힘이 어찌나 세고 배가 어찌나 컸던지 생전에 배부르게 먹어보질 못했다. 봄이 되면 바다에 가서 소라 조개 그런 것을, 바다에 있는 것은 모두 백성들 것이니까……. 봄이 되면 큰 먹서리를 짊어지고 바다에 가서 소라와 조개들을 가득 잡고서는 그것을 가마솥에 넣어 삶아서 배터지게 먹기도 했어.

저 장밭디(지명) 별진밭(밭 이름)이라는 밭이 있었는데, 산디(육도)를 거기에 전부 농사지었는데, 그것을 추수하려면 모두 여러 백 바리(소나 말이

---

63 이 설화 텍스트는 제보자가 구술한 대로 본인이 채록하였는데, 그것을 현대 표기로 고쳤음.

한 번 질 수 있는 양) 되었어.

산디가 거의 익어서 빌 때가 되면, 바람이 세게 불면 모두 흩어 떨어져 버리거든. 바람이 건들건들 부니까, 산디가 모두 떨어질 듯하니까, 주인이 종들이랑 하녀들에게 날이 밝기 전에 어서 나가서 산디를 베라고 하니까, 그 추운데 가서 벤다고 한들 호미로야 얼마나 벨 수 있으랴. 하녀들이랑 종들이 걱정하는데, 막산이가 물었지.

"너희들 왜 걱정을 하느냐?"

"아이고, 주인님이 날이 밝기 전에 그 산디를 다 베라고 하고, 이 궂은 날씨에 가도 추워서 죽을 텐데. 어떻게 그 밭을 다 벨 수 있겠냐? 다 베질 못하면 볼기가 남아 있지 못할 테고."

그때는 조금 잘못하면 뭇매질을 당할 때였지.

"너희들 그리 말고 한 사람이 쌀을 한 말씩 모아가지고 내 몫으로 밥을 지어서 주면 내가 가서 대신 다 비여 주겠다."

"아, 그렇게 하면 쌀 한 말씩 모아서 밥을 해 주는 게 그리 어렵겠냐. 틀림없이 그렇게 해 주겠느냐?"

"응, 그리 하고 말고."

하녀들이 쌀 한 말씩 모아가지고 가마솥에 밥을 해놓으니, 이제 와서 먹으라고 하자, 그냥 그 밥주걱으로 가마솥 밥을 다 먹었단 말이여.

"어서 가서 산디를 베여주어야 하지만 그렇게 하지 않으면 우리는 매는 매대로 맞고 쌀은 쌀대로 잃어버리고……."

하녀들이 걱정하는 것이다.

아, 날이 거의 새어가도 산디 베러 갈 생각을 안 하여.

"아, 어서 가서 산디를 베어야지. 아니하면 어떻게 하려느냐?"

그렇게 하여도,

"야, 염려 말라, 난 너희에게 거짓말은 아니 한다."

닭이 꼬끼욕 꼬끼욕 울기 시작하여야 낮을 짊어져서 나서더니,(…)

낫으로 싹 베어서 한단 묶을 만큼 해놓고, 그렇게 하여서 날이 거의 새니 그 넓은 산디 밭을 거의 베었는데, 아, 이거 조금 남겨 둬야지, 모두 베어버리면 소문이 좋지 않을 건데……. 그리하여 돌아오니까, 하녀들이,

"어떻게 산디 아니 베어서 왔느냐?" 하고 걱정하니까,

"걱정마라. 너희들."

날이 밝으니 주인이 하녀들을 또 불러가지고,

"산디 그거 얼마나 베었느냐?"

"예, 많이 베었습니다."

"벨 수 있었겠느냐?"

주인이 가보니 하, 큰 산디밭이 산디가 거의 베여있으니, 하 이런 변이 있느냐? 하늘 귀신이 와서 그랬나? 아, 그년들이 수가 아무리 많아도 하룻밤 사이에 이 밭 산디를 이렇게 벨 수 있을까? 그 주인이 감탄하였다고 하지.

그 막산이는 배가 워낙 커가지고 소도 잡아먹고 하니까 주인이 데려 살 수 없으니까 대정고을 배염바리집 [宅] 에 팔아 버렸는데, 배염바리 집에서도 너무 많이 먹어서 살지 못하였지. 워낙 식량이 커서 배 가득 먹으려 하면 도둑질도 하고 도둑질도 하면 눈에 거슬리더라도 그놈의 힘을 당하지 못하니 죽여 버렸다고 해.

하루는 술을 막 취하게 먹여서 네 발에 말뚝을 박고 발을 묶고 손을 묶고 내버려두니 굶어 죽이려고 했어. 술을 깨여 보니까 그렇게 되었으니,

"나를 일부러 죽여 버렸지만 후에 한번 생각 날 때가 있을 거라." 했다고 해요.

• 1981. 1. 21. 서귀읍 상효리, 양원교, 남, 72세

막산이는 옷귀(의귀리, 서귀포시 남원읍) 안댁인가 종놈이 있었는데, 별

진밭이라는 데가 있는데, 산디를 많이 갈아서 베어서 이제는 그것을 지키려고 갔는데, 아, 밤에 어떤 놈이 와서는 산디를 묶어서, 가만히 보니 이 산디를 여남은 바리를 묶어서 짊어져서, 이제는 막 일어나려고 하는데, 아 아무리 센 힘 사람이라도 일어나기가 어려울 듯하니, 막산이가 일어나서 일으켜 주고 잘 지영가라 하여서 보냈는데……

그 뒷해 집안이 흉년이 들었는데, 그때 그 산디를 지고 간 사람은 강정(지명) 사람인가 하였는데, 숭년이 드니, 소문에 그놈이(신디를 도둑질해간 그놈) 육지에 가서 곡식을 많이 사왔다는 소문을 들었어.

막산이가 사는 집안에서 아마 양식이 좀 부족할 듯하니까 가서 육지에서 사온 식량을 사오라고 하니까, 그러니까 막산이가 "그렇게 하십시오" 하여 강정으로 가서 보니까, 식량이 많이 있어서. 그 식량 파는 놈이 예전에 그 산디를 지어간 놈이라. 아 그놈이 먼저 아는 채를 하여서,

"어찌 왔느냐?"

"이 곡식 좀 사려고 왔다."

"이제 돈이구 뭐구 네가 질 만큼 져가라." 하니,

그곳에 있는 그 많은 식량을 다 지고 일어났다고.

막산이가 원래 힘이 센 놈이라서 그놈이 산디 지어서 일어나려고 할 때에도 잡아누르지 못할 것은 아니었지만, 그 사람도 어려워서 그러는 줄 알고는 이 밭에 산디 많이 나고 했으니 많이 지어가려고 왔으니 지어서가라고 한 것이지.

• 1981. 1. 19. 서귀읍 토평리, 정운선, 남, 90세

〈2〉 새샘이와 정운디[64]

새샘이란 사람이 있었다. 몸집이 보통 사람의 두세 배는 되고 힘이 워낙 장사였다. 본래 천민 출생이어서 이집 저집으로 돌아다니며 종노릇을 하고 살아보았으나 배가 고파 살 수가 없었다.

새샘이는 드디어 도둑놈이 되어 나섰다. 당시 목안과 대정의 교통로는 윗한길이었다. 이 두 현(縣)의 경계가 되는 이 길목에 '넓은팡'이라는 곳이 있다. 여기에 굴이 하나 있는데 새샘이는 이 굴 속에 살았다. 그래서 이 길로 운반하는 곡식을 다 털어 먹고, 육소장 칠소장(마소를 방목하여 키우는 곳)의 마소를 다 잡아 먹곤 하였다.

민간의 피해는 말이 아니었다. 드디어 목사에게 진정이 들어갔다. 그러나 새샘이가 힘이 워낙 세니 목사도 쉬 잡아 낼 의견이 나지 않았다.

목사는 대정 원에게 이 새샘이를 잡아 올리라고 하명하였다.

대정 원님은 걱정이 태산 같았다. 목사도 잡지 못하는 도둑놈을 잡아 올리라는 것이 좀 부당해 보였으나, 새샘이가 숨어 사는 넓은팡이 대정현의 경계이므로 감히 거역할 수가 없었다.

대정 원님은 관내에서 가장 힘센 사람을 찾았다. 정운디가 가장 힘이 세다고 추천되어 올라왔다. 원님은 곧 정운디를 불러들였다.

"네가 대정에서 제일 기운이 세다 하니 새샘일 잡을 수 있겠느냐?"

"남은 기운이 세다 합니다마는 새샘이를 못 이깁니다."

"그래도 네가 대정현 관내에 살 뿐 아니라, 대정현에서 제일 기운이 세다 하니 어떻게 하였던 간에 잡아내야 한다."

정운디는 자신이 없었으나 원님 명령을 거역할 수가 없었다.

"예, 그러면 큰 황소 세 마리만 하곡, 백미 닷 섬만 주십서. 먹어 가지

---

64 현용준, 『濟州島傳說』, 瑞文堂, 1976, 177-182면.

고 한번 허여 보겠습니다."

큰 황소 세 마리와 백미 닷 섬이 내려졌다. 그날부터 정운디는 쌀밥에 쇠고기로 힘을 돋우셨다.

쌀과 고기가 거의 다 떨어져 가니, 정운디는 다시 원님에게 들어갔다.

"그것으로 기운이 모자라니 황소 한 마리만 하곡 쌀 열 말만 더 주십서. 먹어서 기운 찰령(차려서) 허여 보겠습네다."

원님은 다시 요구하는 대로 쌀과 황소를 내리었다. 정운디는 이것을 다 먹자 다시 원님에게 들어갔다.

"썸배(소의 등심으로 만든 밧줄) 열다섯 장만 하곡 대정 3면에서 건장한 사나이 30명만 천거허여 주십서."

원님은 장정 30명을 모아다 정운디에게 주었다.

정운디는 30명의 사나이를 거느리고 넓은팡 굴로 갔다. 멀리서 동정을 살피고 사나이들에게 지시했다.

"난 먼저 들어가겠는데, 너희들은 여기 대기하여 있다가 무슨 야단 소리가 나거든 왈칵 들어오라."

정운디는 태연히 굴속으로 들어가,

"형님, 나 왔수다."

하며 너붓이 절을 했다.

"왜 왔느냐?"

"살려고 해도 힘겨워서 배가 고프니, 할 수 없이 형님에게 와서 심부름이나 하려고 왔수다."

"미리 오라고 하니까 이제야 왔느냐?"

새샘이는 욕을 버럭버럭 해 놓고,

"이왕 네 형편이 그리 되었으니 어쩔 수 없다."

그렇게 말하면서 옆에 앉히는 것이었다.

굴에는 소를 잡아 먹다가 남은 쇠 다리며 쇠 대가리가 구석에 쌓여 있었다.

"형님, 시장허영 못 살겠습니다."

정운디의 말에 새샘이는 구석에 있는 쇠다리를 하나 집어 던졌다. 정운디는 피가 툭툭 나는 쇠다리를 잡아 날째로 뼈다귀까지 바삭바삭 다 씹어 먹었다. 새샘이는 다시 다리 하나를 던져 주었다.

"형님 칼 주십시요."

"칼 해서 뭘 하겠느냐?"

"너무 배고프니까 빼채 먹으니 입아귀가 아파서 뼈를 깎아 두고 먹겠습니다."

"못 생긴 자식 소뼈를 깎아?"

욕을 하며 칼을 내어 주었다. 정운디는 뼈를 깎는 척 하다가 와지끈 칼을 꺾어 버렸다. 칼을 없애 버린 것이다.

"아이고, 그만 칼이 꺾어져 버렸습니다."

"아니, 이 못 된 놈, 그 칼이 어떤 칼이라고 꺾어 놓았느냐?"

정운디는 퍽 미안한 얼굴을 하며 쇠다리를 쥐고 뜯다가 틈새를 보아 새샘이의 오른쪽 팔을 그 쇠다리로 후려 갈겼다. 팔은 뚝 하고 꺾어졌다.

"하, 이놈의 자식, 날 잡으러 왔구나!"

새샘이는 눈을 부릅뜨고 달려들었다. 왼쪽 팔로 잡아 후리니 정운디는 이쪽 벽에 툭 부딪치고 저쪽 벽에 툭 부딪치곤 한다. 머리가 터지고 기진맥진해 갔다. 이때 야단 소리를 듣고 사나이들이 왈칵 모여들었다. 새샘이는 밧줄로 꽁꽁 묶여졌다.

"새샘이 잡아 왔습니다."

원님은 크게 기뻐하고 새샘이를 곧 하옥시키라 하였다. 정운디는 하옥하려는 것을 보자 큰일 났다는 생각이 번쩍 들었다.

"새샘일 여기서 죽이지 못할 테면 저를 먼저 죽여 주십서."

정운디는 새샘이를 즉석에서 죽여주도록 몇 번이고 요구했다. 그러나 원님은 사또가 처리할 문제이니 물러가 있으라고만 하는 것이었다.

'이제 나는 죽었다!'

정운디는 크게 탄식하며 물러나와 비장한 결심을 하였다. 장검을 가져다 시퍼렇게 갈아놓고 신발을 단속하였다. 밤이 깊어 가자, 정운디는 장검을 들어 눈을 부릅뜨고 대기하고 있었다. 한밤중이 지나자, 아니나 다를까, 새샘이가 어떻게 그 밧줄을 끊었는지, 옥방을 부수고 달려왔다.

"저가 잘못한 죄를 어떡하면 됩니까?"

이렇게 말하면서, 순간 정운디는 장검으로 새샘이의 왼쪽 팔을 싹 갈겼다. 팔이 뚝 떨어졌다.

"아, 할 수 없다. 내 운이 떨어졌다. 어서 잡아라."

그제야 새샘이는 순순히 정운이에게 몸을 맡겼다는 것이다.

• 1975. 3. 5. 중문면 중문리, 김승두, 남, 62세

(나) 섬사람의 기개를 가진 장사 이야기

〈1〉 심돌 부대각[65]

부씨 집안인네, 도생(道生)씨라고, 이 양반도 힘이 세어서 대장으로 있었는데, 젊은 때부터 제주산 미역을 받아 가지고 충청도 논산 강경 같은 데로 가서 팔고 그 대신 무곡을 사서 여기에 와서 교환하는 장사를 하였는데, 그때에도 보길도, 추자도, 소한도 등 남해안에 해적이 있었어. 해적들은 배를 타고 다니다가 어디서 상선 같은 배를 보면 그 배를 털어 빼앗

---

65 본인이 채록. 『濟州說話集成 (1)』, 858면.

고 하였는데… 이 양반이 한번은 미역을 실어가지고 육지로 가는데, 보길도 가까이 와서 해적을 만났단 말이여, 해적을 만났다니까.

"공연히 강력하게 요구하지 아니해도 내가 순순히 준다. 배에 있는 거 털어 줄 터이니 걱정 말고 그 배에 가만있으라. 오라 가라 아니해도 좋다."

그리하여서 그 부대각이 부리는 배에 쌀가마니를 싣고 있는 것을, 그것들은 한 손으로 들어가지고 해적 배를 향해 이리 던지고 저리 던지고 하니까, 해적 배가 요동이 심하고 어떤 때는 그 배 선원들의 머리빡도 맞고 하니까, 이제야 그놈들이 알아가지고, 잘못했습니다, 하고 용서를 빌어가니. '괴씸한 놈'이라고 하면서, 옛날에는 닻이라 하는 거 뭣으로 만들었는고, 하니 칡을 걷어다가 노를 꼬아가지고 이것을 세 곱으로 하여서 이만큼 (팔뚝을 내보이며) 굵게 해서 배 닻을 만들었는데, 그 배 닻을 쓱 당겨가지고 딱 그쳐가지고, 이젠 허리를 딱 둘러매고 또 장작개비 가지고 떡 나서니까. 그놈들이,

"대단히 잘못했습니다." 하고 아주 사정을 해서,

다시 해적선에 싣고 있는 쌀가마니를 다시 되받아가지고 들어왔다는 얘기가 있지.

또 하나 그렇게 힘이 세고 얼굴이 잘나고 하니까 어디 가도 대장으로 보일 것 아니라. 육지 강경 장판에 갈 것 같으면, 제주 부 장군이라 이렇게 명칭을 하여서 아주 좌지우지 대장 노릇을 하여가니까, 아무 때도 지방 텃세가 있는 곳이라. 강경 장판 청년들이, 제가 아무리 힘이 세고 부대장이라 하지마는 제주 섬놈이 어디 우리 강경 장판에 와서는 너무 뽐내다니니까, 이놈 어디 한번 손을 봐야겠다, 할 거 아닙니까. 그래서 한 부대, 요새 말할 것 같으면 수십 명이 한 부대를 꾸며 가지고 손에는 장작개비를 들고 들어오니, 그 여관 주인이 그 낌새를 알아가지고 부대각에게,

"제주 부 생원 좀 이상한 일 있어요."

"무슨 일이요?"

"강경 장판 청년들이 당신에게 유감을 가져 저녁에 꼭 공격해 올 것 같은 기색이 있어요."

그 양반 말씀이,

"남아가 세상에 나서 한번 죽을 거니까, 내가 힘이 모자라 싸와 가지고 그 사람들에게 맞아 죽는 것이야 할 수 없지요."

하니, 여관 주인과 이 부자지간처럼 가까웠어. 도생씨는 나이 한 사십쯤 되고 아들을 부주사라고 남규라고 했는디, 아명은 갑득이라. 나이는 한 십칠팔 세인디, 같이 갔거든. 그러니 그 아들인 남규 씨에게,

"강경 장판 청년들이 당신 부친을 공격하려고 지금 음모를 꾸미는 것 같은데……."

당신 아들도 잘 났어요. 지금 살아 있으면 백여든예닐곱인디, 참 잘났어요. 힘이 장사고 얼굴이 잘났지만, 객지에 가서 아버지가 당한다는 말을 들으면 마음이 조마조마할 게 아닙니까. 그래서 그 아들이 문간 바깥에서 딱 지켜섰다가 그 청년들이 썩 들어오니까 그 부갑득 씨가 사정을 했어요.

"강경 장판 청년 어른들 살려주십서."

하니까, 그 도생씨 부 장군이란 양반은 방안에 앉았다가 아들이 사람들에게 비는 걸 듣고, 문을 활짝 열고 나와서는 아들을 불렀어. 책망을 했어.

"죽으면 죽는 것이지. 남에게 그런 애걸을 하면서 하찮은 목숨 살아서 뭘 할 것이냐."고 하면서,

"내버려 두라고."

이렇게 하여 당신은 떡 들어앉아 벽장에 등을 딱 대고 하니 청년들은 아들 된 사람이 문밖에다 나와 가지고 애걸복걸 빌어가니까, 행여나 이

기회에 그러면 요샛말로 돼지나 한 마리하고 술이나 한통 하여가지고 자기넬 만족하게 먹일 것 같으면 어떻게 무마시킬까 생각하여 오던 중에, 아 본인이 아들을 불러가지고 야단을 하고 세상에 나서 한번 죽으면 말지 그까짓 놈들에게 애걸복걸할 게 뭐 있느냐, 이렇게 하니 감정이 더 날 거 아니요.

그래서 우르르하게 문을 차고 방안에까지 들어오니까 벽에 등을 딱 붙이고 앉아 있어서는,

"자기네 마음대로 하라." 하니,

이제 주막 주인은,

"욕을 주든지 나는 상관할 바 아니로되, 집안에서 싸워가지고 가옥을 부수거나 할 것 같으면 나도 대책이 있으니까, 싸움은 할 테면 이 사람을 끌어 가지고 마당 바깥에서 죽이든지 살리든지 하라."

이렇게 하니까 주장하는 사람이,

"그놈 끄집어내라."

이렇게 하니 한편에 두 사람씩 양팔을 잡아 당겼는데, 등을 벽에 대이니 등을 떼질 못하여,

"이거 안 되겠습니다."

하니 또 둘씩 들어가라고. 여덟이 와서 등을 뗼려고 해도 전혀 잡아당기지 못해. 등을 떼지 못하니까, 하나씩 둘이 더 들여와 가지고 양쪽에 다섯씩 열이 들어가지고 마당으로 끌어내리려고 해도 벽장에서 등은 떼질 못하더라고⋯⋯. 못 하니까,

"하, 이놈 장군이라더니 참말로 장군이로구나."

하는 통에 거기 좀 젊잖은 사람이 —그 사람 수령인지 모르지요 들어와 가지고 무릎을 꿇고,

"우리가 참 잘못했습니다."

하면서 사정을 해가지고, 자기 부하들보고,

"이러한 힘을 가진 자에게 우리가 만약 억지로 하려고 하다가 용기를 쓸 때는 장작개비 하나만 맞아가지고도 우리는 모두 죽을 텐데 공연한 짓을 한다."

해서 싸움을 말렸어.

그 도생씨는 주막 주인을 불러가지고,

"내가 승자가 되었으니 이긴 은혜를 하여야겠다."고.

그러면서 막걸리 몇 동이 하고 또 뭐 이렇게 하여가지고 그 사람들을 대접해 돌려 보내버리고…….

그 후로는 강경 장판에서 부대각은 좌우간 호령을 하면서 행세했단 말이 있어요.

• 1981. 1. 26. 성산면 시흥리, 양기빈, 남, 72세

〈2〉 한연한배임재[66]

묘(墓)가 있습니다. 저기 보입니다. 북향산, 거기 산을 쓴 후에는 밤에는 군사들이 나와서 군악기를 치면서 그 동네 불을 질러 버려서.

불 지르니 살 수 없으니, 이제는 나무로 사람 모양으로 만들어가지고 '악장군지묘'라 새겨서 세워서, 나무가 썩어가니까 또 그 지랄을 하니 돌로 이제 세워놓았지요. 그러니, 그 후에는 차차 시대가 이렇게 발달하면서 없어졌는데….

그가 낳은 때인데. 어린 애기 때라, 몇 달쯤 된 때 눕혀 두면, 어머니가 물질이나 어디 갔다 와보면, 자주 돌아누워 있어.

"이상하다."

---

66 『韓國口碑文學大系』 9-1, 36-39면. 제주 사투리를 현대 표기로 고쳤음.

한번은 몰래 봤지요. 엿보니 방안에서 날아다니다가 사람 기척이 나니 다시 와서 바로 눕는단 말입니다.

〈조사자: 아기구덕에?〉

아기구덕에. 이젠 그 남편에게 말하니, 그거 이상스럽다고 해서, 묘한 일이라고 해서, 몸을 수족을 더듬어 보니, 겨드랑이 밑에 요만큼한 날개가 나왔어. 그대로 내버렸으면 영웅이 될런지, 장수가 될런지 할 텐데, 그때는 힘센 사람이라 하면 삼족을 멸망시켜버릴 때 아닙니까. 역적이 난다고 해서.

숟가락을 불에 달궈가지고 양쪽 날개를 지져 불었어. 지져 버리니 크게 출세는 못하였으나 장사였지요.

장사인데, 그때 시절에는 상선들이 쌀과 물건들을 실어서 유ㅠㄱ지를 오가는데, 환곡미라고 그런 것을 싣고 다니는 배들이 있는데, 이 배들을 털어먹는 해적이 있었어.

여기 배들은 앞을 이렇게 나무로 가로 놔가지고 만든 것이고, 그때는 그놈들 해적들이 타서 다니는 배는 크지는 않지만 지금 배 모양으로 빠르게만 만들어났단 말입니다. 창으로 무장을 하고, 그래서 위협을 주면 할 수 없이 다 바쳐야 할 판이란 말입니다.

한연한배임재 탄 배가 진도 울돌목이라 한 데가 있습니다. 진도 울돌목 가기 전의 수적을 만났어.

"닻 놓고 배에 있는 것 다 내 놓아라."

이렇게 호령을 지르니,

"예."

해서 닻을 내리고, 이제 돛을 내리고, 그 배 가까이 대였어.

"뭐 실렸느냐?"

그때는 여기서 좁쌀이라고 하는 거, 서숙, 좁쌀을 스물댓 말씩 담는 멱서리이가 있었습니다. 그 먹서리에 스물댓 말씩 담아서 밧줄로 잘 묶어서 그것으로 배에 가득 실어 만선이 되었는데, "그것들 다 우리 배로 대라."고,

"우리 배에 실은 거 다 퍼 준다." 하고, 그 배로 들이대니,

"거, 수고할 거 있습니까, 저가 실려 올리겠습니다."

하여서, 스물댓 말씩 담은 것을, 수적이 탄 배는 크지 않지. 그가 그 먹서리를 들고 펑펑 던지니, 이제 그 배가 침몰하게 된 거라. 침몰하게 되니, 이젠 할 수 없이 항복하는 판이지.

"그러면 올라오라, 올라오면 살려준다."

수적들이 배로 올라오니, 이젠 밧줄 가지고 그놈들을 묶어가지고 그저 쌀 먹서리처럼 서울까지 잡아서 올라갔는데,

그 후에는 수적을 만나면 먼저,

"어디 배요?"

하민, 조천(지명) 배든지 월정(지명) 배든지 성산포(지명) 배든지 모두,

"김녕 배라." 하면,

한연한배임재가 있는가 생각해서 (해적들이) 그냥 도망쳐버린단 말이여. 하하하하.

그런 장사가 었었지.

• 1979. 3. 25. 구좌면 서김녕리, 안용인, 남, 74세

〈3〉 오찰방[67]

오찰방, 그는 해주 오씨인데, 아, 그는 영웅으로 났으니 그렇게 했지만, 그가 어떻게 조금 부모에 마음을 거스른 일이 있었던 것이라. 부모가 아들을 잡으려고, 그 비온 날 나막신을 신고 쫓으니 아들이 나막신을 신은

---

67 본인이 채록.

대로 산방산 정상으로 올라가. 아! 부모는 점점 겁이 나서, 아버지는 아들을 잡으려고 산방산으로 올라가니, (오찰방이) 나막신을 신은 대로 아래로 뛰어내려. 그래서 그 아버지가 걱정을 하여서. 어떻게 이 자식이 앞으로 될꼬?

한번은 소 다섯 마리에 소 길마를 지우고 땔나무를 해오라 하니(아들에게), 뭐 그 양반이 그까짓 거 뭐 땔나무 다섯 바리를 잠깐 사이에 했어. 도끼로 두어 번 찍으면 나무들이 바싹바싹 다 부러지는 걸.

나무 다섯 바리를 싣고서 일찍 돌아오니, 아, 그 나무하러 산판으로 간 후에 (주인이) 부인에게 부탁을 했어. 술을 준비해 두었다가 나무를 해서 오면 주라고. 그래서 술을 막 취하게 마셔서, 그렇게 하니 기분이 좋아서. 그는 술을 적게도 아니 마셔, 동이로 마시다시피 했어.

술을 많이 마셔서 푹 취해서 잠이 드니, 그 부친이 누어있는 아들놈의 겨드랑이를 들러 봤어. 보니까 양쪽 겨드랑이에 날개가 이만큼씩(손으로 만들어 보임) 돋아 있어. 그 부친이 그만 불로 날개를 그슬려버렸지. (아들이) 술김에도 이상한 생각이 난 깨어보니, 날개가 모두 그슬려버려진 거라.

그래서 오찰방이 육지로 서울로 떠나 버렸어. 날개가 그냥 있었다면 장군이 되었을 것인데, 부모는 왜 그슬려버렸는가 하니, 옛날에 국가에 역적이 나면 그 사람뿐이 아니라 삼족을 다 멸하여 버렸어. 그리할까 부친은 그것이 겁이 나서 그 날개를, 아들 날개를 쓰지 못하도록 그슬려버렸던 거야. 그러하니까 아들은 서울로 가버렸던 거야.

서울에 올라가 보니, 서울서 어떤 소를 탄 장군이, 말을 아니 타서 소만 타서 다니는 장군이, 서울 남대문에 가서 손가락 다섯으로 쇠문을 쑥 찌르면 구멍이 나. 그렇게 하니 서울에서 나라에서 이 도적을 잡으면 천금상 만금호 주겠다고 영을 내렸어. 그래도 그것을 잡을 사람이 쉽게 나타나지 않았던 거야.

마침 오찰방이 그때에 서울에 가있을 때였어.

"제가 그놈을 잡겠습니다."

힘으로 말하면 정말 절대로 잡질 못할 처지에 그래도 잡겠다고 해서, 이제 군사를 이끌고 내달아 소 탄 놈과 맞서니, 그저 슬쩍 넘어갔거든. 말 타고 다시 돌아오면서 이 길을 건넜는데, 편지를 갖고 건너다가 떨어뜨렸는데, "편지를 당신이 줍지 않았느냐?"

이건 거짓말로 트집을 잡는 거라.

"아니 봤다."

"왜 아니 볼 리가 있느냐."

"안 봤다."

아, 그렇게 싸움이 붙어서 싸움을 하는 판에, 소 탄 장군은 혼자이고, 오찰방은 도적을 잡으려고 여러 군사를 데리고 갔거든. 소 탄 장군을 잡아 묶어서 회군하여 서울로 들어오는데, 나라의 장군은 임금 앞에서도 말을 타는데, 말을 탄 채 궁궐로 들어가려는데, 그때 영의정이,

"대낮에 말을 타고 들어가지 못 합니다."

하니 그냥 말에서 내렸거든. 임금이 하는 말이,

"내가 한 도(道)를 지키게 하기 위해 주기로 했는데 지금 말에서 내리는 것을 보니, 제주 놈은 마음이 좁으니 할 수 없다."

하면서 겨우 찰방을 주었거든. 오찰방이 그렇게 해서 되니, 가슴이 여간 애석하지 않겠는가.

화가 나서 돌아오는데 일부러 그 영의정 원수를 갚으려고 그 걸음으로 하루면 제주 배 타는 포구에 닿을 수 있는데, 나막신을 신어서 산방산에 오르는 이가 뭐, 한 몇 참을 와서 밤을 자고 하여서 여러 날을 밤을 자서 일부러 여러 밤을 자면서 거의 다 와서 잠을 자게 되었는데, 그 밤에 주인하고 바둑을 두었거든.

거의 열두 시가 되어가니 바둑을 벌려놓은 채,

"원, 승부를 가리지 못 하니 이대로 두었다가 내일 다시 두자."

오찰방은 바둑판을 그냥 벌린 채 놔두고 그냥 주인은 잠을 자고, 오찰 방은 잠을 자는 척 하고, 주인이 잠을 자러 가버린 후에, 오찰방이 서울로 내달아 그 영의정을 죽여 버렸어. 그리고 즉시 내려왔어. 오래 걸어 반 시간도 못되어 그 집에 왕 그냥 꼭 누웠어.

뒷날 보니 하, 그 영의정이 죽어서. 나라에서는 이거 틀림없이 오찰방 짓이라고. 군사를 풀어놔서 오찰방을 잡으러 포졸들이 내려와 잡아서 서 울로 올라가니,

"내가 아무날 밤에 노독이 나서 걷질 못하여 아무쯤에 가서 밤을 자고, 그 뒷날은 아무쯤에 가 밤을 자고, 마지막 날에는 그 아무 곳에 가 바둑 을 두다가 열두 시쯤 되어서 바둑을 마치지 못하고 그냥 둔 채 잠을 잤는 데." 그렇게 설명했어.

그렇게 하니까, 더 할 말이 없거든. 오찰방은 그 생각을 하여서 가다가 밤을 자고, 가다가 밤을 자고 했는데, 그렇게 하여서 제주에 들어왔다고 해.

• 1981. 1. 22. 중문면 하원리, 고씨 영감, 남, 85세

(3) 배고픔과 좌절

종의 신분으로 대식가인 장사들에 대한 설화는 자료에 제시한 것 외에 '논하니설화'가 있고, 막산이설화는 여러 마을마다 약간씩 다르게 변이되 어 전해지고 있는데 기술의 편의를 위해 다음과 같은 약호로 대신하려 한다.

〈1〉 막산이 (상효①, 토평②, 하원③, 중문④)

〈2〉 논하니 (논)

〈3〉 새샘이와 정운디(샘, 정)

이러한 설화를 통해 장사인 종들의 불운한 일생과 거기에 나타난 제주 사람들의 삶의 실상을 살펴보기로 한다.

(가) 종의 신분

이들 장사들은 종이었다. 종은 독자적인 인격체로 대접을 받지 못하는 사회에서 주인을 위한 도구로 쓰이는 존재이다. 그렇게 억압받는 신분이기에 불운을 타고났다. 그런데 이런 사람이 비범한 힘을 지니고 있으나 대식가였기 때문에 그 비범함을 세상에 떨칠 기회를 얻지 못하고 불운할 수밖에 없었다. 장사이며 대식가라는 이 예외성은 세상을 살아가는 데 있어 장애가 되어 더욱 고통을 받게 만든다.

막산이설화는 구술자에 따라서, 그가 웃귀(남원읍 의귀리) 경주 김댁(①②), 안덕면 창천리 강댁(③), 중문면 중문리 이좌수댁(④) 종으로 살았다고 한다. 또한 '논하니'설화에서는, 논하니가 역시 웃귀 김댁 종이었다고 하는데, 이로 미루어 보면 막산이와 논하니가 같은 인물일 수도 있다. 또한 막산이가 이렇게 여러 집에서 종으로 살았다고 하는 것은 여러 집을 전전하여 종노릇한 게 아니라, 힘이 세고 일 잘하는 종이었다는 의미이며, 이들에게 막산이 모티브가 접합되어 막산이설화를 만들어내었다. 이런 점에서 막산이는 '힘이 세고 대식가인 종'을 총칭하는 보편적 이름이 되었다.

정운디는 안덕면 사계리 이씨 집안 종으로, 새샘이는 막연히 종노릇을 했다고 하고, 자료(가-2)와 같이 이 두 인물이 함께 등장하는 설화도 있다.

이들은 모두 종이면서 대식가였고, 먹은 만큼 일도 잘하는 인물들이었다. 이것은 막산이와 공통점이다.

(나) 장사와 허기(虛飢)

이들 장사들은 대식가였기 때문에 항상 배고팠고, 그것을 참으며 살아야 했다(①). 그렇기에 도둑질을 할 수밖에 없었다. 배가 너무 커서 배를 채워본 적이 없었다(④). 남의 소를 잡아먹고 살았다. 종노릇을 해도 배를 채울 수 없자 제주 대정간 교통의 중심지에 잠복해 있다가 지나가는 사람들을 상대로 강도질을 하며 살았다(샘). 그들은 초인적인 능력을 지녔다. 50명~100명이 하루 종일 해야 할 일을 혼자서 몇 시간 만에 해치운다. 그렇게 힘이 장사이면서 일도 잘한다는 것이 이들의 공통된 특징이다. 또한 그렇게 일을 잘 하면서도 역시 배가 고프다는 사실이 문제이다.

설화에서는 다음과 같은 일들을 통해 장사들의 초인적인 능력을 보여준다. 육도를 갈아 거둬들일 때 100여 명 분의 점심을 혼자서 몽땅 먹고 일도 혼자서 해치운다(①). 조밭에 베어놓은 조를 잠깐 사이에 전부 묶어 멀리 떨어져 있는 집 울안으로 던져서 옮겨놓고 가리를 만들어 놓는다(②). 100여 명 몫의 논밭 일을 혼자서 해치운다(③). 2만여 평 되는 목초 꼴을 다 베어놓고 혼자서 다 묶어놓는다(논). 제삿날 초저녁에 비가 내릴 것 같으니까 제사 전에 육도를 다 베어놓았다(논).

막산이와 논하니의 일들은 주로 밭일, 들일, 논일인데, 이것은 이야기의 배경이 되는 지역의 농사 실정에 따른 것이다. 논이 있는 지방엔 논일로, 논이 없는 산간 부락인 경우(웃귀 김댁)는 육도, 목축을 주로 하는 마을인 경우에는 가축의 꼴 밭일로 되어 있다.

정운디는 나막신을 신고 산방산(안덕면 사계리 지경에 있는 산)에 올라

나무를 베어 방아를 만들고 그것을 머리에 써서 가져올 정도의 힘을 가졌고, 열두 사람이 목도로 들어도 못 움직일 바위를 옆구리에 끼고 던지고, 20여 명이 들어야 겨우 움직일 수 있는 바위를 혼자 옮겨놓는 장사였고, 새샘이는 그러한 정운디와 상대할 수 있는 장사였다. 이들은 모두 초인적인 힘의 소유자였다. 힘과 능력을 지녔으나 대식가였기 때문에 항상 배고픔에서 벗어나지 못했다. 이것이 갈등 요인이 된다. 대식가의 배고픔은 인간의 본능적인 욕망을 가로막는 것이다. 그것은 가장 절박하고 절실한 문제이다. 일을 해도 먹고 살 수 없는 처지, 이것은 비범한 인물들을 수용할 수 없는 닫힌 시대 상황이다. 그러므로 이러한 대식가의 배고픔은, 평민의 집안에서 태어난 겨드랑이에 날개 달린 아기장수의 갈등 양상과 다르지 않다.

(다) 추방과 죽음

부지런히 먹은 만큼 일할 수 있으면서도 배불리 먹지 못해 항상 배고픔을 안고 살아야 하는 그들은 결국 이 땅에서 살아갈 수 없어서 추방당한다. 누구도 대식가인 종을 먹여 살려주지 않았기 때문이다. 오히려 종을 먹이다가 주인집까지 망하게 될 형편이었다. 이것은 이러한 특출한 인물을 받아줄 주인이 없는 시대상을 설명한다. 종들은 주인과 화합할 수 없는, 버림받은 계층, 함께 살아갈 수 없는 존재로서 계층 간의 간격이 극심한 탓에 비극이 심화될 수밖에 없었다. 당신 본풀이에서, 용왕국도 대식가인 사위를 먹여 살릴 수 없어 무쇠상자에 넣어 쫓아버리는 모티브와 같다.

* "내 재간을 가지고 사위 하나 못 먹이랴." 그렇게 하여서 소도 온전히

한 마리, 닭도 온전히 한 마리 석 달 열흘 먹이니, 동쪽 창고도 비게 되고, 서쪽 창고도 비게 되었다. 용왕이 말하되, "이거 아니 되겠구나, 네가 얻은 사람이니 데리고 나가거라."(…)

    * (…) 작은딸이 상을 차리되, 칠첩 반상기에 가득 차려 들어가니 눈을 거들떠보지 아니한다. 작은딸이 말씀하되, "조선국 장수님아, 무엇을 잡수시 겠습니까?" "내 나라는 소국이라도 돼지도 한 마리를 먹고 소도 한 마리를 먹는다." 아버님께 여쭈니 용왕국 대왕이 말씀하시되 "내가 사위 손님 하나 못 대접하겠느냐?" 날마다 돼지도 잡고 소를 잡으니 동창 서창이 다 비여간 다. 용왕이 생각하니 사위를 뒀다가는 용왕국이 망할 듯하다. "여자란 것은 출가외인이니 내 편을 따라 가거라."(…)

    부모와의 불화로 무쇠상자에 넣어 바다에 버려진 아들은, 용왕국 막내 딸에게 구조되어 용왕국 사위가 된다. 그러나 그는 대식가였기 때문에 다시 추방되어 방황하게 된다. 추방당한 신들은 결국 배고픔에서 헤어나기 위해 마지막 수단으로 마을 사람들에게 흉험을 주어서 자기의 존재를 알리고, 때에 따라 마을 사람들로부터 제를 받기로 약속하고 생활을 유지해야 하는 가련한 신으로 전락한다.
    그런데 종의 신분인 장사들에겐 목숨을 부지할 수 있는 방법이 없다. 있다면 도둑질일 뿐이다. 옷귀 경주 김댁에서는 막산이를 먹일 수 없으니까 대정 지경 베염바리집에 팔아버렸는데, 그 집에서도 역시 먹여 살릴 수가 없어서 독한 술을 먹여 죽여버렸다(①). 이것은 주인집에서 쫓아내자 들에 있는 주인네 소만을 잡아먹으면서 살다가 주인에게 죽임을 당했다는(②) 이야기와 같다. 또는 한경면 지경에 가서 도둑이 되었다가 결국 굶어 죽는다(④).

가〈1〉 설화에서 막산이는 결국 주인집에서 쫓겨나가 목숨을 부지하기 위해 도둑질을 하며 살다가 타인에 의해 또는 스스로 죽는다. (가)-〈3〉 설화에서 새샘이도 종노릇을 하면서 살았으나 배고파서 결국 도둑이 된다. 도둑은 사회가 수용할 수 없는 인물이다. 그래도 도둑질을 해서라도 생명을 부지하려는 것은 상황에 대한 탈출이고, 사회에 대한 반발이며, 새로운 일을 도모하기 위한 최후의 수단이다. 배고파 도둑질을 해야 하는 입장에서 행동의 부도덕성은 큰 문제가 안 된다. 생명을 유지하기 위한 마지막 길이기 때문이다. 그러나 사회는 그 행위를 용납해줄 수 없기 때문에 갈등은 심화된다. 그래서 그는 죽음을 받아들인다. 죽음은 갈등에서 헤어나는 유일한 길이기 때문이다.

막산이에게 술을 취하게 먹여 잠들게 한 후에 손과 발에 말뚝을 박아 죽이려할 때 그는 순순히 응한다. 그는 힘으로 그 정도쯤은 뿌리치고 일어날 수도 있다. 그러나 그는 죽음이 자기의 운명인 줄 알고 받아들인다. 그래서 "난 일부러 죽어 버렸지만 이 후에 한번 생각 날 때가 있을 거라." 하며, 자신의 존재성을 스스로 확인한다. 새샘이의 최후도 같은 정황이다. 그는 정운디의 꾀에 속아 잡혔다가 밤에 탈옥을 한다. 이 사실을 미리 예측한 정운디가 숨었다가 다시 공격하였다. 왼쪽 팔을 잃은 새샘이는, "아, 할 수 없다. 내 운이 떨어졌다. 어서 잡아라." 하고 체념하고 몸을 맡겼다.

이와 같은 장사들의 최후는 비장감을 갖게 한다. 단지 미천한 종의 죽음이 주는 연민보다는 초인적인 장사들의 몰락이라는 점에서, 또한 스스로 죽음을 받아들였다는 데서 그렇다. 이들의 죽음은 종의 신분에 대식가라는 비범성 때문이다. 또한 이들을 수용할 수 없는 것은 경직된 사회의 폐쇄성도 한 원인이 된다. 그들은 그러한 사회 상황을 인식했기 때문에 죽음을 받아들일 수 있었다. 그 죽음은 사회에 대한 치열한 저항이면서 갈등에서 벗어나는 유일한 길이었다. 여기에 장사들의 좌절과 비극이 극대화된다.

(라) 종들의 갈등

새샘이와 정운디설화에서, 정운디는 배고픔 때문에 관가에서 주는 보상을 받아 허기를 우선 채우고 새샘이를 죽인다. 배고픔이라는 본능적 욕구가 같은 신분의 종인 새샘이를 죽이도록 만든 것이다.

정운디는 새샘이를 잡아다 관가에 바치면서 곧 처형해줄 것을 요구한다. 그것은 복수가 두려웠기 때문이고, 부당하게 새샘이를 붙잡은 자신에 대한 죄의식 때문이다. 결국은 새샘이가 탈옥하여 복수해올 것을 두려워서 숨어 있다가 예상대로 탈옥해 나온 그를 잡는다. 이때 정운디는 "제가 잘못한 죄를 어떻게 하면 됩니까?" 하면서 자신의 심경을 토로한다. 여기에 새샘이를 잡는데 앞장선 정운디의 인간적인 갈등이 있다.

이에 비해 막산이는 다르다. (가)-⟨2⟩에서 그는 베어놓은 육도를 도둑질해 가는 또 다른 장사에 대해 너무나 관대하다. 그것은 피차 같다.

> * "이 무곡 좀 살려고 왔다." 하니,
> "이제 돈이고 뭐고 질 만큼 져가라." 하니,
> 막산이가 원래 힘이 센 놈이라고 하나 그놈이 산두를 지어서 일어나려고 할 때에 잡아 누르지 못 할 것은 없었지만, 그 사람도 어려워서 그냥 이거 오라시니, 이 밭에 산디 많이 나니 많이 가져가려 왔으니 지어서 가라고 한 것이지.

구술자의 언급과 같이 막산이는 도둑질하러 온 이에게 관대했다. 도둑질해 간 그 무곡상도 막산이에게 역시 관대했다. 이런 화해의 양상은 주어진 상황 아래서 장사들이 추구하는 인간관계일 수 있다. 정운디와 새샘이 두 장사의 갈등이나, 막산이나 도둑과의 화합이나 모두 장사 세계의 도덕이고, 그들이 바라는 삶의 질서이다. 그러나 그것도 배고픔이라는 절박한 본능 앞에서는 파괴될 수밖에 없었다.

(마) 배고픈 장사들의 몰락

능력을 가진 인물들이 상황과의 끝없는 갈등을 겪으면서 살다가, 적대적인 상황을 극복하여 결국 승리하는 것이 영웅설화의 일반적인 구조이다. 아기장수형설화에서는 그들의 비범성이 타고나면서부터 세상에서 거부당해 몰락하고 만다. 그런데 제주도의 막산이형설화에 나타난 장사는 배고픔에 헤매다가 좌절하고 몰락한다. 그를 받아줄 수 있는 작은 공간도 없기에 상황과 대결을 시도하나 결국 실패한다. 종이라는 신분과 대식가라는 근원적 욕망이 그들을 거부하는 것이다. 종이라는 사회적 신분으로는 경제적 풍요에서만 성취될 수 있는 대식가적 욕망을 채울 수 없었다.

신분은 피할 수 없는 인간 조건이고, 그것은 욕망과 행위를 제약한다. 그러므로 욕망의 갈등에서 벗어나야 하는데, 그 길은 결국 죽음밖에 없었다. 배고픔으로 대신되는 욕망은 또한 가장 절실하면서도 진실한 것이다. 그러므로 그것이 충족되지 못하는 것은 비극적이다.

폐쇄된 사회에서 살다 죽은 비극적인 '장사의 배고픔과 좌절'의 이야기는 끝없는 욕망 속에서 새로운 탈출을 시도하며 방황하다가 좌절, 몰락하는 제주사람들의 이야기이다. 이러한 배고픔과 추방과 좌절의 이야기는 당신 본풀이의 시대적인 변용으로 '부지런히 일하나 항상 배고픔 속에 살다가 죽어간' 한스런 인간들의 모습을 투영해 놓은 것이다.

이 한스러움은 50~100명이 먹을 점심을 혼자 다 먹고 초인처럼 일한다는 과장된 허구성 속에 나타나 있다. 이것은 생존에의 본능과 그의 비범성을 강조하려는 것이다. 그리고 그러한 비범성이 강조되면 될수록 그의 죽음에 대한 비극적 반응도 강렬해질 수밖에 없다. 여기에는 설화의 비극을 보상받을 수 있는 설화적 경이도 없다. 오직 사람들의 마음에 도사려 있는 막산이에 대한 연민만이 그것을 내신하고 있을 뿐이다.

막산이라는 한 인물의 이야기가 다양하게 변이되어 여러 막산이들을 만든 것은, 사람들의 의식 가운데 고정된 막산이에 대한 경이적인 관심이 '힘이 세고 일을 잘하나 추방된 불행한 어느 종'의 모티브와 만나 여러 이야기를 만들어놓은 것이다. 즉 제주도 사람들의 가슴속에 못 박혀 있는 막산이 같은 인물에 대한 기대와 그것이 좌절되는 연민과 안타까움이 여러 막산이형설화를 만들어 내었던 것이다.

(4) 섬 콤플렉스 극복 의지

제주설화의 바탕에는 서러운 저항 정신이 흐르고 있다. 그것은 제주사람들의 삶과 의식을 솔직하게 반영한 것이다. 혹 화합의 의지가 나타나기도 하지만 그것마저 저항의 부산물에 지나지 않는다. 이 서러운 저항은 버림받아 방황하다가 마을에 좌정해 구명도식하는 마을 당신들의 모습과 배고픈 장사들의 비극적인 죽음을 통해 구체화된다.

그런데 설화에 나타난 제주사람들의 모습은 모두가 그처럼 소극적인 것만은 아니다. 여기에 적극적인 삶이 형상화된 설화들이 있다. 그들은 우선 결정적인 운명에 대해 끝없이 저항을 시도한다. 그것은 섬 콤플렉스에서 벗어나려는 의지에서 나타나 있다. 섬이라는 지리적 조건은 제주의 역사에 대한 결정론적인 의식을 낳게 하여 고종달형설화를 만들어 놓았다. 허기와 추방의 미학으로 일관된 당신 본풀이도 그러한 범주에서 크게 벗어나지 않는다. 그러나 장사설화에서는 그러한 패배를 거부하고 운명에 대한 적극적인 도전과 대결을 시도한다.

날개 달린 아기장수형설화나 오뉘 힘내기형설화에서 삶의 진지성이 형상화되었는데, 심돌 부대각설화, 한연한배임재, 오찰방설화와 같은 장사설화에서는 현실에 대한 장사들의 직접적인 항변이 나타나 있다. 이 점에서 적극적인 삶의 양식을 보여주고 있다. 장사설화들의 경우 힘이 장사인 비범한 인물들의 이야기로, 운명적이면서 사회적 제약에서 오는 갈등을 극복하려고 현실과 대결한다.

심돌에 사는 부대각은 한연한배임재와 같은 장사인데, 육지와 교역을 한다. 오찰방 역시 무관으로서 찰방 벼슬까지 한 장사이다. 이들은 장사치와 벼슬아치로 각기 다른 계층의 사람들이면서 본토 사람들을 힘과 도술로 제압했다는데 공통점이 있다. 부대각과 한연한배임재는 힘으로, 오찰방은 도술과 기지로 외부 세력과 대결하여 승리한다.[68]

(가) 힘과 힘의 대결

심돌 부대각설화는 심돌에 살았던 부도생이란 실제 인물에 대한 이야기이고, 한연한배임재설화 역시 구좌면 동김녕리 한씨 집안의 실제 인물 이야기이다. 이 두 설화는 힘의 대결을 통해 제주사람들의 섬 콤플렉스에서 벗어나려는 의지를 보여주고 있다.

한연한배임재설화는 세 개의 이야기로 이루어졌다.

---

68 오찰방이 싸워서 이기는 상황은 구술자에 따라 각기 디테일이 다르게 이야기된다.

① 장군지혈의 묏자리에 조상을 모신 한씨 집안에서 겨드랑이에 날개 돋은 아기장수를 낳게 되었다. 부모들은 역적이 날 것을 두려워해 숟가락을 불에 달구어 지져 버렸다. 그러나 아이는 죽지 않고 성장해 장사가 되었다. (출생과 성장)

② 그가 장성해 육지와 교역을 하게 되었는데 해적들을 제압했다. (해적 제압)

③ 진도 벽파진에서 군중들을 제압하는 바람에 역적으로 몰려 잡혀갔다가 방면되어 나온다. (갈등의 극복)

심돌 부대각설화는 한연한배임재설화에 비해 출생과 성장에 대한 이야기가 없고, ②, ③의 내용도 비슷하다. 단맥설화에서는 부씨 입도 선묘가 장군기를 탔기 때문에 그 자손 중에 장수가 날 것인데, 이를 알게 된 관가에서 장군혈을 끊어버려 결국 몇 해에 한 번씩 그 자손 중에 장사만 나게 되었는데, 그 자손이 부대각이다.[69] 이렇게 한연한배임재설화와 출생 모티브가 같다. 이들도 역시 명당터에서 태어난 비범한 인물들이다.

부대각은 미역을 받아다가 육지에 나가 팔고 대신 무곡을 사다가 파는 무역에 종사했는데, 해적을 만나 제압하는 이야기와 강경 장판에서 그곳 청년들과 힘으로 대결하는 이야기로 엮어져있다. 이 두 설화 모두 본토 사람들과의 대결에서 승리하는데, 단지 장소와 사건 내용이 다를 뿐이다. 두 설화의 중요한 내용은 '해적과 싸워 그들을 제압한다', '육지 사람들과 대결해 힘으로 승리한다'는 것이다.

다시 말해 제주사람들이 육지와의 관계에서 중요하고 절실한 현실 문제를 두 개의 모티브를 통해 형상화하고 있다. 육지와 교역이 빈번하게 행해

---

69 성산읍 시흥리 양기빈(남, 72세)이 들려준 이야기이다.

지던 당시, 남해안을 들끓던 해적들은 제주사람들에게는 생존의 문제와 직결되었다. 농토가 척박해서 곡식 생산량이 수요를 못 따르던 당시 실정으로는, 육지에서 쌀을 사들여야 했다. 더구나 잦은 흉년으로 기근이 극심하였기 때문에 육지와의 쌀 교역은 제주사람의 생존과 관계되는 중요한 일이었다. 또한 제주 특산물을 조정에 진상하기 위한 해상 운송도 큰일이었다. 그런데 해적은 이러한 제주사람들의 문제를 더 어렵게 하였다.

그리고 제주사람들이 육지와 관계를 맺는 데서 그들이 겪었던 지역감정도 갈등 요인이 되었다. 그러므로 설화에서 '제주사람 대 육지 사람', '제주사람 대 해적'이라는 관계로 자연스럽게 형상화되며 그들의 갈등은 모두 초월적인 힘에 의해 극복된다.

* (…) 이 양반 한번은 미역을 싣고 강경에 가서 팔고 식량을 사서 싣고 오는데, 보길도 가까이 와서 해적을 만났단 말이여. 해적을 만나니까, (해적이) 공연히 강력으로 요구하지 않아도 내가 순순히 준다. 배에 있는 거 다 털어줄 테니 걱정 말고 배에 가만있으라. (…) 그리하여가지고 그 부대각의 배에 싣고 있는 식량을, 그것들을 던지고 또 던지고 하니까 배가 요동이 심허고, 어떤 때는 그 배 그 던지는 것이 선원들의 머리도 치고 하니까, 이제야 그놈들이 알아가지고 "잘못했습니다." 하고 용서를 빌어서, 고약한 놈들이라 해가지고, 그 배의 닻을 당겨서 딱 끊어서 그것으로 허리를 딱 두르고 장작개비를 들어서 떡 나서니까 그놈들이 "대단히 잘못했습니다."고 아주 사정을 해서, 그래서 다시 해적선에 실은 식량을 되받아가지고 돌아왔다는 이야기가 있어.[70]

---

70 양기빈 구술.

해적들을 만나 제압하는 내용은 두 설화가 모두 비슷하다. '멱서리 던지기', '닻줄 끊어 허리띠 매기' 모티브로 초월적인 힘을 형상화하고 있다. 생존을 위협하는 해적들을 제압하는 것은, 당시 육지를 왕래하던 모든 장사치들의 소원이었으므로, 두 장사의 이야기는 충분히 설화화될 만하다. 이 이야기는 비단 한연한배임재나 부대각 개인의 이야기가 아니라, 배를 타고 다니면서 육지와 장사하는 사람들 그리고 모든 섬사람의 이야기가 되기에 충분했다. 제주사람들은 이러한 이야기를 즐기는 가운데 어려운 현실을 극복하며 살아온 조상들의 역사를 상기한다.

제주사람들은 본토 사람들과의 관계에서 늘 자의식을 지니며 이것이 갈등이 된다. 추방과 불모의 땅 제주에 대한 본토사람들의 편견은 제주사람들의 자의식을 자극했다. 힘이 없으니 절대 권력의 공간인 중앙에 대한 저항의식으로 표출되고, 이것은 본토 사람에 대한 적대감으로 발산된다. 본토, 또는 육지라는 개념은 '중앙'이라는 권력 공간을 상징한다. 버림받은 땅과 반대되는 개념으로, '본토'는 섬사람들의 의식에 크게 자리 잡힌 대치적 공간이었다. 행정의 부재, 정치의 부재, 그리고 혜택보다는 수탈을 감수했던 처지여서, 중앙은 '적대적 공간'의 상징이었다.

한연한배임재는 타고난 힘을 과시함으로써 육지 사람들을 제압한다. 한쪽에 50명씩 붙어 목도질해야 겨우 한 치를 띄울 수 있을까 한 닻을 두 손으로 번쩍 들어 획 던져 버렸다. 심돌 부대각은 직접 힘을 겨루어 승리한다. 제주 섬놈이 타관에 와서 행세하며 다니자 강경 청년들이 가만두지 않으려 한다. 그러나 힘으로는 그를 어떻게 할 도리가 없었다. 결국 그들은 부대각에게 사과하게 된다. 육지 출입 과정에서 일어날 수 있는 이러한 삽화는 한 개인의 이야기가 아니다. 도민들의 마음속에 늘 간직하여 향유하는 가운데 도민의 이야기가 된다. 그런 이야기를 듣고 즐기면서 제주에 살았던 장사들의 꿈을 생각하게 되었다.

(나) 준엄한 복수

오찰방설화에서[71] 장사들은 준엄한 복수를 통해 좌절을 극복한다. 부당한 패배에 대한 이러한 대응은 늘 패배를 당하면서 살아왔던 제주사람들의 한스러움의 반영인데, 복수함으로써 보상을 받게 되었다.

오찰방은 겨드랑이에 날개가 달린 장수였다. 그런데 부모가 그 사실을 숨겼으므로 평범한 일상인이 된다. 그러나 일상인으로만 만족할 오찰방이 아니었다. 그의 꿈은 서울에 있었다. 그런데 기회가 왔다. 나라에서는 큰 도적을 잡을 장수를 찾는 중이어서, 그에게 장수가 될 수 있는 좋은 기회였다. 그는 도적을 잡는 데 성공한다. 이 상황에서 구술자마다 약간씩 다르게 이야기한다. 단지 싸움에 이겼다고 하는 경우도 있고, 힘으로 그 도적과 당할 수 없으니 기지를 부려 잡았다고도 한다. 어떤 경우든 도적 자신이 천기를 보니 제주에 사는 오 아무에게 죽게 되어 있어서 그냥 목을 내놓아 쉽게 잡혔다고 했다. 그런데 도둑을 잡고서 말을 달려 궁궐 안으로 들어가는데 이를 제지하는 자가 있었다.

* (…) 네가 승전하고 들어오지마는 "제주 놈이 말 타고 그대로 대문 안으로 들어선다."고 하니, 그만 슬그머니 말에서 내렸단 말이여.⟨1⟩

* (…) 나라의 장군은 임금 앞에서도 말을 타는데 (…) 말을 타서 궁궐 안으로 들어가는데 그때 영의정이, "말을 타서는 들어가지 못한다."고 하니, 그

---

71 오찰방설화는 구술자에 따라 각기 다르게 이야기하므로 다음과 같이 설화 번호로 출전을 대신한다.
⟨1⟩ 서귀포 토평리 정운선
⟨2⟩ 서귀포시 하원동 고씨 영감
⟨3⟩ 현용준, 『濟州島傳說』

낭 슬쩍 말에서 내렸거든. 〈2〉

* (…) 장안에서는 제주 놈이 무서운 도둑놈을 잡아온다고 야단들이었다. 오찰방은 궁중으로 말을 몰아 들어가려 했다. "이놈, 제주 놈이 말을 탄 채로 어딜 들어오려 하느냐!" 호통소리가 떨어졌다. 오찰방은 역시 좁은 데서 난 사람이라 마음이 졸해서 얼른 말에서 내려서 걸어갔다. 〈3〉

승전 장군이 떳떳하게 왕 앞에 나가서 치하를 받고 방에 난대로 응당 천금상 만호상을 받아야 할 텐데, 제주사람이기에 겨우 찰방 벼슬을 얻는 데 그쳤다. 이 사건은 제주사람들이 받았던 차별 대우를 반영하며 관계 진출의 어려움과 사회적 활동의 제약을 설명하는 것이다. 오찰방은 이에 주저앉지 않고 심한 모욕감을 갖고 분노한다. 그리고 말을 타고 입성하지 못하게 한 그 정승에게 복수하여 그 분을 해소한다. 겨우 찰방 직을 얻었다는 것도 억울한 일이지만, 제주사람으로서 차별을 받았다는 것은 용납할 수 없었다.

하루면 포구까지 갈 수 있었지만, 보통 사람같이 하루 길씩 걸어 객사에 묵으면서 며칠 만에야 포구에 당도한다. 그날 저녁 그는 다른 손님들이랑 주인네가 모두 잠든 사이에 다시 서울로 올라가 그 정승을 죽이고 잠깐 사이에 다시 내려와 잠을 잔다. 뒷날 정승의 죽음이 알려지고 오찰방이 용의자로 조사를 받았으나 행적의 알리바이를 인정받아 완전 범죄에 성공한다. 그는 결국 타고난 재주를 가지고 통쾌한 복수를 감행한 것이다. 나막신 신고 산방산을 오르내리는 사람, 온 나라 장군들도 잡지 못하는 도적을 잡고 한두 시간에 천리를 오가는 초인적인 능력의 소유자인 오찰방이었으나, 단지 제주사람이었기 때문에 결국 찰방 벼슬에 머문다. 그것은 제주사람에게 주어진 숙명적인 상황이었다.

한두 시간에 서울로 올라가 정승을 죽이고 돌아온다는 이 도술적인 행동 뒤에 숨어 있는 이야기는 제주사람들의 의식이다. 패배할 수밖에 없는 현실적인 상황을 그냥 받아들이기만 하는 것이 아니라, 패배를 보상받을 수 있는 다른 행동을 통해 극복한다는 것이다. 이것은 제주사람들의 잠재의식을 대변한 것이다. 그는 두 번 좌절한다. 첫 번째는 겨드랑이에 날개 돋은 사실을 숨겨야 했다. 그것은 날개 달린 장수가 될 인물이었으나 그것을 포기하고 이 세상에서 보통 사람으로 살아가게 된다는 것이다. 다음은 공을 세웠으나 천금상, 만호상을 얻지 못하고 고작 찰방 벼슬에서 그쳤다는 사실이다. 그러나 그는 이 연속적인 좌절에 주저앉지 않고 저항을 통해 훼손된 자아를 회복한다.

(5) 좌절과 저항의 삶의 양식

제주도의 장사설화는 제주사람들의 좌절과 저항의 삶의 양식을 구체적인 인물들의 일생을 통해 서사화하였다. 현실에서 당하는 여러 문제에 패배함으로써 갈등을 갖고 있으나 참고 견디면서 현실에 적응하여 살아갈 수밖에 없는 것이 제주사람들이다. 생활에서 패배하는 것은 능력의 문제가 아니라, 제주사람이라는 결정론적인 삶의 조건 때문이었다. 이것은 자율적으로 선택할 수 없는 운명적인 것이었다.

막산이형설화에서는 장사의 극심한 좌절을 통해 현실의 비리에 대한 한스런 저항을 확인할 수 있고, 일반 장사설화에서는 좀 더 적극적인 삶의 양식을 찾을 수 있다. 결정론적인 운명에서 탈출하려는 제주사람들의 의식은 이러한 장사설화를 가능하게 했다. 힘과 능력으로 제주사람들의 의기를 과시하고 본토 사람들을 제압하는 모티브들은 다음과 같다.

① 풍수 / ② 아기장수 / ③ 해적 제압 / ④ 힘겨루기 /
⑤ 도술 / ⑥ 복수 / ⑦ 오뉘 힘내기

이 모티브들이 실제 인물들의 생애에 적절하게 접합하여 아래와 같은
여러 장수설화를 만들었다.

(1) 심돌 부대각설화 ← 장사 부씨+③+④
(2) 한연한배임재설화 ← 장사 한씨+①+②+③+④
(3) 오찰방설화 ← 장사 오씨+②+⑤+⑥+⑦

이 같은 장사설화를 만들어낸 것은, 제주사람들의 생활 속에 늘 간직
했던 섬사람 콤플렉스와 그것을 극복하려는 의식을 가졌기 때문이다. 그
바탕에는 막산이형설화의 한스러움이 깔려 있다. 이렇게 제주 장사설화
는 제주사람들의 존재 양식을 잘 드러내고 있다.

6. 설화와 제주사람들의 존재 양식

제주도 당신 본풀이나 인물설화에서 제주도의 역사와 그 역사 속에 살아왔던 사람들의 내면을 읽을 수 있다. 그것은 상황과의 대립 갈등에서 생활을 유지하기 위해 치열하게 살아온 제주사람들의 존재의 양식이다. 이러한 이야기를 통해 사람들의 의식과 생각을 추적할 수 있는 것은 이야기가 그 주체의 존재성을 드러내는 통로였기 때문이다. 이것은 제주설화만이 지니고 있는 독자적인 구조와 양식을 근거로 얻은 결론이다. 이러한 주변성은 제주문화의 주변적 특성을 설명하는 근거가 되었다.

이제 제주는 버림받은 '섬'에서 세계 사람들이 찾아오는 열린 '공간'으로 변모하였다. 이러한 현상이 제주사람들에게는 다소 생소할 수도 있다. 그래서 주변적 문화가 중심부 문화로 이행되고 있다고 오해할 수도 있다. 사실은 그렇지는 않다. 단지 두 문화 사이에 경계선이 애매할 뿐이다. 이러한 현상은 오늘의 다원화된 문화의 특성이기도 하다. 그런데도 오늘에도 주변성은 필요하다. 그것은 흐르는 물처럼 항상 새로움을 모색하면서 중심부 문화에 긴장을 줄 수 있기 때문이다.

뛰어난 인물을 기다리던 제주사람들은 이제 인물에 의지하지 않고도 어려움에서 벗어날 수 있는 환경이 되었다. 그렇다고 삶의 갈등과 도전이 사라진 것은 아니다. 그러기에 설화는 쉬지 않고 만들어지고 있다. 일제 강점기에 배고파 방황하던 제주사람들은 일본 등지로 많이 떠났다. 그곳에서 새로운 설화를 만들어낸 인물들도 있고, 비극의 이야기를 남기고 세상을 떠난 사람들도 있다. 해방 후 혼란기에 이데올로기 대립에 의한 4·3사건으로 희생당한 사람들의 이야기들은 한동안 입 밖에 꺼내는 것을 꺼렸는데, 지금은 대놓고 자랑스럽게 말하게 될 정도로 제주는 변하였다. 아마 모두들 막연하게나마 이 땅에서 일어났던 갈등과 대립의 역사가 4·3사건으로 일단 종식되기를 바라고 있을 것이다. 고난과 방황으로 이루어진 설화의 역사는 여기에서 일단 청산되기를 소망한다.

고종달형설화가 허구라는 것이 이미 판명되었다. 제주도 곳곳엔 심정 굴착으로 마을마다 수돗물을 마시게 되었고, 우리나라의 영산인 한라산에서 흐르고 솟은 물이 온 섬에 깨끗한 물로 공급되고 있다. 제주 생수 '삼다수'는 세계적인 브랜드가 되었다. 역설적인 것은 호종단이 단맥에 실패하여 물이 솟던 샘물들이 말라 폐천(廢泉)이 되었다. 명당을 찾아 조상을 묻겠다는 집념도 사라진 지 오래다. 경작기를 차지한 분묘들은 공동묘지로 이장되었고, 장례도 화장식으로 급격하게 변하고 있다.

그러나 현실을 그렇게 낙관만 할 수는 없다. 관광산업이 도민에게 주는 급부는 혜택만이 아니라는 기우를 갖고 있다. 추방과 방황의 역사를 간직하고 있는 제주사람들이 다시 이 낙원의 땅에서 부의 향락을 누리지 못한 채 추방되거나 소외될 위기를 당할 수도 있다. 이미 관광산업의 주도권은 제주사람 아닌 사람들에게 넘어갔다. 관광산업은 제주사람들의 이익 보호라는 차원이 아니라 국민소득 증대라는 국가적 차원에서 이뤄지고 있다. 제주의 아름다운 자연은 제주사람들만의 것이 아니다. 제주 올렛길이 전국 사람들의 발길에 신음하고 있다. 그것은 경제적인 관광 상품의 가치는 높이고 있으나, 돈으로 환산할 수 있는 것만으로 끝나야 할 것인가?

탁월한 인물을 기다리는 제주사람들의 마음은 교육에 대한 관심에서 알 수 있다. 밥을 먹고 살 수 있는 한 자식들의 교육에 열성적이다. 그런 생각은 벌써 60년 전에 이미 한 면에 한 중학교를 만들게 되었고, 이제는 제주 교육이 전국 수준을 앞서고 있다. 제주국제학교는 전국에서 학생들이 원하는 교육기관이 되었다. 보통교육의 교육 환경이나 질적 수준도 전국을 앞서고 있다.

지금 제주사람들은 새로운 역사를 이룩해 놓을 시기에 있다. 그러나 설화는 끝나지 않을 것이다. 제주설화가 제주사람들의 삶의 방법과 존재 양식이라고 할 때, 단지 그 표현 양식이 문제일 뿐이지 계속 만들어질 것이다. 제주사람들이 향유했던 그 많은 구비문학 작품들에 대한 연구는, 인간들의 삶의 역사와 관계를 갖는다. 비단 그것은 제주라는 제한된 공간의 이야기로서 끝날 것이 아니다. 한국적인 것이면서 모든 인간의 이야기와 통하기 때문이다. 제주의 인물설화는 옛날 사람들의 이야기가 아니라, 오늘날 우리가 살아나가면서 겪어야 하는, 현재와 미래에 대한 의미를 부여할 수 있는 모든 인간들의 이야기가 될 것이다.

2부
——

자아와 세계에 대한
주변인의 사유

1. 우주 창세에 대한 제주사람들의 인식

(1) 문제와 방법

제주도 무속 본풀이[1]인 「천지왕 본풀이」(이하 본풀이)와 기독교 성경 「창세기」에 나타난 우주 창세와 인류 역사의 시작에 대한 모티브를 상호 비교하여 문학적 상상력과 종교적 상상력의 관계를 논의하려 한다. 기독교는 유일신 하나님을 숭배하는 종교로서 다른 종교에 비해 반 무속적 속성이 강하다. 또한 성경은 기독교인들에게는, 창조주 하나님의 감동으로 이스라엘 후예들이 받아썼다[2]는 사실을 고백적으로 수용한다. 그래서 "창조된 만물은 심히 좋았다. 모든 것이 완벽했다. 왜냐하면 위대하신 건축가께서 그 무한하신 생각으로 영원 전에 설계하신 형태에 온전히 부합

---

1 '본풀이'는 '본'과 '풀이'의 복합명사로서 신의 본원(本源)과 내력을 해석 설명하는 뜻이다(현용준, 『제주도무속연구』집문당, 1986, 273면).

2 성경을 '하나님의 말씀'으로 인정하는 것이 기독교의 신앙의 전제가 된다. 성경의 저자에 대한 해답은 다음의 성경 본문에서 확인할 수 있다. 신약성경 「베드로후서」 1장 21절 (예언은 언제든지 사람의 뜻으로 낸 것이 아니요 오직 성령의 감동하심을 입은 사람들이 하나님께 받아 말한 것이니라) 이외에도 「요한계시록」 1장 1절, 「디모데후서」 3장 16절, 「예레미야」 36장 2절 등 여러 성경에 기록되어 있다. 그리고 성경의 내용과 양식 등을 통해서 인간의 저술로는 감당할 수 없는 초월적 존재에 의해 쓰였음을 확인할 수 있다.

했기 때문이다. 만물은 제 각기 창조의 목적에 정확하게 일치했고, 설계된 목적에 맞게 생성되었다."[3]로 인식한다.

성경과, 지금은 종교적 의미보다는 민속 유산으로 명맥을 유지하고 있는 무격신(巫覡神)의 내력담인 본풀이를 비교하는 일은 다소 엉뚱하게 생각할 수도 있다. 이 논의에서 성경은 하나님이 인간을 구원하기 위해 서사적 문학양식으로 쓴 텍스트로[4], 본풀이는 무격신의 내력담이라는 종교적 의미보다는 향유자들에 의해 성장해온 구비전승 텍스트라고 전제하고 비교하려는 것이다.

본풀이는 무속의 제의(祭儀) 재차(祭次)에서 무신(巫神)을 청하기 위해 그 신의 내력을 심방(무격)이 구송하는 내력담이다. 그런데 굿은 무속의 례이면서 마을 사람들이 참여하는 공동체 행사였다. 개인 굿인 경우에도 사람들은 굿을 해야 할 처지에 있는 집안의 형편을 위로하면서 부조하고 구경한다. 그래서 굿 의례가 행해지는 공간에서 심방이 구술하는 무격신(巫覡神)의 내력담은 굿을 구경하는 사람들이 재미있게 듣고 혹 감동도 받아서 서로 공유하게 된다.[5] 이렇게 본풀이는 비정형으로 전승되어 온, 제주사람들이 '공유하는 유산으로 삼았다.'[6] 이처럼 본풀이는 무속의례의 종교적 의미와는 달리 사람들이 즐겨 향유하는 구비문학으로 성장해온 것이다.

---

3 로버트 쇼, 조계광(역), 『웨스트민스터 신앙고백 해설』, 생명의말씀사, 2014, 141면.
4 성경의 기술 양식을 문학적 서사양식이라는 점에 대해서는 다음에서 논의했음(현길언, 『인류역사와 인간탐구의 대서사』, 물레, 2008, 13-16면).
5 이 글의 텍스트인 천지왕 본풀이도 제주사람들 사이에는 이야기로 전해왔다. 제주사람들에게는 '본풀이'라는 개념보다는 '이야기'로 향유되었다. 굿의 제차에서 심방이 신을 불러내기 위해 그 신의 내력담을 구송하는 것은 신이 자신의 내력을 인간이 말해주는 것을 좋아하기 때문이다. 자신의 기구한 생애를 사람들이 알고 있다는 사실에 감동되어 인간에게 다가온다(현용준, 앞의 책, 276면). 그래서 심방은 신이 더 좋아하도록 이야기를 재미있게 만드는데, 여기에 일반 향유자들이 참여하게 된다.
6 조동일, 『동아시아 구비서사의 양상과 변천』, 문학과지성사, 1997, 466면.

인류 문화에 큰 영향을 끼치고 있는 성경이 한국의 부속 도서에서 구전되는 본풀이와 같은 모티브를 수용하고 있다는 사실에서, 종교적 상상력과 문학적 상상력의 상호 관계를 밝힐 수 있는 한 근거를 얻게 될 것이다. 이것은 성경과 본풀이의 문제만이 아니라, 우주 창세에 대한 인간의 보편적인 사유가 문화와 종교와 민족, 시간과 공간을 초월하여 보편적 인식으로 자리 잡고 있다는 점에서 주목할 만하다. 그래서 두 장르 간의 논의는 종교와 문학의 경계를 새롭게 인식하게 하는 단서를 제공해 줄 것이다. 우선 본풀이에서 창세기의 중심 모티브를 찾아내어 그 문학적 상상력의 실체를 밝히고, 성경 모티브의 의미와 비교하면 종교적 상상력과의 관계가 드러날 것이다.

제주도 무격신화 중에 개벽신화의 대표격인 천지왕 본풀이는 여러 경로를 거쳐 구전되어 왔는데, 구비문학과 민속학 전공자에 의해 채록되어 보존되고 있다.[7] 이 글에서는 여러 본풀이 자료를 종합하여 하나의 서사로 정리하여 텍스트로 삼으려 한다. 자료에 따라 일부 모티브가 추가되거나 탈락되는 경우도 있고, 상황의 디테일에는 차이는 있으나, 전체 서사를 이루는 중심 모티브에는 큰 변동이 없다. 성경은 「창세기」에서 창세와 인류 역사의 서장에 관한 내용을 대상으로 한다.

본풀이[8] 서사는 3개의 내용 단락으로 구성되어 있다.

첫 단계(Ⅰ)는 하늘과 땅의 만상이 생성되는 과정이다.

① 우주가 생성되기 이전에 온 세상은 '혼돈의 덩어리'였다.

---

7 천지왕 본풀이는 현재 9편이 채록되어 있는데, 현용준이 채록한 안사인, 정부병본, 아카마츠 아키바가 채록한 박봉춘본, 진성기가 채록한 이무생본, 고창학본, 강태욱본, 현재 9편이 채록되어 있다(현용준, 『제주도 신화의 수수께끼』, 집문당, 2005, 18면).

8 천지왕본풀의 개요이다. 이 텍스트는 '현용준, 『제주도 神話』, 瑞文堂, 1977'에 게재된 「천지왕 본풀이(天地開闢)」에 근거하였다.

② 강력한 기운이 나타나 혼돈의 상태가 분리되면서 구분이 생겨 하늘과 땅, 땅 위에 모든 것이 모양을 갖추면서 만물이 생성되었다.

③ 하늘에서 파란 이슬과 땅에서 붉은 이슬이 솟아나 서로 만나 만물들이 생겨났다.

④ 아직도 어둠의 세계인데, 옥황상제가 해도 둘, 달도 둘 내보내어 비로소 빛이 생겼다.

⑤ 천지에는 아직 질서가 잡히지 않았다. 해도 둘, 달도 둘이 있고 땅에는 모든 것이 구별되지 않아서 혼란스러웠다.

둘째 단계(Ⅱ)는 우주에 질서가 형성되는 과정이다.

⑥ 천지왕은 땅의 총명왕 총명부인과 부부가 되기 위해 땅으로 내려왔다.

⑦ 천지왕은 총명왕과 부부가 되어 땅에서 살면서 큰 질서를 세워놓고 승천해 버렸다.

⑧ 총명부인은 천지왕의 아들 형제를 낳았다.

⑨ 두 아들은 자라서 천상으로 올라가 아버지 천지왕을 만났다.

셋째 단계(Ⅲ)는 땅에 질서가 형성되는 과정이다.

⑩ 천지왕은 형인 대별왕에게 땅을, 동생 소별왕에게는 하늘을 다스릴 권한을 주었다.

⑪ 소별왕은 땅의 왕이 되고 싶어 형과 불공정한 내기를 해서 땅을 차지한다.

⑫ 땅은 여전히 질서가 잡혀있지 않아 혼란스러웠다.

⑬ 소별왕은 형에게 도움을 청했다.

⑭ 대별왕은 땅으로 내려와 자연의 질서, 사람의 생사의 질서만을 해결하고 승천했다.

⑮ 땅에는 여전히 사람들 때문에 혼란스러웠다.

이 본풀이는 창세 모티브, 통합과 분리의 모티브, 천왕(天王) 강림 모티브, 형제 다툼 모티브가 중심이 되고 있다. 이러한 모티브들은 창세기의 주요 모티브와 그 내용과 기능에서 공통된 점이 많다. 이 두 텍스트 간의 모티브의 동질성은 전파론의 입장보다는 서사 발생의 차원에서 이해할 필요가 있다. 두 텍스트 간의 공통점은 전파와 수용의 관계에서 나타난 것이 아니라, 두 텍스트의 공통점으로 인류의 보편적 사유가 중요한 자질이 되기 때문이다. 또한 모든 인간의 관심사인 우주 창세와 만물의 생성에 대해서 문학적 상상력과 종교적 상상력이 서로 만날 수 있음을 확인할 것이다. 여기에서 문학과 종교, 더 나아가서 성경을 문학적으로 이해하는 단서를 얻을 수 있다.

이 논의는 먼저 본풀이의 주요한 4개의 모티브를 성경의 모티브와 비교하여, 문학적 의미와 종교적 의미를 찾고, 문학적 상상력과 종교적 상상력의 관계를 파악하여, 인간의 언어와 신의 언어[9]와의 관계까지 생각하려 한다.

---

9 기독교의 입장에서 성경의 저자는 하나님이다. 성경은 신의 언어를 인간의 언어로 기술한 문서로서 이것을 통해서 신과 인간이 소통할 수 있다고 생각한다(현길언, 『문학과 성경』, 한양대출판부, 2002, 29면).

(2) 천지왕 본풀이와 성경의 모티브

(가) 창세(創世) 모티브

창세 모티브에는 창세 이전의 상태와, 창세 이후 만물이 생성되는 과정이 나타나 있다. 창세 이전의 상황은 '혼돈'이었다.

① 우주가 탄생되기 전에 온 세상은 혼돈 상태였다. 하늘과 땅의 구분도 없었다. 모든 것은 어둠에 휩싸여 한 덩어리로 질서도 없이 아무렇게나 혼합되어 있었다.
(현용준 본, 「천지왕 본풀이」)

② 땅이 혼돈하고 공허하며 흑암이 깊음 위에 있고 하나님의 신은 수면에 운행하시니라.
(창세기 1장 2절)

①본풀이와 ②성경에서, 우주가 생성되기 이전 상황은 '혼돈' 상태인데, 창세기에는 그 혼돈 상태에서 하나님의 신이 존재했다고 기록되어 있다. 혼돈은 모든 것이 무질서하게 한 덩어리로 엉켜있는 상태이다. 혼돈에는 이후에 나타날 창세의 모든 요소들 즉 '우주에 존재하는 모든 사물들의 뿌리'가[10] 혼합되어 있다. 물리학적 개념으로는 '에너지'인데, 이를 바탕으로 해서 창세가 시작되었다. 그러므로 이후에 나타나는 만물의 생성은 혼돈에 내재해 있었던 힘이 창조의 원천이었다. 그 일은 물리학의 관점에서는 자연의 운동으로, 종교적 상상력으로는 신의 일로, 문학적 상상력은 인간으로 이해할 수 없는 상태 그 자체를 제시하였다.[11] 여기에서 종교적

---

10 토마스 베리·브라이언 스윔, 맹영선(역), 『우주 이야기(The Universe Story)』, 대화문화아카데미, 2010, 33면.

상상력과 문학적 상상력이 만나는 접점이 있는데, 그것은 이 혼돈 상태가 우주 탄생의 원천이 되었다는 것이다.

③ 하나님이 가라사대 빛이 있으라 하시매 빛이 있었고, 그 빛이 하나님의 보시기에 좋았더라. 하나님이 빛과 어두움을 나누사 빛을 낮이라 칭하시고 어두움을 밤이라 칭하시니라. 저녁이 되며 아침이 되니 이는 첫째 날이니라.   (창세기 1장 3-5절)

④ 강력한 기운이 이 어둡고 혼잡스러운 곳에 나타나기 시작했다. 처음 기운이 일어나기 시작한 것은 갑자년(甲子年) 첫 해에 그 첫 날 첫 시간에 하늘의 머리가 자방(子方)에서 나타나기 시작했다. 그리고 그 다음 해(乙丑年) 두 번째 날 두 번째 시간에 측방(丑方)으로 땅의 머리가 천천히 고개를 들더니, 드디어 하늘과 땅이 구분이 생기기 시작했다. 그 구분이 점점 뚜렷해지더니 땅 모양이 구체적으로 생겨났다. 산이 생기고 골짜기가 생겨 그곳으로 물이 흘러 강이 되었다. 이렇게 해서 하늘과 땅이 분명하게 갈라졌다.[12]

창세에 대해서 성경은 구체적이고 체계 있게 기술했다. 이 책에서 창세의 주체는 하나님이라는 '절대 신'이다. 그는 스스로 그 혼돈 가운데서 존재했다. 그가 '말씀'으로 혼돈된 상태에 질서를 부여하면서 단계적으로 우주 만물이 이루어졌다.[13] 그런데 "그 창조는 명령이고 이 명령은 자유로

---

11 본풀이의 천지왕은 신적인 존재이기는 하지만, 그는 땅의 여신과 결혼하고 자식을 낳았다는 점에서 신적 존재라기보다는 영웅적인 '초월자로 생각할 수 있다. 조동일은 창세신화의 다음 단계인 고대영웅서사시라고 했다(조동일 앞의 책, 58면).

12 현용준,『제주도 신화』의「창세신화(천지왕 본풀이)」를 중심으로 정리하였음. 이 내용은 '현용준,『濟州島巫俗資料事典』, 신구문화사, 1980, 33-34면'에 있음.

13 창세기에는 하나님이 말씀으로 우무만물을 단계적으로 창조한 과정이 기록되어 있다. 창조의 단계는 빛, 하늘과 땅, 물과 바다와 거기에서 생식할 식물과 하늘의 별들을,

운 것이었다."[14] 이렇게 창조된 피조물도 자유로웠다. 그래서 그 피조물은 연속적으로 다른 것과 결합하여 새로운 것을 창조해내었다. 여기에서 '자유롭다'는 것은 물리학적 개념으로는 '운동에너지'이고 창조의 자발성을 의미한다고 생각할 수 있다.

본풀이에서는 하나님의 말씀과 같은 능력을 갖고 있는 것은 '강력한 힘'이었다. 이 힘에 의해서 혼돈의 상태가 분리되면서 하늘과 땅이 나눠졌고, 그 다음에, 그 땅이 다양한 모습으로 다시 구분되어 바다와 육지와 산과 골짜기가 생겨났다. 이러한 과정을 성경에서는 하나님이란 절대 신이 그 일을 담당했다. 본풀이에서는 스스로 그 혼돈 상태가 보유하고 있던 '강력한 힘'에 의해서 저절로 분리되었다. 성경은 종교적 상상력으로 창세의 주체와 그 과정을 설명했다. 본풀이는 인간의 사유를 근거로 하는 문학적 상상력에 의해 사실만을 설명했다. 인간은 그 '강력한 힘'의 실체를 해명할 수 없다. 그래서 창세 주체의 존재를 알 수 없었으므로 '강력한 힘'이라고만 인식한다. 여기에서 문학적 상상력과 종교적 상상력의 차이가 드러난다. 그런데 이 두 입장에서도, 그 근본적인 문제, 즉 "혼돈의 상태에 질서가 생기면서 창세가 시작되었다"는 점에서는 일치한다. 다만 창조의 주체에 대한 인식에서 차이가 있을 뿐이다. 종교적 상상력은 신념의 결과이지만, 문학적 상상력은 인간이 인식한 결과를 말할 뿐이다.

물리학의 입장에서는 한 덩어리가 폭발되어 여러 개체로 분리되면서 우주만상이 이루어졌다고 설명한다. 이 폭발은 자생적인 힘으로 이루어졌는데, 이것도 혼돈 상태가 질서화되는 과정이다. 폭발을 통해 하나로 존재했던 혼돈 상태가 여러 개로 분리되면서 그 혼돈 상태가 지니고 있었

조류를, 짐승과 새들을, 그리고 맨 나중에 사람을 창조했다(창세기 1장 1-31절). 말씀이 이러한 창조 작업을 했고, 그 결과는 하나님도 '보기에 좋았다'고 스스로 만족하면서 피조물에 대해서 번성하고 충만하도록 축복했다.

14 디트리히 본회퍼 강영성(역), 『창조와 타락』, 대한기독교서회, 2010, 57면.

던 요소들이 새로운 것을 만들어내었다. 과학은 자연운동을 신뢰한다. 변화의 주체를 자연이 보유하고 있는 에너지라고 인식한다. 이렇게 종교적 이해나, 문학적 이해나, 과학적 이해에서 우주의 근원이 '혼돈 상태'로부터 시작했다는 것은 동일하다. 단지 이 혼돈을 변화하게 하는 힘, 즉 변화의 주체만이 다르다. 이것은 근본적인 문제가 아니고 단지 인식 방법의 차이일 뿐이다

종교적 상상력은 창조의 주체를 구체적으로 '절대 신'이라고 인식한다. 특히 기독교는 하나님이 창조주라는 대전제에서 시작되었다. 반면에 문학적 상상력은 현상을 인간 인식의 수준으로 이해한 결과를 소중하게 생각한다. '강력한 힘'이 원동력이 되었다고 이해하는 것은 인간의 인식 수준이다. 과학적 사유는 존재하는 것 자체의 운동에 의해 사물이 존재하고 변하고 창조되었다는 것이다. 그래서 자체의 운동을 신뢰한다. 그것은 질서에 의해 이루어졌기 때문이다. 혼돈 상태에서 자발적인 운동에 의해 폭발되어 여러 개체로 분리되었다는 것이다. 이렇게 원형을 인식하는 데는 입장이 큰 차이가 없지만, 개별적인 상태, 그것이 더욱 세분화될수록 인식하는 방법은 차이가 난다. 그런데 본풀이와 창세기 사이에는 차이보다는 동질성이 더 많다.

(나) 분리와 통합 모티브

최초의 창세는 혼돈에서 질서가 형성되면서 이루어졌다. 그러면 혼란에서 질서가 생기는 과정은 어떠한가? 본풀이에서는 '강력한 기운이 나타나 혼돈 상태를 갈라놓으면서 구분이 생겨 하늘과 땅, 땅 위에 모든 것이 모양을 갖추어졌다'고 한다. 즉 구분이 되어있지 않는 통합 상태를 분리해놓으면서 질서가 생겼다. 분리는 혼돈 상태에서 동질적인 것을 찾아내

어 그들끼리 체계를 이루어가는 과정이다. 하늘과 땅은 서로 다르기 때문에 맨 처음에 나누어지면서 생겨났다. 창세기 기록에 의하면, 창조주 하나님은 그 혼돈 상태를 계획적으로 분리하면서 6일 동안에 우주만물을 창조한다. 여기에서 분리는 창조의 방법이 된다. 이러한 방법론은 학문의 방법론으로 발전했다.

창조에는 또 다른 방법이 있다. 서로 '다른 것끼리 만나 화합'하여 새로운 것을 만들어낸다는 것이다. "하늘에서 파란 이슬과 땅에서 붉은 이슬이 솟아나 서로 만나면서 우주 만물의 질서가 생기게 되었다"는 것이다. 이질적인 것의 결합으로 새로운 창조가 가능하다는 것은 과학적 사유이다. 그것은 세상의 모든 것은 지속적인 반복과 끊임없는 모순의 생성과 지양을 통해 변화 발전한다는 사회과학적 논리와도 상통한다. 만물의 생성 발전은 서로 다른 것의 결합으로 가능했다. 암과 수가 결합해야 새끼를 낳을 수 있고, 수소와 산소가 결합해야 물이 만들어진다. 나무가 자라기 위해서는 하늘을 향해 솟아있는 가지가 햇빛을 받고 땅으로 뻗어 내린 뿌리가 수분과 영양분을 빨아올려 성장의 동력을 얻게 된다. 이러한 인식은 과학적이며 우주적이다.

하나님이 우주만물을 창조하는 과정에서 나눔으로써 서로 상대되는 것이 이루어졌다. 첫째 날은 빛과 어둠을 나누었고, 다음에는 하늘과 땅을, 바다와 육지를, 식물과 동물을, 이렇게 서로 대립되는 것을 만들면서 다음 단계의 창조로 이어졌다(창세기 1:1-25). 이렇게 창조는 서로 다른 것을 창조하고, 그것 위에서 다시 새것을 창조하였다. 사람도 아담을 만들고 그의 갈비뼈로 여자 하와를 만들었고, 남자는 여자와 만나 짝을 이루어 부모로부터 독립하여 살아가도록 한다(창세기 2:24). 노아의 방주 때에도 짐승들과 새들이 수컷과 암컷 한 쌍씩 방주로 들어가 나중에 그들의 땅에서 번성하게 된다. 이렇게 하나님의 창조 원리는 분리함으로 서로 다른 것이 생성되고, 그 다른 것끼리 결합하여 새로운 것을 만들어내도록 되었다.

그런데 본풀이에서 땅에는 여전히 혼란이 남아있게 되었다. 해도 둘, 달도 둘이 있었기 때문이다. 하나만 있어도 될 것인데, 많이 있어서 혼란이 야기되었다. 둘은 갈등을 만든다. 뿐만 아니라, 같은 것이 중첩되어 있으면 새로운 것을 이루어낼 수 없다. 그래서 하늘의 왕인 대별왕이 땅에 내려와서 둘 중에 하나를 없애자 질서가 확립되었다. 또한 땅이 혼란스러운 것도 구분이 명확하게 되어 있지 않았기 때문이다. 살아있는 사람과 죽은 귀신이 구별이 없었고, 새와 짐승들이 구분되지 않았고, 나무와 풀들의 구분도 안 되어 혼란이 심해졌다. 땅에 존재하는 것들의 개별적인 정체성이 확립되지 않아서, 경계와 구분이 불분명했기 때문이다. 이러한 혼란은 소별왕이 천지왕의 명을 거역하고, 형과 불공정한 내기를 해서 땅의 왕이 되었기 때문이다. 소별왕의 공의롭지 못한 처사가 혼란의 원인이 되었다. 그래서 소별왕은 이 혼란을 해결할 수 없었다. 자신이 혼란의 주범이었기 때문이다.

분리와 통합 과정에서 문제가 생기면 혼란스러워진다. 땅의 혼란은 소별왕의 욕심에서 비롯되었다. 천지왕은 합리적으로 형인 대별왕에게는 땅을, 동생인 소별왕에게는 하늘을 다스리도록 권력을 분배해주었다. 천지왕의 이러한 분배 원칙은 질서였다. 그런데 소별왕이 땅의 왕이 되고 싶어서, 아버지의 질서를 거역하게 된다. 더구나 그 과정에서 소별왕은 형과 내기를 하는데, 반칙으로 이겨서 땅을 다스리게 된다. 소별왕은 두 번에 걸쳐서 창조의 질서를 파탄시켰다. 아버지 천지왕의 질서를 거역했고, 불공정한 내기로 두 번째 창조의 질서를 파탄시켰다. 이러한 과정을 거쳐서 땅을 다스리게 되었으니, 그 땅이 혼란스럽지 않을 수 없었다. 분리와 통합으로 나타나는 창조의 질서가 인간의 욕심에 의하여 무너졌을 때에 필연적으로 혼란스러울 수밖에 없다는 것도 창조의 한 질서이다.

성경에서도 혼란과 질서의 문제가 인류 역사의 시작에서부터 나타난다. 하나님은 우주만물을 질서 있게 창조했기에 그 결과는 아름다웠다. 그 창조의 도구인 언어는 과학적이고 객관적이면서 질서의 체계를 갖추었다. 하나님과 인간만이 그것을 사용하여 창조적인 일을 수행하도록 한다. 인간이 창조적인 능력은 하나님이 부여해준 것이다. 피조물을 잘 관리하도록 하나님의 입김을 불어넣어주었기 때문이다. 그래서 인간은 창조주 다음으로 창조적 행위를 할 수 있다. 그런데 인간은 어디까지나 피조물이다. 인간의 창조 행위는 이미 창조된 것을 더 아름답게 만드는 관리자의 수준이다. 여기에 하나님과 인간은 구분되어 있다. 그것은 우주의 큰 질서였다.

그런데 인간이 선악과를 범하여 하나님과의 관계가 파탄되었고, 이 큰 우주의 질서가 무너지게 되었다. 선악과는 창조주와 인간을 구별하는 일종의 '경계의 나무'이다. 조물주와 피조물주과의 관계를 설정하는 나무, 선악을 구별할 수 있는 자와 구별할 수 없는 자, 창조주와 피조물을 구분하는 경계의 나무였다. 그런데 그 경계를 무너뜨린 것은 인간의 욕심이었다. 결국 인간은 죄를 짓고 에덴에서 추방된다. 에덴은 완벽한 질서의 공간이었기에 질서를 파탄시키는 인간은 거기에서 떠나야 했다.

하나님과 인간의 관계 파탄은 연쇄적인 파탄을 가져오게 된다. "이것은 윤리적인 과실이 아니라 피조물에 의해 창조세계가 파괴된다는 것이다. 이 타락의 범위가 전 피조세계에 확장된 것"[15] 이었다. 창조주는 이 우주와 땅에 존재하는 모든 것들 사이에 상호 질서체계를 만들었다. 그런데 한편에서 그 질서가 무너짐으로 전체 안에 있는 개별적인 존재들 사이

---

15 디트리히 본회퍼, 앞의 책, 152면.

에 틈이 생기게 된다. 결국 자연과 인간의 관계도 무너진다. 자연을 관리하기 위한 인간이었는데, 생존을 유지하기 위해 자연을 지배해야 했기에 그 관계도 변질된다. 다음으로 인간과 인간의 관계가 파탄된다. 그것은 형제의 갈등으로 나타난다. 아담과 하와가 낳은 두 아들 카인과 아벨 사이에 사소한 문제로 형 카인이 동생 아벨을 죽인다(창세기 4장). 이것은 최초의 살인이고, 인간관계의 질서가 무너지는 첫 사건인데, 이후로 인간들은 영속적으로 물려받게 되었다. 다음으로 천사의 아들들이 땅에 내려와 땅에 사는 아름다운 여자들을 마음에 드는 대로 짝짓고 살게 되면서, 성의 혼란이 일어난다(창세기 6장 1-5절). 이후 인간의 역사는 관계의 파탄으로 인한 혼란의 역사가 되었다.

인간은 하나님과의 관계를 무너뜨리려는 노력을 계속한다.[16] 그것이 문명사회를 이룩하였지만, 문명은 땅의 혼란을 극복하여 질서의 사회를 회복시키는 데 기여하지 못했다. 오히려 문명을 지향하는 인간의 욕망이 그 질서를 파괴하고 혼란을 가중시켰다. 가족 간에 갈등이 생기고, 공동체끼리, 민족과 민족, 문화와 문화끼리 갈등과 대립으로 충돌하면서 땅 위에서는 전쟁이 끝날 날이 없었다. 이러한 혼란의 원인은 질서를 파탄시키려는 인간의 욕망 때문이었다. 하나님을 배반한 아담과 하와의 피를 인간이 이어받게 되면서 경쟁과 대립과 파괴와 신이 되려는 욕망을 갖게 되어 땅은 더욱 혼란스러워졌다. 그런데 이 혼란은 혼란의 원인이 된 인간들이 극복하려고 했는데 가능하지 않았다. 인류의 역사가 그것을 말해준다. 그래서 인간은 그 극복을 하늘에 의지하게 되었다.

---

16 인간이 문명을 통해서 창조주와 겨루려는 노력을 시도한 첫 번째는 벽돌을 만들고 역청을 써서 탑을 만들어 하늘에 닿게 하려고 한 '바벨탑' 사건이다. 이것은 인간이 과학으로 문명사회를 이룩해서 창조주에게 도전하려는 욕망을 상징화한 것이다(창세기 11장 1-4절).

(다) 신의 강림(降臨) 모티브

우주만물이 창조되고 인간이 그 만물과 더불어 살아가게 되었는데, 지상은 여전히 혼란이 계속되었다. 우주만물은 질서에 의해 운행되면서 스스로 그 존재성을 유지하고 있는데, 인간이 사는 땅에는 쉬지 않고 문제가 발생하여 인간을 고통스럽게 만들었다. 이 문제는 그 땅에 사는 인간이 해결될 수 없었다. 그래서 인간보다 우월한 존재를 빌어 해결하려고 한다. 여기에 종교적 상상력과 문학적 상상력이 만나게 된다.

과학적 입장에서도, 처음에 우주를 생성한 근원적인 힘은 "그때에만 작용한 것이 아니라, 과거와 현재와 미래에 우주에서 일어나는 모든 사건들이 조건이 되었다"[17]고 한다. 이것은 우주가 생성된 이후에도 창조 작업이 조건에 의해 지속적으로 이루어지고 있었음을 뜻한다. 본풀이는 이러한 창조의 지속성에 대해 다음과 같이 설명하고 있다.

둘째 단계에서,

⑥ 하늘의 천지왕은 땅의 총명왕 총명부인과 부부가 되기 위해 땅으로 내려왔다.
⑦ 천지왕은 땅에서 사는 동안 큰 질서만을 세워놓고 하늘로 올라가버린다.

⑥에서 하늘의 왕인 천지왕은 창조 작업을 계속하기 위해 땅으로 내려와 총명왕 총명부인과 부부가 된다. 우주만물을 다스리는 주체인 천지왕은 아직 못 다 이룬 창조 작업을 계속하기 위해서 땅의 왕과 결합해야만 했다. 하늘과 땅이 결합해서 새로운 질서를 만들어낸다는 것이다. 그런데

---

17 토마스 베리, 브라이언 스윔, 앞의 책, 34면.

그 일 중에 하늘왕이 해야 할 것과 하지 않을 것을 남겨두었다. 천지왕은 땅의 큰 질서만을 세워놓고 하늘로 올라가버렸다. 그래서 땅에는 완전한 질서가 이루어지지 않았다. 그것은 부인의 몫일 수도 있다. 즉 땅에 사는 인간이 스스로 해결할 문제였다. 그러나 인간은 자신의 문제를 해결하기가 쉽지 않았다.

천지왕이 승천한 후에 총명부인은 아들 형제를 낳았는데, 그들은 아버지를 찾아 천상으로 올라가 만났다. 그들은 아버지 천지왕을 이어 창조작업을 계속할 창조의 주체였다. 그러나 형제는 천지왕의 대리자였지 완전한 창조의 주체는 아니었다. 천지왕은 두 아들에게 그들이 다스릴 몫을 지정해주었다. 이것이 왕권의 질서이다. 형에게 땅을, 동생에게 하늘을 다스리도록 분담해 맡겼다. 그런데 동생은 그 분담이 불만이었다. 그는 땅의 왕이 되고 싶었다. 그래서 형과 불공정한 내기로 땅의 왕이 되었다. 그런데, 소별왕은 혼란스러운 땅에 질서를 바로잡지 못한다. 그는 아버지의 창조질서를 무시하고 불공정한 내기를 통해서 땅을 다스리게 된 왕이었다. 그가 다스리는 땅은 혼란스러운 공간이 될 수밖에 없었다. 왕이 혼란의 주범이었기 때문이다. 아담과 하와가 하나님의 창조질서를 무시하고 자신의 욕망에 의해서 선악과를 범함으로써 그들의 후손이 사는 땅이 죄악의 공간이 될 수밖에 없었다는 점과 호응된다. 소별왕은 결국 하늘의 왕인 대별왕의 도움을 받고 땅의 혼란을 해결하려고 한다.

땅은 혼란스러운 상태였다. 자연계의 여러 생명체들도 혼란스럽게 살아가고 있었다. 더구나 귀신과 사람의 구별이 되지 않아서 인간의 생명도 혼란스러웠다. 대별왕은 동생의 청을 받고 땅에 내려와 자연과 동물 세계의 질서를 세웠고, 또 인간의 생사 문제에 따른 귀신과 사람을 구별해놓았다. 그런데 사람으로 야기되는 문제에 대해서는 관여하지 않았다. 그 결과 여전히 땅에는 사람들 때문에 혼란이 더해갔다.

땅의 혼란은 땅의 왕으로는 해결할 수 없어서 하늘의 왕의 도움으로 해결하려 했다는 점은, 하나님에 의해서만 땅이 구원받을 수 있다는 성경의 중심 내용과 상통한다. 큰아들인 대별왕이 동생이 다스리는 땅에 내려와서 자연과 인간의 생사의 문제는 해결하였지만, 나머지는 인간 스스로가 해결하도록 남겨두고 승천한다. 본풀이는 역사 현장에서 땅에 혼란이 여전하다는 사실을 외면하지 않았다. 그러나 그것은 인간이 해결할 수 없고 하늘 왕에 의해서만 해결될 수 있다고 인식했다. 천지왕이 땅에 내려와 땅의 총명부인과 결혼하여 땅의 기본 질서를 확립했고, 땅의 왕이 된 소별왕은 형인 대별왕을 청하여 땅의 질서를 세웠다는 점에서, 대별왕이 땅의 질서를 이룩했는데 땅의 왕으로서는 해결할 수 없음을 인식하고 있다. 이것은 지상에서는 쉬지 않고 창조 작업이 지속되어야 하는데, 그 일은 전적으로 사람의 능력으로 가능하지 않고 하늘 왕의 도움을 받아야 한다는 것이다.

이 문제는 인간의 구원 문제는 인간 스스로가 해결할 수 없고, 오직 하나님의 사랑으로만 가능하다는 성경의 내용에 가깝다. 범죄로 인간은 에덴에서 추방되었다. 그래도 하나님은 인간을 사랑하여 그의 죄를 구속해주려고 계획을 세워 지속적으로 일하고 있다. 인간의 생사화복과 역사의 화복은 창조주의 권한에 있다. 이러한 하나님의 창조와 구속사업은 하나님의 의도대로 쉽게 이루어지지 않았다. 그것은 구속에도 조건이 있기 때문이다. 일방적으로 인간을 구속하고 땅에 질서를 세우는 것이 창조주의 뜻이 아니었기 때문이다. 인간이 창조주를 믿는 조건이 뒤따른다. 새 사람으로 재창조되어야 하는데, 그것은 인간의 몫이었다. 그런데 땅에서 인간의 죄악은 날로 더해갔다. 그래도 하나님은 인간을 구원하려는 계획에는 변함이 없다. 그런데 쉽지 않았다. 인간은 배신을 되풀이했다. 그래서 하나님은 사람의 몸으로 세상에 내려와서 인간들을 직접 가르치고, 함께 일하고, 본을 보이고, 기적을 나타내고, 그러다가 결국 자신을 희생하여 죽어 부활함으로 하늘나라로 올라간다. 인간의 구원과 땅의 질서의 회복은 하나님 아들이 땅으로 내려옴으로 가능하게 되었다. 하나님의 성육신(聖肉身)이 된 예수의 출현은 인류 구원을 위한 '신의 강림 모티브'의 구현이었다.

하나님은 인간을 사랑하기 때문에 구원하기 위한 일을 계속하고 있는데, 일방적으로 구원하는 것이 아니라, 사람과 함께 하고 있다. 노아시대에 물의 심판을 단행했으나(창세기 7장) 땅의 죄악은 여전했기 때문에 아브라함을 택해서 계약을 맺고 그 민족을 통해서 구원사업을 하였다(창세기 12장). 그러나 택한 민족도 하나님을 배반하여 땅의 죄악은 점점 더해지면서, 결국에는 하나님 자신이 직접 사람의 몸으로 세상에 내려와 십자가를 지고 희생을 통해서 구원을 이루려고 했다. 여기에는 조건이 있다. '하나님(나)을 믿어야 한다'는 것이다.[18] 구원은 일방적으로 하나님의 사랑으로만 해결할 수 없고 인간이 자기 죄를 인식하고 하나님을 믿을 때에만 가능하다. 본풀이에서 대별왕이 땅의 혼란을 모두 해결하지 않고 하늘로 올라간 것은, 혼란된 땅의 질서를 구축하는데 인간도 함께 노력해야 한다는 점을 시사하는 것이다. 이처럼 땅의 혼란을 극복하여 질서를 수립하는, 즉 땅의 구원의 문제에 대하여 본풀이와 성경은 그 인식을 같이하고 있다.

신의 강림 모티브는 인간의 힘으로 세상의 혼돈을 극복할 수 없고, 하늘의 도움을 받아야만 가능함을 시사하고 있다. 소별왕은 형을 속이면서 땅의 왕이 되었으나 혼란을 극복하여 질서로 만들 수 없는 인간적 통치자였다. 통치권 안에 있는 나라의 질서를 확립하지 못한다면 그는 무능한 왕이다. 땅의 회복은 부도덕한 권력으로 가능하지 않다는 것이다. 성경에

---

18 요한복음 3장 16절.

도 아담은 스스로의 의지에 의해 하나님의 통치권에 반기를 들었다.[19] 그
가 선악과를 범한 것은 그가 선택의 결과였다. 설사 뱀이 유혹했다 하더
라고, 하와가 그 나무를 보았을 때에 '먹음직하고 보암직하고 먹으면 눈
이 밝아져 지혜로울 것 같았기'에 먹고 아담에게도 권했다. 자신이 감각
적으로 인식한 결과를 하나님의 말씀보다 더 신뢰했기 때문에 따먹어도
좋겠다고 판단하고 따먹고 아담에게 권했고, 아담도 아내의 말을 듣고 그
럴 듯해서 먹었다(창세기 3장 1-7절). 죄를 지은 것은 아담과 하와의 자유
의지에 의해 행동했기 때문이다. 그 자유의지는 '먹으면 하나님처럼 눈이
밝아질 것'이라는 욕망의 소산이었다. 결국 그 자유의지가 인류의 역사를
왜곡시키는 동인이 되었다.

본풀이에서도 천지왕이 맡겨준 대로 대별왕이 땅의 왕이 되고, 소별왕
이 하늘의 왕이 되었다면, 땅은 혼돈의 공간이 되지 않았을 것이다. 천지
왕의 명대로 대별왕이 땅을 다스린다는 것은 우주적 질서였기 때문이다.
부왕인 천지왕에 의해 계획된 우주 통치 질서였다. 그런데 소별왕은 그
질서를 자기 욕망에 의해 불공정한 내기를 통해 거부하고 땅의 통치자가
된다. 소별왕 자신이 질서의 파괴자였기 때문에, 땅의 혼돈을 해결할 수
없었다. 즉 인간의 정치적 욕망이나 가치를 통해 땅의 질서는 이뤄질 수
없다는 것과 다르지 않다.

소별왕은 대별왕에게 부탁하지만, 형도 동생의 욕구를 다 들어줄 수
없다. 자신은 땅을 통치하는 왕이 아니라 하늘의 왕이었기 때문이다. 통
치의 영역이 다르고 또한 분야도 다르다. 하늘의 통치는 자연 질서에 의
해 이루어지기 때문에 대별왕은 그 부분만 개선할 수 있었다. 즉 인간의

---

19 죄는 "전에 존재했고, 좋았던 것으로부터 떨어져나간 것"을 의미한다. 하나님이 인간
에 대한 좋은 의도를 외면하고 반전을 도모한 것으로 생각한다(제임스 몽고메리 보이스, 문원
옥(역), 『창조와 타락』, 솔라피데출판사, 2013, 260-261면). 즉 질서의 파탄 행위를 의미한다.

질서가 아닌 자연계의 질서만 세워두고 하늘로 올라가 버린다. 그런데 성경은 이 문제에 대해서 인간의 혼돈을 인간 스스로 질서화할 수는 없지만, 창조주의 사랑으로 회복할(질서화할) 수 있다고 한다. 그래서 복음이 된다. 이것은 인간 사유에 근거한 문학적 상상력과 신념에 의한 종교적 상상력의 차이이다. 그런데 여기에서 하나님은 구원을 받기 위한 인간의 몫을 남겨두었다. 인간이 변하지 않고는 역사의 회복과 인간 구원이 가능하지 않다는 것이다. 이것이 종교적 상상력의 핵심이다. 본풀이는 혼란스러울 수밖에 없는 인간 세계의 실상과 그 원인과 그 극복 과정을 인간이 인식할 수 있는 수준에서 말해주고 있다. 반면에 종교적 상상력은 그것을 극복할 수 있는 길을 제시하고 있다.

또한 본풀이에서 인간 욕망의 또 다른 측면을 읽을 수 있다. 인간은 하늘나라를 원한다고 하면서도 땅을 더 원한다는 것이다. 하늘은 관념의 세계이고, 땅은 현실의 세계이다. 천국이나 극락을 소망하면서, 사람은 죽기를 원하지 않는다. 그것은 천국이나 극락이 불확실해서가 아니라, 하늘나라보다는 욕망이 들끓고 있는 땅을 좋아하기 때문이다. 욕망을 숭상하는 인간의 속성이 여기에 확실하기 나타나 있다. 소별왕처럼 땅의 왕이 되기 위해서는 부왕의 명령에도 형제의 윤리에도 제약을 받지 않아야 한다. 비록 하늘나라는 싸움과 반목과 배고픔과 아픔과 전쟁이 없다고 하지만, 사람들은 하늘나라보다는 미움과 욕망과 불안과 싸움이 그치지 않는 땅을 원하도록 되어 있다. 이것이 인간의 본성이다. 질서의 세계인 하늘나라를 통치하던 대별왕은 이러한 땅의 혼란을 이해할 수 없었고 감당할 수 없었다. 그래서 남겨둔 채 하늘나라로 돌아갔기 때문에, 땅은 영원히 혼란에서 자유로울 수 없게 된다. 본풀이는 이렇게 혼란스러워질 땅의 실상을 제시할 뿐이지, 극복할 수 있는 길을 제시하지 않았다. 이것은 문학적 상상력의 한계이면서 또한 땅의 실체를 정직하게 인식한 결과였다. 여기에서 종교적 상상력과의 갈림길이 있다.

종교적 상상력은 땅의 혼란의 문제를 인간의 죄 때문이라고 인식한다. 죄는 인간 스스로 해결할 수 없기 때문에 하나님의 사랑으로만 극복이 가능하다. 여기에 필연적으로 하늘의 신의 역할이 요청된다. 이 점에서는 본풀이와 성경의 인식은 차이가 없다. 본풀이는 혼란의 현장인 땅의 실상을 그대로 제시했고, 성경은 하나님의 사랑으로 그 혼란을 극복할 수 있는 가능성을 열어놓고 있다. 어떻든 땅의 혼란은 인간으로서는 해결할 수 없고, 하늘의 신을 통해서 극복할 수 있다. 이 대전제는 문학적 상상력과 종교적 상상력이 차이가 없으나, 전자는 그 상황을 인식함으로 끝나고 후자는 그 극복을 도모한다는 점에서 차이가 있다. 또한 본풀이나 성경은 땅의 혼란은 인간의 욕망에서 비롯되었기 때문에 인간 스스로가 그 혼란을 극복할 수 없다는 데서 인식을 같이한다. 본풀이는 현상을 치열하게 인식하여, 인간의 존재론적인 한계성을 제시하는 반면에, 종교적 상상력은 그 극복을 종교적 신념에서 찾고 있다.

이러한 혼란과 질서의 문제는 과학적인 입장에서는 다음과 같이 설명한다. "팽창의 법칙은 존재가 맨 처음 탄생하던 그 순간에 확정되었으나, 그때까지 다른 법칙들은 아직 확립되지 않았다. 태초에 소립자들 간의 상호작용은 고정화되지 않았으며, 오늘 날 그것들이 결합하는 방식으로 결정되지도 않았다. 아직은 그 상호작용들에 영향을 미치는 자유와 무질서가 있었다. (…) 이들은 아직도 자신들의 정체성을 확보하지 못한 상태에서 (…) 그 혼돈의 자유(chaotic freedom)를 즐기고 있다 (…) 그러나 그 자유는 다음 시기에는 사라질 것이다."[20] 이러한 무질서는 앞으로 과학의 힘으로 질서의 새로운 체계가 확립된다는 것이다.

---

[20] 토마스 베리·브라이언 스윔, 앞의 책, 35-36면.

과학적 현상으로도 혼란은 지속되고 있는데, 그것들은 다시 새로운 질서를 만들어낸다. 그런데 이 과학적 질서를 찾아 만들어내는 것은 인간이다. 이것은 '하나님의 입김으로 창조된 인간의 능력'이어서 가능하게 된 것이다. 여기에 과학적 상상력과 종교적 상상력이 만나는 접점이 있다.[21]

(라) 형제 다툼 모티브와 권력

앞에서 논의한 3개의 모티브는 창세와 그 과정의 기본 원리에 대해 설명하고 있다. 그런데 이 '형제 다툼 모티브'는 역사가 진전되는 과정에서 나타나는 인간 본성의 존재론적 문제를 환기하고 있다.

형제는 혈연을 같이한 부모 다음으로 가까운 관계에 있다. 개인이 선택하지 않았지만 평생 윤리적인 끈을 맺고 살아야 하는데, 그 관계가 파탄되는 경우가 많다. 이해할 수 없는 일이지만, 형제간의 불화는 인간사에서 흔한 일임을 본풀이와 성경을 통해서 확인하게 된다.

본풀이에서 이 형제 쟁투 내용은 정리하면 다음과 같다.

아버지를 찾아 하늘에 올라간 형제는 천지왕을 만난다. 천지왕은 두 아들에게 이 우주를 다스릴 왕권을 부여해준다. 장자인 대별왕은 땅을, 동생인 소별왕은 하늘을 다스리도록 한다. 천지왕의 이러한 조치는 질서이면서 순리였다. 그런데 동생은 땅의 왕이 되고 싶었다. 아버지의 질서보다는 자신의 욕망을 앞세웠다. 그래서 형에게 수수께끼를 해서 이기는 자가 땅의 왕이 되기로 하자고 사정한다. 형은 동생의 요구를 받아들여주

---

21 인간은 하나님의 입김을 받아 창조되었다. 하나님이 피조의 세계를 잘 관리하도록 인간에게 자신의 능력을 부여해주었다. 과학으로 자연을 이해할 수 있는 것도 하나님의 인간에게 부여해준 능력, 곧 입김이 있어 가능하다. 그런데 욕망을 충족하기 위해 이러한 과학적 능력을 쓸 때에 문명이라는 반하나님적 문화로 치닫게 되고, 인간 세계의 혼란은 심화된다(현길언, 『인류역사와 인간탐구의 대서사 - 어떤 작가의 창세기 읽기』, 물레, 2008, 330면).

었다. 수수께끼를 여러 번 했으나 동생이 졌다. 그러자 동생은 꽃 키우기 내기를 제안한다.

① 형제는 지부왕(地府王)에게 가서 꽃씨를 받아왔다. 서로가 은으로 된 그릇과 동으로 된 그릇에 꽃씨를 심었다. 얼마 지나자 형이 심은 그릇에 꽃은 싹이 트고 잘 자라는데, 동생이 심은 꽃은 잘 자라지 못했다. 그대로 두면 동생이 지게 마련이었다. 동생은 얼른 꾀가 생각났다.

"형님 피곤하지 않습니까? 우리 누가 잠을 오래 자는지 내기하기로 합시다."

마음씨 넓은 형은 그 제안도 받아주었다.

형제는 잠을 자기 시작했다. 동생은 눈을 감고 자는 척했다. 형은 동생의 말을 그대로 믿고 깊은 잠에 빠졌다. 동생은 형이 깊은 잠에 빠진 것을 확인하고는 꽃을 바꾸어버렸다. 한낮이 되어서 동생은 형을 깨웠다.

"형님 어서 일어나셔서 점심을 드십시오."

형은 동생의 재촉에 일어났다. 그런데 꽃을 심은 그릇을 보니 잠자기 전과 달랐다. 형은 동생이 잠자는 동안에 바꿔놓은 것을 알았으나 그래도 받아줬다. 그래서 소별왕은 땅의 왕이 되었고, 대별왕은 하늘의 왕이 되었다.[22]

동생은 수수께끼 내기 과정에서 부당한 방법으로 형을 이긴다. 소별왕은 질서를 파괴하면서 땅의 왕이 되었으니, 그가 다스리는 땅 역시 질서가 유지될 수 없게 된다. 그것은 당연한 결과였다. 땅을 차지하려는 동생의 권력 욕망은 형제의 갈등은 심화시키면서 가정의 윤리적 질서를 파탄시키고, 그 결과가 사회로 확산되어 온 세계를 혼란의 도가니로 만든다.

이렇게 형제의 갈등은 권력욕에서 시작되었다. 그것은 가족 공동체에

---

22 玄容駿, 『제주도 神話』, 瑞文堂, 1976, 30면.

서 장자에 대한 욕구로 나타난다. 장자는 가통을 이어받아 집안의 권력자가 된다. 이것은 장자 계승권을 강화했던 가부장 사회의 중심이데올로기였는데, 고대사회일수록 더욱 공고했다. 본풀이에서 소별왕이 땅을 차지하려는 것은 천지왕인 아버지의 권력 분배에 대한 저항으로, 형의 몫인 땅의 왕권을 차지하려는 권력 욕망 때문이었다. 천지왕 본풀이에서 형제 다툼 모티브를 통해 장자권 싸움의 실상을 밝혀놓은 것은 이 문제가 우주 만물의 생성과 같이하는 인간 존재성의 중심이기 때문이다.

이것은 인류의 역사의 시작을 서사화한 창세기의 중심 모티브이다. 인류의 조상인 아담과 하와가 잠자리를 같이하여 인류 최초로 자식을 낳았다. 첫 자식은 카인이고, 둘째 자식은 아벨이다. 인류 최초의 형제였다. 그런데 이들이 하나님께 제사를 드렸는데, 동생 아벨의 제사는 하나님이 기뻐 받았고, 형의 제사는 기뻐 받지 않았다. 화가 난 카인이 동생을 들로 끌어내어 죽여버렸다(창세기 3장). 인간이 에덴에서 추방되어 스스로 생존을 유지해서 살아가는 역사의 시작에서 형이 동생을 죽인 끔찍한 살인사건이었다. 성경의 저자인 하나님은 이 사건을 기록으로 남겨서 인간들에게 명심하도록 하였다. 형제간에 벌어지는 미움과 시기와 대립 갈등은 인간이면 외면할 수 없는 존재론적 굴레가 되었다.

이러한 신화시대 사건은 역사 현장과 구체적인 생활에서 나타난다. 특히 하나님이 택한 아브라함 집안에서 동생이 형의 자리를 탐내는 사건이 벌어진다.

② 먼저 나온 자는 붉고 전신이 갖옷 같아서 이름을 에서라 하였고, 후에 나온 아우는 손으로 에서의 발꿈치를 잡았으므로 그 이름을 야곱이라 하였으며, 리브가가 그들을 낳을 때에 이삭이 육십 세였더라. 그 아이들이 장성하매 에서는 익숙한 사냥꾼인고로 들사람이 되고 야곱은 조용한 사람인고로

장막에 거하니, 이삭은 에서의 사냥한 고기를 좋아하므로 그를 사랑하고 리브가는 야곱을 사랑하였더라. 야곱이 죽을 쑤었더니 에서가 들에서부터 돌아와서 심히 곤비하여, 야곱에게 이르되 내가 곤비하니 그 붉은 것을 나로 먹게 하라 한지라. (…) 야곱이 가로되 형의 장자의 명분을 오늘날 내게 팔라. 에서가 가로되 내가 죽게 되었으니 이 장자의 명분이 내게 무엇이 유익하리요. 야곱이 가로되 오늘 내게 맹세하라. 에서가 맹세하고 장자의 명분을 야곱에게 판지라, 야곱이 떡과 팥죽을 에서에게 주매 에서가 먹으며 마시고 일어나서 갔으니 에서가 장자의 명분을 경홀히 여김이었더라.

(창세기 25장 25-34절)

팥죽 한 그릇으로 형의 장자권을 산 야곱은 아버지 이삭으로부터 장자로 인정받는 일이 남아 있었다. 이삭이 나이 들어 눈이 멀어 앞이 잘 안 보이게 되자, 야곱은 어머니가 시키는 대로 형의 목소리를 흉내 내고, 아버지가 좋아하는 음식을 마련하고, 몸에 털이 많은 형처럼 몸을 꾸며 아버지께 음식을 대접하고 장자의 축복을 받는다. 사실을 알게 된 형 에서는 동생을 미워한다. 신변에 위협을 느낀 야곱은 고향을 떠나게 된다(창세기 27장 1-45절. 요약).

동생은 장자가 되려는 욕망을 갖고 온갖 수단과 방법으로 형에게서 장자권을 샀고, 그것을 공고히 하기 위해 눈먼 아버지를 속여 장자의 축복을 받게 된다. 배고픈 형에게 팥죽 한 그릇으로 장자권을 산 것이나, 눈먼 아버지를 속여 축복을 받은 것은 반윤리적인 행위이다. 이렇게 목적을 이룬 야곱도 편안하지 않았다. 집안의 가족 질서가 허물어지면서 형의 미움을 받게 되고 형제간의 관계가 파탄된다. 이후로 그는 한평생 나그네로 살게 되었다.

고향을 떠나 외삼촌 집에서 머무르면서 14년 동안 일하고 좋아하는 외사촌 동생 자매를 아내로 맞이했고, 열세 자녀를 두었으나 가정은 행복하지 못했다. 첫눈에 반한 외사촌 누이 라헬을 얻기 위해 7년 동안 일했으나, 결혼은 그 언니 레아와 하게 된다. 그래도 포기할 수 없어서 다시 7년을 더 일하고 라헬을 아내로 삼는다. 덜 예쁜 언니 레아에게는 자식의 복을 주었다. 야곱은 인간이 갈망하는 돈과 여자와 자녀의 복을 다 누렸으나 행복하지는 않았다. 그는 필요한 것을 소유하여 다 누리면서도 인간이 당해야 할 고난을 피할 수 없었다. 성경은 이러한 형제 다툼 모티브를 통해서 인간의 욕망의 실체를 보여 주고 있다.

형제 다툼 모티브로서 대표적인 설화는 전국에 분포되어 있는 '오뉘 힘내기설화'이다.[23] 그런데 제주도의 창세신화에서 이 모티브를 통해서 창세의 질서와 땅의 혼돈을 설명하고 있다는 것은 형제의 다툼이 보다 근원적인 인간의 존재성이기 때문이다. 설화에서 '형제 다툼 모티브'는 세계 각 지역 설화에 널리 분포되어 있는데, 이렇게 시대와 문화를 초월한 인간의 보편성에 닿아 있다. 성경은 이러한 인간의 집단 상상력을 수용함으로 종교적 상상력의 근저가 인간의 공통적인 사유에 있음을 말해준다. 성경은 인류 역사와 인간의 삶의 현장에서 일어나는 사건들을 소재로 인간의 존재성을 탐색하고 있다. 이 점에서 성경은 인간과 세계를 탐구하는 문서로서 의미를 갖고 있다.

형제 다툼 모티브는 권력 지향적인 인간의 욕망을 상징화한다. 권력은 인간의 본성적인 자기 확대욕구이다. 본풀이에서 천지왕의 영토 분할을

---

23 홀어미는 비범한 딸과 동생 아들을 두었는데, 둘은 늘 싸워서 집안이 편안하지 않았다. 어느 날 오귀가 내기를 하여 진 사람이 집을 나가기로 한다. 내기하는 도중에 딸이 이기에 되자, 어머니는 아들이 이기기를 원해서 딸을 내기를 방해하여 결국 아들이 이기게 된다. 누이는 집을 나간다. 오랜 후에 동생은 자기가 어머니의 부당한 내기에 개입하였다는 사실을 알고는 자결하고 만다. 결국 어머니의 부당한 개입으로 비범한 오뉘는 모두 몰락하게 된다.

수용하지 않는 소별왕의 처신은 창조의 주역인 천지왕의 창조 질서에 반기를 든 것으로서, 성경의 선악과 사건과 호응된다. 선악과는 하나님과 인간의 경계선이다. 하나님과 인간의 경계를 무너뜨리려는 인간의 욕망은 창조의 대전제에 대한 도전이다. 이것이 인간 문명의 동력이 되기는 했지만, 문명으로 인한 세계의 혼란은 해결할 수 없게 된다. 이처럼 "죄는 단지 무질서 상태를 나타낼 뿐만 아니라, 하나님께 대항하는 반역의 혼돈 상태였다."[24] 창조질서와 창조주에 대한 도전은 인간 세계에서 연속적으로 파급된다. 부부의 갈등, 가족과 공동체와 민족 국가의 갈등이 모두 인간 욕망의 근원이 된다. 창조 질서의 파괴는 죄를 낳게 되고 인류를 혼돈으로 몰아넣어 결국 파멸에 이르게 됨을 본풀이와 성경이 같은 목소리로 말하고 있다. 칼빈은 이러한 인간의 욕망에 대해서 매우 안타까워하면서, "사람의 야심으로 자기의 마땅하고 바른 한계를 넘으려 하지 않았더라면, 시초의 상태에 머무를 수 있었을 것이다"라고 아쉬워했다.[25]

(3) 종교적 상상력과 문학적 상상력

지역으로나 문화 배경과 신앙 양식이 판이하게 다른 제주 창세신화의 모티브와 성경 창세기 모티브 사이에 동질성이 있음을 확인했다. 우선 창세 이전의 상태를 '모든 것이 혼합된 혼돈'이라는 점에서 일치한다. 다음 단계의 창세, 즉 창세 작업은 지속적으로 진행되는 과정은 구조적인 면에서는 같지만 그 내용이 다르다. 세계는 통합과 분리의 모티브를 통해서 새로운 질서가 만들어지면서 창조는 계속된다. 미완의 질서 상태를 완전한 질서로 바꾸는데, 이 일은 하늘의 신의 강림으로 가능하다. 이러한 대

---

24 오톤 와일지, 폴 컬벗슨, 전성용(역), 『웨슬레 조직신학』, 세복, 2002, 205면.
25 존 칼빈, 김종흡(역), 『기독교 강요』 제2권, 생명의말씀사, 2003, 368면.

전제는 본풀이나 창세기가 일치한다. 그러나 그 과정에서 본풀이는 제한
적이다. 즉 하늘 왕이 질서가 정착되도록 조치하는 데도, 인간으로 야기
되는 땅의 혼란은 완전히 해결되지 않았다. 인간이 사는 땅에는 여전히
혼란이 남아있을 수밖에 없다는 것이 역사의 현상이고 이것을 표현하는
것이 문학적 상상력의 몫이다. 반면에 종교적 신념으로는 땅의 죄의 문제
는 하나님이 해결해준다고 믿는다.

　형제 다툼 모티브는 창조질서에 대한 도전에서 시작되었다. 그런데 그
것은 하나님과의 관계에 끝나지 않고 인간 세계에 파급되어, 마치 창조작
업이 계속되는 것처럼 죄도 인간 사회에서 혈연관계에서 갈등 문제를 낳
게 된다. 형제의 갈등은 창조의 질서를 무시했던 인간의 본성적 죄가 가
족 구성원 간의 관계에서 구체적으로 나타나게 된다. 본풀이에서는 천지
왕의 두 아들 간의 내기를 통한 경쟁 이야기로, 창세기에서는 카인과 아
벨의 피 흘림과 족장시대로 내려와서 다시 아브라함 집안의 에서와 야곱
형제 사건으로 나타난다. 쌍둥이라 하더라도 형과 아우는 자연적 질서였
다. 나중 난 자가 형이 되려는 것은 가족 간의 형제 관계를 넘어서 출산
의 질서, 즉 창조질서를 거역하는 사건이었다. 그것은 구체적인 권력 싸
움으로 나타난다. 이렇게 형제의 다툼과 갈등이 본풀이와 창세기에서 주
요 모티브로 수용되었다는 것은, 형제의 갈등이 창조질서의 파탄이라는
원초적 죄임을 인식했기 때문이다. 즉 기독교와 민속신앙 모두 인간의 보
편적인 사유를 외면하지 않았음을 의미한다.

　본풀이와 창세기에 같은 모티브가 동질적인 의미성을 갖고 있더라도
그 구체적인 내용에서는 차이가 있다. 이러한 문제는 서사에서 문학적 상
상력과 종교적 상상력의 차이 때문이다. 그런데 창세 과정에서 공통적인
것은 두 장르가 모두 새로운 질서를 지향하고 있다는 점이다. 창세기에서
는 우주만물이 순차적으로 창조되면서 새로운 세계와 현상이 나타난다.[26]

초월적 존재인 창조주의 계획과 의지에 의해 창조되었기 때문이다. 그런데 창조의 주체에 대해 확신이 없는 문학적 상상력으로는 그것을 불가사의한 초월적인 현상으로 인식된다. 자연은 질서 정연한데, 땅에는 혼란이 계속되고 있는 이 현상은 인간의 사유로는 이해할 수 없다. 인간이 해결할 수 없는 현상을 미완의 상태로 인식하느냐, 절대자에 의해 극복할 수 있는 문제로 인식하느냐에 따라 현실을 탐색하는 문학적 상상력과 가치를 지향하는 신념의 종교적 상상력으로 다르게 나타난다.

본풀이와 창세기를 비교할 때에 우주만물의 창세에 대한 근원적인 문제에 대해서는 인식을 같이한다. 과학적인 입장에서도 이 인식과 근접해 있다. 이 점은 문학이나 종교나 존재하는 현상과 그 안에 살고 있는 인간 문제에서 출발했기 때문이다. 더구나 과학적 이해와 문학적 이해와 종교적 이해가 같고 다름은 오히려 그러한 인식들이 합리성을 갖고 있음을 의미한다. 단지 인식 방법과 과정에 따라 다를 수 있지만, 그것은 본질적 문제가 아니다. 여기에서 창세기의 모티브는 과학적 판단과 문학적 상상력을 다 수용하고 있음을 확인할 수 있다.

성경은 기독교적 입장에서 하나님이 인간을 구원하기 위해서 인간에게 전하고 싶은 하나님의 언어를 인간의 언어로 체계화한 문서이다. 그래서 성경의 언어는 인간이 잘 수용할 수 있는 방법과 양식을 취했다. 창조주의 언어와 인간의 언어가 소통할 수 있는 공간이 필요했기 때문이다. 그래서 하나님은 성경의 소재를 인간의 삶의 현장에서 일어난 사건과 인간의 사유에서 마련했다. 신의 세계보다는 인간의 세계에 더 관심을 갖고 썼다. 그래서 종교적 신념은 신화적인 상상력을 통해서, 삶의 과정에서

---

26 각주 9)에 의하여 하나님은 창조를 단계적으로 했다. 이것은 한 단계의 창조가 다른 단계의 창조로 이어지는 연속성을 가진다는 것이다. 이러한 창조 단계는 만물의 생성에 대한 과학적인 입장과 호응된다.

나타나는 현실적인 문제는 문학적인 상상력을 통해서 구현했다.

그러면 어떻게 종교적인 상상력과 문학적인 상상력이 만날 수 있을까? 즉 본풀이와 창세기가 공통된 모티브를 지니고 있다는 사실을 어떻게 설명할 수 있을까?[27] 여기에서 창세기 저자인 하나님의 사유와 그 피조물인 인간의 사유의 동질성과 이질성을 생각할 필요가 있다. 즉 신의 생각과 인간의 생각의 동질성에서 그 논거를 찾아야 한다. 기독교적 세계관의 요체는 하나님은 창조주이며 그는 창조한 세계를 관리하기 위해서 동역자로 인간을 창조했다(창세기 2장 15절)는 것이다. "여호와 하나님이 땅의 흙으로 사람을 지으시고 생기를 그 코에 불어넣으시니 사람이 생령이 되니라"(창세기 2장 7절). 이 기록에 의하면, 인간은 흙으로 된 육체와 하나님의 입김으로 된 정신과 영혼으로 이루어진 이원적 존재이다. 그래서 인간의 사유와 하나님의 사유 사이에는 동질성이 있다. 우주 창세에 대한 인간의 인식을 표현하는 문학적 상상력과 하나님의 뜻이 포함된 종교적 상상력은 서로 상통할 수 있다. 여기에서 본풀이 모티브와 창세기 모티브의 동질성의 근거를 찾을 수 있다.

그런데 본풀이의 문학적 상상력은 다양하게 변이된다. 상황을 표현함에 있어서 신화적 상상력과 현실적 리얼리티 방법으로 처리한다. 예를 들어 땅에서 태어난 대별왕과 소별왕이 박넝쿨을 타서 하늘로 올라가 아버지인 천지왕을 만나 형제가 통치할 관할을 분배받는다는 것은 신화적 상상력의 소산이다. 그러나 이 경우에 그 신들은 성경의 창조주와 같은 절대 신이

---

27 창세기의 기사의 근원에 대한 논의는 중동 지역 바벨론의 창조설화에서 찾기도 한다. 그래서 이 설화와 창세기의 기사를 유사점과 차이점에 대해서 논의한다(루이스 벌코프, 권수경·이상원(역), 『벌코프 조직신학』, 크리스챤다이제스트, 2008, 357면). 그러나 이것은 무익한 논의이다. 성경에서 창조에 대한 기사는 인류가 향유하는 창조에 대한 이야기를 소재로 하여 하나님의 의도에 맞게 재구성한 것이다. 이런 입장에서 제주의 창세신화의 모티브가 창세기의 모티브와의 동질성의 문제를 설명할 수 있다.

아니다. 본풀이의 신은 인간의 사유로 만들어진 일종의 서사의 캐릭터일 뿐이다. 즉 인간이 우주창세와 혼란스러운 이 땅의 문제에 대한 사유를 서사화하는 과정에서 기능적 역할을 하도록 설정한 캐릭터이다. 신화적 상상력에 의해 현상을 인식하고 그것을 문학적 상상력으로 구체화하기 위해서 이러한 신화적 캐릭터 설정이 필요했던 것이다. 그래서 본풀이의 캐릭터들은 절대 신이 아닌, 우월한 존재인 '인간적 신' 즉 영웅에 가까운 캐릭터를 설정한 것이다.[28] 그들 신은 성경에 등장하는 절대신인 야훼와 같은 존재가 아니기 때문에, 땅의 혼란을 극복하지 못한다. 이것은 문학적 상상력의 한계이면서 동시에 인간적인 사유에 의해 정직하게 인식한 결과다. 그래서 현실에 대한 리얼리티를 확보하고 있다. 소별왕이 지상의 혼란을 극복할 수 없는 것은 타당하다. 그가 욕망을 가졌기 때문에, 욕망으로 세상의 혼란을 수습할 수 없다는 것은 매우 합리적인 인식이다.

성경은 우주창세와 인간 문화의 시초에서 시작하여 인류 구원의 과정을 서사양식으로 썼다.[29] 그 소재는 인간의 역사 현장에서 일어나는 구체적인 사건들이다. 그렇다고 성경은 역사책이 아니다. 성경의 역사적 사실은 그 책의 소재일 뿐이다. 성경의 소재에는 반도덕적이고 반가치적인 내용들이 많다. 즉 역사 현장에서 일어나거나 일어날 수 있는 개연적인 사

28 조동일은 제주 창세 본풀이를 영웅서사시로 보았고, 무속설화는 전승과정에서 신이 영웅으로 바뀌었다고 했다(조동일, 앞의 책, 59면).
29 신학자들이나 기독교인들은 창세기의 사건이 사실(fact)인가, 허구(fiction)인가 하는 문제에 대해서 논의를 되풀이해왔다(제임스 몽고메리 보이스, 문원옥(역), 『창조와 타락』, 솔라피데출판사, 2013, 29면.) 그러나 이것도 무익한 논의이다. 성경의 작가인 하나님은 인간들이 제일 관심을 갖고 하나님을 믿는데 가장 핵심적인 논거가 되는 우주 창세에 대해 어떻게 설명할 것인가를 생각하셨다. 그래서 즉 세상 사람들이 갖고 있는 창세에 대한 사유를 바탕으로(소재로 하여) 하나님의 서술 방식에 맞게 창조의 원리를 제시했다. 여기에서 허구란 창작자가 소재를 의도대로 재구성하여 만들어낸 것이다. 성경의 많은 역사적 소재는 역사적 의미만을 갖는다면 복음이 될 수 없다. 성경 소재는 그 역사성을 넘어 서사적 허구 양식이 됨으로써 살아있는 현재성과 미래성을 갖고 있을 때에 복음이 된다. 역사적 의미만을 고집한다면 성경은 '의미 있는 역사책'에 불과하다.

실들을 다 포함하고 있다. 소재가 된 역사적 사실들은 역사적 의미보다는 성경이라는 텍스트의 구조적 의미를 갖는다. 성경에 나타난 사실들은 종교적 신념을 종교적 상상력으로 구현하기 위해서 의도적으로 취해 재구성한 작품의 요소로서 소재에 불과하다. 성경은 이 세상의 역사와 땅에서 일어나는 모든 현상과 그 현상에 숨어 있는 인간의 사유를 소재로 하여 쓴 우주적 서사물이다. 그래서 땅의 가치로 볼 때에는 반가치적인 내용들이 많다. 가치는 현상을 정제하여 만들어놓은 것이기에 현실과는 거리가 있다. 그런데 성경은 이러한 땅의 이념이나 가치를 거부함으로 세상을 구원의 대상으로 삼는다. 그래서 지상의 사실을 오히려 정직하게 반영할 수 있다. 세계에 분포되어 있는 창제 모티브는 우주의 근원을 문학적 상상력에 의해 구현한 인간의 보편적인 사유의 결과이다. 그러므로 제주 창세 무속 본풀이가 성경의 소재가 된다는 것은 자연스러운 현상이다.

하나님의 이야기인 성경에는 과거 인류가 경험했거나 상상했던 그리고 앞으로 경험하고 상상할 수 있는 모든 것을 소재로 삼아 시간과 공간을 초월하는 우주적인 문서를 만들어내었다. 이 점에서 성경은 종교적 상상력과 문학적 상상력이 공유할 수 있는 공간이며, 이것은 다시 과학적 논리와도 근본적으로는 상통하게 된다. 성경의 정직성과 권위를 성경 스스로 자족적으로 보유하고 있는 것이다.

제주 무격신의 내력담인 천지왕 본풀이가 기독교 경전인 성경과 우주 창세에 대한 인식에서 공통점을 갖고 있다는 것은 특이한 현상이다. 그것은 본토에서 멀리 떨어진 주변지역 사람들의 사유가 중심부이데올로기에 매어 있지 않고, 우주와 세계를 자유롭게 인식할 수 있었기 때문이다. 여기에서 주변부 사람들의 사유의 특징이 있다. 중심부 지배이데올로기에 대한 반역이면서 새로운 질서에 대한 자유로운 갈망이 있다.

2. 역사적 사실과 문학적 인식

(1) 문제

이 글에서는 조선조 숙종 때 제주 목사로 부임하여 풍속 개량과 민중 교화를 위하여 많은 일을 하였다는 이형상(李衡祥) 목사[30]의 치적 중 신당 (神堂) 철폐에 대한 일반 백성들의 인식을 설화를 통하여 알아보고, 그것을 토대로 역사적 사실에 대한 설화적 인식과 역사와 문학의 관계를 논의하려 한다.

이 목사의 치적 중 신당 철폐에 대하여서는 풍속 개량과 우민교화(愚民敎化)란 입장에서 긍정적으로 인식되어 왔다. 『탐라기년(耽羅紀年)』[31]에 의하면 광양당 등 삼읍(三邑)에 있는 음사(陰祀)와 절집(佛宇) 130여 개소를

---

30 이형상(1653~1733). 경북 생. 25세 생원이 되고, 28세 문과별과에 합격하여 주로 외직을 거쳐 76세에 호조참의에 이름. 만년에 고향 영천에 호연정(晧然亭)을 구축하여 일생을 보냈는데, 정조 20년 조정으로부터 청백리로 록선(錄選)됨. 49세에 제주 목사로 부임 51세에 파직 당함. 권영철, 『瓶窩 李衡祥 硏究』, 한국연구원, 1978.

31 김석익(1885~1956)에 의하여 편술된 이 책은 고려 태조 때부터 이조 광무 10년에 이르기까지 제주도의 일들을 연대별로 정리한 것인데, 후진들을 교화할 목적으로 쓰인 것이다. 이 책은 제주도교육위원회에서 『耽羅文獻集』(1976)으로 번역 간행했다. 이 자료집에는 김석익 외에 金尙憲의 『南槎錄』, 李元鎭의 『耽羅誌』, 李健의 『濟州風土記』가 번역되었다. 앞으로 이들 책에 대한 인용은 이 자료집에서 했다.

헐고 무속인 400여 명을 귀농 조치했다는 기록이 있고, 이 일을 계기로 백성들을 어리석은 습속(習俗)에서 벗어나게 한 이 목사의 치적을 높이 평가하고 있다.[32] 순조 19년(1819)에는 이러한 이 목사의 치적을 기리기 위해 제주 유생들의 진정에 따라 영혜사에 배향되기까지 했다[33]. 권영철에 의하면 이렇게 신당을 철폐하고 무속인을 귀농조치하자 제주사람들은 공의 업적을 기리어 공덕비까지 세웠다고 했다.[34]

이 목사의 신당 철폐에 대한 이러한 인식은 과연 일반 백성들의 생각과 일치되는 것인가. 제주사람들은 신앙의 대상이 되었던 신당이 한 목민관의 행정력에 의해 철폐되었다는 사실을 어떻게 인식하고 있는가? 기록처럼 긍정적으로만 받아들였던가? 더구나 앞서 제시한 반응은 유학자가 쓴 문서와 이 목사 자신이 쓴 남환박물지(南宦博物誌)[35]의 기록이라는 점에서 의문을 제기할 만하다.

목민관의 이러한 행정 조치가 후세 사람들, 특히 유학자나 지식 계층이 긍정적으로 인식했다는 기록을 신뢰할 수 있을까? 이 기록들은 역사적 사실을 순수하게 기술한 것이 아니라, 역사적 사실에 대한 기록자의 주관적 인식임을 배제할 수 있을까? 그래서 역사적 사실에 대한 논의가 그 논의자와의 관계에서 다시 해석될 수 있다는 전제하에,[36] 이 목사의 치적에 대한 지금까지 논의를 검토할 필요가 있다.

이러한 의문을 뒷받침하는 자료로서, 이 목사의 민중교화를 위한 신당 철폐 사실에 대한 일반 백성들의 반응을 보여주는 몇 편의 설화들이 있

32 김석익, 앞의 책, 숙종 28년(401면 참조).
33 김석익, 앞의 책, 429면, 순조 19년(429면 참조).
34 권영철, 앞의 책, 14면.
35 이형상이 제주목사로 일하던 50세 때 제주도의 여러 문물의 사항을 서술한 책. 박물의 목록은 '邑號 路程 海 島 候 地 勝 蹟 姓 人 俗 文 武 田' 등이다.
36 에드워드 H. 카, 김택현(역), 『역사란 무엇인가(What is History?)』, 까치글방, 2007, 22면.

다.[37] 이 설화에는 이 목사의 치적에 대한 비판적이고 다양한 반응과 행정 조치에 대한 불만이 나타나 있다. 허구적 설화의 내용이 문헌 기록과 상충 되기는 하지만, 설화 향유자들의 생각도 그들이 살았던 시대의 역사를 이 해하는 데 간과해 버릴 수 없을 것이다. 허구적 설화가 지니고 있는 역사 인식은, 이 목사의 신당 철폐에 대한 백성들의 생각을 허구적 상상력을 통해 형상화한 것이므로, 이 설화도 역사적 사실을 더 풍부하게 만들 수 있다는 가설이 가능하다. 역사가들은 상상력을 구사하여 규명 중인 사건 들을 통찰이나 직관에 의해 다시 살리고 재창조할 필요가 있는데, 이는 인간의 인식이 내적 정신의 표현이며 따라서 역사의 이해는 이 정신상태 의 재경험에 의해 이뤄질 때 보다 역사적 실상에 가깝게 파악할 수 있다.[38]

어떤 역사적 사실에 대한 이해는 인간과 사회의 총체적 입장에서 이뤄 져야 한다. 역사의 존재 이유는 인간 문제로 돌아온다. 아무리 역사 기술 이 집단적인 구조를 가져서[39] 개별적인 개인의 진실에 관심을 가질 수 없 다 하더라도, 종합적 입장에서 이뤄져야 한다. 조선조 시대의 역사가 지 배 이념을 주도하는 특정 부류 사람들에 의한 서술이어서, 한 시대의 총 체적 구조에서 역사가 서술되지 못하였고, 따라서 역사가 한 시대의 진실 을 증언하는 가장 중요한 기능을 잃게 되었다. 특히 제주도 역사에서 그 점이 심하다. 변방인 제주도의 역사는 사회 지배 이념을 중심으로 한 서 술에서 벗어나 백성들의 진정한 인식에 바탕을 두고 이뤄져야 한다. 여기 에 변방 지역의 역사로서의 의미를 갖게 된다.

이 글의 의도는 이 목사의 치적에 대한 평가에 있지 않다. 지나간 역사

---

37 『韓國口碑文學大系』 9-1에 2편(191-193면, 206-208면), 『韓國口碑文學大系』 9-2에 1 편(721-722면), 그리고 『학술조사보고서』 7편(제주대학교 국어국문. 국어교육과, 1982)에 1편 (103-109면)이 있다.

38 차하순, 「역사의 문학성」, 『역사와 문학』, 서강대학교 인문과학연구소, 1981, 34 -34면.

39 이상신, 「역사와 문학의 관계」, 『문학과 역사』, 민음사, 1982, 18면.

를 더 객관적으로 인식할 수 있기를 기대하며, 역사는 고정되어 있는 것이 아니라, 살아있어 끊임없이 변화하고 생성하는 것이므로[40], 이 변화 생성에 문학이 얼마나 기여할 수 있는가를 가늠해 보려는 것이다. 또한 이 목사 치적에 대한 설화들의 반응을 통해서 역사와 문학이 인간의 진실을 해명하기 위해 어떻게 서로 기능하는가를 성찰할 수 있을 것이다.

(2) 신당 철폐에 대한 사람들의 생각

(가) 긍정적 인식

이형상 목사의 신당 철폐와 그에 대한 여러 사람들의 생각을 살펴보기로 한다. 첫째는 긍정적 인식으로 『남환박물지(南宦博物誌)』 기록이 있다. 이 책에 의하면, 제주에 대한 그의 인상 중에 두드러진 것은 무속신앙이라고 기록하고 있다.[41] "섬의 곳곳에 목석으로 신사(神祀)를 만들고 매년 정월 초하루부터 보름에 이르기까지 무당들이 독기(纛旗)를 앞세워 모시고, 나희(儺戱)를 꾸미고 꽹과리와 북을 치며 깃발과 창검을 앞세워 온 동네를 돌아다니면, 관원 이하 모든 사람들이 다투어 물품들과 곡식들을 바쳐 제사를 드린다"고 기록하고 있다. 사람들이 모든 질병과 생사화복을 음신(淫神)에게 구하므로 자연 무당들의 횡포가 심하며, 그 무리 또한 많아 백성들에 대한 피해가 크다고 하였다. 이들은 일반 사람들에게 제물을 강요하고 신당에 소를 잡아 제사 지내게 하고 심지어 마소를 탈취하는 등의 행패가 극심하다는 것이다.

---

40 A. Schaff, 김택현(역), 『역사와 진실(History and Truth)』, 청사, 1982, 297면.
41 '한국정신문화연구원, 『耽羅巡歷圖 南宦博物』, 한국정신문화연구원, 1980' 중 남환박물의 誌俗條에 尙淫祀의 풍속을 자세히 소개하고 있음(113-116면).

이에 그는 지역 주민의 호응을 얻어 신당 129곳과 개인 집에 있는 도신지물(禱神之物)과 곳곳에 있는 신당과 관계된 모든 것들, 신당을 섬기는 데 쓰였던 모든 기구와 의복까지 부수고 불살라버리는 등, 신당 철폐를 강행하였고, 행정력을 동원하여 무당들이 굿을 못하게 하였다[42]. 이에 무당들이 스스로 그 일에 손을 떼어 농사일에 종사하게 되었다.

이러한 개혁을 단행한 이 목사에 대하여 『탐라기년(耽羅紀年)』에는, "과감하고 정직하여 백성을 보살피는 일에 힘썼으므로, 섬사람들이 그의 덕을 기리 간직하여 덕화민비(德化民碑)를 세웠다"고 기록되었다. 또한 직접 음사 철폐에 대한 치적에 대해서도 자찬했다. 비정신사(鼻亭神祀)를 헐었던 설존의(薛存義)의 일과 비교하여 그가 제주에서 그 많은 음사를 헐어버린 것을 높이 평가했고, 이러한 일들은 목민관으로서 백성을 위하는 마음에서 비롯된 것이라 하였다.[43]

이 목사의 신당 철폐 치적에 대한 긍정적인 인식은 비단 『탐라기년』의 저자 개인의 입장이 아니다. 앞에서 말한 바 있지만, 순조 19년(1819년)에는 유생들이 진정하여 목사 조의진이 이형상과 김정을 영혜사에 종향하였다. 여기에서 주목할 일은, 이 목사의 치적에 대한 긍정적인 인식이 당시 사회의 지식계층인 유생들에 의해 이뤄졌다는 사실이다. 목민관이나 유생들은 모두 조선조 사회의 지배 이념을 추종하고 확산시키고 피지배계층인 백성들에게 그 이념으로 교화시키는 일을 맡은 사회의 주체 세력들이다. 그러므로 그들은 이 목사의 치적에 대해 긍정적으로 인식했다고 볼 수 있다. 또한 그를 영혜사에 추종하는 일은 유생들이 자기 이념을 공고히 유지시키고 널리 확산시키는 일의 한 부분이 된다. 이러한 점에서

---

42 앞의 책(115면)에 의하면, 무당들에게 관가에서 쓰는 면포(綿布)를 감당하도록 하자, 이를 이행하지 못할 처지에 이르고, 결국 모두들 무당짓을 스스로 버리고 농사짓게 되었다고 기록되어 있다.

43 『耽羅紀年』, 숙종 28년(1702년).

문헌 기록은 사료로서는 한계를 지닌다. 그렇다면 일반 제주도 백성들은 이 목사의 치적에 대해서 어떻게 인식하였을까?

(나) 부정적 인식

제주설화에서 이 목사 치적에 대한 부정적 인식을 읽을 수 있다. 이 목사의 신당 철폐는 유학자들의 기록이 아니더라도 응당 목민관으로서 해야 할 일이라고 모두 생각할 수 있다.

설화는 지배계층의 문자 문학이 아니라 일반인이 심심풀이로 즐겨 말하고 듣는 구전문학다. 그들은 문자로 된 문학에는 관심이 없으나 문학적 감수성을 갖고 살아가는 보통 사람들이다. 사회와 생활에 대한 문제와 갈등을 푸념하듯이 말한다. 그것은 자신의 표현수단인 이야기로 엮어서 전한다. 그래서 그 이야기는 개인의 차원을 넘어 많은 사람들의 이야기가 되면서 전해지게 된다. 여기에 설화가 지니는 문학적 진실의 사회적 의미가 있다.

설화-〈1〉[44]

이것은 김녕뱀굴설화와 비슷하다. 김녕 뱀을 퇴치한 사람은 이형상 목사이며, 그는 골총을 수리하고 당 오백, 절 오백을 부수었는데 나중에 뱀의 복수를 받게 되었다는 내용이다. 이 설화는 김녕뱀굴설화와 기건(奇虔) 목사설화에 이형상 목사설화가 습합되어 이뤄졌다는 데 흥미가 있다. 그 개요를 정리하면 다음과 같다.

---

44 『韓國口碑文學大系』 9-1, 191-193면.

① 김녕뱀굴에 사는 뱀을 퇴치한 이 목사는 그 뱀의 흉험으로 육지로 떠
나려다가 태풍이 불어 떠나지 못했다.

② 이 목사는 당도 많이 부수고 골총(古塚)도 많이 치산해 줬다.

③ 밤에 골총 귀신들이 나타나 날이 밝기 전에 떠나라고 재촉해서 제주를
떠날 수 있었다.

④ 이 목사는 뱀들의 흉험에서 벗어나 무사하게 고향에 돌아갈 수 있었는데,
죽은 후 그의 무덤에는 뱀들이 이 목사 원수를 갚으려고 늘 나와 뒹굴었다.

이 목사가 김녕뱀굴설화의 주인공으로 바뀌지긴 하였으나, 그가 퇴치
한 뱀의(혹은 뱀신의) 복수와 증오에서 벗어나지 못하였다고 신당 철폐에
대한 부정적인 인식을 보여주고 있다.

설화-〈2〉[45]

이 설화는 세종 때 기건(奇虔) 목사 이야기에 이 형상 목사 이야기가
습합되었다.

① 기건 목사는 골총들을 다 수리하였고 당과 절을 많이 부셔버렸다.

② 임기를 마치고 제주를 떠나려 할 때, 당귀신들이 복수로 바람이 불어
서 떠날 수 없었다.

③ 골총 귀신들이 도움으로 바람이 잔잔한 틈에 떠났다.

④ 배가 막 육지에 닿으려 할 때, 당귀신들이 사실을 알고 쫓아왔으나 이
미 육지에 내린 후여서 복수를 하지 못했다.

---

45 앞의 책, 206-208면.

비록 기건 목사의 이야기로 구술되었으나, 그 이면에는 당과 절을 철폐한 이 목사와 당신과의 갈등이 첨예하게 나타나 있다.

당을 철폐한 이 목사에 대한 당신들의 복수는 당신의 의도이기 전에, 당신을 숭상했던 설화 향유자들의 상상력의 소산이다. 더구나 위 두 설화에서 이 목사와 기건 목사가 당신이나 뱀신들의 복수에서 벗어날 수 있었던 것은, 골총신의 도움을 받았기 때문이다. '치산'이라는 조상숭배의 덕목을 목사가 실천했기에 골총신이 도와준 것이다. 이들은 당신이나 뱀신과 갈등 관계에 있다.

설화-⟨3⟩[46]

이 설화는 앞에 제시한 두 설화에 비해 이형상 목사의 신당 철폐에 대한 내용이 질서 있게 나타나 있으면서 그 플롯도 정연하다.

① 영천 이 목사는 평양감사를 마다하고 당과 절을 철폐할 생각으로 제주 목사를 자청하여 왔다.
② 부임 즉시 굿의 실태를 파악하였다.
③ 제주도 전역을 돌아다니며 신령이 세기로 유명한 신당의 신들을 퇴치하고 섬 안의 모든 당과 절을 철폐하였다.
④ 밤에 꿈에 나타난 골총 귀신의 청원을 듣고 그의 무덤을 치산하여 주었다.
⑤ 그 골총 귀신의 도움으로 당신들의 복수를 피해 무사히 제주를 떠날 수 있었다.
⑥ 고향에 돌아와 보니 이미 두 아들이 당신들이 복수로 죽어 있었다.

---

46 제주대학교 국어국문학과, 『학술조사보고서』 7집, 103-109면.

이 설화는 〈1〉, 〈2〉설화와 같이, 기건 목사의 치적이라는 '골총 치산 모티브'가 이 목사의 신당 철폐 서사에 합치되면서 플롯의 전개가 보다 치밀하다.

우선 신당 철폐는 이 목사가 제주에 부임하기 전부터 이미 마음먹은 바임을 강조하면서, 부임 즉시 그 일을 하기 위해 굿의 실태를 파악한다. 이 설화는 이 목사의 신당 철폐 의지를 돋보이게 한다.

설화의 특징은, 신령이 세기로 이름난 당신을 퇴치하는 과정과, 고향의 두 아들이 당신의 흉험에 의해 죽었다는 사실이다. 이 목사의 신당 철폐 의지와 당신들의 복수 의지, 이 목사와 당신들의 대립 갈등이 날카롭게 형상화되었다.

설화〈1〉에서는 김녕뱀굴의 흉험이 이 목사를 몰락시키지 못하여 그의 무덤에 뒹굴면서 원한을 삭이고 있을 뿐이고, 설화〈2〉에서는 당신들이 복수 기회를 놓치므로 그 의지만을 나타내고 있다. 이러한 설화의 의미는 장을 달리하여 논의하겠지만, 지식 계층들이 긍정적으로 인식하였던 이 목사의 신당 철폐에 대해 부정적으로 인식하고 있음을 보여주고 있다.

이 목사의 신당 철폐에 대한 이러한 상반된 인식을 어떻게 이해해야 할 것인가. 설화는 허구적인 이야기이므로 신뢰할 수 없다고 문제가 해결될 수 있을까. 또한 설화는 심심풀이 이야기이어서 역사적 사실의 해명에 아무런 도움도 줄 수 없을까. 그러나 그러한 쓸모없는 거짓 이야기가 어떠한 기록의 힘이나 다른 무엇이 도움이 없이도 많은 사람들에게 이야기되면서 오랜 세월 동안 전승되어 내려왔다는 사실을 부인할 수 없다. 그것은 이야기의 재미 때문인가? 이야기가 전해 내려올 수 있었던 것은 그것이 살아있었기 때문이다. 살아있다는 것은 거기에 모든 사람들의 진실이 담겨 있다는 뜻이다.

설화의 이러한 면을 생각하기 위해 우선 이형상 목사의 제주 신당 철폐 과정을 살펴볼 필요가 있다. 신당 철폐라는 파격적인 정책을 왜 단행했으며, 그 일이 도민들에게 어떻게 받아들여졌는가? 신당 철폐에 대한 도민들의 반응과 설화의 문제를 같이 생각할 때, 지금까지 논의된 설화들의 의미가 새로워질 것이다. 우선 제주사람들의 생활과 신당은 어떤 관계에 있으며 그에 대한 목민관의 입장은 무엇이었는지, 자료를 근거로 논의해 볼 차례이다.

(3) 제주사람들의 생활과 신당

(가) 제주사람과 신당

제주에 신당이 많고 무속이 성행했다는 기록은 여러 문헌에서 찾아볼 수 있다.

중암(仲庵) 김정[47]은 그의 『풍토록(風土錄)』에서, "제주사람들은 무속신을 몹시 숭배하므로 무당들이 많고, 이들은 사람들이 어려운 일을 당할 때마다 그것을 빙자하여 많은 제물을 쉽게 탈취하는 등의 행패를 자행하기에 이르고 있다. 사람들은 명일이나 삭망(朔望) 칠일(七日)에 짐승을 잡아 음사에 제사지내는데, 그 음사 수가 300여 처소에 이르고, 해마다 늘어나며 이로 인한 허황되고 그릇된 일들이 자꾸 더해가서, 혹 질병이 나도 약을 쓰려 하지 않고, 이 신에 빌어 나으려 하다가 죽음에 이르는 경우가 많다"고 하였다. 청음(淸陰) 김상헌의 『남사록(南槎錄)』에도 위와 같은 풍습은 여전하다고 하면서, "지금도 광양, 차귀 등에 있는 음사에는 매일 굿하는 소리가 그치지 않고, 지방 사람들이 이들 귀신을 하늘같이 받

---

[47] 김정(1486~1521)은 기묘사화로 중종 15년 8월 제주에 유배와 다음 해 10월까지 귀양살이를 하면서 이 『풍토록』을 썼다.

들어 모셔 섬사람들의 생활을 이 귀신들이 지배하고 있다"고 기술하고 있다. 이와 같은 기록은 이외에도 많다.

이러한 기록들을 살펴보면, 무속신앙이 제주사람들의 생활과 밀접한 관계를 갖고 있음을 알 수 있다. 그것은 일종의 종교적인 신앙이었다. 재물을 바치고, 생사회복을 의탁하고, 또한 민속놀이까지 무속과 관련을 맺고 있었다. 이원진의 『탐라지(耽羅誌)』에, "제주사람들은 숲이나 내, 못, 언덕, 무덤, 큰 나무, 큰 바위에 신을 모셔 매해 정월 초하루부터 보름까지 무당들이 앞장을 서서 신기를 내세워 나희를 꾸미고 쟁과 복을 치며 무리지어 동네 여러 집들에 드나들면, 사람들이 다투어 재물을 바치며 제사지내고, 또 2월 초에 귀덕 김녕 등지 마을에서는 신대를 여러 개 세워 신을 맞아 제사를 지내며, 또한 애월 등지에서는 말머리 같은 형태의 떼배를 구하여 울긋불긋하게 비단으로 장식하고 약마희(躍馬戲) 놀음을 하면서 신들을 즐겁게 하여 보름까지 지내는데, 이를 연등이라 이른다"고 했다. 이러한 놀이는 제주의 여러 지방에서 행해지던 민속놀이의 이름인데, 그러한 놀이에도 무속적인 속성이 많이 가미되어 있었음을 알 수 있다.

이러한 무속신앙을 단순히 사람들의 우매한 처사로만 돌려버릴 수 있을까. 김상헌의 『남사록(南槎錄)』에서는 충암의 영정사 중수기(重修記)를 들어 "이 지방 민속이 비루하여 어리석고, 무릇 병이 나거나 집안에 상을 만나거나 또는 화나 복에 대하여 모두 당신에게 기구한다"고 하였다. 또한 뱀신 숭배 풍습이 성행한다고 하면서 이를 야만스런 풍습이라고 지적하였다. 이건(李健)도 그의 『제주풍토기(濟州風土記)』(199면)에서 이러한 무속의 성행에 대하여 심히 괴이한 일이라 하였다. 이와 같은 지적은 제주의 풍속을 제대로 인식한 결과인가? 무속신앙이 제주사람들의 생활을 지배해온 일에 대하여, 단지 어리석고 깨어나지 못한 탓으로만 돌려버릴 것인가? 제주사람들의 삶의 형편을 알게 된다면 비로소 무속 신앙과 제주사람들의 관계를 이해하게 될 것이다.

(나) 황폐한 삶

제주사람들의 생활은 한마디로 '황폐한 삶'이었다. 불모의 자연 환경 속에서 생활을 유지하기도 힘든데, 왜구의 침탈, 행정력의 부재로 인한 가렴주구하는 관리들의 횡포, 역사적 상황에 따른 갖가지 일들이 더욱 제 주사람들의 삶을 어렵게 만들었다.

지금은 축복받은 땅이 되어 과거 제주의 자연적 조건이 어떠했는지 이 해하기 어려울 것이므로 이에 옛 기록을 통하여 그 내용을 살펴보려고 한다.

충암(沖庵)은, "산길이 험하고 자갈이 많아 평평한 땅이 절반도 되지 않 는다"고 하였고,[48] 기후가 고르지 못하여 봄과 여름에 비가 많이 내리고 폭풍이 자주 인다고 하였다.[49] 이러한 자연 조건 및 가뭄과 태풍으로 인 한 피해가 해 걸러 닥치곤 하였다. 중종 때 제주 목사를 지냈던 김석철(金 錫哲)은, 제주 섬은 돌산 위에 흙을 덮어놓은 것과 같은 땅이므로 2, 3일 만 비가 안 오면 가물고 4, 5일만 비가 내리면 물난리가 나 자주 흉년이 든다고 왕에게 아뢰었다. 또 정언(正言) 최극성(崔克成)도, "전염병이 발생 하여 사람과 가축이 많이 죽었을 뿐 아니라, 흉년이 심하여 굶어 죽은 자 가 베개를 맞대어 누어있는 것과 같아, 정의나 대정에는 사람이 없는 집 들이 많다"고 중종께 아뢰었던 기록이 있다.[50] 현종 11년에는 "태풍이 제 주에 몰아쳐 교량과 인가와 길이 무너지고 해일까지 덮쳐 초목이 다 말라

---

48 '김정, 『濟州風土錄』, 앞의 책, 10면, 『南槎錄』, 51면'에서도 토질이 농사에 부적당함 을 말하고 있다.

49 『南槎錄』, 49면.

50 『李朝王朝實錄』, 중종 15년 10월 18일.

죽는 참사가 일어났었다. 그로 인해 이재민이 발생하여 조정에서 구휼미를 보내어 구제하나 그것으로 족하지 못했다. 굶은 자들이 산에 올라 나무 열매를 따먹으려 하나 이미 열매가 다 되었고, 밭과 들에 내려와 채소나 풀뿌리를 캐어먹으려 하나, 그것도 없는 형편이어서, 사람들이 남의 마소를 도적질하고 무뢰한들이 각처에 날뛰어 섬 안은 더욱 어지러워 그 참상이 극심해졌음"을 기록하고 있다.[51] 이것은 한 예에 불과하다. 몇 년에 한 번씩 주기적으로 이러한 사태가 일어났다고 하니, 제주사람들의 고통은 이루 말할 수 없었다.

이러한 자연 재해 외에도 제주사람들의 생활을 어렵게 만든 것은 왜구의 침탈과 행정력의 부재로 인한 관리들의 횡포였다. 왜구의 침탈에 대비하여 군역을 담당해야 하였는데, 그 일 때문에 섬사람들의 생활은 더욱 어려웠다. 『남사록(南槎錄)』에 의하면, "수륙군이 모두 5,645명에 이르므로, 70~80세가 되어도 군역을 면제받지 못하며, 또는 소년들도 16~17세만 되면 군적에 오르게 되어 그 피해는 컸다. 그러므로 할 수만 있으면 부역을 피하려 도망갔기 때문에 군사 수는 점점 줄어든 형편이라"고 했다.[52]

언제 닥칠지 모를 왜구의 침탈에 대비하여 부역이 심했고, 그로 인한 부작용도 많았다. 그렇게 대비하다가도 한번 왜구가 쳐들어왔다 하면, 그 노략질과 행패가 여간 심하지 않았다. 그래서 해변 마을에 사는 것을 꺼릴 정도였다. 그러나 보다 더한 것은 행정력의 부재에 따른 주민이 당하는 고통이었다.

우선 중앙 관서에 제주의 특산물을 진상하여야 하였다. 왕조실록에도 그 진상품의 감량을 호소한 기록이 많다. 진상품을 마련하는 일은 주민들

---

51 『李朝王朝實錄』, 현종 11년~12년.
52 『南槎錄』, 163면.

에게 큰 부담이었고, 그에 따른 부작용이 이루 말할 수 없었다. 진상 품목을 보면, "매년에 별진상으로 추복(搥鰒) 3,030첩, 조복(條鰒) 230첩, 인복(引鰒) 910, 오징어 680, 사재감(司宰監) 진상물로는 대회전복(大灰全鰒) 500첩, 중회전복(中灰全鰒) 945첩, 소회전복(小灰全鰒) 8,330첩, 그리고 별공물(別貢物)로는 대회전복 1,000첩, 중회전복 700첩, 대정에서 대회전복 500첩, 중회전복 230첩, 정의(旌義)에서 대회전복 500첩, 중회전복 195첩인데", 이것을 삼읍(三邑) 어부나 해녀들로부터 거두어들였다. 또한 온 섬에서 나는 해산물들은 모두 진상을 해야 했다.[53] 제주 특산물인 귤의 진상 내용은 이렇다. 1년 24 운(運)에 진상하여야 할 귤의 수량은, 상자(相子) 960, 감자(柑子) 29,470, 금귤(金橘) 1,420, 유감(乳柑) 2,800, 정귤(庭橘) 3,400, 산귤(山橘) 590 등 그 수량이 많고 종류가 다양하여 이를 감당하기 어려운 형편이었다. 이러므로 매년 7, 8월에는 목사가 각 마을 귤나무 있는 집을 돌아다니면서 열려 있는 귤을 모두 조사하여 장부에 적었다가 익을 철이 되면 그 여름에 조사된 수량대로 받아들였는데, 그 수량에 미치지 못하면 책벌을 받아야 하였다. 그러므로 귤나무를 가진 민가에 귤 보기를 독약과 같이 하고 무슨 수를 써서 귤나무를 없애곤 하였다.[54] 이러한 일은 사헌부에서도 논의되었는데, 제주사람 최풍이 명절날 자기 집 감귤을 따서 조상의 제사상에 올렸는데, 안무사가 다 헤아려 둔 귤을 도적질하였다 하여 곤장으로 벌을 내렸다. 이렇게 도의에 어긋나고 행정권이 남용되는 사례를 더 조사해 보고하라고 왕이 명을 내린 기록도 있다.[55]

해산물과 귤 외에 진상품에는 별별 물품들이 다 포함된다. 매년 목사의 별진상으로 향심 28말, 백랍 24편, 동자향심 7말, 치자 120조, 목사 도

---

53 『南槎錄』, 54-55면.
54 앞의 책, 148-149면.
55 『李朝王朝實錄』, 세종 8년 5월 15일.

임 시 진상품으로 백랍 20편, 목사가 바뀔 때 백랍 48편, 치자 20조 등. 이런 등속은 군사들에게 책임져서 납부하도록 하는 것인데, 이 외에 사소한 것은 헤아릴 수 없다고 했다. 이원진의 『탐라지(耽羅誌)』 공헌조(貢獻條)에 보면 중앙 각 부서별로 철따라 경우에 따라 바치는 물품의 종류며 수량이 희한하다. 이러한 물품을 징수하는 중간 과정에서 더 많은 수량을 받았고, 이를 서울관서로 진상하는 일 또한 쉽지 않았다. 그래서 사람들은 '언제 죽어 이 고생을 면할까' 탄식할 지경이었다.[56]

여기에 더한 것은 행정 관리들의 횡포였다. 위로 목사로부터 아래로 아전에 이르기까지 백성을 밥과 같이 취급하였다. 그러기에 사람들은 수단과 방법을 가리지 않고 관원이 되기를 원했고, 하다못해 군대의 수비장이나 아니면 통인(通引) 공생(貢生)이라도 되기 위하여 뇌물을 썼다. 사람들은 무슨 일이 일어나면 뇌물로 처리하였고, 그래서 강자는 약자를 누르고 사나운 자는 어진 사람을 겁탈함이 예사였고, 관원이 탐함이 마치 길에서 제멋대로 날뛰는 무리와 같다고 충암은 말했다.[57] 민가의 소를 제멋대로 잡아 술잔치에 썼고, 쓸 만한 말들은 모두 빼앗아 갔다.[58] 이러한 단적인 기록도 피해자의 입장이 아니라 들은 바에 의한 것일 때, 실제 백성들의 입장에서 당한 피해와 억눌림은 다 표현하지 못할 것이다. 백성을 돌보고 백성의 이익을 위하여 일해야 할 관리들의 오히려 백성들의 살과 피를 뜯어먹고 빨아먹는 상대가 되었으니, 백성들이 관리들에 대한 인식이 어떠했음은 짐작할 수 있다. 그러기에 수없이 많은 민란이 일어났고, 때마다 무력으로 또는 달래어 진압하곤 하였다. 그러나 조정에서도 제주 소요의 근본 원인이 조정의 실책에 있음을 모르는 바는 아니었다. 순조

---

56 『南槎錄』, 163면.
57 『濟州風土錄』, 9-10면.
58 『南槎錄』, 59면.

13년(1813)에 일어난 양제해의 난에 즈음하여 왕은 "그런 백성의 소요가 조정의 실책으로 자인하고 섬의 행정을 맡은 신하들은 교화로 백성을 보살피고 백성을 괴롭히지 않는 정사를 시행한다면 비록 거칠고 못된 성질을 가진 백성들이라 할지라도 순화되어 이런 변괴가 있었겠느냐"고 통탄하였다.[59]

이러한 행정 부재의 상황에서 사람들이 삶은 고난의 연속이었다. 사람들은 아들보다는 딸 낳기를 더 원하였고[60] 산자보다 죽은 자를 더 복된 사람으로 생각하였다. 여기에서 도민이 무속 신앙에 의지할 수밖에 없었던 사유를 짐작할 수 있을 것이다. 제주사람들에게 무속 신앙은 자기 구제와 현실 도피의 유일한 길이었다.

폐쇄된 사회일수록, 그 사회에서 사는 사람들의 삶이 황폐할수록 무속 신앙과 같은 저급 종교는 번창하기 마련이다. 의지할 곳 없는 제주사람들의 삶을 당신에 의탁할 수밖에 없었다. 그들은 당신을 신앙함으로 당신과 하나가 되는 정신적 상황에 이르게 되고, 여기에서 현실적 황폐함을 보상받게 된다. 이 점은 제주 당신들의 내력담인 본풀이에서 나타난 당신의 모습이 제주사람들과 상통한다는 점에서 이해할 수 있다. 추방과 좌절과 배고픔의 신들이 제주 당신들인데, 제주사람들은 이들과 하나가 됨으로 현실적인 고통을 위무받게 된다. 여기에 당신 숭배의 무속은 성행될 수밖에 없었다.

이와 같이 무속 신앙이 제주사람들의 신앙으로 정착하게 된 것은 사람들이 어리석고 무지한 탓만이 아니었다. 사회 상황이 그렇게 만들었다는 점에 유의할 필요가 있다. 이것은 이형상 목사의 신당 철폐 배경과 과정을 통해서 더 확실하게 나타나는데, 이러한 몇 가지 점을 고려할 때 이형

---

59 『李朝王朝實錄』, 순조 13년 12월 3일.
60 『南槎錄』, 53면.

상 목사에 대한 설화의 의미가 새롭게 이해될 것이다.

(4) 신당 철폐 배경과 그 과정

(가) 신당 철폐 배경

이형상 목사의 신당 철폐가 과연 풍속 계량과 백성의 교화에만 그 목적이 있었던가? 이 문제는, 철폐의 배경과 과정에서 다시 생각할 필요가 있다.

신당 철폐의 표면적 의도는, 지방 행정을 책임 맡은 목민관으로서 지방의 풍속을 개량하고 백성의 교화에 있었음은 분명하다. 전통적인 유교 선비로서 무속신앙에 치우쳐 있는 백성의 처지를 받아들일 수 없었고, 더구나 그로 인해서 백성들이 큰 피해를 받고 있다고 인식하였기 때문에, 목민관으로서 응당 신당 철폐를 감행해야 했다. 이 목사는 『남환박물지(南宦博物誌)』에서, 제주의 무속 성행 사실을 기록하는 중에, 이를 '만습(蠻習)'이라 통탄하였고, 또한 천하 만고의 병폐이며 실로 무익한 일인데도, 어리석은 백성들이 모르기 때문에 이를 신앙한다고 말하였다.[61]

이런 기록에서 무속에 대한 그의 부정적 의식이 보다 강렬함을 알 수 있는데, 이는 행정을 수행하는 목민관의 입장이다. 더구나 무당들의 행패를 통탄한 심정으로 기록한 것을 보면, 이를 철폐하려는 의지를 갖고 있었다. 또한 무속 신앙이 도민 생활에 뿌리박히면서 "그들이 백성에게 끼치는 영향력이 강해지기 시작했고 그들은 거만하여 재화를 구실로 사람들을 위협하여 재물을 탈취한다"는 기록도 있다.[62] 더구나 이형상 목사가

---

61 이형상, 『耽羅巡歷圖 南宦博物』, 113-116면.
62 『濟州風土錄』, 8면.

쓴 『남환박물지』를 보면, 무당들의 행패와 그 사회적 병폐를 자세하게 기록하고 있다. "무당들이 백성들을 미혹하게 하는 일은 천하만고의 병폐라 하면서, 무당들은 무뢰한의 무리들로서 불한당이라 칭하여 서로 결속하니 그 수가 천이 넘는데, 그들은 마을에 들어가 사람들에게 음식을 강요하고 또는 신당에서 남의 소를 잡아먹기까지 한다. 마을 사람들이 당신을 위해 돈이나 재물을 바치는데, 만약 그렇지 않으면 손발을 결박하여 놓은 후 약탈을 자행하고 심하면 마소를 빼앗아 가기까지 한다. 그뿐 아니라 전답을 탈취하여 나누어 갖고 신당에는 진주를 쌓아둘 정도"[63]라 하였다. 목민관으로서는 이러한 상황에서 신당을 철폐하지 않을 수 없었다.

그런데 이러한 표면적인 이유 외에도 또 다른 사연이 있었다. 그것은 행정력을 강화하려는 행정관리로서의 권력 비상의 의지였다. 백성들의 생활이 어려울수록, 관원들이 가렴주구를 일삼기 때문에 일반 백성들은 관원과 멀어질 수밖에 없었고, 여기에 행정력은 약화될 수밖에 없었다. 기록에 나타난 대로, 무당들이 거만하고 행패가 심하였다는 것은 백성에 대한 무당들의 영향력이 오히려 관리들보다 더 강하였음을 의미한다.

무속신앙이 백성들의 삶에 큰 영향을 끼치게 되면서 사회적으로 무당들의 영향력도 강화되었다. 더구나 그들은 강력한 결속력을 가져 그 수가 천 명이 넘었다니 행정을 수행하는 과정에서 이들이 적대세력이 될 수밖에 없었다. 이러한 일들이 신당 철폐의 한 원인이 되었다. 백성들이 관청과 멀어져 당신을 위하고, 무당들이 오히려 관리보다 더 백성들에게 영향력을 끼쳤다. 백성들은 왕의 은총을 모르고 왕의 다스림에서 멀어져 나갔으니 목민관으로서는 용납할 수 없는 일이었다. 이러한 점을 고려할 때, 이형상 목사의 제주 신당 철폐는 풍속 개량과 백성 교화란 표면적인 이유

---

63 『耽羅巡歷圖 南宦博物』, 113-116면.

외에 목민관으로서 행정력을 강화하기 위한 조치였다. 이 문제는 제주에서 행해지던 민속놀이에 대한 이 목사의 인식과, 백성을 주도하던 풍운뇌우단(風雲雷雨壇) 치제(致祭)를 폐지하였던 조치에서도 반증된다.

지금 걸궁의 성격을 띤 놀이라고 여겨지는, 매년 초하루에서부터 보름에 이르기까지 무당들을 중심으로 무리를 이루어 나희를 꾸미고 신기(神旗)를 내세워 꽹과리와 북을 치며 동네 집집을 돌아다니며 재물을 얻어 복을 빌어주고 제사를 지내는 놀이를 이 목사는 음사를 섬기는 일로 보았고, 연등놀이에 대해서도 같은 인식을 가졌다.[64] 또한 제주에 치군(置郡) 때부터 민간이 주도해서 시행되어오던 풍운뇌우단의 치제를 관에서 주도하지 않는 민간 행사라 하여 폐지하였다. 그러나 폐지한 이후에 제주에는 해마다 기근과 질병이 발생하여 백성들이 곤궁에 빠지게 되자 도민들이 다시 그 복귀를 목사 정동준에게 청원하였고, 목사는 이를 조정에 품위하자, 왕이 이의 복귀 설치 치제를 명하였다.[65]

이와 같이 민간에서 전해 내려오는 민속행사나 도민들의 주도하에 섬의 행복과 번영을 천신에 기원하는 풍운뇌우단 치제까지 부정적으로 인식하였거나 또는 폐지한 것은, 단지 그 놀이나 행사가 문제가 있었기 때문이 아니라, 백성이 주도하였던 행사였기 때문이다. 이 목사는 풍운뇌우단의 치제는 폐지하면서 관 주도의 한라산신제(漢拏山神祭)는 왕의 윤허를 받아 새로 지내기 시작했다. 한라산이 명산대천에 누락되어 있었는데, 이 목사가 이 사실을 다시 재고하여 주도록 조정에 아뢰자, 예조에서는 대신들의 의견을 물었는데, 이제 국전에 올려 시행하기는 어려우나, 명산에 제 지내지 않음은 예가 아니므로, 지역 실정을 감안하여 봄가을 철에 다른 예와 같이 산천제를 지냄이 옳다는 중론에 따라 왕이 윤허하였던 것이

---

64 앞의 책, 113면.
65 『李朝王朝實錄』, 숙종 45년 11월 4일.

다. 이에 치악산과 계룡산의 산제예(山祭例)에 준용하여 한라산신제를 지내게 되었다.[66]

이와 같이 백성 주도의 민속행사를 부정적으로 인식하여, 산천제를 폐지하면서 새로이 한라산신제를 관 주도로 시행한 것은, 모든 행사가 관이 주도해야 한다는 생각 때문이다. 도민들의 행사를 관이 주도함으로 백성의 생활과 의식을 행정력으로 통합하려 했던 것이다. 이러한 점은 실제로 신당을 철폐하는 과정에서도 나타난다.

(나) 신당 철폐 과정

이형상 목사는 관과 멀어진 민심을 수습하고 곤궁한 백성의 생활을 개선하기 위해 행정 개혁을 중앙에 진정하였다. 목민관으로서 백성을 위한 행정을 펴기 위해서였다. 이 일은 피폐한 백성들의 생활을 개선하는 일이면서 한편으로는 실추된 관의 위신을 회복할 수 있는 기회도 되었다.

이 목사가 조정에 제주의 형편을 진정하고 윤허 받은 일 중에 직접 백성의 생활과 관계된 사항은 다음과 같다. ① 목장의 마소는 목자가 책임지고 관리하는데, 죽거나 잃어버리는 마소의 수를 목자가 변상을 하게 되므로 변상 능력이 없을 경우에 부모 처자 동기간을 팔면서 변상하는 예가 많아 그 피해와 병폐가 극심하므로 변상을 반감하여주고 팔린 가족들은 되돌려 주도록 한 일, ② 해녀들이 채취해서 바친 전복에 대한 값을 지불하도록 한 일, ③ 관리들의 봉급을 올려줘 민폐가 없도록 한 일, ④ 변방에 근무하는 군사들에게 승진의 기회를 준 일, ⑤ 기한이 다 된 낡은 전함을 제주 삼읍에 나누어주어 운항하게 함으로 민폐를 없도록 한 일, ⑥

---

66 앞의 책, 숙종 29년 8월 29일.

삼성사(三姓司)의 재정을 관에서 보충해줘서 민폐를 없앤 일, ⑦ 도민의 양자 상속에 대한 일을 제주 목사에게 위임하여 도민의 편이를 도모하게 한 일 등이다.[67]

이러한 일들은 오랫동안 백성들을 괴롭혔던 악법이었는데, 이것이 시정되자, 도내 유생 및 낮은 벼슬아치와 각 면의 유지들과 각 마을 대표자들 800여 명이 모여 북향사배 성은을 감사하고 목사의 업적을 기리면서 자발적으로 신당 철폐에 앞장서, 삼읍에 널려져 있는 129곳의 신당을 부수고 당신 숭배에 따르는 모든 도구들을 불태우거나 없애 버렸다.[68] 이 목사의 행정력으로 백성들 스스로 자신들의 악습을 철폐하는 계기를 만들었던 것이다. 이렇게 함으로 행정력이 강화되었고, 목민관으로서 위엄을 유지할 수 있었다. 여기에 신당 철폐가 단지 풍속 개량과 백성의 교화라는 의도 외에 목민관으로서의 또 하나의 목적이 있음을 확인할 수 있다.

신당은 우매한 백성을 현혹하여 경제적인 피해를 줄 뿐만 아니라 혹세무민하여 성은을 잊게 하고 민심을 이간시키기 때문에 목민관과는 대립적인 관계에 있었다. 목사나 지방 수령들은 그 지역에 신령이 센 음사를 철폐하는 일은 자신의 행정력을 강화하는 일이 되었으며, 더욱 그 음사의 흉험 때문에 철폐되지 못하였을 경우에는, 지방 수령의 권위를 추락시키기도 했다. 그래서 설화나 문헌야담에서는 용기 있는 지방 수령들이 신령이 센 음사나 요괴를 퇴치한 이야기가 많이 전하는데, 대부분 지방 수령이 승리하고 음사나 요괴는 패배 몰락하게 된다.[69] 이 경우에는 관리의 권력 비상의 의지가 음사와 요괴 퇴치로 인해서 그 시혜를 받은 백성들의 마음과 합치되어서 이뤄진 것이다.[70] 여기에 퇴치 주체자의 모습이나 의

---

67 『耽羅巡歷圖 南宦博物』, 115면.

68 앞의 책, 같은 쪽.

69 이러한 이야기 중 중요한 것으로는 '밀양 아랑각 전설' 『민속종합보고서』(경남편, 1496면), '도령 음사 철폐 이야기' 『청구야담』 권4 등이 있다.

도가 강하게 부각된다. 그런데 제주의 설화는 이와는 전혀 상반되게 끝난다. 퇴치자의 승리로 끝나지 않고, 오히려 요괴나 음사의 흉험에 의해 퇴치자가 몰락하게 된다. 그 단적인 예가 '김녕뱀굴 설화'와 '이형상 목사 음사 철폐 이야기'이다. 여기에 관리들의 권력비상의 의지를 가로막는 또 하나의 힘이 설화 향유자의 마음에 자리 잡고 있음을 확인할 수 있다.

이렇듯이 이 목사의 신당 철폐에 대한 지배계층의 의식과는 상반된 설화적 입장도 있다. 이러한 두 입장은 당신과 도민의 관계, 신당 철폐의 이면적 배경과 행정가의 정략적 의도 충족 내지 관리로서의 권력 비상의 의도에서 비롯되었음을 확인했다. 이제 문제를 더욱 확실히 이해하기 위해 설화의 구조를 분석하고 그 갈등 양상을 파악할 필요가 있다.

(5) 갈등의 구조와 그 극복

신당 철폐 설화의 개요를 정리하면 다음과 같다.

설화-⟨1⟩[71]

① 목사가 김녕 뱀을 퇴치함

② 뱀의 흉험 때문에 제주를 못 떠남

③ 골총신의 도움으로 제주를 떠남

④ 이 목사 무덤에 뱀이 서려 있음

---

70 현길언, 「蛇神傳說의 考察」, 『민속학론총Ⅱ』, 석주선박사 고희기념론총, 1982, 321-322면.
71 뱀은 실제적인 뱀이 아니라 당신을 구체화한 것이다. 광정당신도 이 목사가 굿을 하자 큰 뱀으로 나타났다.

설화-⟨2⟩

① 기건 목사가 당과 절을 부숴버림

② 당신들이 목사를 못 떠나게 함

③ 골총신의 도움으로 제주를 떠나게 됨

④ 당신이 복수를 하려 하자 이미 육지에 닿은 후였음

설화-⟨3⟩

① 의도적으로 제주에 들어와 신당을 철폐함

② 광정당 앞에서 하마(下馬)를 않고 지나가다 목사가 탄 말이 죽음

③ 목사가 당신을 철폐함

④ 당신이 복수를 하려 함

⑤ 골총신의 도움으로 제주를 떠남

⑥ 아들들이 당신의 흉험으로 죽음

설화 ⟨1⟩~⟨3⟩은 퇴치자인 목사(또는 판관)와 퇴치당한 당신(또는 뱀)과의 치열한 대립 관계를 그 기본 구조로 하고 있다. 이러한 관계는 승리와 패배를 반복하면서 플롯이 전개되어가다가 결국에는 당신이 승리하는 결구로 끝난다.

(가) 지배계층과 당신의 대립

설화 ⟨1⟩은 이형상 목사가 뱀을 퇴치하고 당을 철폐하고 골총을 치산했는데, 골총신의 도움으로 무사히 제주를 떠나 당신의 흉험에서 벗어날 수 있었으나, 끝내 당신들은 이 목사의 무덤 위에 서려 있으면서 복수를 감행했다는 내용이다. 이 설화는 서련 판관의 뱀 퇴치설화와, 기건 목사

의 골총 치산 모티브에 이 목사의 신당 철폐 사건이 결합되어 이루어진 점이 특징이다. 즉 설화는 기건 목사와 서련 판관의 일까지 이형상 목사의 일로 이야기하였다. 설화 〈2〉는, 기건 목사가 골총을 치산하고 신당을 철폐하였는데, 골총신의 도움으로 복수를 피하여 제주를 떠날 수 있었다는 이야기다. 여기에서 이형상 목사는 사라지고 기건 목사가 등장하는데, 신당 철폐 사실은 이 목사 일을 빌어다가 기건 목사 이야기에 결합시켜 놓았다. 설화 〈3〉은 시종일관 이 목사의 이야기로 짜여있는데, 골총 치산 이야기는 기건 목사 이야기를 빌려온 것이다.

이 세 설화에서 골총을 치산하고 신당이나 뱀을 퇴치한 인물들이 다양하게 설정되어 있다. 서련 판관과 이 형상 목사 일이 넘나들고, 기건 목사 일과 이 목사 일이 넘나들고, 이렇게 넘나들며 빌어오고 빌려주어 이야기의 통일성을 잃어버린 듯한 감을 주고 있다. 그런데 여기에서 주목할 점은 충격적인 사건을 일으킨 사람들의 신분이 판관이거나 목사였다는 사실이다. 당시 사회의 지배계층인 이들이 지방 행정 책임자로 부임해서 이 일을 단행했다는 것이다. 여기에 사건의 주체자가 혼동되면서도 그들의 신분에는 혼동이 없었다. 설화 향유자들은 사건 주체자가 누구냐는 문제보다는 그 계층에 관심을 두었다. 즉 목사와 당신(뱀)과의 필연적인 대립 갈등이 형상화되었다는 점이 중요할 뿐이다. 신당 철폐는 이형상 목사 개인의 문제가 아니라 모든 목사 즉 상층지배 계층의 문제이기 때문이다. 여기에서 이야기의 주체가 혼동되는 것은 무속 신앙이 지배 계층의 이념이나 가치와는 숙명적으로 대립될 수밖에 없었기 때문이다.

이와 더불어 골총 치산은 지금까지 일반적으로 기건 목사의 치적으로 알고 있는데[72], 이 형상 목사의 일로 설화 향유자들이 이야기하는 것은,

---

72 『耽羅紀年』(376면)을 보면, 목사를 겸직하던 안무사가 주인 없는 시체가 버려져 있는 것을 관리들에게 명하여 매장토록 하였고, 속설에는 그 신들의 음덕으로 세 아들을 얻고

그것이 지배 계층의 가치와 합치되었기 때문이다. 이러한 모티브의 차용은 무속신과 지배 계층이 대립해 싸우는 데서 지배 계층의 힘을 강화하기 위해서였다. 이 점은 세 설화 모두 골총 치산의 모티브를 공유하고 있다는 데서 확인할 수 있다. 또한 세 설화에서 주체는 혼동되고 사건 내용은 넘나들지마는, 사건 자체에는 변함이 없다는 점이 중요하다. 앞서 말한 골총 치산 모티브가 그렇고, 당신이 철폐되었다는 사실이 그렇다. 여기에서 골총 치산이라는 지배 계층의 가치와 당신 숭배의 무속 신앙과의 대립 갈등은 항존하고 있다는 것이다.

(나) 권력 비상의 의지

세 설화에 등장하는 목민관들은 모두 신당 철폐를 감행한다. 더구나 설화 〈3〉에서 이형상은 평양감사로 가라는 걸 마다하고 신당을 철폐하려는 목적으로 제주 목사를 자원한다.[73]

> * "제주에 가면 모든 사람들은 다 당 믿어 살고 절을 믿어 사니, 농사지어 살 사람이 없다. (…) 전부 믿는 사람뿐이므로, 농사지을 사람이 없다 하니 이것을 내가 가서 한번 때려 부수고 싶어서 저는 제주목으로 한번 가겠습니다."
> "원 무슨 사람이 제주 목사를 자원해? 거기 뭐 볼 게 있다고?"
> "아니, 그래도 한번 가보겠습니다."
> "그래. 제주목으로 가거라."

모두 벼슬을 하였다는 내용이 있는데, 기건 목사는 골총을 치산한 목사로 널리 이야기 된다.
73 제주대학교 국어국문학과, 앞의 책, 103면.

목민관이 신당을 철폐하겠다는 강한 의지가 설화에 부각되고 있다. 그 배경에는 "모두 당과 절을 믿어 농사지을 사람이 없다"는 백성의 살림살이 때문이다. 농사짓지 않고 당과 절을 믿는다는 것은, 백성들이 힘써 농사지어 살도록 하는 치민의 방향과는 상반되는 것이다. 이것은 행정력의 약화를 의미하는 것인데, 설화에서는 이런 내용이 다음과 같이 형상화되어 있다. "그때는 제주에 당 오백, 절 오백이 있었던 때였는데, 영천 이형상 목사가 제주에 들어와서는 백성들을 불러 내여 일을 시키려고 하면, 나는 절에 가겠소, 나는 당으로 가노라 하니. 아, 이건 안 되겠다 하여 절과 당을 부숴 버려야겠구나 하여서……."[74] 이것은 도민의 신앙 문제만이 아니라, 조선조 사회에서 절대 권력의 집행자인 목사의 입장에선 용납할 수 없는 일이었다.

설화 〈3〉에서 당신의 위력도 이러한 면과 통한다. 광정당신은 신령이 세어서 누구도 그 앞을 지날 때에는 말에서 내려야 했다. 이 사실은 그 당신이 제주에서는 절대적인 권력자임을 의미한다. 모든 사람들은 그 앞에서 하마(下馬)하는 것이 관례였다. 이렇게 되면 지방 수령의 위신은 추락될 수밖에 없다. 이것은 백성과 관리 간의 거리감에 따른 행정력의 약화, 무당 세력의 팽창이라는 당시 제주사회 실정을 말해주는 것이다. 이 목사로서는 추락된 행정력을 회복하는 것이 급선무였다. 여기에 두 세력이 대립이 극대화되고 결국 싸움으로 발전하게 된다.

목사는 신당을 지날 때 하마하지 않았다. 말에서 내려서 걸어간다는 것은 목민관의 위신을 내던져버리는 일이다. 제주에서 목사가 하마하여 다닐 곳은 아무 데도 없다. 그러나 당신의 흉험은 이러한 목사의 권위를 용납하지 않았다. 목사가 탄 말이 쓰러져 죽는다. 목사가 탄 말이 죽은 게

---

74 1981. 7. 16, 안덕면 덕수리 부락에서 이형상 목사 이야기를 듣던 중 여러 사람이 모여 들어 이야기하는 걸 필자가 직접 들음(구술자: 윤추월, 박춘화).

아니라 사실 목사가 죽은 것이다. 목사를 죽게 만든 것은 당신이 아니라 설화를 만든 설화 향유자들이었다. 그러나 목사도 패배를 인정하지 않는다. 무당들을 불러다 굿을 하고 큰 뱀이 나오자 퇴치해버렸다. 이 목사는 신당 철폐에 성공한다. 그러나 목사의 힘으로 단행한 신당 철폐의 성공은 표면적인 사실에 불과했다. 비록 기록에는, 각 면 마을 유지들이 몰려와 성은을 감사하고 스스로 신당들을 철폐하였다고 했으나, 설화 향유자들은 전혀 상반된 반응을 나타낸다. 표면적으로 신당들은 부숴버렸지만 백성의 가슴에 자리 잡고 있는 당신 숭배 마음을 지워지지 못했다. 그러므로 신앙의 주체자인 백성들은 이 목사를 용납하지 않았다. 여기에 당신과 이 목사의 대립은 더욱 격렬해진다.

(다) 비상의 좌절과 당신의 의지

관리들의 권력 비상의 의지와 백성들과의 싸움이 어느 한편의 승리로 간단하게 끝나지 않는다. 두 세력의 싸움은 승패가 교체되다가 어느 한편이 결국은 승리하는데, 〈1〉, 〈3〉 설화는 당신이 승리하고, 〈2〉 설화는 승패가 불확실하게 나타난다.

승패의 교체 상황을 정리하면 다음과 같다. (승: O, 패: X)

설화-〈1〉

① 목사가 김녕 뱀을 퇴치함: 목사(O), 뱀(당신)(X)

② 뱀의 피 때문에 제주를 못 떠남: 목사(X), 뱀(당신)(O)

③ 골총신의 도움으로 제주를 떠남: 목사(O), 뱀(당신)(X)

④ 이 목사 무덤에 뱀이 서려 있음: 목사(X), 뱀(당신)(O)

설화-⟨2⟩

① 기건 목사가 당과 절을 부숴버림: 목사(O), 당신(X)

② 당신들이 목사를 못 떠나게 함: 목사(X), 당신(O)

③ 골총신의 도움으로 제주를 떠나게 됨: 목사(O), 당신(X)

④ 당신이 복수를 하려 하자 이미 육지에 닿은 후였음(불확실)

설화-⟨3⟩

① 의도적으로 제주에 들어와 신당을 철폐함: 목사(O), 당신(X)

② 광정당 앞에서 하마를 않고 지나가다 목사가 탄 말이 죽음: 목사(X), 당신(O)

③ 목사가 당신을 철폐함: 목사(O), 당신(X)

④ 당신이 복수를 하려 함: 목사(X), 당신(O)

⑤ 골총신의 도움으로 제주를 떠남: 목사(O), 당신(X)

⑥ 아들들이 당신의 흉험으로 죽음: 목사(X), 당신(O)

당신과 목사의 두 세력은 막강하다. 하나는 물리적 힘을 가진 지배 세력이고, 여기에 골총신으로 대신되는 지배 이념이 가세되어 있다. 이 두 세력은 조선조 사회를 이끌어온 중심이데올로기이다. 이 막강한 세력에 대항하여 제주사람들이 신앙하는 당신이 있다.

승패의 교차 상황을 보면, 처음에는 목사가 승리하나 결국에는 당신이 승리한다. 이러한 결말도 일상적인 것은 아니다. 더구나 당신은 처음 패배에도 물러서지 않고 끈질기게 싸움을 계속한다. 표면적으로는 신당이 철폐되었기 때문에 목사의 일방적인 승리로 끝난 것이다. 사실을 피상적으로 인식한다면 그렇게 이해할 것이다. 즉 목사들이 제주에 와서 풍속을 어지럽히고 백성들을 현혹하게 하는 신당 철폐에 성공했다는 것이다. 그러나 표면적인 목사의 승리에도 설화는 당신들이 끈질기게 싸우도록 한다. 당신들에게는 복수의 일념만이 있다. 그래서 골총신의 훼방으로 일이 그르치게 되었어도, 다시 시도하여 결국 복수를 결행한다. 사회를 지배하고 있는 물리적 힘과 정신적 이념이 합치된 동시대의 지배이데올로기와 싸워 한번은 패배했으나 다시 일어나 싸워 결국 복수를 결행한다. 여기에 당신의 끈질긴 생명력이 있다.

이 끈질긴 생명력의 근원은 무엇인가? 그것은 백성의 상상력이다. 그 상상력의 원천은 무엇인가? 그것은 목사에 의해 명분을 내걸고 이루어졌던 신당 철폐에 대한 비판 의식이다. 왜 제주도 백성들은 신당 철폐에 대하여 그렇게 반응하는가? 그것은 곧 당신이 백성들의 정신적 뿌리가 되었기 때문이다.

이 점은 광정당처럼 신령이 센 당 앞을 지날 때 제주 백성들은 모두 하마했다는 사실과, 이 목사에게도 하마하도록 권유한 사실에서 확인할 수 있다. 백성들의 상상력에 의한, 이러한 현실과의 대치 양상은 생활이 황폐하고 상황이 경직되어 직설적으로 표현할 수 없을 때에 더 음험하면서도 활발하게 표출된다. 그것만이 백성들이 할 수 있는 일이고, 스스로를 구제할 수 있기 때문이다.

백성들의 생활에 뿌리를 내린 당신이 지방의 절대 권력자인 목사에 의해 철폐된 사실은 백성들에게는 충격적이었다. 충격이 클수록 백성들은 그 상황을 그대로 수용할 수 없었다. 이들은 권력이나 지배이데올로기와 전혀 다른 오히려 엇갈리는 관계에 있었기 때문이다. 여기에 백성들은 무속신의 복수 모티브를 빌어서 이 목사를 패배하도록 만든다. 그러나 골총신 때문에 일차는 실패하게 되면서 승리와 패배가 연속되게 된다. 이러한 승패 교차 플롯은 이야기의 긴장감을 불러일으켜 재미를 더하게 하지만, 무속신의 끈질긴 복수의 일념을 나타내면서 강인한 생명력을 보여주었다. 이것은 무속신이 뱀신으로 나타나는 것과 관계 깊다. 뱀은 생명력의 화신으로 설화에 나타난다.

설화가 보여준, 이형상 목사의 신당 철폐 사실에 대한 부정적인 인식은 도민들의 현실에 대한 내면적 반응인데, 이것은 역사를 이해하는 데 어떤 의미를 갖게 될 것인가? 이 문제는 역사와 문학과의 관계를 이해하는 단서가 될 것이다.

(6) 진실의 해명과 역사와 문학

역사나 문학은 다 같이 인간과 세계의 진실을 밝히기 위해서 제 나름으로 기여한다. 전자가 집단적 구조 속에서라면, 문학은 보다 자유스러운 개인의 상상력을 통하여 진실을 탐색하고 밝혀낸다. 그러나 궁극적인 도달점은 인간에 있다. 그런데 역사의 구조 또는 집단적 구조에서 인간의 진실을 해명하는 데 있어, 역사는 모든 인간을 전제로 하지 못하고, 그 대리자인 어떤 이념 또는 소수의 계층만을 대상으로 하기 때문에 한계성이 드러난다. 그런데 이러한 경우에 문학이 오히려 역사의 취약점을 보완해주고, 어떤 경우에는 역사가 간과해버린 영역을 파고 들어가 진실의 폭을 넓혀준다. 더구나 폐쇄된 사회에서 역사는 그 시대의 지배 이념의 한계 안에서 기술되기 때문에 본래의 기능을 다하지 못할 수도 있다. 이럴 때일수록 문학이 역사가 감당할 수 없는 부분의 몫까지 대신하게 된다. 그것은 상상력에 의한 작업이 상황적 제약을 뛰어넘을 수 있는 다양한 장치를 갖고 있기 때문이다.

그러면 역사 이해에 있어 문학적 상상력은 어떤 의미를 지니게 될 것인가? 역사가가 역사적 진실을 밝히기 위해 선택한 자료는 불완전하고 부분적인 의미만을 가질 경우도 있다. 우선 기록이나 유물 같은 것이라 하더라도, 나타난 자료는 당시 상황을 보여주고 있는 전체 자료의 일부에 지나지 않는다. 더구나 기록인 경우, 그것은 기록자의 주관에 의해 사건을 취사선택한 것이다. 상황은 사료의 성격을 본래의 모습에서 많이 변질시켜 버릴 수도 있다. 이렇게 된다면 사료는 주관성, 선택성, 상황성 때문에 객관성을 유지하는 데 한계를 지니므로, 그것은 결국 역사적 진실(신만이 아는)을 해명하는 데에는 미흡할 수도 있다. 여기에서 역사를 이해하는 지혜가 요청된다. 사료의 노예에서 벗어나 그것을 종합적으로 이해할 때 사료의 의미가 확충되고 보다 더 역사적 진실에 접근할 수 있다. 역사가는 고도의 상상력과 인간적 공감을 통하여 불완전하고 부분적인 사료를 가지고도 바람직한 역사 해석에 도달할 수 있다. 그러기에 역사는 문학성을 배제할 때 불완전할 수밖에 없으므로 과학성과 문학성을 동시에 갖고 있어야 한다.[75]

상상력은 결코 허황된 것이 아니다. 그것은 주어진 역사의 자료를 종합적으로 이해하도록 하며, 역사가의 안목을 확대시켜주는 데 기여한다. 역사가가 엮어놓은 과정에서 역사의 맥락을 이뤄놓는 것이다. 여기에 필요한 것이 사료 해석 능력과 시야의 문제이다. 시야는 사료를 역사적 안목에 의해 종합적으로 이해하는 능력이다. 이를 위하여 사료의 사회적 상황성과 주관성, 그 선택성을 고려하여야 한다. 그러한 사료를 낳게 한 사회적 상황의 인식, 사료의 주체자의 주관성, 선택되지 않는 사료에 대한 탐구, 이런 것을 통하여 역사를 보다 새롭게 해석할 수 있다.

이형상 목사의 신당 철폐 문제를 생각할 때, 소위 사료로 선택한 기록을 가지고 해석할 경우에는 문제가 있다. 그 기록의 상황성과 주체자의 주관성을 검토할 때 한계가 드러나기 때문이다. 여기에 필연적으로 문학

---

75 차하순, 앞의 책, 3-9면.

적 상상력의 소산인 설화의 사료적 가치를 인정하여 설화의 역사적 의미를 간과하지 말아야 할 것이다.[76] 문학가나 역사가의 상상력은 그들의 모든 경험이나 또는 역사적 경험의 여러 의미를 파악하는 데 기여한다는 점에서 같은 일을 수행하고 있다. 이 목사의 치적에 대해 기록의 사료에 의한 긍정적 평가나 설화적 자료에 의한 부정적 인식은 서로 양립되어 상치되는 것이 아니라, 상호 보완되어질 때 비로소 그 당시 역사를 제대로 인식할 수 있다. 즉 백성과 지배체제의 대립적 상황에서, 이 목사의 신당 철폐의 배경과 과정을 이해할 때, 단순히 풍속 개량과 백성의 교화란 입장만이 아니라, 행정력의 강화, 목민관으로서의 자기 의지 실현이란 보다 정치적이고 현실적인 의도도 있었음을 간과하지 않을 때에 여기에 백성과의 갈등을 이해할 수 있다. 수 세기 동안 제주 주민의 신앙의 대상이었던 무속신앙이 외부의 물리적 힘에 의해 훼손될 때에, 기록처럼 백성이 긍정적으로 반응할 수는 없었다. 설화에 나타난 갈등 양식은 당시의 상황에서 백성의 경험과 의식을 기록 이상으로 설명해주는 것으로 역사를 이해하는 귀중한 사료적 가치를 지닌다. 그런데 이를 수용하는 데 있어서는 역사적 상상력이 필요하다.

이 목사의 신당 철폐에 대한 설화들은 역사적 기록이면서 허구적 서사이다. 신당을 철폐했다는 것은 사실적(factual)이다. 그러나 당신들의 흉험에 의해 목사들이 화를 당했다는 일은 허구적(fictional)이며 상상적(imaginative)이다. 그런데 이들이 질서 있게 구조적으로 결합되어서 하나의 이야기를 만들었으므로 이것은 역사적 설화가 된다. 이런 서사는 과거의 현실(past actuality)의 재현을 가능하게 하며, 향유자들은 그 재현의 진실성을 인정하게 된다. 또한 그것은 이론으로 감당할 수 없는 중요한 설명

---

76 설화의 역사적 의미에 대해서는 다음에 논의되었다(조동일, 『인물 전설의 의미와 기능』, 영남대학교 민족문화연구소, 1980, 409-449면).

적 기능을 갖게 되면서 인간의 경험계를 파악하고 인식하는 또 다른 인식 도구(cognitive instrument)가 된다.[77] 신당 철폐에 따른 여러 설화들의 허구 성은 과거 사실의 진실된 재현을 위해 작가(대중)가 선택하여 만들어놓은 것이다. 현실에 대한 의식을 숨김없이 상상력을 발휘하여 이야기로 만들 어낸 사람들의 역사 감각이, 그 이야기를 즐기며 전해온 향유자들의 역사 감각과 일치하였다. 그러한 역사 감각은 오늘을 살아가고 있는 현대인의 그것과도 상통하고 있으므로, 그 이야기가 비록 비사실적인 허구임을 알 면서도, 역사적 진실을 내포하고 있음을 인정하기 때문에 오늘까지 살아 남게 된 것이다. 이러한 설화들은 시대를 초월한 공통의 역사의식, 즉 지 배계층과 피지배계층의 대립 갈등에 대한 반응을 바탕으로 이뤄졌다.

설화가 오래도록 살아남을 수 있는 것은 사람들이 모두 수용할 수 있 는 전통을 바탕으로 이루어졌기 때문이다. 설화의 소재는 문학적 전통과 보편적인 인간의 상상력에 의해 자연스럽게 선택되고 여과되어 형성된 것들이면서 향유 계층의 의식과 부합되는 것이다. 그러므로 그것은 "문학 이면서 실증적 방법에 의해 얻어진 역사적 진실보다 더한 인간 정신의 역사물"이다[78]. 문학은 증거를 넘어서 현실과 역사를 재구성한다. 우리는 자신의 경험에서부터 얻은 증거 밖에 그 위에 보다 새로운 것이 있다는 걸 인식하고 있다. 이것을 살리는 일은 문학만이 할 수 있다.

그러므로 문학은 결정론적 역사에 대하여 가끔 비판적인 태도를 가질 수도 있다. 그것은 그러한 역사에 대해 반역사적이고 반 이념적일 수 있 기 때문에 새로운 역사 감각을 항상 필요로 한다. "문학의 발전은 결정론

77 Louis O. mink, "Narrative Form as a Cognitive Instrument", in Robert H. Canary and Henry Lozich, *eds.*, *The Writing of History*, 1978, pp.130-131.

78 리오넬 고스맨(Lionel Gossman)은 서사시를 통해 역사를 이해할 수 있다는 볼테르 (Voltaire)의 입장을 말했는데, 설화의 경우에도 적용될 수 있다(Gossman, "Literature and History", in Canary and Kozichi).

적인 모순된 사회 상황에 대한 인간적인 비평의 결과로서만 가능하다"는 프라이(N. Fry)의 말은 이런 입장을 말한 것이다.[79] 그러한 실례를 우리는 제주라는 한정된 좁은 지역에서 이형상 목사의 신당 철폐에 대한 새로운 인식을 제시해준 설화들을 통하여 확인할 수 있다.

---

[79] 이태동, 「문학의 역사성」, 차하순 등, 『역사와 문학』, 85면.

3. 물에 대한 제주사람들의 인문학적 인식

(1) 문제

　제주는 물이 귀한 땅이었다. 한라산에서 흘러내린 물은 바다에 이르는 동안에 땅으로 숨어버려 강을 이루지 못하고 갈천(渴川)이 되었다. 물이 귀한 탓으로 논이 없고, 사람들은 거의 밭농사로 생계를 유지해서 물산은 풍족하지 못했다. 이러한 지리적 환경에서 살아가는 제주사람들은 물에 대한 많은 설화를 남겼다. 그런데 최근에 들어와서 제주는 물이 풍부한 땅이 되었다. 지하수는 생활용수의 차원을 넘어 재화를 벌어들이게 되었다. 세계적으로 물은 산업과 환경에서 중요한 위치를 차지하게 되면서 그 효용적 가치를 높이고 있다. 따라서 물에 대한 논의도 자원의 수준에 머물고 있는데, 물이 귀한 제주에서는 예전부터 물을 인간과의 관계에서 생각하면서 그와 관련된 설화들이 많이 전해 내려오게 되었다.

　물은 과연 자원으로만 인식해야 할까? 예전부터 인간의 문명은 물을 따라 이루어졌는데, 이 경우에 물은 자원 이상의 의미를 갖게 되었다. 산업화시대 이전까지 인간은 물에 대해, 필요해서 이용하는 효용의 대상을 넘어, 인간 중심부에 자리 잡고 있는 중요한 요소라고 인식했다.

물 문제가 여러 분야에서 중요시되는 상황에서, 물에 대한 인간의 인식을 먼저 점검할 필요가 있다. 이를 위해 애초부터 인간과 물은 어떤 관계를 유지했는지 살펴보고, 다시 물에 대한 제주사람들의 생각을 살펴보려고 한다. 이러한 논의를 통해서 인간에게 극히 효용적인 물이 그 효용성을 넘어 새로운 차원으로 인식할 수 있는 단서를 얻게 될 것이다. 그러기 위해서, 인간이 필요로 하는 자원의 한계에서 벗어나 보다 본질적인 의미, 즉 자연과 인간과 우주의 중심부를 이루는 요소가 물임을 확인하게 될 것이다.

(2) 물에 대한 인식의 변모

태초부터 물과 인간은 밀접한 관계를 갖고 있었다. 인류 문명의 발상지가 물을 따라 이루어졌고, 전쟁도 물을 차지하려는 데서 발단했던 경우도 많다. 사람 살기 좋은 땅은 좋은 물이 있어야 했다. 인간은 애초부터 우주 원리 안에서 물을 생각했다. 이것은 형이상학적이고 신화적 발상이기도 하지만, 인간들이 살아가면서 얻은 경험의 결과였다. 고대 그리스 철학자 탈레스(Thales)는 물이 만물의 근원이라고 했고, 아리스토텔레스도 만물의 근원이 되는 땅과 물, 공기와 불을 합쳐 4원설을 주장했다. 이렇듯이 인간은 물을 떠나서 존재할 수 없다.

동양에서는 만물의 생성과 소멸을 오행설로 설명했는데, 이것은 고대 중국인의 세계관을 단적으로 말하는 것이다. 처음에는 오행의 순서가 물과 불, 나무와 금과 흙으로 되어 있었는데, 시대에 따라 실용성을 중시하여 그 순서가 조금 바뀌지기도 했다. 어떻든 오행은 인간이 살아가는 데 필요한 5가지 요소이면서, 인간 생사회복의 근원을 설명하는 단서로 동양 사상의 중요한 내용이다. 물에 대해서 동서양이 이러한 생각을 갖게 된 것은 인간의 생활에서 물을 빼어놓을 수 없었기 때문이다.

현대 산업화사회에서 물은 자원으로서의 의미가 크게 부각되고 있다. 과거 농경사회에서는 치수가 중요한 정치적 과제가 되었다. 물이 산업생산력을 증대시키는 데 필요한 요건이었기 때문이다. 그래서 자원으로서의 가치가 제고되면서 물의 본질적인 의미도 변하고 있다. 물 문제는 국가 정책의 중요한 과제가 되고 있는데, 이 경우에는 산업과 환경 문제에 국한되고 있다. 즉 물을 기능적 차원에서 그 중요성을 인식하고 있는 것이다. 이렇게 피상적이고 단선적인 인식은 물의 신비로운 본질을 외면하게 되었고, 이럴수록 물에 대한 근본적인 문제를 간과해 버리게 되었다. 물은 지구 위에 살고 있는 인간과 함께 존재했다. 그러므로 물은 삶의 방편으로서 목적을 이루기 위한 도구에 머물지 않았다. 물에 대한 이러한 인식의 전환 없이는 그에 따르는 여러 문제를 해결할 수 없다.

예를 든다면, 물의 오염 문제가 중요한 과제이면서도 쉽게 극복되지 않는 이유는, 그것을 효용적인 차원에서만 인식하고 있기 때문이다. 물을 재화 획득의 수단으로 인식하기 때문에, 그 가치를 대신할 수 있는 다른 대상이 나타난다면, 인간은 물을 배신해도 된다는 논리가 가능하다. 물을 오염시키면서 얻은 수익으로 필요한 물을 수입해 이용하고 남는다면, 물 오염은 문제 삼지 않을 수도 있다는 것이다. 이러한 경우는 산업사회에서 흔히 발생할 수 있다. 세계에서 좋은 물을 보유하고 있는 나라가 이제 외국에서 물을 수입해 마시고 있다. 이것이 곧 제주의 문제로 돌아올 것이다. 이미 제주의 물을 팔아 많은 재화를 획득하고, 그 돈이 유용하게 쓰이고 있다. 제주 생수는 유명한 브랜드가 되었고, 생산량도 해마다 증가하여 이제는 제주도의 재정에 크게 기여하고 있다. 그런데 생수를 팔아서 얻는 소득보다 더 큰 소득을 얻을 수 있는 다른 자원이 나타난다면 물은 제주사람들로부터 외면당할 수도 있다.

인간은 옛날부터, 물은 우주 만상의 본원체이면서 모든 생명을 이루는 중요한 요소라는, '생명체로서의 살아있는 물'로 인식해 왔다. 높은 경제 성장을 이룩했다고 하더라도, 혹 그럴 수 있는 자원이나 기술을 보유하고 있더라도, 물이 고갈되고 황폐되었을 때, 그 재화만으로 행복할 수 없다. 그래서 물은 효용적 가치 이상의 의미를 지니고 있다. 이러한 전제에서 물에 대해 논의할 것이다.

대상에 대한 효용적 가치 판단은 일종의 이데올로기적이다. 과거에 제주는 자원이 없는 불모의 땅으로 인식되어 왔다. 그러나 지금은 그렇지 않다. 그 당시 그렇게 인식했다는 것은 당대의 실정과 가치에서 자연을 인식했기 때문이다. 즉, 실용적인 차원으로만 대상을 인식했던 것이다. 그런데 그 실용적 가치는 가변적이다. 그러므로 그 가치를 가지고 대상을 이해하는 것은 한계가 있다. 그런데, 제주사람들은 대상을 실용적인 가치로만 이해하지 않았다. 그 한 예로, 한라산에 대한 제주사람들의 인식에서 알 수 있다. 산을 효용적 차원에서 인식했다면, 그 산이 바로 자원으로서의 가치를 지녀야 하는데, 한라산은 당시로서는 중요한 자원을 보유하지 않았다. 지하자원도 없었고, 과거에는 물도 풍부하지 못했다. 그래서 한라산이 전부인 제주는 척박한 땅이 되었다. 그런데도 사람들은 한라산을 영산으로 생각했다.

그래서 한라산을 '보고(寶庫)'라고 한다. 효용적 차원에서 한라산을 인식하지 않았기 때문이다. 앞으로 그 보고의 개념이 어떻게 변할지 모른다. 대상을 효용적 가치로 바라볼 때에, 그 가치는 변하므로, 본질적 가치에 대해 혼란스러울 수 있다. 그렇다면 한라산을 산업구조의 측면인 관광 자원으로만 인식하는 것도 문제가 된다. 한라산은 현재 우리가 인식하지 못하는 많은 가치를 간직하고 있다. 그 숨어있는 것을 찾아내는 데는 시공을 초월한 인간의 보편적 사유가 필요하다. 즉 자연과 인간과 모든 대상에 대한 인문학적 관심이 요청된다. 인문학은 효용주의를 극복하고 대상을 인식한다. 물론 효용성을 전혀 고려하지 않는 것도 아니지만, 그것도 그 대상의 의미를 구성하는 요소 중 하나일 뿐이다. 효용성을 넘어서 대상을 바라볼 때에, 과거와 현재와 미래를 통괄(統括)하여 대상의 본질을 찾아낼 수 있다. 이제 물에 대한 인간 인식의 근원으로 돌아가 이 문제를 논의하려고 한다.

(3) 물에 대한 원초적 인식

(가) 우주의 근원과 물

인간은 물에 의지해서 생활했으면서도, 물을 효용적으로만 인식하지 않았다. 오히려 물에 대한 인식은 종교적이며 신화적이어서, 인간의 원초적 심상에 닿아 있었다. 우선 물은 지구와 모든 생명체를 구성하는 중요한 요소라고 생각했다. 종교적으로는 성경 창세기에서 물이 창조의 근원임을 밝히고 있다.

야훼 하나님이 천지를 창조하는 과정에서, "물 한가운데 창공이 생겨 물과 물 사이가 갈라져라" 하시자 그대로 되었다.[80] 그렇다면 하늘과 땅이 구분되지 않은 혼돈의 상태가 물이었다는 것이다. 이어서 야훼 하나님은 그 땅을 다시 바다와 육지로 나누고, 차례로 만물을 창조하고 맨 나중에 인간을 창조한다. 그리고 자신의 모습대로 창조한 가장 아름다운 존재인 인간을 위해 에덴이라는 삶의 터전을 마련해주었는데, 그곳은 네 개의 강으로 둘러싸여 있었다. 이 강물은 인간의 삶을 주관하는 의미로 해석할

---

80 이 이하의 기사는 창세기 1장의 내용임.

수 있다. 그 후 인간의 범죄가 땅에 차고 넘치자, 하나님은 홍수를 통해 악한 인간들을 진멸하고 선한 노아네 식구들과 동물의 암수 몇 쌍씩을 방주로 들여보내어 지상에 남겨 둔다.[81] 이렇게 해서 새로운 우주가 열린다. 이 물의 심판은 낡은 세계를 새로운 세계로 변화되는 제2의 창조를 의미한다. 기독교에서는 물의 주관자를 야훼 하나님이라고 생각한다. 그가 물을 창조하였고, 심판의 도구로 물을 사용하였기 때문이다.[82] 종교 의식에서도 물은 중요한 기능을 갖고 있다. 제사장의 직분을 위한 성별의식에서, 희막에 들어갈 때, 택한 백성을 성결하게 할 때,[83] 또 부정한 자를 성결케 할 때 물을 이용하였다. 죄인이 구원받은 증표인 세례를 물로 주었는데,[84] 이는 새 생명으로의 탄생을 의미한다.

다른 종교에서도 물은 새로운 것으로 변화하는 데 필요한 것으로 인식하였다. 불교의 관욕이나, 민간 신흥종교에서 물법신앙 또는 찬물신앙에서 물은 신앙의 대상이 되었다. 신흥종교는 한결같이 물이 병을 치유하는 신통력과 사악이나 부정을 물리치는 힘을 지니고 있고, 천지조화와 재생의 힘을 지니고 있다고 믿고 있다. 이처럼 고급 종교나 신흥종교에서 물에 대한 인식이 크게 다르지 않다는 것은, 그것이 인간의 보편적인 인식에 근거했음을 의미하는 것이다.

여러 민족의 신화에서도 물이 우주의 근원임을 설명한다. 알타이계 신화에서, 태초에 신이 하늘에서 하계를 내려다보니 모든 것이 물뿐이었다고 한다. 또 태초에는 물만 있었는데, 커다란 물새가 바다로부터 흙을 파서 그 부리로 물 표면에 쏟아놓아 땅이 되었다고 전한다. 일본의 창세 신

<hr>

81 창세기 7장, 8장, 이후에 야훼는 노아를 축복해서 새로운 역사가 열리게 된다. 이 점에서 홍수 사건은 제2의 창세이다.
82 신약성서, 베드로후서 3장 6절.
83 창세기 19장에서 30장.
84 구약, 레위기, 11장, 14장과 신약, 누가복음 3장.

화에도, 모든 열도 전체가 굳어진 물방울로 이루어졌다고 한다. 수메리언 신화는 물을 세계의 정액으로 설명하고 있다.[85] 이러한 인식은 구체적인 생활 경험과 자연현상을 통해 확인한 것이기에 과학적이면서 보편적 인식의 소산이다.

(나) 창조의 원동력인 물

물은 창조의 근원이면서 만상을 새롭게 만드는 힘을 지니고 있다. 인류의 문명은 물의 문명으로 시작되었다. 문명 발상지가 큰 강가였고, 취락의 형성도 물을 따라 이루어졌고, 물을 잘 이용하는 종족은 번창했다. 그래서 물을 중요시했고, 또 숭상하기도 했다. 오키나와의 줄다리기 민속놀이에서는, 놀이가 시작되기 전에 그 마을 사람들이 이용했던 샘물과 그 마을을 이룩한 조상신에 대한 제사를 거행한다. 오래전부터 사용하지 않고 있는 샘물이었지만, 그 물에 의해서 마을 공동체가 형성되어 대대로 번성해 내려왔기 때문에, 물을 신앙의 대상으로 섬기고 있다.[86] 그 결과 그 물은 마을 공동체 의식을 강화하는 중요한 매개물로 기능하게 되었다.

뿐만 아니라, 물은 개인이나 모든 생물체를 이루는 중요한 성분이 된다. 모든 생물체의 약 70~80프로는 물로 이루어져 있고, 인간의 체중도 약 3분의 2는 물이다. 더구나 물은 쉬지 않고 순환작용을 함으로 생물체를 새롭게 만들어내고 있다. 이러한 기능은 인체나 생물체뿐만 아니라, 지구권에도 작용한다. 물은 일정한 수권을 형성해서 쉬지 않고 순환하면서 지구의 생명을 증진시켜 준다. 물은 수문학적 순환을 통해 지구상의

---

85 김열규, 『한국의 신화』, 일조각, 1977, 112-124면.
86 필자가 직접 오키나와 대리촌 대성부락 현지에서 줄다리기 민속놀이 현장을 참관하면서 확인했음.

생명체를 번식하고 유지하는 데 필수적인 기능을 담당하고 있다. 이러한 물의 작용은 자연현상이지만 그 기능이 단순한 실용적 가치를 넘어, 땅과 인간을 지배하는 우주론적 의미를 지니고 있다.

또한 물은 다른 물질을 만드는 데 필요하다. 그것은 알코올과 합치면 불이 되고, 육신과 합치면 피가 된다. 이렇게 물은 생명을 유지시켜주는 요긴한 것이다. 그것은 고체, 액체, 기체로 변화한다. 증발하여 구름이 되고, 다시 비를 내리게 한다. 그것의 변신은 새로운 생명의 원동력이 된다. 노아 홍수로서 새로운 역사가 이루어진 것이나, 물로 세례를 받는 종교의식은 그 단적인 예이다. 이러한 기능을 가스통 바슐라르는 우주만상을 이루는 중심 되는 4원소 중 하나로서, 많은 실체를 동화시키고 많은 요소를 자기에게 끌어들인다고 했다.[87] 이렇듯이 동화의 매개체로서 역할은 새로운 원리를 창조한다. 설탕이나 소금 같은 대조적인 물질을 비슷한 물질로 쉽게 받아들이는 것도 물이다. 물이나 흙이 결합하면 전혀 다른 도자기가 만들어진다. 모든 생산 공장에서 물이 필요한 것은 물론이요, 에너지를 만드는 데도, 에너지를 소멸시키는 데도 물은 필요하다. 이것은 물의 결합적인 요소, 포용하는 기능에서부터 만상을 새롭게 만들어 가는 무한한 기능을 갖고 있기 때문이다. 이러한 구체적인 사례를 통해서, 인간은 물을 우주와 자연의 중요한 요소이면서 창조의 동력이 된다고 인식하게 되었다.

(4) 한국설화와 민속에 나타난 물

농경문화를 이루고 살아온 한국인은 물에 대한 인식을 구비문학이나 신앙 풍속에 잘 나타내고 있다. 또 산수라는 개념을 자연의 대유에 머물지

---

87 가스통 바슐라르, 이가림(역), 『물과 꿈』, 문예출판사, 1980, 134면.

않고, 구체적인 생활과 관계있는 모든 도덕적 심미적 역사적 가치로 인식했다. 예를 들면, 흐르는 강을 불변의 미덕, 정결, 장구한 역사, 반 세속적인 삶의 공간 등으로 비유하였다. 그러한 예를 찬기파랑가, 용비어천가, 청산별고, 강호가도의 여러 시조와 가사 작품들에서 찾아볼 수 있다.

설화에서 물은 새로운 것을 창조하는 원동력으로 나타난다. 그것은 창조의 원천이고, 시련의 과정이기도 했다. 결국, 그것은 종교적인 의미로, 우주만상의 원상으로서의 의미가 구체화되어 나타난다. '동명왕 신화'에서 유화는 웅심연 물 출신이고, 박혁거세 왕비 알영도 알열정 우물에서 나왔다. 고려왕조 여 시조인 용녀 또한 개성 대정(大井) 물의 여인이다. 이들은 하늘의 남신인 해모수 박혁거세와 상대되는 땅의 물 여신으로서, 한 왕국을 건설하는 데 중심 역할을 담당했다. 이러한 점에서 물은 만상의 원동력이 됨을 확인할 수 있다. 그것은 물이 지닌 풍요성이 농경사회의 문화의식을 대변하면서, 여성의 다산성을 상징하게 되었다. 이것은 넓은 의미에서 수성(水性)이 섹스 또는 창조성으로 비유되는 것과 같다.

물에 대한 민간 신앙은 신화의 물 상징과 관계가 깊다. 한 국가 개국의 중추적인 역할을 담당한 여성신의 풍요성은 민간 신앙의 대상이었다. 고려의 물할미로 일컬어지는 개성 대정은 신정으로 일컬어지면서 정사까지 갖추고 있다고 한다. 강이나 샘에 제사 지내는 민간 신앙은 삼국시대에 나타난다. 고구려와 신라 시대에 하천제의 기록이 보인다.[88] 이러한 제의식은 후대에 내려오면서, 기우제나 자손을 얻기 위해서 하늘에 제사를 지내는 민속을 낳게 하였고, 용왕 제의식과 정화수 민간신앙으로 발전하게 되었다.

---

88 『三國史記』 卷32, 雜誌.1 祭器.

(5) 물에 대한 설화적 인식

옛날 제주에서는 물이 귀하였으므로 물에 대한 인식도 육지와는 달랐다. 물이 사람 사는 데 꼭 필요한 자원임에도 불구하고, 물을 단지 생활자원으로만 생각하지 않았고, 제주의 역사적인 존재성과 관련하여 인식했다. 이렇게 물을 효용론의 한계를 넘어 인식했다는 것은 오늘날 물의 문제를 생각하는 데 간과하지 말아야 할 중요한 사항이다. 이제 그러한 제주인의 인식 양상을 신화와 고종달형설화를 통해 살펴보기로 한다.

(가) 신화에 나타난 물

제주무속신화인 「천지왕 본풀이」에는 천지가 생성되는 과정을 다음과 같이 설명하고 있다.

태초에 천지는 혼돈으로 되어 있었다. 하늘과 땅이 금이 없이 서로 맞붙고, 암흑과 혼합으로 휩싸여 한 덩어리가 되어 있는 상태였다.

이 혼돈 천지에 개벽의 기운이 돌기 시작했다. 갑자년 갑자월 갑자일 갑자시에 하늘의 머리가 자방에서 열리고 을축년 을축일 을축시에 땅의 머리가 축방으로 열려 하늘과 땅 사이에 금이 생겼다. 이 금이 점점 벌어지면서 땅덩어리에는 산이 솟아오르고 물이 흘러내리곤 해서 하늘과 땅의 경계는 점점 분명해져 갔다.

이때, 하늘에서 청이슬이 내리고 땅에서는 흑이슬(물이슬)이 솟아나, 서로 합수되어 음양상통으로 만물이 생겨나기 시작했다. 먼저 생겨난 것이 별이었다.[89]

천지 생성 과정을 설명하는 이 본풀이에서, 기독교의 성서와 같이 우주의 창조는 혼돈의 상태에서 질서의 세계로 차차 변모해 가면서 만상이 이루어졌는데, 그 이전 상태가 물이었다는 것이다. 이렇게 천지개벽의 근원이 되는 물을 원소 개념으로 설명하기도 하는데[90] 애초부터 인간들은 우주 근원에서 물이 중요한 의미를 지닌다고 생각했다.

천지창조 신화보다 더 뒤에 이루어진 삼성신화와 신당 본풀이에서는, 새로운 문화를 이루는 데 물이 중요한 역할을 담당하는 것으로 나타난다. 삼성신화에서는 물 건너 지역에서 세 여신이 들어와 제주의 농경문화를 열었다. 수렵생활을 하면서 살아가던 제주 삼신은 바닷가에 나갔다가 먼 바다 건너 나라에서 오곡 씨앗을 갖고 온 여자들을 만난다. 제주 삼신은 물 건너 외지에서 건너온 여자들을 배필로 삼았고, 여자들이 갖고 온 오곡 씨로 농사를 지으면서 살게 되었다. 여기에서, 여성신이 바다 저편에서 들어왔다는 것은 고구려 동명왕 신화나 신라 박혁거세 신화에서, 여신이 물로부터 유래되었다는 것과 같은 의미로 생각할 수 있다. 섬이라는 제주의 지리적 요건을 고려해서, 섬 안과 밖, 즉 바다 건너로부터 도래한 것으로 인식하였던 것이다. 이것은 문화의 교류 현상을 설명하는 것인데, 여신이 오곡 씨앗을 갖고 들어와 비로소 농사짓기를 시작했다는 것은, 농경문화가 외래로부터 도래했음을 설명하면서, 그 여성은 풍요의 신으로 해석할 수 있다. 또한 그 여신은 새로운 문화를 창조해내는 원동력이 되는 물의 상징성과도 통한다.

제주시 용담동 다끄네 궁당 본향당에 얽힌 「천자또마누라 본풀이」에서, 사냥하면서 살던 소천국이 강남천자국에서 온 여신을 맞아 배필로 정해 농사짓기 시작하면서 갈등이 나타난다.[91] 여성 신이 바다로부터(혹은

---

89 『濟州島神話』, 11면.
90 김열규, 앞의 책, 115면.

바다 건너에서) 들어왔다는 것은, 뭍-남성, 바다-여성의 관계를 설정하고, 풍요가 바다에서 온 여성 신으로부터 시작되었음을 의미하는 것이다.

이와 같이 제주 신화나 설화에서, 물은 우주의 근원이고 풍요의 원천인 의미로 나타난다. 이러한 인식은 인간의 보편적인 사유와 통하는 것이면서, 물이 효용적 의미 외에 또 다른 차원의 의미를 내포하고 있다고 인식했던 것이다.

이제 제주도 전역에 널리 퍼져 있어, 제주사람들이 즐겨 향유해 왔던 「고종달형설화」를 통해, 좀 더 구체적으로 물에 대한 제주사람들의 인식을 생각해 보기로 하겠다.

(나) 고종달형설화에 나타난 물

제주는 산과 바다로 되어 있는데, 바다는 모두 물이고, 산 속에도 많은 물이 있다. 그러나 옛날 제주는 물이 귀해서 땅은 척박했다. 사람들은 물이 필요했지만, 물을 단순히 효용적 차원으로만 인식하지 않았다. 물에 대한 이러한 인식은 제주에 널리 퍼져 있는 「고종달형설화」를 통해 제주사람들의 정체성과 역사를 살필 수 있다.[92]

고종달형설화의 개요는 다음과 같다.

제주는 원래 세상을 지배할 왕이 태어날 땅(왕후지지)이었는데, 이 사실을 안 대국(중국) 왕이 염려해서, 풍수사인 호종단을 제주에 파견하여 인물이 날 만한 지맥을 끊어버리도록 명한다. 명을 받은 호종단은 지금 구좌읍 종달리 지경으로 들어와서 제주 곳곳을 돌아다니면서 지리서에 있는 대로 인물이 날 만한 지맥을 끊어버린다. 그렇게 하는 가운데서 몇

---

91 『巫俗資料事典』, 591-596면.
92 고종달형설화에 대해서는 제1부 3을 참고할 것.

몇 곳은 파혈에 실패하기도 한다. 이 때문에 제주에는 물이 귀하게 되었고, 인물도 날 수 없는 땅이 되었다.

이 설화는 제주도의 여러 지역에서 구전되고 있었는데, 그곳 지형이나 여건에 따라 약간씩 변이되어 있다. 그중에 대표적인 것은 토산리 샘과 홍로샘, 화북동 행기물 샘에 얽힌 설화와, 산방산 용머리설화, 경주 김씨 입도설화, 차귀도설화 등이 있다. 이러한 설화는 풍수설화의 대표적인 양식으로 제주사람들의 삶의 역사성이 형상화되어 있다.

① 제주의 정체성과 역사성을 설명하는 물

「고종달설화」는 제주가 불모의 땅이 될 수밖에 없었던 존재론적 상황과 샘이 귀하다는 지리적 조건을 호종단의 단맥으로 설명하고 있다.

왕후지지(王侯之地)인 제주를 두려워한 대국 왕이 풍수사 호종단을 제주에 보내어 인물이 날 만한 지맥을 끊어버림으로써, 제주에는 샘도 말라버렸고, 왕도 나지 않게 되었다는 것이 이 설화의 내용이다. 이것은 제주의 불모성이 인력으로 극복할 수 없는 절대적 조건임을 설명하는 것인데, 그러한 상황을 단맥(斷脈)과 물 모티브를 통해 서사화하였다. 이것은 샘이 드물다는 지리적 상황을 설명하는 자연설화이기도 하지만, 제주가 본래는 '왕후지지'였다가 호종단에 의해 단맥됨으로 불모의 땅이 되었다는, 제주의 역사성을 강조하고 있다는데 의미가 있다.

육지부설화에도 인물이 태어날 지맥에 의하여 한 지역, 한 집안의 흥망을 설명하는 경우가 많다. 이러한 설화는 풍수사상에 근거하고 있는데, 제주의 단맥설화는 한 인물이나 가문의 범위에서 벗어나 제주섬의 역사의 불모성을 설명하고 있어서 특별하다. 더구나 그것을 물 모티브를 통해서 형상화시켰다는 것은, 물을 단순히 효용적 가치를 지닌 자원으로서만 생각하지 않고 우주론적 관점에서 인식했다는 증거이다.

제주사람들이 고통스럽게 살아갈 수밖에 없었던 것은 결국 호종단의 단맥 때문이었다. 그 결과 물이 귀하게 되었고, 또한 인물도 나지 않게 되었다. 이러한 설화에서 인물과 물을 같은 맥락에서 인식하고 있다. 물에 대해 생명성을 부여해서 인식하고 있다. 이것은 풍수사상의 핵심이기도 하지만, 다르게 생각하면, 물을 자원 이상으로 인식했던 인문학적 인식의 소산이다.

② 생명의 근원과 사회 통합의 원동력인 물

제주의 불모성이 물 때문이라는 점은, 물을 단순히 생활용수라는 자원적 가치를 넘어 우주론적으로 인식했다는 증거이다. 설화에서 물을 절대권력의 상징인 왕(대국왕도 두려워하는 이물)을 낳게 하는 원천이라고 생각했다면, 물은 권력의 상징으로서 사회 통합의 원천이 된다.

설화에서, 호종단이 단맥을 하면서 섬을 돌아다닐 때에, 위기에 처한 수신이 농부의 도움으로 위기를 넘기면서 호종단은 단맥에 실패한다. 토산리 샘과 홍로 지장샘과 화북 행기물설화가 그런 내용을 서사화했다. 여기에서 수신을 뱀이나 구체적인 노인으로 형상화한 것은, 물이 구체적인 생명성을 지니고 있음을 의미한다. 그러므로 그것이 살아있음으로 인해서 새로운 것을 창조할 수 있다는 것이다. 제주에서는 무속신앙이 번창했으나, 그 무속신은 인격체를 가진 신들이었다. 그들은 초자연적인 신이 아니라, 제주 각 지역 마을 사람들과 공생관계를 유지하며 살아가고 있는, 중심부 세력으로부터 쫓겨난 나약한 주변적 인물을 대신하는 신들이었다. 이와 같이 제주 당신들은 자연물이 신격화된 경우는 드물다. 그런데 여기에서 물이 신으로 변신해서 (수신이 되어서) 나타났다는 것은 특별하다. 이러한 특이한 신관은 물을 다른 자연물과는 달리 자연의 생성을 이루는 생명성을 지녔다고 인식했기 때문이다.

이러한 창조성과 생명성은 호종단에서 부친의 묏자리를 받아 발복한 경주 김 댁 조상설화와 통한다. 경주 김 댁 조상이 물 혈을 끊으러 다니는 풍수사 호종단에게서 부친을 장사지낼 명당을 얻었다는 것은, 수맥이 부와 직결됨을 의미하는데, 여기에 수(水)의 맥이 부(富)의 개념으로 발전되었으며, 물의 이미지와 부가 일치된다.

③ 물을 지키는 일과 정체성

호종단은 제주 전역을 돌아다니면서 지리서(地理書)에 나타난 대로 인물이 날 만한 지맥을 단맥하다가, 토산리 지경 '거슨샘이 물'과 홍로 '지장샘', 그리고 화북 '행기물'에서 실패한다. 그것은 농부가 사람으로 현신한 수신의 청을 들어주었기 때문이다.

왕이 날 만한 지맥을 단맥하면서 호종단이 토산리 지경까지 왔을 때였다. 샘을 지키던 수신인 뱀이 밭가는 농부의 소 길마 밑으로 들어가 숨어 목숨을 연명했다. 홍리 지장샘과 화북동 행기물의 경우에도, 수신이 사람으로 변신하여 농부에게 도움을 청하자, 농부가 도와주어 호종단은 단맥에 실패했다.

농부의 도움으로 수신이 위기를 모면하여 단맥을 막았다는 에피소드는 샘이 있게 된 사연을 설명하는 증거물의 이야기로 이해할 수도 있지만, 그 실패로 인해서 제주에는 그래도 샘이 살아남게 되었고, 제주 역사도 완전한 불모성에서 벗어나 새로운 가능성을 찾을 수 있었음을 말해주고 있다. 그러기에 이 에피소드는 제주사람들이 자신의 존재성을 확보하기 위한 노력의 일단을 보여주는 것으로 이해할 수 있다. 제주사람들은 물을 지키는 일이 자신의 존재성을 확보하고 지키는 일이라고 인식하였다. 또한 물을 지키기 위해 외부 세력인 대국왕이 보낸 호종단과 대결했다는 것도, 또 다른 의미에서 제주의 정체성과 역사성을 설명하고 있다.

고종달형설화 외에도, 제주에는 몰락한 인물들 이야기가 많다. 그 몰락의 원인이 외부 세력으로부터 억압을 받았기 때문이다. 체력이 특출한 장수들이 왕조 체제에서 좌절하거나 몰락하는 경우를 설화화했다. 이러한 몰락한 인물의 이야기 시초가 고종달형설화라는 점에서, 이 설화는 제주의 정체성을 상징적으로 시사하고 있다. 그런 의미에서, 물을 지키는 일은 인물을 키우는 일이며, 외부 상황으로부터 자신을 지키는 일과 다르지 않다.

(6) 물과 제주사람들의 정체성

제주는 많이 변했다. 고종달형설화의 허구성도 드러났다. 그것은 심심풀이 이야기에 지나지 않음을 확인하게 되었다. 땅 위 제주에는 샘은 많지 않지만, 지하에는 물 자원이 풍부하다. 석탄보다 석유보다도 더 값진 물을 간직하고 있는 한라산은 자원이 풍부한 풍요의 산이 되었다. 그렇다면 고종달형설화는 지난 날의 무의미한 낡은 구비전승으로 끝나는 것인가?

그러나 이제 제2형 고종달형설화를 만들어낼 때가 되었다. 지천으로 풍부한 물에 대한 우리의 관심은 다시 그 옛날 물이 고갈되었던 고종달 시대로 되돌아가 생각을 다시 해야 할 때가 아닌가? 그러기 위해서 우선 물에 대한 인식부터 바꿔야 한다. 물은 재원의 차원이 아니라, 우주론적으로 그 물의 의미를 찾고 물을 인간을 구성하는 주요한 부분으로 인식하여 제주사람 안으로 끌어들여야 한다.

물을 효용적 가치인 자원으로서만 인식하는 좁은 틀에서 벗어나야 한다. 물이 사람이 살아가는데 필요한 자원이기 때문에 지키고 아끼고 사랑해야 한다는 논리는 극히 이데올로기적이다. 이데올로기는 변화무쌍하고 현실적인 가치에 따라 변하기 마련이다. 그것은 고유한 정체성을 유지하지 못한다. 결국 효용가치와 필요와 이해관계에서 물을 인식하고 대응한다고 할 때에, 그 가치를 지속적으로 유지하기는 어렵다.

물이 없어도 살아갈 수 있다면, 극단적으로 말해서, 물보다 더 효용 가치가 높은 자원이 나타난다면, 물을 배신해도 된다는 논리도 가능하다. 이것은 극히 효용주의적이다. 그러나 그렇게 물을 인식해서는, 제주는 다시 고종달형설화가 만들어졌던 그 불모의 시대로 돌아갈 수밖에 없다. 그러므로 물은 효용적 가치 이상의 것, 우주와 생명의 원천이며, 창조의 원동력이며, 한 지역의 정체성을 유지해주는 중요한 요소임을 명심할 필요가 있다. 그것은 물의 효용적 가치 이상으로 중요한 또 다른 가치로서 자원 이상의 제주사람의 정신을 지니고 있음을 의미한다.

물을 잃어버린 제주사람들의 삶은 정체성을 훼손당하게 될 것이고, 자존의식은 황폐해져서 꿈 없는 삶을 감수하며 살아야 할 것이다. 그 때에, 사람들은 다시 제2의 고종달형설화를 생각하겠지만, 설화를 만들 수 있는 여력도 잃게 될 것이다. 이 비극적인 상황은 다른 무엇으로도 회복할 수 없는 절대적 절망의 늪이어서, 거기에서 헤어나올 수 없을 것이다.

4. 섬에 사는 거인의 꿈
— 설문대할망 이야기[93]

(1) 이야기의 시간성과 비전

  작가는 과거 자신의 체험과 사유와 문학적 상상력을 바탕으로 미래의
불특정 독자를 위해 지금 이야기를 만든다. 이렇게 한 편의 작품에는 과
거와 현재와 미래가 다 포함되어 있다. 작품은 미래의 독자를 위해 쓴다
는 점에서 그 비전은 중요한 의미를 지니게 된다. 이야기하기(작품 쓰기)
는 지금 이야기판에 참여한 사람들만을 위한 것이 아니라, 이 이야기를
읽을 미래의 많은 불특정 독자들을 대상으로 한다. 그러므로 글쓰기(이야
기 만들기)는 어떤 방식이나 형태이든 간에 미래 지향적이다. 내일 지구
의 종말이 온다고 해도 사과나무를 심겠다는 한 철학자의 말은 상당히
교훈적인데 비해서, 내일 지구의 종말이 온다 해도 사람들은 현재 이야기
를 만들면서 살아간다. 이것은 매우 현실적인 명제이다. 이렇게 이야기를
만드는 것은 어떤 목적을 이루기 위한 일이 아니라, 인간이 생명을 유지

---

93 '설문대할망'의 할망은 노구(老嫗)의 제주 사투리.

하여 먹고 마시고 잠자는 것처럼 떨쳐버릴 수 없는 일이다. 떨쳐버릴 수 없어서 말해야 하는 것, 이것이 문학의 본성이고, 여기에 문학적 진실이 있다. 가짜문학은 필요에 의해서 어떤 목적을 위해 만들어내기 때문에 한때 사람들의 입에 요란스럽게 오르내리다가도 소리 없이 사라져버린다. 그 목적이 다했기 때문이다. 그러므로 진짜냐 가짜냐 하는 것은 그것이 얼마나 오래 남느냐에 따라 결정된다.

이제 오래전부터 제주사람들이 만들어 즐겼던 '설문대할망'설화를 가지고 오늘의 우리의 처지를 생각해 보려고 한다. 이야기는 혼자 할 수 없다. 이 이야기는 오래 전 이야기지만 오늘의 이야기처럼 여러 사람들의 관심이 한곳에 모아질 때에, 그것은 오늘의 이야기가 될 수 있다.

'설문대할망'설화는 제주도 곳곳에 두루 분포되어 있고, 제주의 여러 지역의 지형을 설명하고 있다는 점에서 제주의 생성을 설명하는 이야기이다. 오래전 제주에 살았던 사람들은 '설문대할망'이라는 인격신을 설정하고 그를 통해서 제주도 여러 지역의 갖가지 지명을 설명했다. 여러 지역의 지형의 유래를 모두 모으면 제주도 형성에 대해 총체적으로 설명을 대신하게 된다.

왜 그때 제주사람들이 그러한 이야기를 만들었을까. 이야기는 당시 사람들의 필요한 밥이 되고 옷이 되는 유용한 것은 아니었다. 어느 지역 어떤 땅이 설문대할망에 의해서 만들어졌다는 것이 살아가는 데 무슨 필요가 되겠는가? 제주가 절해의 고도라는 이 안타까운 사실을 설문대할망의 속옷을 만드는 데 필요한 명주 100필 중에 한 필이 모자라서 이렇게 될 수밖에 없었다는 사실이 제주사람들이 살아가는 데 무슨 의미를 주었겠는가? 그러나 제주사람들은 이렇게 유용하지 않는 이야기를 서로 나누면서 살아왔고, 그 이야기가 그 후세 사람들 마음에 들었기에 오늘날까지 전해 내려왔다. 그래서 아마 이 이야기는 앞으로 다른 모습으로 약간씩 변이되면서 사람들 입에서 마음에서 오르내리고 전해질 것이다.

그런데 오랜 옛날 처음으로 '설문대할망 이야기'를 만들어 서로 이야기했던 사람들은 수천 년 후에 그들의 이야기가 사람들의 관심에 남아 있으리라고 생각했을까? 그러한 것을 미리 생각하고 이야기를 만들고 전하지는 않았을 것이다. 그때 사람들의 생각과는 관계없이 현재에도 제주에서는 설문대할망의 이야기를 소재로 하여 여러 이야기를 만들고 있다. 왜 그럴까? 이것은 문학, 즉 그 이야기가 힘을 지니고 있기 때문인데, 그 힘이 바로 문학의 비전이다. 이렇게 재미있는 이야기는 비전을 지니고 있다. 그 비전의 실체가 무엇인지는 모른다. 그것은 어디까지나 미래의 독자의 몫이다.

그런데 그 비전은 작품에 내재하고 있는 작품의 문학성에 의해 비로소 드러난다. 비전은 엉뚱한 관념적 개념으로 제시되는 것이 아니다. 오늘날 사람들, 특히 제주사람들은 이 '설문대할망이야기'를 가지고 다양한 비전을 생각하게 될 것이다. 그런데 그 비전이라는 그럴듯한 이름은 현실의 필요에 의하여 의도적으로 조작되는 것이 아니라, 작품이 보유하고 있는 문학성을 근거로 변형되면서 만들어진 것이다. 그래서 이제 '설문대할망' 설화의 구조를 가능한 객관적으로 분석하여 그 문학성(의미)을 찾고, 그것을 바탕으로 작품의 비전을 생각하고, 그것이 오늘의 제주에 살고 있는 우리와 제주에 관심을 갖고 있는 모든 사람들에게 어떤 의미로 다가가는가를 생각하려고 한다.

(2) 인간의 이야기와 신의 이야기

인간이 만들어놓은 그 허황된 이야기가 어떤 힘을 지니고 있기에 오래도록 전해질 수 있는가? 오늘날 '설문대할망 이야기'에 대해 생각하는 것은 허황된 이야기에 억지로 의미를 부여하려는 소위 식자들의 고급 장난쯤으로 생각할 수도 있다. 심심풀이로 만든 그 이야기를 가지고 제주의 생성을 논한다는 것이 얼마나 허황된 말장난인가? 과학적으로 제주도의 생성에 대한 지질학적 고고학적 논의가 가능하다. 그런데 짧은 그 설화로 제주 생성에 대하여 생각한다고 해서 그것을 얼마나 신뢰할 수 있을까? 신뢰를 얻으려면 그 이야기가 보통 사람들의 이야기 이상의 의미를 갖고 있어야 한다. 일단 설문대할망 이야기를 신의 이야기로 생각해야 한다. 어떻게 인간이 만들어낸 이야기가 신의 이야기가 될 수 있을까?

이 문제를 생각하기 전에 인간의 존재성에 대해 생각을 정리할 필요가 있다. 과학적인 방법으로 우주 생성에 대한 탐구는 가능하다. 그러나 그것은 현상을 설명할 뿐이지 미래를 예측하지는 못한다. 설사 예측한다고 해도 물리적 범위 안에서이다. 그런데 이러한 과학의 한계를 극복하게 해주는 것이 문학이다. 문학이 생명을 갖는다는 것은 언어 자체가 생명을 지녔기 때문이다. 그래서 이야기를 통해서 인간과 우주만상과 역사의 본질을 설명할 수 있다. 그 대표적인 책으로 성경이 있다.

우선 그 문제에 앞서 인간과 신의 관계를 생각해 보기로 하자. 이것은 인간이 짊어지고 가야 할 영원한 문제이다. 그러나 학문의 틀을 벗어났을 때에 쉽게 파악할 수 있고, 그것은 인류의 역사 현장에서 검증할 수 있다. 성경에서 야훼 하나님은 말씀으로 혼돈 상태를 차례차례 나누면서 단계적으로 질서를 부여해서 우주만물을 창조했다고 기록되어 있다. 놀라운 것은 이러한 우주 창세의 과정은 제주도 창세신화와 비슷하다는 점이다. 기독교의 경전과 무속신의 내력담인 창세 본풀이의 내용이 비슷하다는 것은 놀라지 않을 수 없다. 여기에 인간의 보편적 사유와 성경의 내용이 통하고 있음을 짐작할 수 있다. 창세에 대한 다양한 이야기가 다양한 양식으로 존재하는데, 그것은 '인간의 보편적 사유가 하나님의 사유와 통한다'는 것을 의미한다. 왜 그럴까?

　야훼 하나님은 자신이 만들어놓은 우주만상을 관리하기 위해서 인간을 창조했는데(창세기 2장), 그 과정이 매우 구체적으로 기술되어 있다. 흙으로 사람을 빚어 만들고, 그의 코에 자신(하나님)의 생기를 부어 인간을 만들었다는 것이다. 그래서 인간은 육체적으로는 동물이지만, 육체 이외에도 혼과 정신은 절대자인 하나님을 닮았다. 그런데 이러한 인간의 속성이 구체적으로 나타난 사건이 있다. 처음 인간이 한 일에서 그 사실을 확인할 수 있다. 하나님이 흙으로 각종 짐승과 새들을 만들어 자신을 닮게 만든 사람 아담에게 보낸다. 아담은 자기 앞으로 모여든 그 많은 짐승과 새들에게 각각 이름을 지어주었는데, 그대로 되었다.

　하나님이 창조한 각종 동물들의 이름을 지은 것이 인간 아담이 한 첫 일이었다. '이름 짓기'의 의미는 무엇인가? 아담은 하나님이 만든 짐승과 새들의 속성을 다 이해했기 때문에 그가 지은 대로 이름이 되었던 것이다. 그런 의미에서 아담은 최초의 동물학자이고 과학자이다. 창조주의 창조 원리와 그 비법을 다 알고서 이름을 지었는데, 그것이 창조주의 뜻과 일치해서 지은 대로 이름이 되었다. 여기에서 인간의 일과 생각이 야훼 하나님의 일과 생각과 통한다는 사실을 알 수 있다. 그래서 아담은 피조물을 관리할 수 있는 자격을 받게 된다. 오늘날 과학자들의 몫이 그 당시 아담의 몫과 다르지 않다. 과학자들은 야훼가 창조한 자연을 탐구하여 그 실체를 밝히는 일을 하기 때문이다.

　성경에서 이러한 하나님의 동역자인 인간이 절대자를 넘보는 욕망에 의해서 타락하게 되면서, 그 신성한 능력은 욕망 충족을 위해 쓰이게 되어 파행적인 문명을 이루어내었다. 여기에서 우리는 인간이 하는 일 중에는 하나님의 일과 닮은 것이 많다는 것을 알게 된다. 그러므로 언어를 통해서 창조의 비밀을 밝혀 낼 수 있다. 즉 사람들이 만든 제주도 생성에 대한 설문대할망 이야기는 허황된 이야기가 아니라, 그것은 창조주의 비밀과 통할 뿐만 아니라, 제주의 생성에 대한 인문학적 해석의 일단을 말해주고 있다는 것이다. 여기에 인간의 이야기와 신의 이야기의 합일점을 찾을 수 있다. 성경의 신은 기독교의 신만이 아니라, 모든 인간의 신이기에, 제주 창세본풀이 내용과 성경의 내용이 합일점도 가능하게 된다. 이것은 성경의 권위를 실추시키는 일이 아니라, 보편적인 인간의 언어로서의 성경의 의미를 확인하는 것이다.

인간은 동물과 다르고 신과도 다르다. 그래서 흔히 신과 동물의 중간적 존재라고 한다. 이러한 개념은 여러 의미를 지니고 있다. 인간은 육체적 면과 정신적 면의 이원 구조로 되어 있다는 의미도 되고, 인간은 신성과 악마성을 동시에 지니고 살아간다는 의미이기도 하다. 즉 인간 존재성의 중요한 내용을 설명하고 있다.

인간은 흙과 하나님의 생기로 되었기 때문에 신성을 지니고 있다. 그러기에 인간의 존재성은 과학으로 해명하는 데 한계가 있다. 과학은 인간의 신성을 해명할 수 없고 단지 그 육체적인 부분만 해명할 수 있다. 그러므로 창조주의 일이 인간의 일과 합치되는 부분이 많다. 하나님은 자신이 창조한 자연을 관리하기 위해서 자신의 모습대로 인간을 만들었기 때문에 서로 간에 마음과 뜻이 공통되어야 한다. 이래서 인간의 언어와 야훼의 언어는 상통할 수 있다. 그리고 인간의 일 가운데는 절대자의 일도 있다. 이러한 점을 고려할 때에 제주사람들이 만들어낸 '설문대할망 이야기'가 제주의 생성을 설명한다는 것이 허황되지 않다. 제주사람들의 상상력은 창조주 하나님의 뜻과 통할 수 있기 때문이다. 여기에 하나님의 이야기와 인간의 이야기의 관계가 성립된다.

(3) 설화의 구조와 그 의미

(가) '설문대할망 이야기'의 구조

'설문대할망 이야기'는 내용은 신화인데 전승 과정에서 전설화되었다. 이야기는 제주 여러 지역의 지명 유래를 설명하는 지명 설화로 정착되었다. 설화가 설명하고 있는 지명은 다음과 같다.[94]

* 관탈섬, 및 제주 주변의 여러 섬 - 다리가 그 섬(여러 섬)에 걸쳐졌다.
* 한라산: 할머니의 배게
* 한내 위 큰 구멍: 할머니 감투
* 제주도의 여러 오름: 할머니가 운반하다가 흘린 흙
* 용소(龍沼), 홍리물 물장오리: 깊이 측정(빠지지 않거나 빠짐)
* 마라도, 우도, 성산일출봉, 표선리 바닷가 모래밭: 할머니 신체 부위가 닿았던 곳
* 구좌읍 다랑쉬오름 분화구: 할머니가 주먹으로 친 곳
* 일출봉 기암괴석: 할머니가 불을 켰던 등잔
* 곽지리 지경 바위: 솥을 앉혀 밥을 짓던 곳
* 성산과 우도: 오줌줄기의 힘

이 이야기가 설명하고 있는 지명은 제주도의 다양한 지형을 대표한다. 그렇다면 이 설화는 제주도의 여러 지형 가운데서 특별한 것을 모두 설명하고 있다. 제주의 지형을 형성하는 대표적인 것은 한라산인데, 이 설화

---

94 『濟州島傳說』, 1976.

는 그 한라산을 우선 설명하고, 그 다음에 그 한라산 주위에 있는 오름과 여러 섬들과 특별한 기암괴석과 명승지를 두루 설명하고 있다. 이렇게 제주의 주요 지명을 설명한다는 것은 제주의 형성을 설명하는 것이나 다름이 없다. 더구나 이야기에서 할망이 '물장오리'에 빠져 죽었다는 것은 아직도 그의 존재가 제주 땅에 숨어있다는 것을 시사한다.

이렇게 제주의 여러 지명을 설명하는 이 이야기는 결국은 제주의 도서성(島嶼性), 즉 제주의 자연적 존재성을 설명하고 있고, 제주사람을 설명하고 있다. 이야기를 즐기는 것은 사람이다. 이 이야기는 제주사람이 만들어서 이야기하면서 전해 내려왔다는 점에서 그 작자도 향유자도 제주사람으로 한정된다. 앞에서 제주의 지형을 비롯해서 그 형성 과정을 설명하면서 또 다른 면에서는 그러한 땅에 살고 있는 제주사람의 생각까지 설명하고 있다.

이 이야기들의 중심 내용은 다음과 같다.

① 설문대할망은 거인이었다.
② 제주의 여러 지역은 그의 육체의 거동과 관계가 있다.
③ 거인이어서 항상 옷이 모자랐다.
④ 명주 속옷을 한 벌 지어주면 육지까지 다리를 놓아주겠다고 제주사람들과 약속했다.
⑤ 명주옷을 만드는 데는 명주 100필이 필요했는데, 제주사람들은 그의 속옷을 지어주기 위해서 명주를 다 모았다.
⑥ 그러나 한 필이 모자라서 그의 옷을 지어주지 못했다.
⑦ 할머니는 다리를 놓다가 그만 중단해버렸다.

이 내용은 설문대할망 이야기의 기본형이다. 이야기는 제주가 섬이라는 것을 말하면서, 단순히 지리적으로 섬임을 설명하는데 그치지 않고, 그 섬에 살고 있는 사람들의 삶과 의식까지 드러내고 있다. 완전수인 100필이 다 되어가다가 결국 1필이 모자랐다는, 완성 직전에 실패하는 그 안타까움을 99필로 상징하고 있다. 이렇게 제주의 한계성을 통해 육지를 향한 사람들의 갈망을 말하고 있다. 그 정황은 완성에 이르기 직전 그 마지막 고비에서 좌절되었다는 안타까움과 위로이다. 대학 합격점은 80점인데, 79.9로 떨어졌다. 합격하지 못하였다면 60점이나 79.9나 꼭 같은데도, 굳이 자신의 불합격 점수 79.9를 강조하는 것은 합격에 대한 열망이 강하기 때문이거나 아니면, 불합격에 대한 부끄러움을 완화해 보려고 하거나, 그 불합격의 한스러움을 다소 보상받으려는 의도가 숨어있다. 이러한 마음은 주변성으로 설명할 수 있다. 중심부에 대한 열망이 클수록 그 모자람에 대한 자의식이 강하기 마련이다.

(나) 설문대할망설화의 변이형

이 설화는 다양하게 변이되어 있는데, 그것은 꿈도 꿀 수 없는 시대와 그러한 시대에 살 수 없었던 초인적인 인물의 몰락을 설명하고 있다.

이 설화에서 변형되거나 파생된 두 개의 설화는 다른 설화에 비해 그 내용이 특별하다. '물장오리에 빠져죽은 설문대할망설화'가 그렇다.

* 설문대할망은 하도 키가 커서 제주에 있는 유명한 못과 물에 들어가 보아도 그의 몸이 잠기지 않았는데, 물장오리 물의 깊이를 재려고 들어갔다가 그만 빠져 죽었다.

이 설화는 제주의 여러 지형 중에 하나인 물장오리 못의 깊음을 설명하고 있다. 그런데 그 못을 설명하는데 꼭 설문대할망이라는 거인의 죽음으로 처리했다는 것이 특별하다. 합리적으로 따져본다면, 그렇게 큰 거인이 어떻게 이 못에 빠져 죽을 수 있겠는가? 육지까지 다리도 놓을 수 있는 초인적인 능력을 가진 자가 물장오리 물에 빠져죽는다는 것은 이해할 수 없다. 빠져죽을 만하면 긴 팔로 둔덕을 딛고 일어날 수 있을 것이다. 그러나 설화 향유자들은 그러한 논리성을 따지지 않았다. 그들의 정서가 설문대할망을 빠져죽게 만들고 싶었던 것이다. 이것은 논리를 거스르는 비논리인데도 문학에서는 가능하다. 그러나 이 비논리적인 구조에서 우리는 이 설화가 지니는 또 다른 문학적 논리를 찾아낼 수 있다.

이 설화의 비논리적인 변이는 논리가 부재하는 상황에서는 얼마든지 가능하다. 논리가 통하지 않는 사회, 비논리가 논리를 앞지르는 사회가 있음을 우리는 알고 있다. 즉 아무리 초인적인 설문대할망도 물에 빠져죽을 수밖에 없는 그러한 시대였다는 것이다. 우리가 어렸을 때 들은 이야기가 있다. 혼란이 극심할 때에 사람들을 현혹시키는 종교가 있었는데, 그 종교는 앞으로 다가올 시대에는, "사람이 접시물에 빠져서 죽기도 하고, 정낭에 걸려서 죽기도 한다"고, 소위 말세가 가까웠다면서 사람들을 현혹시켰다. 이 얼마나 비논리적인가? 그런데 사람들은 그 말을 믿고 그 종교에 빠져들어 재산을 날려버렸던 경우가 많았다. 시대가 하도 어수선하면 사람들에게도 비논리적인 상황을 믿는다. 그러므로 이러한 설화의 비논리적인 변이를 통해서 그 혼란스러운 시대를 살아가는 향유자의 정서와 의식을 설명하고 있다.

기본형 설화에서 우리가 관심을 갖는 부분은 사람들은 비록 육지까지 다리를 놓지 못하여 섬에 갇혀 살면서도 절망하지는 않았다는 점이다. 다리를 완성하지 못한 이유를 설문대할망에게 돌리지 않고, 제주사람들에게 돌리고 있다는 점이 시사하는 바는 매우 크다. 설문대할망이 게을러서, 혹은 능력이 부족해서, 또는 속옷을 만들 100필 명주를 마련해주지 않자 심술을 피워서 다리 놓기를 중단한 것이 아니다. 애초에 명주로 속옷을 지어주기로 한 제주사람들이 그 약속을 지키지 않았기 때문이며, 약속을 지키지 않는 것도 제주사람 탓이 아니라, 모두 성심껏 열심히 모아도 명주가 모자랐기 때문이라는 것이다.

이러한 이야기는 매우 긍정적으로 세상을 바라볼 때에 가능하다. 설문대할망에게 다리를 완성하지 못한 책임을 묻게 된다면, 영원히 다리는 놓을 수 없다. 또한 제주사람들이 다리를 놓을 생각을 하였다가 마음이 변하여 속옷 만들기를 중단했다면 앞으로 영원히 다리 놓기는 불가능하게 된다. 그러나 설화는 그렇게 결말을 만들지 않았다. 사람들이 모두 힘을 합해 명주를 짜고 짜놓은 명주를 다 모았으나 한 필이 부족했다는 것이다. 이러한 '미완의 결말'은 앞으로의 '가능성'을 은밀하게 말해주고 있다. 이루지 못한 이유를 설문대할망에게도 제주사람들에게도 돌리지 않았다는 데서 이 설화의 특징이 있다. 이러한 설화의 구조는 육지까지 다리를 놓고 싶어 하는 제주사람의 꿈을 유보해 두면서도, 아직도 설문대할망에 대한 기대를 버리지 않고 유효함을 말하고 있다.

그런데 앞의 '물장오리설화'에서는 거인이고 초인인 '설문대할망'을 향유자들이 죽여버린다. 이러한 초인(거인)의 죽음은 꿈꿀 수 없는 절박한 시대 상황을 설명한다. 제주사람들이 믿었던 거인을 몰락시킨 것은 제주사람들이 이제는 거인의 꿈을 꿀 수 없었기 때문이다. 이러한 점에서 이 설화 중에 '물장오리설화'는 특별한 의미를 지닌다. 제주사람이 기대했던 그 거인은 다시 이 땅에 올 수 없음을 확인시키고 있는 것이다. 그러므로 이 거인설화의 변이종은 매우 섬뜩하도록 비극적이다.

설문대할망설화는 제주의 땅(지형)의 형성, 그리고 제주사람들의 꿈과 의식과 삶의 형편을 총체적으로 설명하고 있다는 점에서 제주설화의 얼굴이다. 이 설화는 제주의 여러 지역을 설명할 뿐만 아니라, 제주의 도서성(島嶼性)과 그 안에 살고 있는 사람의 의식까지 드러내고 있다. 지형적으로 섬이면서, 한 필이 모자라 뜻을 이룰 수 없었다는 안타까운 마음까지 전하고 있다. 이 설화는 밖에 드러난 형상으로서의 자연과 비 형상으로서 사람의 정신을 묶어 서사화하고 있다.

(4) 모자란 한 필의 명주를 짜기 위해

시대가 변하면 주변부가 중심부가 될 수도 있다. 그것은 인간의 꿈에 그치는 것이 아니라, 역사의 변동에 따른 필연적인 현상이다. 어쩌면 그것은 인간이 추구하는 이상일 수 있다. 종교적 의미로는 '새 세상의 도래'이고, 사회 역사적인 입장에서는 '혁명'이다. 그런 면에서 대부분의 종교(진정한 종교)는 주변적이다. 그들은 땅의 가치를 넘어 하늘의 가치를 추구한다. 기독교가 그렇고 불교도 그렇다. 땅 위에서 복 받기를 원하는 것은 신앙의 부산물이지 그 본질은 아니다. 그러기에 새 세상인 심판의 날과 예수의 재림으로 새로 창세되는 나라는 인간이 추구했던 땅의 가치에 의한 나라가 아니다. 극락이라는 공간이나 득도함으로 이르게 되는 '부처의 경지'도 그렇고, 기독교인들이 추구하는 이상적인 '성화된 모습' 그렇다.

그런데 이러한 종교적 개념을 떠나 사회 역사적으로 주변부가 중심부로 이동하는 변혁은 사회주의 혁명을 통해서 부분적으로 비싼 대가를 치르면서 실험했다. 그리고 이와 유사한 유토피아 운동도 주변적인 삶이 중심부로 이동하는 삶의 혁명과 다르지 않을 것이다. 그러나 사회역사적인 이 거대한 변혁은 대부분 실패했거나 유보적인 상황에 있다.

다음은 죽음의 승리이다. 기독교의 부활이나 불교의 부처로의 재탄생을 의미한다. 죽음은 절대적인 주변성이다. 그 고통을 넘어서 새로운 구원에 이르는 것이다. 그 다음으로는 새로운 질서의 체계로 세계가 개편된다. 즉 아날로그 시대에서 디지털 시대로, 평면적 세계관에서 다층적 세계관으로 변혁되면, 자연히 주변부가 중심부가 된다. 제주도에서는 신도시가 중심이 되었다. 서울도 강남의 집값이 옛날의 중심부보다 비싸다. 여기에 제주의 비전이 있다. 즉 바다의 시대가 도래하면 세계 평화의 섬으로 탈바꿈할 수 있다. 이것은 혁명 아닌 혁명이다. 그렇다고 제주는 가만히 앉아서 평화의 섬이 되는 것은 아니다.

또 하나의 경우는 산업구조의 변혁에 따른 사회의 대변화이다. 사농공상의 순서가 완전히 바뀌었다. 산업체계의 변모로 주변성과 중심부는 바뀔 수도 있다. 서울 강남은 강북보다 집값이 엄청나게 비싸다. 새로 조성된 신도시도 구도시보다 경쟁력이 앞선다. 산업구조의 변화와 더불어 지구촌의 역학관계가 엄청나게 변하고 있다. 사방이 바다로 둘러싸인 섬이 오히려 세계로 뻗어나갈 중심부적 역할을 감당할 수 있게 되었다. 그래서 정부는 제주를 '세계 평화의 섬'으로 선포해서, 제주가 민족 화해와 통일의 중심축이 되고, 동북아 평화는 물론 세계 평화 구축에 나름의 역할을 감당하기 위해서 계획을 세워 추진하고 있다.

역사가 달라지고 있다. 이제 누가 제주를 변방의 '뇌옥(牢獄)의 땅'이라고 말하겠는가. 이렇게 제주는 주변지에서 중심부로 변하고 있다. 그런데 그러한 변화는 자연적으로 되는 것은 아니다. 공산혁명을 쟁취하기 위하여 수많은 사람들이 목숨을 바쳤고, 새로운 세상을 추구하기 위해서 신앙인들은 땅의 가치라는 '힘'을 외면하고 외롭게 살았다. 그들은 육신의 욕망보다는 '참과 진리'라는 가치를 실현하기 위하여 고통스럽게 살아왔다. 그렇게 살아야 천국과 극락이 그들의 것이 된다. 아무리 '세계 평화의 섬'으로 대통령이 선포했다고 해서 별안간 평화의 중심세력으로 제 역할을 감당할 수 없는 것이다.

이제 제주사람들은 그 옛날 설문대할망의 속옷을 만들기 위해서 애써 모았으나 모자란 그 한 필의 명주를 만드는 일에 나서야 할 때가 되었다. 이것이 설문대할망설화의 비전이다. 그런데 왜 그 당시 제주사람들은 명주로 거인의 속옷을 마련하겠다고 약속하였을까? 무명옷도 입기 어려운 그때에, 가장 귀한 명주로 그것도 속옷을 만들겠다고 하다니? 이러한 모티브를 차용한 것은 단순하지 않다. 가장 아름다운 천으로 옷을 만들겠다는 의지는 새로운 세상에 대한 혁명적 의지와 다르지 않다. 그리고 그 명주를 만드는 과정의 복잡함을 생각한다면 그것은 진정 새로운 것을 창조하는 경지와 다르지 않을 것이다.

이 작은 섬 제주사람들이 어떻게 거인인 '설문대할망'을 만들어낼 수 있었을까? "섬에 사는 사람들의 거인의 꿈", 그것은 오늘 제주가 꿈꿔야 할 것이다. 물장오리에 빠져 죽은, 아직도 그 물 안에 잠겨있을 설문대할망을 구해내기 위해 모자란 한 필의 명주를 짜야할 때가 되었다.

3부
—

제주설화와 주변성

1. 문제

　제주사람들에 의해 전승된 제주설화는 제주 역사와 문화와 사람들의 의식을 반영하고 있다. 그렇다면 그 특성은 무엇인가? 제주라는 섬의 지리적 특수성과 특이한 제주 역사를 배경으로 형성되었으므로, 본토설화에 비해 주변적 성향이 두드러진다. 제주는 당시에는 절해고도여서 본토에서 소외된 주변지역이다. 그런데 섬이기 때문에 다양한 문화를 수용하게 되었다. 탐라 부족국가 이후 삼국시대부터 육지부와 교류를 시작했고, 고려시대에 들어와서 외교 관계를 수립했으나 12세기에 이르러 고려의 부속 지역으로 전락하면서 정치적으로 예속될 수밖에 없었다. 이렇듯 제주와 본토와의 관계는 독립-예속-통합의 과정을 거치게 되었다. 그런데 정치적으로는 중앙정부에 예속되었지마는, 문화적으로는 다른 지역 문화와의 교류를 통해서 독특한 제주문화를 유지했다. 그 결과 다층적인 문화를 이루어놓게 되었다.

　설화는 개인의 창작인 기록문학에 비해서 집단적 창작물이기 때문에, 향유 집단의 표현 욕구와 세계에 대해 의식을 예민하게 반응한다. 그래서 제주문화와 사람들의 삶의 실상을 정직하게 드러내놓는다. 제주설화의 주변성은 풍수설화, 당신설화, 인물설화의 특성을 종합한 결과이다. 이러한 본토설화와의 차별성은 제주설화의 구조적 특징으로 나타난다.

　주변성은 다소 포괄적이고 추상적인 개념이다. 이것은 공간적인 성격보다는 문화론적인 개념으로 이해할 필요가 있다. 문화 전파론적인 입장에서 중심부에 대한 주변적 성격을 포함한다. 그러나 단지 전파 과정에서 주객의 관계로만 설명되지도 않는다. 그중에서도, 정치 문화적인 중심부에 상대되는 지배이데올로기에 대한 탈 이데올로기성이 중요한 내용이 되고 있다. 그러나 이것으로 설명할 수 없는 부분도 있다. 이처럼 그 개념은 다소 모호하면서도 다원적이다.

2. 제주설화의 주변성

제주설화는 제주가 섬이라는 지리적 조건과, 중앙정부에 대한 분리주의적 주민 의식이 주변적 특성을 낳게 했다. 고대 탐라부족국가에 대한 무의식적 갈망의 다른 변형태(變形態)로, 또는 중앙정부로부터 당한 소외감의 발로일 수도 있다. 그러나 그러한 환경적 조건은 제한적이다. 어떻든 본토설화가 지배이데올로기에 편향되었거나 지향하는데 반하여, 제주설화는 그와 다른 점을 보유하고 있다. 구체적으로 탈지배이데올로기, 삶에 대한 치열한 의식, 상황과 정치적 억압을 극복하려는 삶의 진지성 등을 포함하고 있다.

(1) 지배이데올로기와 탈지배이데올로기[1]

제주설화의 탈지배이데올로기적 경향은 당신설화와 뱀설화의 중심 문제가 되었다. 당신설화로는 신당을 철폐한 이 형상 목사와 당신의 대립 갈등을 형상화한 설화(1)가 대표적이고 제주 전역에 전해 내려오는 뱀설화 중 대표적인 것은 「김녕뱀굴 설화」(2)이다. 이 두 설화에서는 토속신앙과 지배이데올로기와의 갈등 및 그에 대한 주민들의 의식이 형상화되어 있어서, 주변성의 특질을 설명하고 있다.

---

1 이 문제에 대해 이 책『역사적 사실과 문학적 진실』과 본인의 다른 글 「사신 전설의 고찰」에서 논의했다.

이형상 목사의 신당 철폐와 김녕뱀굴에 대한 설화는 지역에 따라 약간 씩 변이되기도 했으나, 기본형의 구조와 내용에는 일정한 기본 틀을 유지하고 있다. 이형상 목사나 서련 판관은 목민관으로서 백성을 미혹시키고 피해를 주는 신당과 요괴인 뱀(뱀신)을 퇴치하겠다는 의지를 확고히 가졌다. 그것은 한 지역 행정을 책임 맡은 관리로서 응당 취해야 할 태도였다. 그러므로 이들과 토속신앙과의 갈등은 애초부터 불가피한 것이다. 설화 (1)은 이형상 목사와 광정당신의 갈등과 대립이, 설화(2)에서는 서련 판관과 뱀의 갈등 대립이 극명하게 나타나 있다. 이 두 관헌은 제주 행정의 책임자로 백성을 다스릴 권한을 왕에게서 위임받았다. 이들에게는 백성이 살아가는 문제와 함께 왕권을 신장시켜 왕권이데올로기를 확고하게 구축해야 할 임무도 지니고 있다. 모든 행정 행위는 여기에 근거했다.

그런데 제주사람들의 삶 속에는 이러한 이데올로기보다는 무속신앙이 더 깊이 뿌리내리고 있었다. 그것은 실제적으로는 정치이데올로기보다는 무속신앙이 생활을 위해 필요하기 때문이었다. 즉 이념 이전의 생활의 문제였다. 이로 인해서 관원과 백성 간에 불화가 생겨서 행정에 어려움이 많았다. 충암 김정은 그의 『제주풍토록(濟州風土錄)』에서, "제주사람들은 무속신을 숭배해서 제주에는 무당들이 많다. 무당들은 백성들을 미혹하게 하고 재물을 탈취하고 행패를 일삼았다. 이들은 음사를 지어 매 삭망일과 7일에 마을 사람들에게 제사를 지내게 했다. 그 음사가 300여 소에 달했다. 이들 때문에 황당하고 그릇된 일들이 자주 일어나 백성들 생활이 어려워지고 있다"고 기록하고 있다. 무속에 대해 이렇게 부정적으로 인식한 기록은 청음 김상헌의 『남사록(南槎錄)』에도 나타나 있다. 이는 유교의 가치규범 속에 살아온 양반의 입장에서 본 제주 무속에 대한 인식이다. 그런데 실제로 제주사람들의 처지와는 거리가 있다.

무속신앙은 제주사람의 정신적 지주이고 문화에도 큰 영향을 끼치고 있는 일종의 종교와 다름이 없었다. 유학자들이나 관리들이 위와 같이 인식한 이면에는 또 다른 이유가 있다. 무속신앙으로 인해 행정력이 약화되고 왕조 지배이데올로기가 훼손되는 것을 우려했기 때문이다. 주민들은 관리들보다 무당들을 더 가까이했고, 이로 인해서 행정력이 약화될 수밖에 없었다. 이러한 상황에서 이형상 목사는, 부임 즉시 무속 신앙에 대해 강경책을 폈다. 심방들을 귀농(歸農)시켰고 당과 절집들을 헐어버렸고, 백성들을 교화시켜서 풍습을 개선하려 했다. 이러한 조치는 목민관으로서는 응당 해야 할 일이었으나, 그 이면에는 관으로부터 멀어진 백성들의 의식을 전환시켜 행정력을 강화하려는 의도도 작용했다. 이 목사는 무속 신앙을 철폐하는 일 외에도, 도민이 자체적으로 주도하여 연례적으로 거행하던 풍우뇌우단(風雨雷雨壇) 제사까지도 폐지하고, 대신 관 주도의 한라산신제를 지내기 시작했다. 그리고 오래전부터 전래해 내려오던 연등 등 민간 민속 행사에 대해서도 부정적인 생각을 가졌다. 이러한 여러 일을 고려할 때, 이 목사의 신당 철폐 조치는 약화된 행정력을 회복하기 위해 필요한 일들이었다. 즉 도민이 주도하는 민속행사나 공동체적 제의식을 기피한 것은, 관 주도가 아닌 모든 행사가 결국 주민들의 결속력을 강화한다고 생각했기 때문이다.

조선조 관리들이 음사나 무속에 대한 인식이 부정적이었음은, 그것이 유교적 세계관과 배치되기 때문이기도 하지마는, 무속이 관리와 백성의 사이를 멀어지게 해서 행정력을 약화시킨다고 생각했기 때문이다. 육지부에는 용감한 관헌이나 암행어사가 음사나 요괴를 퇴치한 소위 공안설화(公安說話)들이 많다. 그것은 이형상 목사가 당을 철폐하여 풍습을 개량한 일과, 인근 주민에게 피해를 주는 김녕뱀굴의 요괴를 서련 판관이 퇴치한 일과 상통한다. 그런데, 그러한 일에 대한 제주 주민들의 반응은 육지부와는 판이하게 달랐다. 목사나 판관처럼 사람들은 신당과 요괴를 혹

세무민하거나 백성에게 피해를 준다고 생각하지 않았다.

이형상 목사는 광정당신을 퇴치하고 서련 판관이 요괴인 뱀을 죽여버
는데, 그 결과는 어떻게 되었는가. 설화가 말해주듯이, 이 목사는 그 당신
의 복수를 피할 수 없었고, 서련 판관도 요괴의 흉험으로 결국 죽고 만다.
1차적으로는 당신과 요괴가 목사와 판관에게 패배했으나, 패배한 다음에
자신을 몰락시킨 세력을 복수하였다. 이형상 목사는 당을 철폐한 일 때문
에 제주에서 쫓겨나게 되었고, 서련 판관은 뱀을 퇴치하고 제주성으로 들
어오는데 이상한 기척에 뒤를 돌아보았다가 죽고 만다. 막강한 힘을 가진
목사와 판관에게 복수한 것은 누구인가. 그것은 당신이나 요괴인 뱀이 아
니라 제주사람들의 생각이었다. 그들은 언어라는 무기를 가지고 소문이
라는 통로를 통해 막강한 세력을 가진 지배이데올로기 세력을 복수한 것
이다.

설화들은 이형상 목사와 서련 판관의 치적에 근거한 사실적인 내용을
중심으로 되어 있다. 신당을 철폐하고 주민에게 피해를 주는 요괴를 퇴치
한 것은 목민관으로서 응당 해야 할 일이었다. 그런데, 그 다음으로 복수
의 모티브를 통해서 관원들이 행한 일에 대한 설화 향유자의 의식이 드러
났는데, 여기에서 설화의 의미가 달라진다. 이형상 목사는 49세에 제주에
부임, 신당을 철폐하는 등 주민의 교화와 풍속 개량에 힘썼으나, 2년 후
에 파직당하였다. 서련 판관도 제주 판관을 역임한 후에 요절했다고 한
다. 주민들은 이러한 개인의 처지가 당신이나 뱀의 흉험에 의해 복수당한
것으로 인식하고 이야기를 만들어내었다. 그것은 헛소문이고 유언비어일
수도 있다. 논리적인 사유로는 복수 소문에 대해 수긍하지 못할 것이다.
그러나 문제는, 그러한 비논리적인 사유에 의한 소문이 오래도록 사람들
입을 통해 전해 오면서 결국 사실처럼 이야기로 정착되었다는 점에 있다.
향유자의 상상력이 신당을 철폐하고 뱀을 죽인 관리들의 처사를 못마땅

하게 여기던 백성들의 의식과 만나면서 설화가 주민들 사이에 즐겁게 향유될 수 있었다.

육지부에도 이와 유사한 설화들이 많이 있다. 어떤 방백이 백성을 괴롭히는 음사를 철폐하면서 요괴와 대결해서 두 아들까지 잃었으나, 끝내 요괴와 타협하지 않고 싸워 결국 퇴치에 성공하고 백성을 구제한 이야기[2], 원통하게 죽은 전임 부사의 딸의 원한을 풀어준 용기 있는 밀양부사의 이야기, 이와 같이 소위 공안설화들이 많이 전해진다. 보통 사람으로서는 할 수 없는 일을 감행해서 백성을 구제한 용기 있는 관원들의 무용담이 음사 요괴 퇴치 모티브를 통해 이야기로 전해왔던 것이다. 이러한 설화들은 일반적으로 그 용기 있는 관원의 권위를 신장시키면서, 왕명을 받아 백성을 다스리는 그들의 권력의지를 상승시키는 데 기여한다. 암행어사 설화도 여기에 속한다. 이러한 설화들은, 궁극적으로 왕통을 공고히 하기 위해 지배이데올로기를 강화하고 전파시키는 데 기여하는, 소위 관변문학의 전형적인 양식이다.

이러한 육지 본토설화에 비해 제주도의 당신 철폐나 요괴 퇴치 설화는 반공안적(反公安的)이라는 점이 특징이다. 즉 설화가 관원들의 권력 비상의 욕구를 좌절시키는 데 한몫을 했다는 것이다. 이러한 설화에 드러나는 것은, 주민들은 목민관이 인식하는 것처럼, 당신이나 김녕굴 뱀이 백성들을 미혹하고 억압한다고 생각하지 않았다. 오히려 그 당신과 뱀신은 주민의 삶과 의식에 뿌리내린 신앙의 대상이라는 것이다. 그러므로 외부적으로는 절대 권력을 가진 목사나 판관에게 어쩔 수 없이 동조했으면서도, 내면으로는 이야기를 통해 이들의 처사에 강력하게 반발했던 것이다. 이처럼 관리들에게 도전하는 주민의 의식은 반 이데올로기적이어서 이러한

---

2 『靑邱野談』 券4 25~26장(성대본).

설화를 만들어낼 수 있었다.

(2) 주변부 사람들의 삶의 양식

제주설화의 주변성은 섬사람들의 삶의 근원에 자리잡고 있는 문제를 탐구하고 있다. 왜 제주사람들은 고통스럽게 살아야 하는가? 이러한 문제에 대한 해답을 설화가 대신하고 있다. 흔히 설화는 심심풀이를 위한 가벼운 이야기로만 생각해 왔다. 그런데 제주설화는 제주사람들의 역사나 사회 상황에 대해 예민하게 인식한 것을 문제로 삼고 이야기를 만들었다. 그중에 특기할 만한 것은 고종달형설화를 중심으로 한 단맥(斷脈)설화이다.

고종달형설화(3)는 제주에 샘이 흔하지 않다는 자연적 조건과, 제주사람들이 불모의 땅에서 어렵게 살아갈 수밖에 없는 원인을 단맥(斷脈)을 통해서 이야기로 만들었다.

이 설화에는 많은 변이형이 있다. 어떤 경우에는 중국왕이 고려왕으로 나타나기도 하며, 고종달이 단맥에 실패하기도 하는데, 결국에는 제주 전 지역에서 인물이 날 만한 지맥을 끊어버리던 호종단이 한라산신의 노여움을 받아 중국으로 돌아가지 못하고 죽게 된다. 이러한 일련의 변이형에서 호종단의 단맥에 대한 설화 향유자들의 의식을 엿볼 수 있다. 즉 제주가 불모의 땅이 된 것은, 중심부 세력(중국 왕이든 고려 왕이든)의 단맥 때문이라는 것이라고 인식하고 있다.

설화는 제주와 외부(육지)를 대립적인 관계로 인식하면서, 제주의 역사는 강한 외부세력의 억압과 침탈에 의해 훼손당해왔음을 전하고 있다. 또한 제주사람들은 불리한 자연 조건으로 물이 귀하여 척박한 땅에서 살아야 하는 고통까지 그 원인을 호종단의 단맥에 돌리고 있다. 이것은 또한 제주를 대국(大國)과 대등한 입장에서 인식했다는 점에서, 중심부에 대한 주변부 사람들의 저항과 자존 의식을 내용으로 하고 있다.

고종달형설화는 제주의 역사를 총체적으로 설명하고 있다. 또한 외부 세력에 의해 몰락하게 되는 개인 차원의 설화에서도 주변부 사람들의 삶의 실상과 의식을 형상화하고 있다. 출중하게 뛰어난 인물들은 나라의 경계 대상이 되어 조정에서 보낸 풍수사에 의해 그 조상의 묘가 파혈됨으로 몰락하게 되는 설화들도 있다. 강정김씨 자손의 이야기, 명당 한수, 문국성과 소 목사설화가 대표적이다.

이들 설화 내용은 고종달형설화와 비슷하다. 단지 그 파혈과 몰락이 한 인물이나 가문에 한정되었다는 점에서 다르다. 그러나 여기에서도, 제주 인물과 중앙 정부가 서로 대립하고 있고, 제주사람들의 삶이 중앙정부의 힘과 술수로 훼손된다는 점에서 설화 의식은 고종달형설화와 동일하다. 즉 중심부의 억압에서 살아야 했던 소외된 지역의 인물들의 몰락을 통해 그 사회의 역사성까지 형상화하고 있다.

이러한 설화 의식의 저변에는, 육지(서울)와 제주가 중앙정부와 지방 행정 지역의 관계로만 인식하지 않고, 억압하는 세력과 억압당하는 존재 간의 대립 관계로 인식하고 있다. 이 대결구도를 직접 드러낼 수 없는 왕조 체제에서는, 언어의 힘을 빌려 이야기로 만들어낼 수밖에 없었다. 이렇게 제주설화는 제주사람들의 삶의 불모성과 그 탐구를 대신하면서 주변지역 사람들의 삶의 양식을 형상화하고 있다.

(3) 지배이데올로기 극복 양식

한편 이러한 중심부에 대한 주변부 사람들의 대응은 의식으로만 남아 있는 것이 아니라, 삶의 현장에서 새로운 삶의 방법을 구축하기에 이른다. 닫힌 상황에서 지배이데올로기에 대한 대결만으로는 삶의 문제가 해결되지 않는다. 그래서 새로운 극복 양식을 도모할 수밖에 없는데, 그것이 설화화되었다.

한국 곳곳에 널리 전해 내려온 설화 중에 대표적인 것으로 오뉘 힘내기설화와 아기장수설화가 있다. 제주에도 이 유형 설화의 변이형이 있는데, 육지부의 그것에 비해 그 구조가 특이하다. 여기에 주변적 삶의 양식이 형상화되어 있다.

(가) 대결의 극복과 새 방법의 모색

옛날 어느 집에 홀어머니가 비범한 아들과 딸을 데리고 살았다. 하루는 오뉘가 의논하기를, 둘이서 함께 한 집에서는 살 수 없으니, 힘내기를 해서 지는 사람이 죽기로 약속했다. 그 내기는 오라비는 당일로 서울 갔다 오고, 누이는 성 쌓기였다. 내기가 진행되는 동안 딸이 이기게 되었다. 어머니는, 딸이 이기는 것보다는 아들이 이기기를 원해서 딸의 작업을 의도적으로 지연시켰다. 그 결과 오라비가 이기게 되었고, 결국 누이는 스스로 죽고 말았다. 뒤에 오라비는 어머니의 음모에 의해 자기가 정당하지 않게 이긴 것을 알고는 자책하여 자살했고, 아들과 딸을 잃은 어머니도 스스로 목숨을 끊고 말았다. 지금도 그 누이가 쌓다가 둔 성터가 남아 있다.[3]

오뉘 힘내기설화의 개요이다. 홀어머니 밑에서 살아가는 두 오뉘가 서로 늘 다투었으나, 홀어머니는 두 오뉘의 갈등을 화해시키지 못했다. 오히려 내기 과정에 부당하게 관여함으로 비극을 자초하게 되었다. 이 설화

---

3 최내옥, 「한국 전설의 변이양상」, 『구비문학』 2, 한국정신문화연구원, 1979, 25-26면 참조.

는 비범한 오뉘가 함께 동거할 수 없는 상황과, 그러한 불화의 관계를 중재할 수 없는 어머니의 무력함, 그리고 같은 값이면 아들을 원하는 지배이데올로기에 의한 어머니의 부당한 관여로 한 가정의 비극이 극대화되었음을 설명하고 있다. 그런데 보다 중요한 것은, 비범한 인물들의 그 비범성을 사회가 받아들여줄 수 없어서 비극이 발단되었다는 (그것은 같은 집에서 살 수 없다거나, 또는 어머니의 무력함) 점이다. 여기에 닫힌사회의 실상이 드러난다. 또한 그러한 상황을 극복하기 위해 부당한 방법을 취함으로 그 비극성은 더 심화되었다는 사실도 그 시대의 단면을 설명하고 있다.

비록 홀어머니 처지였으나, 비범한 자식을 둔 것은 다행스런 일인데도 도리어 비극적일 결과를 낳을 수밖에 없었던 이유는 다음과 같이 생각할 수 있다. 첫째는, 비범한 인물들이 홀어머니 밑에서 태어났기 때문이다. 둘째는 함께 살기가 어렵게 되자 해결 방법을 강구하지 않고 싸웠다. 셋째는, 둘 중에 한 사람이 없어지는 일 외에 다른 방법이 없다고 생각했다. 즉 이 집안에서는 어려운 상황을 극복하려는 진지한 노력이 없었다. 그래서 내기를 선택했다. 네 번째는 내기가 어머니의 부당한 관여로 인해 과정과 결과가 잘못 되었다. 이러한 점을 고려할 때, 비범한 인물을 수용할 수 없는 상황에서 정당하지 않는 방법으로 문제를 해결하려다가 결과는 더 어려워졌다. 이것은 그 어려운 상황(오뉘가 동거할 수 없는)을 이겨나가기 위해 진지하게 방법을 모색하지 않았기 때문이다. 더구나 싸우지 않고 동거하는 방법을 강구하지 않았고, 오히려 어머니는 오뉘의 갈등을 중재하지 못하고 부당하게 관여함으로 비극은 더욱 심화되었다. 이 설화의 인물들은 어려운 현실을 극복하려는 진지함도 없으며 또한 노력도 하지 않았다. 또한 상황도 전혀 오뉘를 수용해줄 수 없었다. 이 설화는 사람들이 강력한 관습이나 지배이데올로기에 눌려 스스로 삶의 자생력을 상실한 채 살아가는 닫힌사회의 실상을 설명해준다.

이에 비해서 제주의 오뉘장사설화⁴는, 힘이 세어서 당하게 되는 동생의 위기 상황을 힘 센 누이의 지혜와 힘으로 극복하게 되었다는 점에서, 육지부의 이 유형 설화와 차별성이 크다.

제주의 오뉘장사설화 중 대표적인 것으로는 오찰방설화, 시흥리 현씨 남매설화, 사계리 김초시설화, 홍리 고대각설화 등이 있다. 그러나 이러한 각기 다른 설화에서도, 그 중심 모티브는 거의 동일하며, 모티브들이 약간씩 변형되어 적절하게 결합함으로 새로운 설화를 만들어 놓았다. 그 개요를 정리하면 다음과 같다.

설화-〈4〉

① 아들을 낳기 위해 부인이 임신하자 소 열 마리를 잡아먹였으나 낳고 보니 딸이었다.

② 또 부인이 임신하자 이번에는 소 아홉 마리를 잡아먹었는데 낳고 보니 아들이었다.

③ 오뉘는 모두 힘이 장사였는데, 동생이 씨름판에서 독판을 치게 되자 점점 오만해졌다.

④ 누이가 남장을 하고 씨름판에 나갔다가 동생을 이김으로, 마을 사람들에게 집단 테러를 당할 뻔한 동생이 그 위기에서 벗어나게 되었다.

⑤ 나중에야 동생은 사정을 알고는 자신의 오만한 태도를 고치게 되었다.

제주도 오뉘장사설화는 대략 이와 비슷하다. 육지부설화에 비해 우선 장사의 태어남이 합리적이다. 그러므로 그 장사들을 수용할 수 있는 환경

---

4 제주도 오뉘장사설화에 대해서는 본인의 다음과 같은 글에서 논의한 바 있음 (「제주도의 오누이 장사 전설」, 『탐라문화』 창간호, 제주대학교 탐라문화연구소, 1982.2).

설정도 타당하다. 부인이 임신하자 소를 열 마리(아홉 마리)를 잡아먹였고, 그렇게 낳은 자식이 장사였다는 것은 합리적이다. 더구나 잡아먹은 소의 수에 따라서 누이가 힘이 더 세다는 점도 그렇다. 그런데 문제는 한 집안에 두 장사 오뉘가 동거하게 되었다거나, 더구나 아들인 동생보다 누이가 힘이 더 세었다는 것은 분명히 갈등의 요인이 된다. 이 경우는 육지설화와 같은 구조이다. 동생이 힘이 세었으면 문제가 되지 않는다. 누이가 앞섰기 때문에 문제가 된다. 이러한 점에서 제주의 오뉘장사설화도 갈등의 요인은 충분하다. 그러나 오히려 힘센 누이가 남장을 하고 씨름판에 나가, 판을 독차지해서 타지 청년들의 분노를 사고 있는 동생을 이김으로, 정황이 바뀌어져 동생이 위기를 면하게 되었다. 또한 나중에 동생도 자기보다 힘이 센 누이의 정체를 알게 되면서 자만을 깨닫게 되었다.

이러한 결말은 누이의 힘셈이 오히려 동생을 구원하는 요인이 되었다는 점에서 설화의 비극성을 극복하게 만들었다. 설령 처음 부모가 의도한 대로 소를 열 마리 잡아먹고 낳은 자식이 딸이었으나, 그로 인한 갈등이 누이로 인해 극복되었다는 점에서 이 설화는 특별한 의미를 갖는다. 즉 제주 오뉘장사설화는 불화와 갈등의 요인을 지니고 있는 대결구도가 극복되어 화해의 구조로 변모되었다.

그러면 불화와 갈등의 요인이 있음에도 불구하고 어떻게 화해로 전환할 수 있었던가? 그것은 불화의 상황을 극복하려고 노력했기 때문이다. 장사인 아들을 원하는 부모의 기대를 배반한 딸의 출현, 아들을 낳기는 했으나 딸보다 힘이 세지 못했다는 사실, 더구나 아들은 자신의 힘을 과시해서 오만해졌다는 점 등 갈등의 여러 요인들을, 누이의 지혜로운 행동으로 행복한 해결이 되었다. 즉 누이가 동생의 문제를 잘 파악하고 그것을 극복할 수 있도록 도와주었고, 동생도 누이의 뜻을 이해함으로 가능하게 되었다.

여기에서 제주설화에 나타난 인물들의 삶의 태도가 매우 유연하여 주어진 상황에 대처했음을 알 수 있다. 문제를 극복해나가는 방법을 상황에 따라 모색하였기 때문이다. 그들은 삶의 방법을 굳어진 이데올로기에 얽매이지 않고 끊임없이 새로운 방법을 찾으려는 유연성을 지니고 있었다. 이러한 상황에 따라 삶의 방법을 새롭게 모색해나가는 진지성은 제주 아기장수설화에서 더 구체적으로 드러난다.

(나) 장수를 죽이지 않고 수용하는 삶의 진지성

닫힌사회에서 살아가는 인물들의 좌절과 그 극복양식은 아기장수설화에 잘 드러나 있다.[5] 이 설화는 전국 여러 곳에 널리 전해지고 있다. 특히 제주의 아기장수설화는 대부분 아기장수가 죽지 않는다는 점에서, 육지부의 그것과 판이하게 다르다. 이것은 제주사람들이 지배이데올로기에 대응하여 나름으로 살아가는 방법을 모색하고 있음을 말해주는 좋은 예가 된다.

육지부 아기장수설화의 개요는 다음과 같다.

어느 가난한 시골집에서 아기를 낳고 보니 겨드랑이에 날개가 돋아 있었다. 이 사실을 안 부모는 고심하다가 결국 아기를 죽이고 만다. 겨드랑이에 날개 돋은 아기는 자라서 역적이 되기 때문이다. 그런데 아기가 죽자 천둥번개가 치면서 벼락이 떨어져 큰 못이 생기거나 용이 울면서 하늘로 올라갔고, 그 자리에 큰 바위가 생겨서 사람들은 아직도 그 아기장수의 안타까운 죽음을 기억하고 있다.

---

5 최래옥, 「아기장사 전설의 연구」, 『한국민속학』 11, 민속학회, 160면에 의함.

설화의 개요는 지역에 따라 조금씩 다르지만, ①가난한 평민의 집안에서 태어난 아들이, ②겨드랑이에 날개가 돋았으므로, ③부모나 주위 사람들에 의해 죽임을 당하였고, ④아기의 죽음을 기억하게 하는 증거물(용못, 용바위 등)이 남겨졌다. 이러한 전체 구조에는 큰 변화가 없다.

이러한 설화는, 왕통의 신성성과 절대성을 백성들에게 확인시켜주는 데 기여한다. 겨드랑이에 날개 돋은 사람은 비범한 인물이다. 통치이데올로기에 종속되어 살아가는 인물이 아니라 새로운 이데올로기를 창출할 수 있는, 즉 백성이 기다리는 인물이다. 그러나 현실은 그들을 용납하지 않았다. 그래서 도덕률을 만들어 모든 사람들이 그들을 거부하도록 만든다. 그 도덕률은 "겨드랑이에 날개가 돋은 아기는 자라서 역적이 되기 때문에 낳자마자 죽여야 한다"는 폭력적인 이데올로기였다. 이것은 왕통 체제를 유지하기 위한 장치였다. 그것에 의해 새 세계를 창조해나갈 인물들은 살아남지 못하였다. 그들의 꿈은 백성의 꿈인데도, 폭력적인 이데올로기가 만들어낸 조작적 언어(이야기)에 의해 백성들은 그 아기를 거부할 수밖에 없었다. 아기장수들이 죽자, 백성들의 꿈도 좌절하고 만다. 그러나 백성들은 그 아기장수의 존재를 알게 되었다. 현실의 힘이 너무 완강하기 때문에 드러내놓고 아기장수를 수용하지 못한 자신들의 과오도 알게 되었다. 그래서 그들은 이야기를 통해서 아기장수를 기억함으로 자신의 과오와 잃어버린 꿈을 보상받으려 한다.

그런데 제주도 아기장수설화는 육지부의 설화에 나타난 이데올로기성이 상당히 많이 약화되었다. 제주의 아기장수설화는, ①배락구릉설화, ②강정김씨 자손, ③교래리 장수, ④홍업선, ⑤장수 양태수, ⑥평대 부대각, ⑦한연한배임재, ⑧날개 돋은 밀양박씨, ⑨오찰방, ⑩이재수, ⑪김통정설화들이 있다. 이들 설화들은 구체적인 인물들의 일생담이란 점에서 육지부 아기장수설화와는 다르다. 힘이 장사이거나 뛰어난 무예나 담력을 가진 사람들에게 아기장수 모티브를 붙여 만들어졌다. 육지부 아기장수설화가 막연한 이야기인데, 제주의 그 설화는 구체적인 인물에 아기장수 모티브가 덧붙여져서 개인의 이야기로 변모되었다. 그러기에 제주도의 아기장수설화는 리얼리티가 강하다.

둘째, 제주 아기설화의 경우, 육지부처럼 나면서 날개 돋은 사실이 알려져서 부모로부터 죽임을 당하는 육지부형은 ① 정도이다. 나머지 설화에서는 주인공인 아기장수가 죽지 않는다. ①의 경우에도, 아기장수만 죽지 않고 벼락이 떨어지면서 그 아기를 죽이려 했던 그 부모까지 죽게 된다. 그것은 결국 아기장수의 죽음의 정당성을 뒷받침하는 당시의 이데올로기를 거부하는 설화 향유자들의 의식 때문이다.

셋째, 제주 아기장수설화에서는 아기장수가 죽지 않는다. 이것은 제주설화에서 중요한 문제이다. 아기장수는 반드시 죽어야 한다. 그것은 왕통을 보존하기 위해서 불가피한 일이었다. 왕통을 공고히 하려는 이데올로기는 부모와 자식 간의 혈연까지도 거부하도록 한다. 그런데도 제주설화에서는 아기장수가 죽지 않는다. 역적이 될 인물임을 안 부모가 자식의 날개를 제거해 버렸지만 자식은 죽지 않았다. 단지 '역적이 될 장수'가 아닌 '힘센 장사'로 살아간다.(④⑤⑥⑦⑧) 이러한 구조는 장수가 현실의 완강함 때문에 뜻을 펴지 못하고 장사로서 살아가는 차선의 방법을 택했기 때문이다. 이는 현실과의 타협이기보다는, 새로운 삶의 방법을 진지하게 모색한 결과이다. 그만큼 지배이데올로기를 맹종하지 않고 현실에서 그 극복 양식을 찾아 살아갔다. 이것은 삶의 치열함을 의미한다.

넷째, 날개가 달렸다는 사실을 숨기고서 장수의 꿈을 안고 살아가다가 후에 장수의 모습을 드러내고 현실과 싸우다가 몰락하는 경우로는(⑨⑩) 이재수와 김통정설화가 있다. 이재수는 구한말에 당대의 사회 모순과 맞서 새로운 질서를 세우기 위해 싸우다가 몰락한 인물이고, 김통정은 고려의 지배 세력에 저항해서 새로운 왕조를 구축하려다가 실패한 인물이다. 설화 향유자들은 이들에 대한 역사적 사실을 인식하고서 설화화하였다. 그것은 이재수나 김통정의 사건에 대한 역사적인 평가와는 관계가 멀다.

이러한 변이 양상을 통해, 제주 아기장수설화가 육지부의 체제 순응적 아기장수설화와 차별성을 갖고 있음을 확인할 수 있다. 그것은 아기장수를 거부한 부모들까지 거부하거나, 현실의 완강한 힘에 의해 장사로 변신하고 살아가게 하거나, 끝내 장수의 본 모습을 그대로 유지하고 새 세계를 만들려다가 좌절하거나 간에, 지배이데올로기에 대한 일정한 대응의 양식을 보여주고 있다. 이러한 삶의 자세는 현실과 맞서 치열하게 살아가려는 노력의 소산이다. 따라서 이데올로기보다 삶을 더 중시하는 사람들의 태도는 주변성의 중요한 내용이다.

3. 주변부설화와 그 사람들의 생존 양식

제주설화는 주변지역의 문화와, 그러한 문화에서 살아가는 사람들의 무의식적 꿈과 삶의 실상이 진솔하게 형상화되었다. 그것은 이데올로기를 앞세운 의도적인 창작이 아니고, 집단의식과 삶의 자연스러운 형상화이기 때문에 제주의 역사와 그 안에 살아가는 삶의 실상을 정직하게 표현한 서사물이 되었다. 이러한 제주설화의 주변성은 다음과 같이 정리할 수 있다.

첫째, 왕정시대 지배이데올로기를 배반한 탈 이데올로기적이다. 유교적 이데올로기와 주민의 토속신앙과의 갈등을 형상화한 이런 설화들은 육지부의 공안설화에 맞서는 반공안적(反公安的)설화이다. 이것은 지배이데올로기가 백성의 생활을 억압하고 있음을 인식하는 주민의 의식을 형상화한 것이다. 모든 삶이 친(親)체제 이데올로기에서 자유로울 수 없는 닫힌사회에서, 이러한 깨어있음은 주변부 사람들에게만 가능한 것이다. 그것은 이데올로기가 백성들의 삶에 별 유익함도 주지 못하고 있음을 확인한 데서 출발하여, 이념보다는 삶을 더 소중하게 생각하는 주변부 사람들이 삶의 치열성과 진지함에서 비롯된 것이다.

둘째, 제주설화는 주변부 사람들의 삶에 대한 근원적인 추구이다. 고종달형설화와 단맥설화를 통해서 제주사람들은 삶의 불모성에 대해 근원적인 물음을 제기하였고, 그에 대한 대답을 이야기를 통해서 찾아내고 있다. 그것은 숙명론적인 입장에서 고통스러운 삶을 황폐한 자연 조건으로 돌려버리지 않고, 중심부 세력의 억압에 의해 땅은 황폐해지고 뛰어난 인물들도 몰락했다고 인식한다. 여기에서 제주사람들의 의식이 지배이데올로기와 상반될 수밖에 없음이 명백하게 나타난다.

셋째, 지배이데올로기의 억압을 극복하는 새로운 삶의 양식을 추구하고 있다. 지배이데올로기에 맞서는 이데올로기가 구체적인 삶의 현장에서 확보할 수 없다면 무의미하다. 지배이데올로기에 맞서는 또 하나의 이데올로기가 실제적으로 새로운 삶에 어떻게 기여할 수 있을까. 오뉘장사설화와 아기장수설화에서 이 문제에 대한 해답을 얻을 수 있다. 오뉘장사설화에서는, 오뉘는 서로 간에 갈등의 소지가 충분했으나, 누이가 동생을 도와줌으로 갈등을 극복하였고, 동생은 오히려 새로운 도약을 준비할 수 있게 되었다. 이 점에서, 새로운 출구를 마련하는 삶의 방법을 제시하고 있다. 역적이 될 장수이지만 거부하지 않고 장사로 살아가게 하는 방법은, 닫힌시대를 극복하는 또 하나의 조심스러운 삶의 양식이다. 그것은 집단이데올로기에 맞서는 새로운 이데올로기로서, 지배이데올로기의 폭력성을 인식하고 거부하는 데서 가능한 것이다.

제주설화에 인물설화가 많은 것은, 육지부의 설화 모티브들을 빌어서 구체적인 인물의 삶에 접합시켜 한 인물의 생애를 설화화했기 때문이다.

이렇게 제주설화는 인물들의 일생담이기 때문에, 삶의 현장에서 일어나는 문제를 중시할 수밖에 없었다. 그러므로 그만큼 리얼리티가 확보되었다. 또한 제주설화는 육지부 설화에 비해 화해의 결말 구조로 되어있는 경우도 많다. 그것은 이념 지향적이기 전에 생활 지향적으로, 닫힌사회의 비극을 극복하려는 의지의 소산이다. 이러한 주변성은 제주문학의 중요한 특징을 설명하는 단서가 될 것이다.

참고문헌

권영철, 『瓶窩 李衡祥 研究』, 韓國研究院, 1978.

金烈圭, 『神話. 傳說』, 韓國日報社, 1975.

_____, 『韓國의 神話』, 一朝閣, 1977.

金允植, 金益洙, 『續陰晴史』, 濟州文化院, 2010.

文化公報部, 『韓國民俗綜合報告書』,(江原道) 文化公報部, 1977.

成均館大 國語國文學科, 『東海岸學術調査報告書』, 1971.

成均館大 國語國文學科, 『第2次安東文化圈學術調査報告書』, 1971.

柳洪烈, 『韓國天主教會史』, 가톨릭出版社, 1962.

李符永, 「冤鬼現象의 分析心理學的 理解」, 『韓國思想의 源泉』, 朴英社, 1976.

_____, 「怨靈의 恨의 心理」, 『傳統藝術과 民衆藝術』, 民音社, 1980.

李相信, 「歷史와 文學의 관계」, 『文學과 歷史』, 民音社, 1982.

이형상, 『耽羅巡歷圖 南宦博物』, 韓國精神文化研究院, 1979.

張德順, 『韓國說話文學研究』, 서울大出版部, 1971.

濟州大學 國語國文, 國語教育科, 『學術調査報告書』, 濟州大學校, 1982.

제주도교육위원회, 『耽羅文獻集』(교육자료. 29), 1976.

趙東一, 『人物傳說의 意味와 機能』, 嶺南大學校 民族文化研究所, 1980.

_____, 『동아시아 구비서사의 양상과 변천』, 문학과지성사, 1997.

趙武彬, 『李在守實記』, 中島文華堂, 1932.

1901년제주항쟁기념사업회, 『이재수야 이재수야』(자료집. 문학편), 각, 2004.

_____, 『신축제주항쟁자료집1』, 각, 2003.

진성기 편, 『南國의 巫歌』, 濟州民俗文化研究所, 1968.

車河淳 등, 『歷史와 文學』, 西江大學校 人文科學研究所, 1981.

崔來沃,「韓國 傳說의 變異樣相」,『口碑文學』 2, 韓國精神文化研究院, 1979.

_____,「아기장사 傳說의 研究」,『韓國民俗學』 11, 民俗學會.

玄吉彦,「蛇神傳說의 考察」.『民俗學論總Ⅱ』, 석주선박사 고희기념론총, 1982.

_____,「제주도의 오누이장사 전설」,『耽羅文化』 창간호, 濟州大學校 耽羅文化研究所, 1982.

_____,『문학과성경』, 한양대출판부, 2002.

_____,『인류역사와 인간탐구의 대서사』, 물레, 2008.

玄容駿,「巫俗神話 본풀이 形成」,『國語國文學』 26, 國語國文學會, 1963.

_____,「堂神話의 構成과 背景民俗信仰」,『濟州大學報』 6호, 濟州大學校, 1964.

_____,『濟州島傳說』, 瑞文堂, 1976.

_____,『濟州島神話』, 瑞文堂, 1977.

_____,『濟州島巫俗研究』, 集文堂, 1986.

玄容駿, 金榮敦,『韓國口碑文學大系』 9-1, 9-2, 9-3, 韓國精神文化研究院, 1980.

玄容駿,『濟州島 巫俗資料事典』, 新丘文化史, 1980.

_____,『濟州島 神話의 수수께끼』, 集文堂, 2005.

가스통 바슐라르, 이가림(역),『물과 꿈』, 문예출판사, 1980.

디트리히 본회퍼, 강영성(역),『창조와 타락』, 대한기독교서회, 2010.

로버트 쇼, 조계광(역),『웨스트민스터 신앙고백 해설』, 생명의 말씀사, 2014.

루이스 벌코프, 권수경·이상권(역),『벌코프 조직신학』, 크리스챤다이제스트, 2008.

에드워드 H. 카, 김택현(역),『역사란 무엇인가』, 까치, 2007.

A. Schaff, 김택현(역),『歷史와 眞實』, 靑史, 1982.

오톤 와일지, 폴 컬벗슨, 전성용(역),『웨슬레 조직신학』, 세복, 2002.

제임스 몽고메리 보이스, 문원옥(역),『창조와 타락』, 솔라피데출판사, 2013.

존 칼빈, 김종흡(역),『기독교 강요』 제2권, 생명의말씀사, 2003.

토마스 베리, 브라이언 스윔, 맹영선(역),『우주이야기』, 대화문화아카데미, 2010.